일타강사 백사부

일러두기
• 이 책은 네이버 시리즈에서 연재된 《일타강사 백사부》를 바탕으로 편집, 제작 되었습니다.

일편강산 백서백

3권

간짜장 지음

arte POP

목차

100화 자네들은 어떻게 생각하나? ·7
101화 인성 나오네 ·17
102화 재미있겠네 ·26
103화 반격(1) ·35
104화 반격(2) ·45
105화 기대되는데 ·55
106화 알긴 알죠 ·65
107화 거기까지 ·74
108화 거짓말이야 ·84
109화 간단하네 ·95
110화 이렇게 한자리에 ·104
111화 제가 전문입니다 ·114
112화 누구한테 당한 거냐 ·125
113화 무슨 용건이지? ·135
114화 일단 보류 ·145
115화 감사합니다! ·154
116화 혈교의 방식(1) ·165
117화 혈교의 방식(2) ·174
118화 혈교의 방식(3) ·183
119화 혈교의 방식(4) ·193
120화 혈교의 방식(5) ·202
121화 혈교의 방식(6) ·212
122화 사파 무공의 이해와 실전 대비(1) ·222
123화 사파 무공의 이해와 실전 대비(2) ·232
124화 사파 무공의 이해와 실전 대비(3) ·242

125화 사파 무공의 이해와 실전 대비(4) ·252
126화 하오문의 결정 ·263
127화 사람답게 살아라 ·273
128화 내가 어떻게 하면 되는데? ·283
129화 갱생문(更生門) ·292
130화 학생회장과 망나니(1) ·302
131화 학생회장과 망나니(2) ·312
132화 학생회장과 망나니(3) ·323
133화 학생회장과 망나니(4) ·332
134화 학생회장과 망나니(5) ·341
135화 학생회장과 망나니(6) ·350
136화 학생회장과 망나니(7) ·360
137화 어부지리 ·369
138화 위지천입니다 ·379
139화 해 볼게요 ·388
140화 적호방주(1) ·399
141화 적호방주(2) ·408
142화 악인곡으로(1) ·418
143화 악인곡으로(2) ·428
144화 악인곡으로(3) ·439
145화 악인곡으로(4) ·449
146화 옥면음랑 백무룡 ·459
147화 누가 보여 준대? ·469
148화 혈수귀옹(1) ·480
149화 혈수귀옹(2) ·491

100화
자네들은 어떻게 생각하나?

"으하하하! 이 친구 이거 걸작이로군! 말을 아니, 어찌 이렇게 재미있게 하나!"

풍진호가 탁자를 탕탕 두드리며 박장대소했다. 술에 상당히 취한 듯 그의 얼굴이 대추처럼 붉었다.

"풍 선생님께서 잘 들어 주시니 제가 더 흥이 나는 것 아니겠습니까."

"마, 맞습니다. 하하하."

반대편에는 한 폭의 그림처럼 술잔을 기울이는 느긋한 표정의 백수룡과 바짝 긴장한 표정의 명일오가 앉아 있었다.

풍진호가 긴장한 명일오의 잔에 술을 넘치도록 따라 주며 말했다.

"자네도 백 선생처럼 편하게 마시게. 오늘은 내가 다 살 테니 돈 걱정은 하지 말고."

"괘, 괜찮습니다."

명일오는 선배 앞에서 혹시 실수라도 할까 봐 몸을 사리려고 했지만, 백수룡이 그것을 용납하지 않았다.

"어허. 일오 너 지금 풍 선생님의 호의를 무시하는 거냐? 풍 선생님이

거지로 보여?"

"예? 형님 그게 아니라……."

"아니면 빨리 마셔야지. 그리고 더 많이 마셔야지. 그래야 분위기도 살고, 풍 선생님 기분도 좋아지고, 이 자리에 우리가 온 의미가 깊어지는 것이 아니겠냐."

더불어 가게 매상도 팍팍 올라가고, 그 돈이 결국 백수룡 자신의 주머니로 들어올 테고 말이다.

"백 선생 말이 맞네. 내 주머니 사정은 걱정 말게. 오늘 밤 자네들과 진솔한 이야기를 나누려면 취기가 충분히 올라야 하지 않겠나?"

"역시 풍 선생님. 그런 의미에서 술이랑 안주를 좀 더 시켜도 되겠습니까?"

"앞으로 물어보지 말고 시키게."

"그럼 사양하지 않겠습니다."

씨익 웃은 백수룡은 점소이를 불러 가장 비싼 술과 안주를 주문했고, 풍진호의 표정을 살짝 당황하게 만드는 데 성공했다.

"허허……. 자네는 참 배포도 크군."

"부담스러우시면 안주는 취소할까요?"

"허허, 그게 무슨 소리인가. 내가 자네들에게 하룻밤 술 정도 못 살 것 같은가!"

풍진호는 쉼 없이 술을 들이켜는 한편, 자신의 풍성한 수염을 쓸어내리는 것을 멈추지 않았다. 십 년이나 길러온 수염은 그의 가장 큰 자랑이었다. 동료 강사들에게 황금 열 관을 준다고 해도 자르지 않겠다고 말한 적도 여러 번 있을 정도였다. 백수룡도 그 이야기를 알고 있었다.

"이야. 풍 선생님은 수염이 참 잘 어울리십니다. 저는 수염이 잘 안 나는 체질이라 마냥 부럽습니다."

"허허! 자네도 나이가 좀 더 들면 풍성해질 것이네."

"윤기가 좌르르 흐르고 비단결 같은 것이 따로 관리도 하시나 봅니다. 선배님. 비법이 있으면 좀 알려 주십시오."

"흠흠. 사실 꾸준히 영양 관리를 해 줘야 하네. 자주 감고 말리는 것도 기본이고, 내 자주 가는 약방이 있는데……."

그렇게 한참 시답잖은 이야기를 나누며 술병이 몇 병이나 비워진 후에야, 풍진호는 지나가듯 툭 본론을 꺼냈다.

"내가 왜 자네들만 불렀는지 짐작 가는 이유가 있나?"

지금 술자리에 있는 임시 강사는 두 명뿐이었다.

백수룡과 명일오. 풍진호는 식당에 있던 악연호와 제갈소영에게는 따로 자리를 마련하자고 말하고, 두 사람만 불러서 술을 마시는 중이었다.

"잘 모르겠습니다."

"……저도 모르겠습니다."

두 사람은 솔직하게 대답했다. 어째서 자신들만 이 자리에 불렀는지 짐작조차 하기 어려웠다. 그럴 줄 알았다는 듯 풍진호가 웃으며 말했다.

"이런 말 하면 미안하네만, 자네들은 그다지 좋은 배경을 가지지 못한 강사들이지."

"……."

"음……."

백수룡은 가만히 듣고 있었고, 명일오는 뭔가 불만인 듯 표정이 살짝 굳었다. 그 표정을 본 풍진호가 급히 설명을 더 했다.

"명가장이 작은 문파라는 것이 아니네. 하지만 제갈세가나 산동악가에 비할 수는 없는 것이 사실 아닌가?"

"……그건 그렇습니다."

명일오는 마지못해 고개를 끄덕였다. 그 반응을 이해한다는 듯 풍진호가 고개를 끄덕였다.

"나 또한 마찬가지네. 자네들 섬서의 풍운방이라고 들어 보았나?"

두 사람은 고개를 저었다. 하지만 풍운방이 풍진호와 연관된 곳이라는 것 정도는 쉽게 짐작할 수 있었다.

"한 잔씩 받게."

풍진호는 두 사람의 잔에 술을 가득 따라준 후에 자신의 잔에도 따랐다. 한잔 쭉 들이켠 후 그가 말을 이었다.

"……무림에서 학관을 가장 크게 벌이는 가문이 어디인지 알고 있나?"

"남궁세가입니다."

명일오가 곧바로 대답했다. 그는 평소에 무림의 정세는 물론 학관업에 대해서도 관심이 많았다. 즉시 나온 대답이 만족스러웠는지 풍진호가 눈을 가늘게 뜨며 웃었다.

"맞네. 창천검왕을 비롯해 남궁세가의 많은 고수들이 강사 일을 하고 있지. 남궁세가에 일타강사로 이름을 날리는 고수들만 해도 열이 넘는다는 것을 아나?"

"……그렇게 많습니까?"

백수룡은 처음 듣는 이야기였다. 풍진호가 그의 잔에 술을 채워 주며 말했다.

"혈교가 망한 이후, 무림은 평화로운 시기로 접어들었네. 중심을 잃은 사파의 세력들은 자기들끼리 싸우다 몰락하고, 정파의 협객들은 두려울 것 없이 악인들을 처단했지. 마적들도 녹림도 대부분 숨을 죽였네. 하지만 세상일이라는 게 참 재미있지."

풍진호의 입가에 비릿한 미소가 맺혔다. 그의 눈이 먹이를 노리는 뱀처럼 빛났다.

"사파가 힘을 잃으면 정파도 힘이 약해진다네. 누가 사파로부터 민초들을 구해 줄 것이며, 그 명목으로 보호비를 걷을 것인가. 한마디로……."

풍진호는 엄지와 검지를 모아 동전 모양을 만들었다.

"즉, 수입이 줄어들었단 말일세. 정파의 이름난 문파와 가문들이 입은 타격이 가장 컸지. 그러다 눈을 돌린 것이 바로 학관이야."

"……."

"오대학관이 생겨난 것도 그때부터지. 말로는 다시 혈교가 부활했을 때를 대비해 무림의 동량들을 양성하니 어쩌느니 했지만, 망한 혈교가 대체 왜 부활한단 말인가? 다 핑계지."

혈교에 관해선 해 주고 싶은 말이 많았지만, 백수룡은 일단 가만히 듣고만 있었다.

'이제 보니 하나도 안 취했군.'

풍진호가 취해 보였던 것은 겉모습일 뿐, 그는 처음부터 내공으로 취기를 조절하고 있었다. 단지 분위기를 무르익게 하려고 취한 척했을 뿐이다.

'고수다. 무공만이 아니라 여러 면에서.'

백수룡은 풍진호를 경계하는 마음이 더 커졌다. 하지만 겉으로는 티를 내지 않고 더욱 경청하는 모습을 보였다.

"그렇습니까?"

"결국 오대학관이 세워진 이유는 무공으로 돈을 벌기 위해서야. 그래서 내가 이 자리에 악 선생과 제갈 선생을 부르지 않은 것이네."

"저어, 풍 선생님. 전부 돈 때문이라는 건 지나친 해석이 아닌지……."

"남궁세가가 하는 짓을 보고도 아니라고 생각하나?"

풍진호의 눈빛이 순간 싸늘하게 변했다. 명일오가 입을 다물었다.

"남궁세가는 시작일 뿐이네. 점잔 빼던 구파일방과 오대세가들도 점점 학관업에 뛰어들고 있지. 아닌가?"

"그건…… 사실입니다."

"돈이 첫 번째고, 두 번째는 인맥이네. 요즘 무공에 재능이 있는 아이들은 대부분 학관에 다니네. 일인전승의 무공은 거의 사라지고, 체계적인 교육 방법이 발전했지. 그런데 학관을 졸업한 아이들은 그다음 어디로 가나?"

풍진호는 술로 목을 축인 후에 자문자답했다.

"수준이 더 높은 학관으로 진학하거나, 추천을 받아서 문파로 들어가네. 물론 표국이나 상단에 취업하기도 하지만, 가장 큰 성공은 대문파의 정식 제자가 되는 것이지."

혈교가 사라지고 무림이 태평성대에 접어들면서, 무공을 익히는 이유도 점점 변화했다.

'생각보다 시대가 많이 변했군.'

백수룡은 지금껏 무공을 잘 가르치는 것을 생각했지, 제자들의 장래까지는 생각해 보지 않았다. 하지만 시대가 이렇게 바뀌었다면…….

백수룡의 생각이 깊어지는데 풍진호가 말을 이었다.

"학관업이란 궁극적으로 구대문파의 배를 불리고 세력을 불리는 일이 되었네. 결국 가진 놈들이 계속 돈을 쓸어 담지."

풍진호의 입에서 냉소적인 말들이 쏟아졌다. 전부 이곳에 오기 전까지는 상상해 보지 못한 말들이었다.

'남궁수 파벌의 이인자인 줄 알았더니…….'

오히려 남궁수가 속한 남궁세가에 적대감을 드러내고 있지 않은가.

남궁수는 이 사실을 알까?

'알 리가 없지.'

백수룡은 매극렴이 풍진호에 대해서 해 준 또 다른 말을 떠올렸다.

─남궁수 파벌이라고 불리지만, 남궁 선생은 그 중심에 있을 뿐 별다른 것은 하지 않는다. 실세는 풍진호다. 그가 여론을 만들고 강사들을 선동하지.

'고작 실세 정도가 아닌 것 같은데요.'

처음 봤을 때 풍진호는 존재감이 그리 크지 않은 사내였다. 하지만 지금 눈앞에서 차갑게 웃으며 눈을 빛내고 있는 이 사내는, 상상 이상으로 교활하고 야망이 있는 사내였다.

'이곳에 나랑 일오만 부른 건…….'

백수룡은 풍진호가 무엇을 원하는지 대략 짐작이 되었다.

"나는 더 늦기 전에 중소 문파의 강사들이 힘을 합쳐야 한다고 보네."

"……"

꿀꺽. 명일오가 침을 삼키는 소리가 천둥처럼 들렸다.

'이런 식으로 우릴 자기 편으로 끌어들이는군.'

백수룡은 술잔 속의 술을 들여다보며 의뭉을 떨었다.

"무슨 말씀이신지 이해가 잘 안 되는군요. 저희가 힘을 합친다고 뭐가 달라지겠습니까?"

"내 자네들에게만 하는 이야기지만."

풍진호가 묘한 눈빛으로 웃었다. 그의 얼굴에서 취기는 더 이상 보이지 않았다.

"청룡학관은 오래가지 못할 걸세."

"코, 콜록!"

"명 선생. 뭘 그리 놀라는가. 여기 오면서 이런저런 소문을 못 듣지 않았을 것 아닌가."

"무슨 말씀을……."

"청룡학관은 내년부터 천무제에 초대받지 못할 것이네. 올해 초 오대학관 전체 회의에서 결정된 사항이지."

"……"

처음 듣는 이야기에 두 사람의 표정이 딱딱하게 굳었다. 백수룡도 이런 이야기는 노군상에게도, 매극렴에게도 들어 보지 못했다.

"천무제는 거기에 참가하는 것만으로도 상징성이 매우 크지. 비록 십 년째 꼴찌라고 해도, 청룡학관이 그곳에 참가하기에 오대학관에 포함될 수 있는 거였어."

"……달리 말하면 천무제에 참가하지 못하면 청룡학관은 더 이상 오대학관에 포함되지 못한단 소리군요."

풍진호는 백수룡을 바라보며 웃었다.

"자네의 선전포고대로 우리가 올해 우승이라도 한다면 달라지겠지만……. 나는 백 선생의 당당함을 좋아하지만, 그와 별개로 매우 현실적인 인간이거든."

천무제 우승은 불가능하다. 그리고 청룡학관은 내년부터 천무제에 참가조차 하지 못하게 될 것이다.

"무림의 후기지수들은 더 이상 청룡학관에 오지 않을 것이고, 명성과 재정이 줄어든 청룡학관은 지금의 규모를 감당하지 못해 감축을 거듭하겠지. 길어 봤자 5년……. 그 후엔 파산이야."

실로 무시무시한 이야기였다. 명일오는 새파랗게 질려 있었고, 백수룡도 술잔을 내려놓았다.

"저희에게 왜 이런 이야기를 하시는 겁니까?"

"자네들과 길게 함께하고 싶기 때문이지. 앞으로 5년 동안, 내가 든든히 자네들 뒤를 봐주겠네."

"……5년 후엔?"

백수룡은 이 질문에 나올 대답이, 풍진호가 자신들을 이 자리에 부른 이유일 거라고 생각했다.

"내가 가진 모든 인맥과 재산으로 새로운 학관을 세울 생각이야. 그때 자네들을 영입하고 싶다네."

"……."

"……."

하룻밤 술자리에서 듣기에는 너무 많은 이야기였다. 두 사람의 표정이 복잡해진 것을 본 풍진호가 껄껄 웃었다.

"이런. 분위기가 너무 진지해졌군. 기녀들이라도 좀 불러야겠어. 내 제안은 천천히 생각해 보게."

풍진호는 누가 말리기도 전에 기녀들을 불렀다. 백수룡은 기녀들이 오기 전에 질문을 던졌다. 그는 풍진호라는 인간에 대해 조금 더 알고 싶었다.

"저희가 내일 당장이라도 소문이라도 내면 어쩌려고 이런 이야기를 다 해 주십니까?"

백수룡의 대담한 도발에 풍진호가 의미심장하게 웃었다.

"자네 같으면 임시 강사가 하는 말을 믿겠나? 아니면 이십 년 동안 학관에 헌신한 내 말을 믿겠나?"

"이십 년이나 계셨는데 왜 관주나 부관주가 아닌 겁니까?"

백수룡은 풍진호의 정치력이라면, 충분히 관주가 될 수 있었을 거라고 생각했다. 꼭 무공이 강해야만 학관주가 되는 것은 아니니까.

"한 십 년 전까지는 그런 생각도 있었지. 그런데 그때부터 청룡학관이 내리막길을 걷더군."

풍진호가 수염을 몇 번 쓰다듬더니 독주를 따라 단숨에 들이켰다.

"학관이 망하면 누군가는 그 책임을 져야 하지 않겠나. 학관주가 첫째요, 부관주도 피할 수 없겠지. 그리고……."

누구를 말하고 싶은지 알아챈 백수룡이 대답했다.

"일타강사도 타격이 크겠죠."

"역시 말이 잘 통해서 좋군."

풍진호는 연달아 독주를 들이켰다. 그 모습은 마치 독을 몸 안에 품으려고 일부러 들이켜는 독사처럼 보였다.

"그래서 말인데."

소매로 입가의 술을 슥 닦아 낸 풍진호가 말했다.

"남궁수를 청룡학관에서 쫓아낼까 하는데. 자네들은 어떻게 생각하나?"

그 눈빛은 소름 끼치도록 차가웠다.

101화
인성 나오네

명일오가 떨리는 목소리로 되물었다.
"누, 누굴 쫓아낸다고요?"
풍진호가 그의 빈 잔을 채워 주며 짓궂게 웃었다.
"다 들었으면서 어째서 되묻는 것인가."
"농담……이시죠……?"
"내가 농담을 좋아하긴 하지만, 이런 자리에서 할 정도로 실없는 사람은 아닐세."
"그럼 정말로 남궁수 선생님을…….."
흔들리는 눈동자와 떨리는 손. 명일오는 무슨 말을 해야 할지 모르겠다는 표정이었다.
그에 반해, 백수룡은 흥미로워하는 표정으로 물었다.
"풍 선생님. 어떻게 남궁수를 쫓아내시려는 겁니까?"
"……자네는 놀라지도 않는군. 신입이 너무 그러면 재미가 없어."
"그래서 마음에 안 드십니까?"
풍진호가 피식 웃으며 백수룡의 잔에도 술을 가득 부었다.

"천만에. 자네처럼 마음에 드는 신입은 아주 오랜만이야."
 풍진호는 진심으로 백수룡이 마음에 들었다. 훤칠한 외모, 누구 앞에서도 할 말은 하는 당당함. 게다가 실력까지 갖춘 신입.
 '이 녀석은 물건이다. 미래의 일타강사감이야.'
 강사 생활만 이십 년을 해 온 그의 경험이 말해 주고 있었다. 백수룡은 어느 학관을 가더라도 인기를 끌 수 있는 강사가 될 거라고. 그러니 지금 반드시 잡아 둬야 한다고 말이다.
 "당장 남궁수를 쫓아낼 생각은 아니네. 내년이나 내후년. 제 발로 청룡학관을 나가게 해야지."
 그 계획에 동의하느냐 마느냐와 별개로, 백수룡은 호기심이 생겼다.
 "어째서 제 발로 나갑니까?"
 "청룡학관의 실패에 책임을 질 사람이 필요하지 않겠나. 그게 모양도 좋아."
 그 말에 백수룡이 팔짱을 끼며 물었다.
 "제가 남궁수를 잘 안다고 말하긴 좀 그렇지만, 실패 좀 한다고 포기하고 도망칠 녀석으로는 안 보이던데요."
 "안 나가면 나가게 만들어야지."
 풍진호의 눈빛이 차갑게 가라앉았다.
 "말했다시피 나는 구파일방과 오대세가 출신들을 좋아하지 않아. 태어날 때부터 온갖 영약에, 벌모세수에, 고수들로부터 무공 지도를 받으며 자란 그들은 저절로 고수가 되지."
 "인생이 원래 불공평한 것 아닙니까."
 백수룡의 지적에 풍진호가 껄껄 웃었다.
 "내가 그걸 모르겠나……. 모르는 건 구파일방과 오대세가 놈들이지."
 모든 인간은 태어날 때부터 출발점이 다르다. 하지만 금수저를 물고 태어난 자들은 그 사실을 인정하지 않는다. 자신들은 열심히 노력했다고, 그 노력으로 인해 강해졌다고, 너희도 열심히 노력하면 할 수 있다고, 그런데 왜 하지 않느냐고 선한 얼굴로 묻는다.

"나는 그들의 위선이 역겹다네. 누구보다 좋은 환경에서 수련해 경지를 쌓았으면서 그것이 오로지 자신의 노력인 것처럼 말하는 것이, 자신들 이외의 무인들을 게으르고 무지한 자들처럼 생각하면서 아닌 척 내려다보는 낯짝이 아주 역겨워."

풍진호의 눈빛은 차갑지만 내뱉는 말은 뜨거웠다. 그의 말을 들으며 명일오는 속에서 울컥하는 무언가를 느꼈다. 그 역시 중소 문파의 일원이었으니까.

반면에 백수룡은 다른 것을 느꼈다.

'열등감이군.'

풍진호의 실력은 대략 절정 초입. 충분히 고수라고 불릴 수 있는 실력이었지만, 남궁수에 비할 바는 아니었다.

"……남궁수는 청룡학관에 온 지 오 년 만에 일타강사가 되었네. 실력이 좋아서? 물론 그렇지. 하지만 남궁세가라는 배경이 있기 때문에 학생들이 몰리는 것도 부정할 수 없는 사실이지."

"그렇군요."

백수룡은 이야기를 한번 끊어 줄 필요성을 느꼈다. 그가 풍진호의 잔에 술을 채워 주며 말했다.

"그런데 저는 남궁수를 어떻게 나가게 할 것인지 여쭸는데, 다른 이야기를 더 많이 듣는군요."

"이런, 내가 잠시 흥분했나 보군. 너희는 잠시 대기하거라!"

아까 풍진호가 부른 기녀들이 문밖에서 대기하고 있었다. 풍진호는 그들을 잠시 물러나게 한 다음, 목소리를 낮춰 말했다.

"방법이야 많지. 학관의 돈에 손을 댔다가 걸릴 수도 있고, 여학생과 부적절한 관계를 맺었다는 추문이 돌 수도 있고, 가르치던 학생이 주화입마에 걸릴 수도 있지."

"그, 그건……."

"예를 들면 그렇다는 것이네."

풍진호는 놀라는 명일오에게 빙긋 웃어 준 다음, 백수룡이 따라 준 술을 단숨에 마셨다. 그리고 상대의 잔에도 술을 따랐다.

"자, 한잔 더 마시게."

"감사합니다."

먹이를 노리는 뱀. 백수룡이 풍진호를 보면서 떠올린 느낌이었다. 조용히 몸을 웅크리고 있다가, 움직여야 할 순간에만 전광석화처럼 움직여 먹이를 집어삼키는 거대한 구렁이.

'이런 일도 처음은 아니겠지.'

분명 남궁수 이전에도 풍진호에게 당한 강사가 있었을 것이다.

풍진호가 빙긋 웃으며 물었다.

"나를 가늠하고 있나?"

"피차일반 아닙니까."

백수룡이 풍진호를 가늠하듯, 풍진호도 백수룡이란 인간을 마주하며 가늠하고 있었다.

서로에게 이용할 가치가 있는지. 손을 잡아도 될 만한 상대인지를 파악하는 시간. 두 사람은 마주 보며 의미심장한 미소를 교환했다. 더욱 적극적인 쪽은 풍진호였다.

"자네에게도 나쁜 이야기는 아니야. 자네와 남궁수는 이미 견원지간이 아닌가. 게다가 자네의 무공은 검법. 결국 남궁수의 자리를 빼앗아야만 하지."

딱히 검만 다룰 수 있는 것은 아니지만, 백수룡은 별다른 말 없이 고개를 끄덕였다.

"보통은 같은 과목에 일타강사를 두 명씩이나 두지 않는다네. 천무학관이 아니고서야 말이야."
 "남궁수가 있다고 제가 일타강사가 못 될 것 같습니까?"
 "쉬운 길이 있는데 굳이 어려운 길로 갈 필요도 없지 않겠나."
 "그것도 틀린 말은 아니군요."
 백수룡이 피식 미소를 짓자, 명일오가 옆에서 전음을 보냈다.

[형님. 진심으로 풍진호와 손을 잡을 생각이십니까?]

 백수룡은 대답하지 않았다. 전음을 사용하기 위해 입술을 움찔하는 순간, 풍진호가 그것을 놓치지 않을 것이기 때문이었다.
 "한번……."
 잠시 생각을 정리한 백수룡이 말했다.
 "긍정적으로 생각해 보겠습니다."
 "지금은 그 정도로 만족해야겠군."
 풍진호는 자신만만하게 웃었다. 지금은 백수룡이 콧대를 높게 세우고 있지만, 결국 자신의 품 안에 거둘 자신이 있기 때문이었다.
 '외조부 말고는 변변찮은 뒷배도 없는 놈이 내 제안을 거절할 수 있을 리가 없지.'
 그는 백수룡과 공손수의 관계에 대해서는 모르고 있었다.
 "복잡한 이야기는 여기까지만 하고, 지금부터는 편하게 마시도록 하세. 들어오너라!"
 문밖에서 물러나 대기 중이던 기녀들이 들어왔다. 풍진호는 자연스럽게 기녀 하나를 옆에 두고 어깨를 감싸안았다. 하지만 백수룡은 옆에 앉은 기녀에게 시선도 주지 않았다.
 "풍 선생님. 하나만 더 여쭤봐도 되겠습니까? 별건 아닙니다만."
 "무엇이든 편하게 물어보시게."

"풍 선생님은 왜 무공을 가르치는 일을 하십니까?"

"돈 때문이네."

풍진호는 잠시도 망설이지 않고 대답했다. 그는 기녀에게서 눈도 돌리지 않으며 백수룡에게 물었다.

"내가 속물이라고 생각하나?"

"아닙니다. 솔직해서 좋습니다."

"어차피 내 실력으로 강호에서 유명한 고수가 될 수도 없고, 무공 외엔 다른 재주도 없으니 이 일을 선택했네. 해 보니 적성에도 맞고 수입도 짭짤하더군."

고급 기루에서 마음껏 술을 마시고 기녀를 부르는 것만 보아도, 풍진호의 수입이 상당하다는 것을 알 수 있었다. 기녀를 주물러대던 풍진호가 고개를 돌려 백수룡을 바라봤다.

"반대로 묻지. 자네는 이 일을 하려는 이유가 뭔가?"

"……예전에는 살기 위해서였습니다."

혈교의 무공 교관 시절. 무인으로서 생명이나 다름없는 단전을 다쳤다. 살아남기 위해서는 다른 분야에서라도 반드시 쓸모를 보여야만 했다. 그래서 선택한 것이 무공을 가르치는 교관이었다.

"예전에 그랬다면…… 지금은 아니라는 말인가?"

"……글쎄요. 지금은 잘 모르겠습니다. 돈 걱정도 크게 없어졌고, 무림에서 명성을 날리는 것에도 별로 관심 없습니다."

"그럼 이 일을 왜 하나?"

곰곰이 생각을 해 보아도, 백수룡은 정확한 대답을 찾을 수 없었다.

그가 고개를 갸웃거리며 대답했다.

"애들 굴리는 게 재미있어서?"

풍진호는 그 대답이 별것 아닌 것으로 들렸는지 가볍게 웃어넘겼다.

"명심하게. 돈이 있어야 고민도 할 수 있고, 선택도 할 수 있는 거라

네. 그리고 자네엔 일타강사가 될 자질이 있어."

"그건 누구보다 잘 알고 있습니다."

"푸하하! 자신감이 넘치는 모습이 아주 보기 좋아!"

껄껄 웃은 풍진호는 옆에 앉은 기녀를 확 끌어안았다. 본격적으로 희롱이 시작되자 기녀가 그를 밀어내며 말했다.

"대인. 저는 창기가 아닙니다. 술 시중만……."

"알았다. 웃돈을 얹어 주면 될 게 아니냐."

"그런 말씀이 아니오라……."

"알았다니까."

풍진호는 아랑곳하지 않고 허리를 끌어안으려 했다.

"대, 대인. 제발 이러지 마세요……."

무림인에게 겁먹은 기녀가 파들파들 몸을 떨면서 눈물을 보이기 시작했다.

그때 백수룡이 차분한 목소리로 끼어들었다.

"풍 선생님. 그 이상 하시면 좋은 자리에서 괜한 소란이 일어날 것 같습니다."

"……빌어먹을. 흥이 달아나는군. 썩 꺼져라!"

풍진호는 기녀를 거칠게 밀어냈다. 소매로 눈물을 훔친 기녀가 백수룡에게 고개를 꾸벅 숙인 후 방에서 나갔다. 다른 기녀들도 함께 물러났다.

독주를 단숨에 들이켠 풍진호가 코웃음을 쳤다.

"흥. 어차피 물렁물렁한 몸에는 별 흥미가 없어."

풍진호는 방금 자신을 거절한 기녀 때문에 화가 나 보였다.

"자네들도 알겠지만, 무공을 익힌 몸이 훨씬 더 보는 맛이 있지. 안 그런가?"

"……예?"

"……."

혀로 아랫입술을 핥은 풍진호의 입에서 본격적인 음담패설이 흘러나왔다. 그는 남자들끼리 이 정도 이야기는 얼마든지 해도 괜찮다고 생각하는 사람이었다.

"특히 어릴 때부터 무공을 익힌 아이들은 몸매가 달라. 유연하고 탄력이 있지. 내 이십 년 강사 생활의 몇 안 되는 즐거움이라네."

"지금 무슨 말씀을……."

"……."

"에이. 다 알면서 그러나."

백수룡은 말없이 웃으며 풍진호를 바라봤다. 그 의미를 전혀 다르게 해석한 풍진호가 흐흐 웃었다.

"역시 자네는 아는군. 하긴, 그 얼굴에 여학생이 꼬이지 않는 것이 더 이상하지."

"많이 꼬이긴 했지요."

백수룡은 고개를 끄덕이며 맞장구를 쳤다. 그 말에 풍진호가 눈을 반짝였다. 그는 백수룡의 미소가 유독 차갑다는 것을 눈치채지 못했다.

"호오. 비법이 있으면 좀 알려 주게. 지금껏 몇 명이나 품어 봤나?"

"……몇 명이나 품었을 것 같습니까?"

"마음만 먹었으면 기백 명도 넘을 것 같군. 부러워. 나도 자네처럼 젊고 잘생겼으면 학관의 여학생들을 실컷……."

"새끼, 이거 이제야 인성 나오네."

"응?"

갑자기 바뀐 백수룡의 말투에 풍진호가 당황했다. 피식피식 웃던 백수룡이 고개를 절레절레 저으며 한숨을 푹 쉬었다.

"완전히 쓰레기였구만."

중소 문파가 힘을 합쳐야 한다고 할 때만 해도 공감은 갔다. 남궁수를 쫓아낼 계획을 이야기할 때도 이해할 수 있었다. 치열한 생존 경쟁에서 살아남기 위해 경쟁자를 제거할 방법을 강구하는 것, 그건 백수룡에게는 너무나 익숙한 것이었으니까. 하지만 지금 하는 꼴과 말을 들어 보니, 자기가 가르치는 학생들을 평소에 어떻게 생각하는지 알 수 있었다.

"……지금 내게 쓰레기라고 했나?"

"그래. 이 쓰레기야."

"아무래도 술을 과하게 마신 것……."

그 순간, 백수룡은 전광석화처럼 옆에 있는 술병을 들어 풍진호의 머리를 내리쳤다.

와장창!

102화
재미있겠네

 술병이 산산조각 나고, 풍진호가 외마디 단말마 비명을 지르며 뒤로 쓰러졌다.
 "커헉!"
 쓰러지며 찢어진 풍진호의 이마에서 피가 철철 흘렀다. 자리에서 일어난 백수룡이 탁자를 넘어 그에게 걸어갔다. 어느새 그의 손에는 다른 술병이 들려 있었다.
 "몇 명이나 품어 봤냐고?"
 "이런 미친놈이……!"
 풍진호는 곧바로 몸을 일으켜 반격하려 했다. 하지만 백수룡의 움직임이 훨씬 더 빨랐다.
 빠악! 이번에는 코를 정통으로 얻어맞은 풍진호가 비틀거렸다. 백수룡은 그를 발로 걷어차 벽으로 밀었다. 우당탕 소리를 내며 벽에 부딪친 풍진호가 바닥에 쓰러지며 소리쳤다. 그 위에 올라탄 백수룡이 본격적인 매질을 시작했다.
 빠악! 빠악! 빠바바박!

"커헉! 컥! 갑자기 왜 이러는……!"

"몰라서 물어, 이 새끼야?"

풍진호는 몸을 웅크리고 두 팔로 얼굴만 간신히 가렸다. 내공을 끌어올릴 시간도 없었다. 백수룡은 술병으로, 그릇으로, 손에 닿는 대로 잡아서 던지고 때렸다. 나중에는 그냥 주먹으로 때렸다.

"개만도 못한 새끼가, 누구를 같은 취급을 해."

백수룡은 오랜만에 제대로 화가 난 모습이었다. 사납게 웃는 그의 얼굴에 살기가 가득했다. 몸을 웅크린 풍진호는 감히 반격은 못 하고 간신히 말을 내뱉었다.

"너 내가…… 누군 줄 알고…… 이러는 거냐!"

"하? 이 새끼가 아직 덜 맞았네."

풍진호의 옷은 술과 음식, 피가 범벅이 되어 오물투성이가 되었다. 단정했던 머리는 다 풀어헤쳤고, 자랑인 수염도 엉망이 되었다. 무림의 고수들이라고 보기 어려운 개싸움. 방 안이 순식간에 난장판으로 변했다.

"형님! 그만하세요!"

그때 명일오가 달려들어 백수룡의 허리를 잡고 뒤로 끌어냈다.

마음만 먹으면 얼마든지 떨쳐내고 계속 팰 수 있었지만, 패다 보니 화가 좀 풀린 백수룡은 못 이기는 척 뒤로 물러났다.

"후우……. 너 운 좋은 줄 알아라."

지저분해진 손을 탁탁 터는데, 옆에서 명일오가 귀신이라도 본 얼굴로 소리쳤다.

"형님. 대체 이게 무슨 짓입니까!"

"너도 같이 들었잖아. 저 새끼가 뭐라고 하는지."

"……그렇다고 사람을 이렇게 패면 어떡합니까. 이 뒷감당을 어떻게 하려고…….."

"끄으윽……."

마침 정신을 차린 풍진호가 벽에 손을 기대며 몸을 일으키고 있었다.

"뭐, 뭐 이런 미친놈이……."

"미친놈? 아직 덜 맞았지?"

백수룡이 주먹을 들어 올리자 풍진호가 움찔 몸을 떨었다. 그러나 곧 자신의 추태에 얼굴을 붉히고는 내공을 끌어올렸다.

'부지불식간에 기습을 당해서 맞은 것이지, 무공으로 겨뤄서 진 것이 아니다.'

풍진호는 애써 그렇게 생각했다. 조금 전의 싸움은 무공 대결이 아니었다고. 절대로 자신이 진 것이라고는 생각하지 않으려고 했다.

"이런 비겁한 놈. 뒷골목 파락호처럼 기습이나 하다니."

"뭐?"

그 어이없는 변명에 백수룡은 낄낄 웃었다. 가식을 완전히 걷어낸 그의 목소리가 차가운 칼날처럼 서늘했다.

"그럼 밖에 나가서 정정당당하게 붙어 볼까? 목 위에 달려 있는 그거 걸고?"

풍진호는 대답하지 않았다. 저런 애송이의 도발에 넘어갈 필요는 없다고 스스로를 설득하며, 그가 나직이 말했다.

"……백수룡. 네 외조부를 믿고 이리 날뛰는 것이냐?"

검치 매극렴. 청룡학관 강사들 중에서도 뛰어난 무공을 지닌 검수이자, 재학생들에겐 공포의 대상이고, 많은 졸업생들에게 존경을 받는 스승. 학생 주임 매극렴이 백수룡의 외조부라는 사실은 이제 학관의 모두가 아는 사실이었다.

"네 외조부가 너를 지켜 줄 거라고 생각한다면 커다란 착각이다."

"여기서 할아버지가 왜 나와?"

풍진호가 피식 웃었다. 그는 백수룡은 매극렴을 믿고 자신에게 이런 짓을 한 거라고 생각했다. 그게 아니면, 감히 신입 강사가 자신에게 이런 미친 짓을 할 수 있을 리가 없으니까.

"이미 관주가 되었어도 이상하지 않을 경력과 뛰어난 무공을 가지고도, 매극렴이 왜 아직도 학생 주임이나 하고 있다고 생각하나. 나처럼 때를 기다려서? 천만에."

"흐음."

백수룡은 일단 들어 보기로 했다. 뭔가 단단히 착각한 모양인데, 굳이 오해를 풀어줄 생각이 들지 않았다.

……매극렴이 계속 학생 주임으로만 남아 있는 이유가 궁금하기도 했고.

"이유가 뭔데?"

"완고하고 엄격한 성격 탓에 사람들과 어울리지 못하기 때문이지. 매극렴의 주변엔 아무도 없다."

매극렴은 평생 검과 학생 지도에만 몰두하며 살아온 무인이었다. 그는 학관 내의 권력이나 정치에는 전혀 관심이 없었다. 강사들 중에서도 매극렴과 개인적으로 친분이 깊다고 할 수 있는 이는 아무도 없었다.

"즉, 너는 줄을 잘못 잡았다는 말이지."

풍진호가 엉망으로 부은 얼굴로 흉물스럽게 웃었다. 그는 당한 것을 갚아 주기 위해 백수룡을 자극했다.

"이런 말 하면 좀 그렇지만, 잘난 자존심 때문에 딸의 장례식에도 가지 않은 못난 인간 아닌가? 너라고 다를 것……."

그 순간, 백수룡의 기세가 일변했다.

"……진심으로 죽고 싶다는 말이지?"

푸른 장포가 부풀어 올랐다. 방 안에 어지럽게 흩어진 술병이며 집기들이 마구 날아다니기 시작하고, 날카로운 기세가 한 점으로 집중되었다.

스르릉. 백수룡은 검을 뽑아 풍진호의 미간을 겨눴다.

"어디 더 지껄여 봐."

"너, 너, 나를 건드리면……."

"어떻게 되든."

저벅. 백수룡은 한 걸음 다가가자 풍진호가 흠칫하며 뒤로 물러났다. 사나운 살기에 자기도 모르게 반응한 것이다.

"곧 죽을 인간에게 들을 만한 건 아니잖아?"

"으으……."

풍진호의 머릿속이 새하얗게 변했다. 방금까지만 해도, 그는 백수룡에게 무공으로 진 것이 아니라고 생각했다. 정정당당하게 붙으면 이길 수 있다고 생각했다. 하지만 지금은…… 떨리는 다리를 주체할 수가 없었다.

털썩. 결국 그가 바닥에 주저앉았다. 백수룡을 그를 내려다보며 한쪽 입꼬리를 말아 올렸다.

"역시 너 같은 쓰레기는 살아 있는 가치가 없어."

"사, 살려……."

백수룡이 성큼 다가서며 검을 휘두르려 할 때였다.

"형님."

그 앞을 막아선 명일오가 굳은 표정으로 말했다.

"이 이상은 정말 안 됩니다."

"비켜."

"강사들 간에 살인이라니요. 학관이 뒤집힐 겁니다. 형님도 쫓겨나게 될 거라고요."

"……."

"많이 화가 나신 것 압니다. 하지만 제 얼굴을 봐서라도 참아 주십시오. 자리에 같이 있었던 저도 처벌을 피할 수 없을 겁니다."

명일오의 얼굴을 바라본 백수룡이 한숨을 내쉬고 검을 집어넣었다.

"……그건 생각을 못 했다."

저런 쓰레기 하나를 죽이는 건 일도 아니지만, 고작 이런 일로 앞길이 창창한 두 강사의 경력을 망칠 수는 없었다.

"허억……. 허억……."

죽다 살았다는 안도감에 풍진호가 숨을 몰아쉬었다. 그 얼굴은 한순간에 십 년은 더 늙은 듯 보였다.

백수룡이 그를 보며 말했다.

"하나 말해 줄까? 당신 제안에는 처음부터 별 흥미가 없었다."

"……어째서?"

"전제부터가 틀렸거든. 청룡학관이 망할 거라니. 예산만 해도 올해부터 두 배로 늘어날 거다."

"……어째서?"

풍진호는 백수룡의 든든한 후원자인 공손수의 정체에 대해서 알지 못했다. 청룡학관 내에서 그 정체를 아는 강사는 노군상, 곽철우, 남궁수뿐이었다.

"그리고 내년부터 청룡학관이 천무제에 초대받지 못할 거라고? 그래도 상관없어."

"……어째서?"

계속해서 똑같은 질문. 풍진호는 멍한 표정으로 백수룡을 올려봤다. 그가 자신만만한 얼굴로 자신을 비웃는 모습을 보았다.

"올해에 청룡학관이 우승할 텐데. 내년에 우릴 초대하지 않으면, 청룡학관이 영원히 우승자로 남을 테니까."

"하, 하하……."

풍진호는 엉망이 된 꼴로 허탈하게 웃었다.

"……자신감이 넘치는 정도가 아니라, 주제도 모르게 오만한 녀석이었군."

"말만 그럴듯하게 하는, 실상은 열등감에 찌든 추한 인간보다야 그게 낫지."

"……그래."

풍진호는 시체처럼 비틀비틀 몸을 일으켰다. 그는 텅 빈 눈동자로 백수룡을 마주 보았다.

"자네……. 이제 보니 아주 대단한 고수였군. 언행에 그만한 자신감이 있는 것도 이해하겠어. 하지만 말이지……."

백수룡은 이 자리에서 자신을 죽일 마음이 없다. 그 사실을 깨닫자, 풍진호는 오히려 마음이 차분해졌다.

'저 녀석 때문에라도.'

힐끗 명일오를 본 풍진호가 다시 백수룡을 바라봤다. 그의 창백한 얼굴에 다시 희미한 미소가 맺혔다.

"약한 인간은 약한 인간대로 방법을 강구하는 법일세. 앞으로 내 모든 능력과 인맥을 동원해서 자네를 이쪽 업계에서 매장시킬 생각인데. 어떤가? 이 자리에서 날 죽일 텐가?"

풍진호는 마치 죽여 보란 듯 백수룡을 도발했다. 잔뜩 독기가 차오른 눈빛이었다. 두려움에 떨던 방금과 완전히 달라진 태도에 당황할 만도 했지만, 백수룡은 가볍게 코웃음을 쳤다.

"어디 마음대로 해 보시든가."

"……기대해도 좋네."

풍진호는 옷매무새를 정리한 뒤에 물로 수염을 씻은 후 방을 나섰다. 터덜터덜 걸어가는 그의 안색이 시체처럼 창백했다. 가까이 다가가 힘든 분위기에 아무도 그를 가로막지 않았다. 풍진호가 기루의 정문을 나서기 전, 백수룡이 다시 그 앞을 가로막기 전까지는 말이다.

"잠깐 기다려."

"……또 뭔가. 이제 와서 싸움을 걸려고……."

"갈 땐 가더라도 여기 술값은 계산하고 가야지."
"……."
"참, 부서진 술병이랑 그릇값도 함께 계산해 줘."
백수룡은 무복의 안주머니를 뒤집어 먼지를 탈탈 털어 보였다.
"우린 임시 강사라 벌이가 시원찮거든."
얼굴이 붉으락푸르락해진 풍진호가 결국 품에서 전낭을 꺼냈다.
"여기 계산 좀 해 주게."
계산을 마친 풍진호가 백수룡을 돌아보며 말했다.
"백 선생. 내가 조언 하나만 해도 되겠나."
"얼마든지요."
풍진호가 계산한 액수를 본 백수룡이 흐뭇하게 웃으며 존댓말로 대답했다. 풍진호가 그 미소에 찬물을 끼얹었다.
"자네가 이번에 맡은 강의 말일세."
"……?"
"최소 수강 인원을 채우지 못하는 강의는 폐강된다네."
"……."
"간혹, 정말 간혹 그런 일도 있으니 조심하라는 의미에서 해 주는 말일세."
의미심장한 미소를 지은 풍진호가 기루를 나섰다.

다음 날 아침. 학관 곳곳 게시판에 붙은 수강 신청 목록에, 신규 강의 하나가 새롭게 추가되었다.

사파 무공의 이해와 실전 대비 – 백수룡

사파 무공의 분석과 현장 실습 - 풍진호

거의 비슷한 이름의 강의. 심지어 같은 요일, 비슷한 시간대로 배정된 수업이었다. 그걸 본 학생들이 웅성거렸다.

"뭐야. 풍 선생님 강의가 새로 나왔네?"

"어. 나 이거 들으려고 했는데……."

"그런데 백 선생님 강의랑 시간이 겹치는데?"

"둘 중 하나만 들으려면 풍 선생님 강의가 낫지."

"근데 교양인데 큰 차이가 있나?"

"너 그거 몰라? 풍 선생님한테 찍히면……."

학생들의 반응은 당연히 둘 중 하나라면 풍진호의 강의를 들어야 한다는 것이었다. 전날 밤 함께 있었던 명일오가 굳은 표정으로 백수룡을 돌아봤다.

"형님. 이거……."

"이렇게 나온다 이거지?"

게시판을 바라보는 백수룡의 입가에 사나운 미소가 맺혔다.

"재미있겠네."

103화
반격 (1)

어찌 된 일인지, 전날 밤 풍진호와 백수룡이 크게 다투었다는 이야기가 청룡학관 전체에 퍼졌다.
"……내가 분명 풍진호는 적으로 만들지 말라고 하지 않았더냐."
"죄송합니다."
혀를 찬 매극렴이 찻잔을 들어 천천히 한 모금 마셨다. 그 반대편에는 백수룡이 얌전히 무릎을 꿇은 채 꿍시렁거리고 있었다.
"분명 입단속을 했는데 대체 어떤 자식이 소문을……."
"조용히 해라."
"……넵."
매극렴은 머리가 지끈거리는 관자놀이를 손가락으로 꾹꾹 눌렀다.
"넌 대체 누굴 닮아서 가는 곳마다 말썽을……. 둘 다였구나."
딸과 사위의 얼굴을 동시에 떠올린 매극렴은 손바닥으로 얼굴을 가리며 한숨을 쉬었다. 청룡학관에서 삼십 년 넘게 일하면서 본 문제아들 가운데, 열 손가락에 꼽을 수 있는 두 녀석이 야반도주해서 만든 결실이 바로 백수룡이었다.

"그 둘 사이에 나온 녀석이니 오죽하랴……."

"할아버님, 전 정말 억울합니다."

그 와중에 백수룡은 뭐 그리 당당한지 꼿꼿하게 허리를 펴고 말했다.

"그자가 하는 짓을 보셨으면 할아버님께선 아예 두 동강을 내셨을 겁니다."

그러고도 남는다 쪽에 백수룡은 전 재산도 걸 수 있었다. 물론 매극렴은 철없는 손자를 향해 혀를 찰 뿐이었다.

"똥이 더러워서 피하지, 무서워서 피한다더냐. 좀 참고 넘어갔으면 피할 수 있는 일을……."

"아니 그 자식이……!"

"그 자식이 뭐?"

"후우. 아닙니다."

백수룡은 입을 꾹 다물었다. 차마 매극렴이 죽은 딸의 장례식에 가지 않은 일을 풍진호가 언급했다는 것을 말할 수는 없었다.

'따지고 보면 내 친어머니도 아니지만…….'

어쨌든 이 몸을 낳아 준 어머니가 아닌가. 그런 말을 듣고 가만히 있었으면 그건 호구 등신이었다.

"……나는 네 일에 관여치 않을 것이다."

단호한 목소리로 말한 매극렴은 천천히 차를 마셨다.

그가 머뭇거리며 말을 이었다.

"그 이유는……."

"당연히 그러셔야 합니다."

백수룡은 당연히 그래야 한다는 듯 고개를 끄덕였다.

"이깟 일에 할아버님까지 나서실 필요 없습니다. 저 스스로 실력을 증명하겠습니다."

"실력을 증명하려면 우선 최소 수강 인원부터 채워야 한다는 것은 알고 있겠지?"

"예……."

백수룡은 기어들어 가는 목소리로 대답했다.

〈사파 무공의 이해와 실전 대비〉.

최소 수강 인원 다섯 명을 모으지 못하면 이 강의는 시작도 못 하고 폐강이다.

"풍진호는 인맥이 두루두루 넓고 정치에 도가 튼 인간이다. 게다가 강의 실력도 좋아 학생들에게 인기도 많다. 온갖 수작을 부려서 네 강의를 방해할 게다."

그런 쓰레기가 인기 강사라니.

백수룡이 나직이 탄식했다.

"안타깝게도 인성과 실력이 비례하지는 않는군요."

매극렴이 눈을 가늘게 뜨고 백수룡을 째려봤다.

"스스로에게 하는 말이더냐?"

"아니……."

어떤 절대고수 앞에서도 말대꾸는 잘했으면서, 왜 매극렴 앞에만 서면 이렇게 작아지는 걸까?

'이게 다 죄 많은 아버지를 둔 탓이지.'

어쨌든, 당장 다음 주까지 최소 수강 인원을 모으는 것이 급선무였다.

"다섯 명을 모으는 것도 생각보다 쉽진 않을 것이다. 생각해 둔 방도가 있느냐?"

"걱정 안 하셔도 됩니다."

"……."

매극렴은 더 자세히 듣고 싶었으나, 백수룡은 자신만만한 미소만 지을 뿐이었다.

"끄응. 알았다."

관여하지 않겠다고 해 놓고 더 묻는 것도 민망한 일이었기에 매극렴은 가만히 차만 마셨다.

잠시 후, 차를 다 마신 백수룡이 자리에서 일어났다.

"할아버님. 저는 이만 일어나 보겠습니다."

"……벌써 시간이 이렇게 됐나."

매극렴은 백수룡을 문 앞까지 배웅했다.

신발을 신는 외손주를 보며 그가 머뭇머뭇 입을 열었다.

"음. 만약에 말이다. 큼, 정 내 도움이 필요하면……. 흠흠."

제대로 뒷말을 잇지 못하며 매극렴이 헛기침을 하는데, 신발을 다 신은 백수룡이 돌아서서 꾸벅 고개를 숙였다.

"이만 퇴근해 보겠습니다."

"……내일도 늦지 말거라."

외손자의 뒷모습이 작아지는 것을 바라보며, 매극렴은 작게 한숨을 쉬었다.

"고얀 놈. 끝까지 도와달라는 말은 안 하는구나."

매극렴의 거처에서 나온 백수룡은 곧장 청룡학관 교무처로 향했다.

"다섯 명? 아무것도 아니지."

백수룡에겐 자신감이 있었다. 그리고 그 자신감에는 충분한 근거가 있었다.

'혈교에 있을 때와 비교하면 훨씬 좋은 상황이거든.'

혈교의 교관 시절, 백수룡은 밑바닥에서부터 최고의 자리까지 올라갔다. 단전이 망가져서 갑자기 교관 쪽으로 진로를 튼 그를 환영해 준 교관은 아무도 없었다.

―뭐? 단전이 망가진 병신이 무공을 가르친다고?

―어이 신입. 교관이 만만해 보이나?

―너 교주님 친위대에 있을 땐 제법 기대주였다며? 여기선 그딴 거 기대하지 마라.

무시와 조롱은 일상이었고, 똑같은 실수를 해도 몇 배로 손가락질을 당했다. 가르치는 교육생들에게조차 은근히 무시를 당했다.

그래서 죽어라 노력했다. 읽을 수 있는 무공 서적은 모두 달달 외우고, 교육생 하나하나의 신체적 특징은 물론 성격까지 파악해 최적화된 교육법을 찾았다.

―미친놈…….

―……잠은 자고 일하는 거냐?

―혼자서 이 많은 걸 했다고?

조롱과 무시의 시선은 점점 경악과 감탄으로 바뀌었다. 그를 질투한 교관들이 음모를 꾸미고 누명을 씌우려 한 적도 있었지만, 언제나 한발 먼저 움직여서 상대를 함정에 빠뜨리고 비웃었다.

'하루하루가 외줄 타듯 짜릿한 시절이었지.'

그가 가르친 교육생들이 훗날 무림에 나가 이름을 날리는 고수가 되었을 때쯤엔, 그는 이미 혈교 최고이자 최악의 교관이라 불리고 있었다.

훗날 네 명의 사부와 만날 수 있었던 것도 그 능력을 인정받아서였다.

"그때랑 비교하면 이 정도쯤이야……."

백수룡이 피식 웃으며 교무처 문을 열고 들어갔다. 그의 발걸음은 여전히 가벼웠다.

'일단 지금까지 몇 명이나 수강 신청을 했는지 확인해 볼까.'

교무처 직원에게 그 이야기를 듣기 전까지는 말이다.

"사파 무공의 이해와 실전 대비요? 잠시만요. 확인해 드릴게요. 현재 수강 인원이…… 한 명이네요."

"……열한 명이요?"

"아니요. 한 명이요."

직원은 오해하지 말라며 오른손 검지를 반듯하게 세워 보였다. 백수룡은 어쩐지 가운뎃손가락처럼 보이는 그녀의 손가락을 빤히 바라보다가 되물었다.

"……한 명이라고요? 이틀 동안 수강 신청을 한 학생이 딱 한 명이라고요?"

"네. 직접 확인해 보세요."

교무처 직원은 수강 신청 현황에 적힌 서류를 내밀어 보였다. 종이의 맨 위에 〈위지천〉이라는 이름 세 글자가 반듯하게 적혀 있었다.

"천아……."

백수룡은 작은 감동을 받았다. 왜냐하면 위지천은 이미 백룡장에서 매일 자신에게 가르침을 받고 있었기 때문이었다. 그런데도 신청했다는 건, 청룡학관에서도 자신에게 더 배우고 싶다는 뜻이 아닌가.

"잠깐만. 그런데……."

반대로, 똑같이 매일 가르침을 받는데 신청을 안 한 다른 놈에게는 얄미운 마음이 솟구칠 수밖에 없었다.

"헌원강 이 새끼가?"

아직도 위지천보다 한참 약한 주제에 감히 신청을 안 해?

오늘 퇴근하면 헌원강을 두 배로 굴려 줘야겠다고 다짐하는 백수룡이었다.

백수룡이 직원을 돌아보며 멋쩍게 웃었다.

"저 죄송한데, '사파 무공의 분석과 현장 실습'은 몇 명이나 신청했는지 알 수 있겠습니까?"

"아……."

그의 미소에 얼굴을 살짝 붉힌 직원은 뒤늦게 정신을 차리고 서류를 찾았다.

"원래는 안 되는데……. 어디 가서 말하시면 안 돼요."

그녀는 서류를 뒤지더니, 굳이 백수룡에게 가까이 다가와서 귓속말로 속삭였다.

"그 수업은 열세 명이 신청했어요."

"……그렇군요."

이쪽은 한 명인데, 저쪽은 수강 신청 이틀 만에 최소 수강 인원의 두 배를 넘겼다.

'아무리 그래도 이상한데.'

애초에 수강 인원이 비슷할 거라고 기대한 것은 아니다. 당연히 그쪽으로 더 많이 몰리는 게 정상. 하지만 그래도 한 명뿐이라는 건 좀 이상하지 않은가. 아무리 비인기 과목이라도 그렇지, 교양 과목이니만큼 단순히 학점을 채우기 위해서라도 신청한 학생들이 몇 명은 있어야 했다.

즉, 저쪽에서 뭔가 수작을 부린 냄새가 났다.

"감사합니다."

"뭘요. 궁금한 게 있으면 언제든지 찾아오세요."

교무처 직원이 새침하게 잔머리를 귀 뒤로 넘기며 말했다.

잠시 후, 교무처를 빠져나온 백수룡은 잠시 고민하다가 발걸음을 돌렸다.

'일단 정보를 좀 더 수집해 봐야겠군.'

다행히도, 백수룡은 학관 내에 매우 뛰어난 정보통을 알고 있었다.

……다만 상당한 마음의 준비를 해야 했다.

목적지에 가까워진 백수룡은 심호흡을 하며 중얼거렸다.

"그 녀석하곤 웬만하면 만나고 싶지 않았지만…….."
 지금은 수단과 방법을 가릴 때가 아니다.
 잠시 후, 백수룡은 현판에 〈청룡학관 학생회〉라고 적힌 건물로 들어갔다.

• ❖ •

"선생님에 관한 좋지 않은 소문이 나서 그래요."
 차가운 인상의 소녀, 하지만 그 눈빛은 묘한 열기로 이글거렸다.
 백수룡은 탁자 너머 마주 앉은 소녀의 움직임을 경계하며 물었다.
"좋지 않은 소문? 구체적으로 어떤 건데?"
"그 전에…… 약속대로 머리카락부터 먼저 주세요."
 범상치 않은 눈빛의 소녀, 당소소는 선금부터 확실하게 요구했다. 백수룡은 찝찝한 표정으로 머리카락을 몇 가닥 뽑았다.
"잠깐. 굵고 싱싱한 거로 주세요."
'싱싱한 머리카락이 왜 필요한 건데…….'
 그 용도가 무척 의심스럽고 궁금했지만, 돌아올 대답을 감당할 자신이 없어 백수룡은 차마 묻지 않았다.
"……여기 있다."
"후후후……."
 당소소는 백수룡의 머리카락을 비단에 싸서 품 안에 넣은 후 싱긋 미소를 지었다.
"어젯밤에 선생님이 풍진호 선생님을 기습해서 만신창이로 만들었다는 소문이 파다해요."
"아니, 대체 어떤 놈이 퍼트린 거야? 기루 직원들은 전부 입단속을 했는데……."

"사실이에요?"

눈을 초롱초롱하게 빛내며 묻는 당소소에게, 백수룡은 피식 웃으며 되물었다.

"질문하러 온 사람은 나야. 돌고 있는 소문은 그게 전부야?"

"그것 말고도 많아요. 전에 일하던 학관에서 여학생들을 후리고 다녔다느니, 돈 많은 남자들을 후리고 다녔다느니, 색공을 익혔다느니……."

"……어째 다 비슷한 소문들이군."

"전 믿지 않아요. 선생님이 정말 그런 분이라고는 절대 생각하지 않거든요."

당소소는 위험한, 그러나 두 눈에 신뢰가 가득한 표정으로 웃었다.

"그런 사람이었으면 저한테 안 걸렸을 리가 없잖아요? 전 이미 선생님의 일거수일투족을……."

"그만. 그만해 제발."

부르르 몸서리를 친 백수룡이 다른 질문을 했다.

"어쨌든 소문뿐이잖아. 그것만 가지고 학생들이 나를 피한다고? 오늘만 해도 딱히 그런 느낌은 없었는데……."

누가 그런 소문을 낸 것인지야 뻔했다. 풍진호가 앙심을 품고 헛소문을 퍼트린 거겠지. 하지만 백수룡이 생각하기엔 그것만으로는 조금 부족했다.

아니나 다를까.

"……소문보다 중요한 건 선생님이 풍 선생님한테 찍혔다는 거예요. 풍 선생님은 주요 전공 과목도 여럿 가르치거든요. 게다가 그 뒤에는……."

"남궁수가 있다?"

당소소가 무겁게 고개를 끄덕였다.

"청룡학관에서 남궁 선생님에게 밉보이고 제대로 된 학점을 받을 수 있는 학생은 없다고 봐도 좋아요. 풍 선생님은 그런 남궁수 선생님과 친하고요. 다른 강사님들하고도 마찬가지예요."

'정작 풍진호는 남궁수를 쫓아낼 계획인데 말이지.'

백수룡은 잠시 고개를 숙이고 생각에 잠겼다. 어떻게 대응하는 것이 좋을까. 소문에는 더 큰 소문으로 맞불을 놓는 방법도 있다. 풍진호와 남궁수 사이를 이간질해서 틀어지게 할 수도 있고, 은밀하게 함정을 파 놓고 기다릴 수도 있다. 아니면 강의 자체를 아예 못하게 만들어 버릴 수도……

'혈교에서처럼 과격한 방법은 안 되겠지.'

차분하게 생각을 정리한 백수룡이 고개를 들어 당소소를 바라봤다.

"여기, 의뢰도 받나?"

그와 눈이 마주친 당소소가 눈을 빛내며 대답했다.

"요금만 지불하신다면요."

104화
반격(2)

필요한 정보를 몇 가지 더 얻어낸 후, 백수룡은 자리에서 일어났다.
"더 필요한 정보는 없으세요?"
"일단은 이 정도면 충분해. 의뢰한 건 언제쯤 받아볼 수 있지?"
"내일 아침이면 정리될 거예요. 생활지도부로 갖다드릴게요."
"그래. 그럼, 그때 보자고."
당소소가 그를 배웅하기 위해 따라 일어섰다.
"아쉬워요. 사파 무공의 이해와 실전 대비. 지난 학기에 듣지만 않았어도 당장 수강 신청을 하는 건데……."
차마 이미 들어서 다행이라는 말은 할 수 없기에, 백수룡은 가식적으로 웃어 주었다.
"다음에 또 기회가 있겠지."
"어머. 잘생겼어……."
백수룡의 미소에 얼굴을 붉힌 당소소가 두 손으로 입을 가리며 감탄했다. 그녀가 눈을 반짝이며 말했다.
"언제든지 찾아 주세요. 청룡학관 학생회의 문은 늘 열려 있으니까요."

그리고 다음엔 머리카락 말고 다른 털을…….”

쿵! 강하게 문을 닫고 나온 백수룡은 고개를 절레절레 저었다.

"후우……. 악마와 거래를 하고 온 기분이군."

등줄기에 식은땀이 살짝 맺혔다. 차라리 흑림의 살수들과 다시 싸우는 게 열 배는 쉬울 것 같았다.

부르르 몸을 떤 백수룡이 중얼거렸다.

"하여튼 요즘 애들은 무슨 생각을 하는지 모르겠다니까."

털 따위를 가져다가 대체 뭘 하려는 건지 슬쩍 물어보니, 몇 개는 베개에 넣고 몇 개는 옷을 만들 때 사용할 거라고 했다.

'왜 그런 짓을 하는 거지? 당가 비전의 사술 같은 건가?'

……아무튼 이해는 할 수 없지만, 고급 정보를 공짜로 얻은 것은 사실이었다.

기분이 좀 찝찝할 뿐, 백수룡이 손해를 본 것은 아무것도 없었다.

"선생님."

밖에서 대기 중이던 학생회장 독고준이 백수룡에게 다가왔다. 안에서 무슨 일이 일어났을지 짐작한 듯, 독고준이 부끄러운 표정으로 고개를 숙였다.

"……부회장을 대신해 제가 사과드리겠습니다."

"너도 고생이 많겠구나."

"예……."

그 말에 자기도 모르게 고개를 끄덕인 독고준은 금방 다시 진지한 표정으로 물었다.

"풍진호 선생님과의 문제. 어떻게 하실 겁니까?"

두 강사의 갈등은 학생회에서도 중요한 문제였다. 모든 학생과 강사가 힘을 모아서 천무제를 준비해도 모자랄 판에, 학기 초부터 파벌이 갈려 싸운다면 시작부터 삐걱거릴 수밖에 없었다.

"학생회 입장에선 두 분이 원만하게 화해해 주셨으면 합니다."

당소소가 백수룡에게 유용한 정보를 이것저것 건네주긴 했지만, 학생회가 둘 중 한쪽 편을 들 수는 없는 입장이었다.

"……풍 선생님은 학생회는 물론, 동아리 연합, 졸업생 동문회, 학부모회까지 끈이 안 닿는 곳이 없습니다."

"그럴 거라고 생각해."

백수룡이 고개를 끄덕였다. 그 모습을 본 독고준이 조심스럽게 제안을 했다.

"화해하고 싶으신 마음이 있으시다면 학생회에서 자리를 마련해 보겠습니다."

"걱정해 주는 건 고마운데."

독고준의 어깨에 손을 올린 백수룡이 피식 웃었다.

"화해는 어려울 것 같다."

"……그렇습니까."

백수룡도 독고준의 입장은 충분히 이해하고 있었다. 하지만 풍진호와는 이미 돌이킬 수 없을 정도로 사이가 틀어졌다. 설령 돌이킬 수 있다고 해도 하고 싶지 않았다.

'차라리 남궁수가 나아. 저런 썩은 부위는 빨리 도려내야 해.'

나름의 결심을 한 백수룡은 독고준의 어깨를 두드리며 웃었다.

"걱정하지 마라. 그렇다고 오래가진 않을 테니까."

당소소에게 몇 가지 정보를 얻으면서, 백수룡은 풍진호에게 반격할 계획을 세웠다.

'우선 나에 대해 돌고 있는 소문부터 해결해야겠지.'

지금처럼 지저분한 소문이 돌고 있는 상황에서 수강생을 모으는 것은 어렵다.

그 전에 풍진호가 퍼트린 소문의 오해를 풀든가…….

씨익.

"더 큰 소문으로 덮어 버리든가."

"……예? 그게 무슨……."

독고준의 어깨를 툭툭 두드린 백수룡이 그 옆을 지나갔다.

"너무 늦기 전에 수강 신청을 해 두는 게 좋을 거야. 이미 들은 과목이라면 어쩔 수 없지만."

"……."

사악하게 웃는 백수룡의 옆얼굴을 바라보며, 독고준은 조만간 심상치 않은 일이 벌어질 거란 사실을 짐작했다.

• ◈ •

방 안에는 중년의 남녀가 마주 앉아 있었다.

"……그렇게 된 겁니다."

풍진호는 반대편에 앉은 여성에게 조심스러운 태도로 말했다.

이십 년 경력의 강사인 그가 청룡학관 내에서 이토록 행동을 조심해야 할 사람은 많지 않았지만, 눈앞의 중년 여인은 충분히 그럴 만한 힘이 있는 존재였다.

촤악. 섭선을 펼쳐 얼굴을 반쯤 가린 그녀가 미간을 찌푸리며 말했다.

"백수룡이라……. 정말이지 혐오스러운 인간이네요. 어떻게 그런 인간이 아이들을 가르칠 수 있는 거죠?"

백의궁장 차림의 여인은 얼음이 묻어날 듯 차가운 목소리로 말했다. 눈처럼 새하얀 피부와 도도한 표정. 마흔을 훌쩍 넘긴 나이지만, 많아도 20대 후반쯤으로 보이는 날카로운 인상의 미인이었다.

"현이 어머님. 제가 강사들을 대표해 불미스러운 사건이 일어난 것에 대해 사과드리겠습니다."

"풍 선생님께서 사과하실 일은 아니죠."

한천빙모(寒泉氷母) 서리애. 청룡학관 학부모회의 회장으로, 개인의 무공도 고강할뿐더러 학관의 대소사에 개입할 정도로 강력한 입김을 지니고 있었다. 그리고 작년 학생회장이었던 방백현의 어머니이기도 했다. 생각만 해도 불쾌하다는 듯 그녀가 혀를 찼다.

"학관에 그런 파렴치한이 있는 줄은 상상도 못 했어요."

"저 또한 깜빡 속을 뻔했습니다. 수려한 외모와 뛰어난 언변을 그런 식으로 사용하다니……."

풍진호는 안타깝다는 듯 말했다. 방금까지 그는 백수룡이 얼마나 지저분하고 음흉한 인간인지 서리애에게 설명한 참이었다. 이야기를 들은 서리애의 반응은 예상대로였다.

"사내들 중에 얼굴값 하지 않는 자를 찾기가 더 어렵죠. 아이들을 위해서, 학관의 명예를 위해서라도 그런 자는 마땅히 쫓아내야 해요."

"저 또한 같은 생각입니다."

서리애의 단호한 말에 풍진호가 침중한 얼굴로 고개를 숙였다. 하지만 그녀에겐 보이지 않는 그의 입가엔 미미한 미소가 맺혀 있었다.

'백수룡. 이걸로 넌 끝이다.'

무림의 어머니들은 하나같이 성격이 보통이 아니다. 자식의 출세를 위해 그녀들은 어려서부터 학관을 뻔질나게 드나들고, 서로 정보를 공유한다.

서리애는 그 정점에 있는 여인. 그녀의 한마디면 청룡학관에 자식을 둔 어머니들이 모두 움직일 것이다. 학관주조차 함부로 대할 수 없는 존재가 눈앞의 여인이었다.

"그 신입 강사에 대해서는 조만간 학부모 회의를 열어 이야기를 나누고, 의견을 모아서 관주님께 전달하겠어요."

"역시 신중하십니다."

말이 회의지, 결국 학부모회는 그녀가 주도하는 대로 흘러갈 것이다.

'이제 매극렴이 아니라 노군상이 나서더라도 널 구할 수 없다.'

백수룡은 평생 이쪽 업계에는 발도 못 붙이게 될 것이다. 그것뿐인가. 풍진호는 자신이 가진 모든 인맥을 동원해, 백수룡을 나락으로 떨어뜨릴 계획이었다.

'그 잘난 무공으로 평생 떠돌이 낭인으로 살게 해 주마.'

그는 입가에 맺히는 미소를 감추기 위해 찻잔을 들어 차를 마셨다.

서리애가 그 모습을 보더니 입을 열었다.

"그런데……."

"편히 말씀하십시오."

잠시 뜸을 들인 서리애가 도도한 미소를 지으며 말했다.

"우리 현이. 올해 성적도 문제없겠죠?"

"물론입니다. 무림맹 특채 전형으로 완벽하게 맞춰서 철저히 준비하고 있습니다."

4학년 방백현. 작년 청룡학관 학생회장이자 서리애의 외동아들로, 상당한 실력과 재능을 갖춘 수재였다. 아들 이야기에 서리애의 얼음 같던 얼굴에 처음으로 온기가 돌았다.

"말씀만 들어도 든든하네요. 저는 풍 선생님만 믿어요."

"허허. 현이는 더 이상 가르칠 게 없을 정도입니다."

"과한 칭찬이세요. 아직 한참 부족한 아이랍니다. 많은 지도 편달 부탁드려요."

스윽. 서리애가 품에서 비단으로 된 전낭을 꺼내더니 풍진호 쪽으로 밀었다.

"소소하지만 강사님들과 술 한잔하실 정도는 될 거예요."

한눈에 보아도 상당히 두툼한 전낭. 풍진호는 자연스럽게 그것을 품 안에 넣으며 미소 지었다. 한두 번 받아 본 솜씨가 아니었다.

"아이고. 저희 사이에 뭘 이런 걸 다…….".
"저는 말만 번지르르한 사람은 믿지 않는답니다. 실제로 오가는 것이 있어야 더욱 돈독해지는 것이 인간관계 아니겠어요?"
"……물론입니다."
즉, 방백현의 학점 관리를 제대로 하란 소리였다.
'무섭군.'
풍진호는 침을 꿀꺽 삼켰다. 한없이 차가운, 하지만 그 안에 뜨거운 야망이 이글거리는 눈동자가 그를 쏘아보고 있었다.
"아시겠지만 우리 현이는 언젠가 무림맹주가 될 아이예요. 졸업해서 무림맹에 입맹할 때까지, 그 아이의 경력에 흠결 하나 있어선 안 돼요."
"걱정하실 것은 아무것도 없습니다."
무림맹주. 정파 무림의 일인자라고 할 수 있는 위치. 고강한 무공만으로 닿을 수 있는 자리도 아니고, 인망과 정치력까지 모두 갖춰야 얻을 수 있는 지위였다. 서리애는 자신의 아들을 무림맹주로 만들겠다는 야망을 품고 있었다.
"풍 선생님이 다른 선생님들께도 잘 일러주세요. 특히 남궁 선생님. 벌써 제 면담 요청을 네 번이나 거절하셨어요."
"……제가 잘 말해 놓겠습니다."
할 말을 마친 서리애가 자리에서 일어났다.
"이만 일어나 봐야겠어요. 반 시진 후에 현이 과외 선생님이 오시는 시간이라."
"제가 정문까지 배웅해 드리겠습니다."
풍진호는 서리애를 반보 뒤에서 수행하듯이 뒤따랐다.
그녀가 청룡학관 곳곳을 둘러보며 말했다.
"연무장이 지저분하네요. 청소를 좀 더 자주 해야겠어요."
"말해 놓겠습니다."

"연습용 무기들 정비는 제대로 하는 건가요? 아까 창고에 들러 보니 녹이 슬어 있던데."

"다시 확인해 보겠습니다."

"기숙사 생활에 대해 학부모회 의견을 모아 볼 생각이에요. 불편한 점은 개선을······."

"경청하겠습니다."

마님과 하인이 따로 없을 지경이었다. 풍진호는 과하다 싶을 정도로 스스로를 낮췄고, 서리애는 그것을 당연하게 여겼다. 이렇게 권력자에게 달라붙는 것이 풍진호가 살아남아 온 비결이었다.

두 사람이 정문에 가까워졌을 때였다.

웅성웅성. 정문 주변에 꽤 많은 인파가 모여 있고, 인파 너머에서 실랑이가 벌어지는 소리가 들렸다. 두 사람이 목소리를 높여 다투고 있었다.

"비켜 주십시오. 안으로 들어가야겠습니다."

"이곳은 무림맹 관할이오! 관무불가침에 따라 관부의 사람은 함부로 들어갈 수 없소이다."

서리애가 눈살을 찌푸리며 풍진호에게 물었다.

"웬 소란이죠?"

"제가 알아보고 오겠습니다."

풍진호는 인파를 헤치고 앞으로 나섰다. 잠시 후 누군가와 대치 중인 매극렴의 모습이 보였다.

'빌어먹을 늙은이.'

매극렴을 본 순간 백수룡의 얼굴이 떠올라 열이 부글부글 끓어올랐지만, 최대한 내색하지 않고 점잖게 물었다.

"학생 주임 선생님. 무슨 일입니까?"

"풍 선생? 마침 잘 왔네. 당사자가 왔으니 직접 물어보면 되겠군."

"······당사자라니?"

풍진호는 고개를 돌려 매극렴과 대치한 사람을 바라봤다. 찔러도 피 한 방울 안 나올 것처럼 생긴 인상의 포두가 말에 탄 채로 그들을 내려 보고 있었다.

"그쪽이 청룡학관 강사 풍진호 씨가 맞습니까?"

"……맞는데 무슨 일이시오?"

불길한 느낌이 등줄기를 타고 스멀스멀 올라왔다. 그리고 그 순간, 포두의 뒤에 숨어 있던 여인이 앞으로 나서며 소리쳤다.

"저 사람이에요!"

뾰족한 목소리에 모두의 이목이 집중되었다. 여인은 얼굴을 가리고 있던 장옷을 벗었다.

"너는……."

며칠 전, 풍진호가 백수룡에게 맞은 날 기루에서 희롱했던 기녀였다.

"저 남자가 기루의 물건들을 부수고 절 때렸어요!"

"이런 미친년! 내가 널 언제 때렸단 말이냐!"

당황한 풍진호가 버럭 소리쳤다. 그 순간 청천 포두가 표정 변화 없는 딱딱한 얼굴로 말했다.

"서로 아는 얼굴이긴 한 모양이군."

"그, 그건……!"

한 번의 말실수로 주변의 시선들이 싸늘해지는 것이 느껴졌다.

청천은 풍진호에게 변명의 기회를 주지 않고 말했다.

"풍진호 강사. 폭행 및 기물 파손으로 기루에서 신고가 들어왔소. 관아로 가서 조사를 받으셔야겠소."

"이건 음모요! 나는 그런 적 없소이다!"

"어라? 풍 선생님 아닙니까?"

하필이면 그 순간. 들려온 목소리에 풍진호의 고개가 천천히 돌아갔다. 백수룡이 순진한 표정으로 서 있었다.

"이게 다 무슨 일이에요? 어라? 당신은 그때……."

백수룡을 알아본 기녀가 반가운 목소리로 소리쳤다.

"대협! 저 기억하시죠? 그때 자리에 함께 계셨잖아요. 대협께서 그때 절 구해 주시지 않았더라면……."

물론 다 기억난다는 듯, 백수룡이 선량하게 웃으며 말했다.

"기억하고말고요. 며칠 전에 저 변태 자식이 소저에게 찝쩍거려서 제가 흠씬 패주지 않았습니까."

수많은 사람이 지켜보는 가운데, 새로운 소문이 퍼져 나가기 시작하는 순간이었다.

그와 동시에,

"풍 선생님."

주변의 공기를 싸늘하게 만드는 목소리.

인파를 헤치고 또각또각 걸어온 서리애가 풍진호에게 물었다.

"이게 다 무슨 소리죠?"

"어, 어머님. 뭔가 오해가……."

학부모회 회장의 서슬 퍼런 추궁에, 풍진호의 안색이 시체처럼 창백해졌다.

105화
기대되는데

"……내 자네들에게 엄중히 경고하겠네."

노군상이 내뿜는 기세에, 방 안의 공기는 숨 막힐 듯 무거웠다.

청룡학관주는 자신의 앞에 나란히 앉은 두 강사를 노려보며 말했다.

"자네들의 기 싸움이 한 번만 더 청룡학관의 명예를 실추시키는 일로 이어진다면, 둘 다 용서하지 않을 것이야. 내 말 알아듣겠나?"

"……."

관아에서 포두가 출동해 청룡학관 강사를 체포해 갈 뻔했던 사건은, 뒤늦게 도착한 노군상과 난향이라는 기녀가 합의하면서 극적으로 마무리되었다. 정확히는 백수룡이 청천과 난향에게 전음으로 지시를 내린 것이었지만 말이다.

오라버니. 이걸로 은혜는 갚았어요. 나중에 술 한잔하러 오세요. 그땐 제가 살게요.

자신에게 주어진 역할을 완벽하게 해낸 난향이 남기고 간 쪽지에는 그렇게 적혀 있었다.

백수룡과 눈이 마주친 그녀는 한쪽 눈을 찡긋하고 떠났다.

"관주님. 저는 정말 억울합니다. 이자가 그 기녀와 짜고 저를 모략하기 위해 헛소문을 퍼트렸……."

"풍 선생. 내가 정말 아무것도 모를 거라고 생각하나?"

풍진호가 억울하다는 표정으로 항변했으나, 노기가 충천한 노군상 앞에서는 씨알도 먹히지 않았다.

츠츠츠츳…….

무시무시한 기운이 노군상에게서 흘러나와 풍진호를 짓눌렀다. 풍진호가 몸을 부르르 떨었다.

"과, 관주님……."

"갈! 너희가 그날 기루에 있었다는 것은 확인했다. 정확한 사정은 궁금하지 않아. 중요한 것은 너희가 청룡학관의 이름에 먹칠을 했다는 것이다!"

노군상의 사자후로 새파랗게 질린 풍진호 옆에서, 백수룡은 얌전히 고개를 숙이며 대답했다.

"죄송합니다."

풍진호는 그 모습이 가증스러워 손을 파르르 떨었다.

'이 찢어 죽여도 시원찮을 놈!'

함께 구설수에 휘말렸지만, 이번 사건으로 훨씬 더 손해를 본 쪽은 두말할 것 없이 풍진호였다. 풍진호에겐 이십 년간 강사 생활을 해 오며 쌓은 명예가 있었다. 반면 백수룡은 이제 막 신입 강사가 된 애송이. 경력이라고는 이제부터 시작될, 잃을 것도 없는 몸이었다.

노군상이 인상을 쓰며 말을 이었다.

"자네들의 강의 계획서를 보았네. 거의 똑같은 내용에 시간대도 비슷하더군. 대체 누굴 위한 강의인가?"

"……."

노군상의 서슬 퍼런 눈빛에 두 강사는 입을 열지 못하고 고개를 숙였다. 그 모습을 지켜본 노군상은 혀를 차며 말했다.

"이렇게 하겠네. 자네들의 강의를 2주간 종합적으로 평가한 후, 둘 중 평가 점수가 떨어지는 쪽은 폐강하겠네."

"예?"

"관주님?"

당황한 두 강사가 눈을 부릅뜨고 노군상을 바라봤다.

그러나 노군상은 반론 따위 듣지 않겠다는 듯 엄한 표정으로 말을 이었다.

"폐강된 강의를 듣던 학생들은 남은 강의를 듣게 할 것이니 그리 알게. 내 결정에 불만이라도 있나?"

두 강사의 머리가 빠르게 돌아갔다.

그리고 거의 동시에 대답했다.

"없습니다."

"알겠습니다."

결국 평가가 높은 쪽이 두 수업의 학생들을 독차지하게 된다는 이야기. 두 사람 다 이길 자신이 있었기에 대답에 망설임이 없었다.

"둘 다 내 말 명심하고, 이만 나가 보도록."

싸늘한 축객령에 두 사람이 자리에서 일어났다.

관주실을 나오자마자 풍진호에게서 싸늘한 살기가 흘러나왔다. 그는 백수룡을 돌아보며 말했다.

"설마 이것으로 끝났다고 생각하는 건 아니겠지."

풍진호는 더 이상 가식적인 표정조차 짓지 않았다. 물론 백수룡도 그럴 필요를 느끼지 못했다.

씨익.

"당연한 소릴. 이제부터 막 재미있어지려고 하는데."

역설적이게도, 적이 된 후로 서로에게 가장 솔직해질 수 있는 두 사람이었다. 그들은 서로를 똑바로 바라보며 싸늘하게 웃었다.

"한 방 먹였다고 기고만장하구나. 널 파멸시킬 방법이 소문 몇 개 내는 것이 전부인 줄 아느냐?"

"왜? 살수라도 고용하시게?"

"굳이 죽일 필요가 있을까. 평생 후회하게 만들어 주는 쪽이 더 내 취향인데."

"생각이 나랑 비슷하시네. 나도 편하게 끝내줄 생각은 없거든."

"이 하룻강아지가……."

두 사람의 설전은 새로운 인물이 등장하면서 이어지지 못했다.

"두 분. 관주님과 이야기는 끝나셨나요?"

복도 끝에서 학부모회 회장 서리애가 그들을 기다리고 있었다. 도도한 걸음으로 다가오는 그녀를 향해, 풍진호가 활짝 미소를 지었다.

"현이 어머님. 절 기다리셨군요. 아까 일은 제가 차근차근 상황을 설명해 드리겠습니다."

그러나 서리애가 볼일이 있는 쪽은 풍진호가 아니었다.

"풍 선생님. 죄송하지만 백수룡 선생님과 이야기를 나누고 싶은데 자리를 좀 비켜 주실래요?"

"……예?"

눈동자가 화등잔만 해진 풍진호가 빠르게 말했다.

"혀, 현이 어머님. 우선 제 이야기를 먼저 들어주시면……."

"죄송하지만 구차한 변명까지 들어드려야 할 만큼 제 시간이 많진 않답니다."

평소에도 차가웠지만, 지금 서리애의 말투에는 북풍한설이 몰아치고 있었다. 고개를 돌린 그녀가 백수룡을 보며 가볍게 미소 지었다.

"백수룡 선생님. 잠깐 이야기 좀 나눌 수 있을까요?"
"물론입니다."

백수룡은 반듯한 미소를 지으며 포권을 취했다. 둘 사이에서 없는 사람 취급을 당한 풍진호가 이를 악물었다.

'빌어먹을 년이……!'

불과 한 시진 전만 해도 백수룡을 쫓아내야겠다고 말하던 서리애였다. 그랬던 그녀의 태도가 한순간에 돌변했다. 그 기녀와 백수룡이 기루에 서 있었던 일을 폭로했기 때문일까?

'아니, 이 여자는 그렇게 순진하지 않아.'

서로 하루 이틀 본 사이가 아니다. 풍진호가 어떤 인간인지, 그녀가 모를 리가 없었다. 새삼 그의 도덕성에 흠을 발견해서 이런 대우를 할 리가 없었다. 오히려 이것은 정치적인 문제다.

'내가 백수룡에게 밀릴 수도 있다고 생각하는 건가?'

그렇다면 이해가 된다. 백수룡이라는 패가 의외로 괜찮아 보이니 한번 알아보려는 것이다. 동시에 풍진호 자신을 향한 경고이기도 했다. 이 정도 일도 똑바로 해결하지 못하면 언제든지 갈아탈 수 있다는 경고.

'이 풍진호를 우습게 보는군.'

화가 머리끝까지 치솟았지만, 그 사실을 깨닫자 오히려 빠르게 냉정을 되찾았다. 여기서 화를 내거나 서리애에게 매달리는 것은 최악의 수. 오히려 조용히 물러나 반격을 준비해야 할 때다.

"……현이 어머님. 다음에 또 뵙겠습니다."

풍진호는 정중하게 포권을 취한 후 순순히 물러났다. 서리애는 그 뒷모습을 쳐다보지도 않았다. 그녀의 시선은 백수룡을 향했다.

"올해 수석 입학한 아이의 개인 과외를 하셨다고 들었어요."

위지천에 관한 이야기는 청룡학관 학부모회에서도 유명했다.

'올해 수석인 위지천이 신입 강사 백수룡의 집에서 숙식하며 무공 과

외를 받았다더라.'

'예순다섯이나 된 노인을 합격시켰다더라.'

학부모들 사이에서는 벌써 그런 소문이 자자했다.

실제로 그 후 적지 않은 개인 과외 요청이 들어왔지만, 백수룡은 학관 수업에 집중해야 한다는 이유로 모두 거절했다.

"천이의 재능이 워낙 출중했기 때문입니다."

"겸손하셔라."

백수룡의 겸손한 대답에 서리애는 부채로 입을 가리며 웃었다. 하지만 그녀의 눈은 차갑게 빛났다.

"과한 겸손은 오히려 교만해 보인답니다. 역대 최고령 합격자를 만든 것도 재능 때문이었다고 말씀하실 건가요? 저는 이런 면에서는 솔직한 분이 좋아요."

"그러시다면."

그 순간, 백수룡의 입가에 맺혀 있던 반듯한 미소가 살짝 뒤틀렸다. 전보다 훨씬 자신감이 넘치는, 보기에 따라 거만하다고도 느낄 수 있는 미소였다.

"내숭은 그만 떨겠습니다. 사실 제 능력이 뛰어나긴 합니다. 풍진호 따위와는 비교도 안 되죠."

서리애는 그의 대담한 대답이 꽤 마음에 들었다. 그래서 단도직입적으로 물었다.

"풍 선생님에겐 이십 년간 다방면으로 쌓아 온 인맥이 있어요. 강의 실력도 괜찮은 편이고요. 백 선생님껜 뭐가 있죠?"

대답이 중요한 순간. 이 대답 여하에 따라, 백수룡에 대한 학부모들의 평가가 달라질 것이다. 백수룡을 바라보는 서리애의 눈이 예리하게 빛났다.

'신중하게 대답해야 할 거야.'

그러나 서리애의 예상과 달리, 백수룡은 잠시도 고민하지 않고 장난스럽게 웃으며 말했다.

"뛰어난 무공, 명석한 두뇌, 화려한 언변, 훌륭한 인성, 강의에 집중하기 좋은 수려한 외모……. 더 말씀드릴까요?"

긴장은커녕 여유롭기만 한 그의 대답에, 서리애는 자기도 모르게 "풋!" 하고 웃음을 터트렸다.

"자신감과 패기는 마음에 드네요. 그냥 간덩이가 부은 것 같기도 하지만……."

그녀의 칭찬인 듯 비꼬는 듯 애매한 말에, 백수룡은 씩 웃으며 말했다.

"말로 해 봤자 아무 의미도 없기 때문입니다. 지켜보십시오. 제가 청룡학관을 바꿔 놓을 테니까요."

"흐음……."

서리애는 백수룡을 뚫어지게 응시했다. 청룡학관을 천무제에서 우승시키겠다고 한 발언은 그녀도 알고 있었다.

'물론 어림도 없는 이야기겠지만.'

그 이후로 청룡학관에 여러 가지 변화의 바람이 불고 있다는 사실은 인정할 수밖에 없었다.

잠시 생각을 정리한 서리애가 입을 열었다.

"우리 현이는 4학년이라 아마 선생님께 수업을 듣진 못할 거예요."

"방백현 학생. 매우 뛰어난 학생이라고 들었습니다."

청룡학관에서 유명한 학생들의 이름 정도는 백수룡도 이제 대부분 알고 있었다.

방백현. 작년 학생회장으로, 지난해 천무제에서 청룡학관이 최소한의 체면치레를 할 수 있었던 것은 방백현 덕분이라고 들었다.

아들의 이름이 나오자 서리애의 입가에 흐뭇한 미소가 맺혔다.

"언젠가 무림맹주가 될 아이랍니다. 잘 부탁드려요."

"훌륭한 목표라고 생각합니다."

백수룡은 감탄한 듯 고개를 끄덕였지만, 속으로는 조금 당황했다.

'무림맹주라고?'

과거 사파의 정점이 혈마신교의 교주인 혈마였다면, 정파 무림의 정점은 무림맹주다. 하지만 사파와 달리 무림맹주는 무공만으로 결정되는 것이 아니었다. 강력한 무공, 인망, 정치력까지 겸비되어야 올라갈 수 있는 위치. 어쩌면 사파의 지존보다 되기 어려운 것이 무림맹주였다.

'아들을 무림맹주로 만들겠다…….'

아직 방백현을 직접 만나 본 적은 없었지만, 서리애의 눈에서 느껴지는 야망은 용암처럼 뜨거웠다.

그녀가 웃으며 말했다.

"무림맹에 같은 학관 출신의 수하들이 많을수록, 우리 현이도 더욱 힘을 받지 않겠어요?"

청룡학관 졸업생들은 모두 미래의 무림맹주인 방백현의 수하가 될 것이다. 서리애는 수십 년 후의 미래까지 그리고 있었다. 그녀의 눈빛이 꿈꾸듯 몽롱했다.

'……괜히 찬물을 뿌릴 필요는 없겠지.'

백수룡이 부드럽게 웃으며 맞장구를 쳤다.

"곧 청룡학관에서 큰 인물이 나오겠군요. 물심양면으로 돕겠습니다."

나쁘지 않은 답변이었는지 서리애가 빙긋 웃었다.

"말씀만으로 감사해요. 학생들을 잘 가르쳐 주시는 것이 곧 우리 현이를 도와주는 일이랍니다."

그녀는 백수룡을 직접 만나 대화를 나눠 보면서, 그에 대한 평가를 끝냈다.

'젊고, 패기 넘치고, 지금까지 보여 준 실력도 괜찮고, 풍진호에게 한 방 먹인 걸 보면 여간내기도 아니야.'

그렇다고 풍진호와 완전히 척을 지면서까지 백수룡을 편들 생각은 없었다.

"앞으로 학부모회는 두 분의 개인적인 갈등에 대해서는 개입하지 않겠어요. 부디 모든 일이 원만하게 해결되길 바랄게요."

즉, 앞으로 둘 중 어느 편도 들지 않겠다는 이야기였다. 백수룡의 입가에 가느다란 미소가 맺혔다.

'이 정도면 충분해.'

풍진호의 가장 강력한 연줄이었던 학부모회가 중립을 선언했다.

또한 서리애와 개인적으로 안면을 트기도 했으니, 백수룡 입장에서는 상당한 수확이었다.

"배려에 감사드립니다."

"그럼 다음에 또 뵙죠."

몸을 돌린 서리애는 바닥을 미끄러지는 듯한 보법으로 순식간에 멀어져갔다. 그녀가 지나간 자리에 얇은 살얼음이 맺혔다.

백수룡은 그녀의 모습이 완전히 사라질 때까지 기다렸다가 작게 한숨을 쉬었다.

"보통 아줌마가 아니네."

특히 아들에 대해 말할 때 서리애의 눈빛은 쉽게 잊히지 않았다. 백수룡은 과거 저런 눈빛을 한 무인을 본 적이 있었다.

'심마(心魔)에 빠진 사람의 눈.'

물론 아닐 수도 있다. 눈빛만 보고 무인이 심마에 빠졌는지 정확히 안다는 것 자체가 불가능에 가까울뿐더러, 그녀의 말투나 행동에는 이상한 점이 없었으니까.

……다만 아들을 향한 지나친 집착이 보일 뿐.

"뭐, 내가 신경 쓸 부분은 아니지."

백수룡은 반대편으로 몸을 돌렸다. 당장 해야 할 일을 생각하는 것만으로도 머리가 꽉 찼으니까.

그는 천천히 걸으며 생각에 잠겼다.

'한동안은 풍진호도 허튼짓을 못 하겠지.'

기녀 난향의 고발로, 백수룡에게 쏟아지던 경멸의 시선이 모두 풍진호에게로 향했다. 여기에 노군상의 엄중한 경고도 있었으니 풍진호도 한동안은 몸을 사릴 것이다.

즉, 백수룡이 더욱 적극적으로 움직일 수 있게 되었다는 의미였다.

"일단은 최소 수강 인원부터 채워야겠네."

다섯 명.

대충 숫자만 채워서 가르칠 생각은 없었다. 이왕 하는 것, 자신이 원하는 인재들로 수강생을 채울 생각이었다.

백수룡이 씩 웃으며 중얼거렸다.

"벌써부터 기대되는데."

다음 날 아침, 백수룡은 당소소에게 의뢰한 명단을 건네받았다.

거기에는 세 명의 이름과 백수룡에게 필요한 정보들이 적혀 있었다.

106화
알긴 알죠

"그렇게 됐어."

"휴……."

관주와의 면담을 다녀온 백수룡이 이야기를 끝내자, 그를 둘러싼 임시강사 삼인방이 동시에 한숨을 내쉬었다.

"어쨌든 잘 해결된 거네요."

"잘 해결돼요? 제가 보기엔 일이 더 커진 것 같은데요."

악연호의 태평한 말에 제갈소영이 큰 눈을 끔벅거렸다.

악연호가 머리를 긁적이며 물었다.

"일단 안 잘렸으면 된 거 아니에요? 그리고 풍진호도 한동안 허튼수작은 못 부릴 거라면서요?"

"대놓고는 못 하겠지만…… 분명 물밑에서는 뭔가 손을 쓸 거야. 쉽게 물러날 사람이 아니거든."

명일오는 풍진호가 그렇게 쉽게 물러날 사람이 아니라 말하며 고개를 절레절레 저었다.

백수룡이 그의 어깨를 툭툭 치며 말했다.

"걱정해 줘서 고맙다. 자자, 오늘은 내가 살 테니까 다들 실컷 마셔."

그의 말에 세 사람은 황당하다는 표정으로 백수룡을 바라봤다.

"술도 아니고 차 한 잔 사 주면서 생색은……."

네 사람이 모인 곳은 강사 휴게실. 점심을 먹고 잠시 모여서 이야기를 나누는 중이었다.

"두 분 일로 요즘 학관 분위기가 얼마나 싸늘한지 몰라요. 다른 선생님들도 그렇고……."

제갈소영이 작은 몸을 움츠리며 주변을 둘러봤다. 일부 강사들이 못마땅한 눈빛으로 그들을 힐긋거리고 있었다.

"……저희도 찍힌 것 같아요."

악연호. 명일오. 제갈소영. 점심을 함께 먹고 퇴근 후에도 자주 모이다 보니, 세 사람은 다른 강사들에게 '백수룡 파벌'이라고 인식되어 있었다. 그 탓에 그들과 친하게 지내려는 강사들은 거의 없었다.

"솔직히 여기 두 사람이야 걱정 없죠."

찻잔을 든 명일오가 작게 한숨을 내쉬며 말했다.

제갈세가의 딸인 제갈소영. 산동악가의 아들인 악연호. 오대세가와 그에 필적한 가문의 자식들에게 감히 누가 텃세를 부리고 시비 걸겠는가.

'하지만 나는 사정이 달라…….'

어정쩡한 가문 출신인 명일오만 만만한 상대였다. 그래서인지 남궁수 파벌의 강사들은 종종 그에게 와서 시비를 걸고, 비웃고, 임시 강사라는 이유로 아랫사람처럼 부려 먹었다. 백수룡은 표정이 어두운 명일오의 어깨를 툭툭 두드렸다.

"일오야. 걱정 마라. 풍진호 주변의 썩은 놈들 다 쫓아내면 우리가 한 자리씩 차지할 테니까."

언제나 그렇듯 백수룡의 자신감 넘치는 모습에 명일오는 피식 웃었다.

"알겠습니다. 그런데 형님. 아까부터 뭘 읽고 계신 겁니까?"

명일오는 백수룡이 들고 있는 꽤 두꺼운 서류를 바라보며 물었다.

"이거? 별건 아니고."

백수룡은 서류를 탁자에 내려놓았다. 다들 궁금했는지 얼굴들이 가운데로 모였다.

"내 수업에서 가르칠 녀석들. 걔들에 관한 정보를 의뢰했거든."

네 사람이 함께 명단을 구경했다. 명단에는 총 세 명의 이름이 적혀 있었는데, 악연호가 한 명의 이름을 손으로 찍으며 물었다.

"야수혁?"

"올해 들어온 1학년. 흑곰처럼 생긴 녀석인데 기억 안 나?"

"아! 기억나요. 덩치가 진짜 산만 하던……."

악연호가 기억을 떠올리고 고개를 끄덕였다.

대련 시험에서 학생회 선배에게 패배하긴 했지만, 야수혁이 모두에게 남긴 인상은 무척이나 강렬했다.

"제대로만 가르친다면 엄청난 속도로 성장할 거야. 특히 외공 쪽은 타고났어."

백수룡의 말에 동의하는지 모두가 고개를 끄덕였다. 야수혁 외에도 두 명의 이름이 더 적혀 있었다.

제갈소영이 고개를 갸웃하며 물었다.

"거상웅? 여민? 이 둘은 누군가요? 여기 적혀 있는 걸 보면 뛰어난 학생들일 것 같은데…… 들어 본 적이 없어요."

4학년 거상웅. 2학년 여민. 백수룡은 두 이름을 보며 씨익 웃었다.

"보충반에 있는 녀석들이야. 마침 둘 다 얼마 전에 학관으로 돌아왔다더라고."

보충학습반. 학년별로 학습 능력, 수업 태도 등에 문제가 있는 청룡학관의 문제아들을 모아 둔 반으로, 정규 수업이 끝난 후 함께 모여 부족한 공부를 하는 반이었다.

"3학년 대표 문제아가 헌원강이었다면, 2학년과 4학년의 문제아는 이 두 녀석이지."

백수룡이 간단히 예시를 들어주자 세 사람은 혀를 찼다.

"헌원강 같은 애들이 둘이나 더……."

"둘 다 성격이 보통이 아니겠는데요."

지금까지 어떤 강사도 청룡학관의 저 문제아들을 감당하지 못해 담당을 그만두었고, 결국 보충반 자체가 유명무실해진 지 오래였다. 지난 방학 동안에는 아예 운영조차 되지 않았다. 물론 백수룡이 새로운 담당이 되기 전까지의 이야기였다.

"어차피 앞으로 자주 보게 될 테니까, 아예 내 수업도 같이 듣게 하려고."

백수룡이 흐뭇하게 웃으며 말하는 순간, 세 사람은 얼굴도 모르는 두 학생에게 애도를 보냈다.

'힘내라, 애들아…….'

'자퇴만은 하지 않아야 할 텐데…….'

'괜찮……겠지?'

당소소에게 건네받은 서류에는 두 문제아에 관한 이런저런 정보가 꽤 상세하게 적혀 있었다.

"어?"

그중 특이 사항 부분에 적힌 내용을 본 제갈소영이 놀라서 눈을 동그랗게 떴다.

"……도박 중독? 폭식증? 도벽?"

십 대 소년, 소녀와는 웬만해서 연관 짓기 힘든 단어가 연달아 적혀 있었다.

백수룡은 대수롭지 않다는 듯 고개를 끄덕였다.

"문제아들인데 이 정도야 기본이지."

살인, 방화, 고문을 일삼던 혈교의 후기지수들을 보았던 백수룡에겐 아무것도 아니었다. 물론 세 사람은 그렇지 않았다.

"당신, 기본의 기준이……."

"도박이랑 도벽은 학관에서 알면 최소 퇴학감 아니에요?"

"……셋 중에 헌원강이 제일 착한 애였구나."

다들 황당해 하며 한마디씩 했다 백수룡은 더 이상 그들이 보지 못하도록 서류를 덮었다.

탁.

"어쨌든, 여기 있는 세 명을 더해서 최소 수강 인원을 채울 거야."

〈사파 무공의 이해와 실전 대비〉

백수룡이 처음으로 맡은 강의다. 단지 숫자를 채우기 위해 어중이떠중이들만 모아서 가르칠 생각은 없었다. 최소한 여기 명단에 있는 이름 중 절반은 데려와서 가르칠 생각이었다.

'한 명 한 명 어떻게 꼬실지 계획도 세워 놨고.'

당소소에게 건네받은 정보가 생각보다 큰 도움이 되었다.

시간을 확인한 백수룡이 자리에서 일어나며 말했다.

"점심시간도 끝났는데 슬슬 일어나자."

"하아. 일하기 싫다……."

"집에 가고 싶다……."

"엄마 보고 싶어……."

네 사람은 자리를 정리하고 일어났다.

휴게실에서 나와 각자 일하는 곳으로 복귀하려는데, 명일오가 백수룡 옆으로 다가가 말했다.

"저, 형님."

"왜?"

"……맡으신 강의 말입니다. 보조 강사는 아직 결정 안 하신 겁니까?"

"아. 그거."

청룡학관의 강의는 보통 한두 명 정도의 보조 강사를 둔다.

그리고 대부분 그 보조 강사로는 아직 담당 강의가 없는 임시 강사, 혹은 청룡학관 3, 4학년이 맡는 게 일반적이었다. 간혹 외부에서 데려오는 경우도 있었다.

"맡겨만 주시면 정말 열심히 하겠습니다."

명일오의 간절한 눈빛을 본 백수룡이 어색한 미소를 지었다. 그의 입장을 모르는 것은 아니지만, 백수룡이 생각하는 강의에는 더 적합한 사람이 있었다.

"미안하다. 이미 생각해 둔 사람이 있어서 어렵겠다."

"……아, 그렇습니까."

명일오의 표정이 잠시 어두워졌다가 금세 밝아졌다.

"괜찮습니다. 형님도 첫 강의인데 가장 잘할 수 있는 사람이랑 하시는 게 맞죠."

"이해해 줘서 고맙다. 조만간 술이나 한잔할까?"

"하하. 좋죠."

조금 민망했는지 명일오가 대화 주제를 빠르게 돌렸다.

"그런데 그 명단에서 누구부터 데려오시려고요? 만만해 보이는 이름이 한 명도 없던데."

그 질문에 백수룡이 씨익 웃으며 말했다.

"만만한 녀석이 왜 없어? 명단에는 없지만 내 수업을 들어야 할 녀석이 한 명 더 있잖아."

"아, 그러고 보니……. 그 이름이 없었네요."

누군지 짐작이 간다는 듯 명일오가 고개를 끄덕였다.

• ❖ •

 그날 저녁. 청룡학관 교무처의 문이 열리고, 두 사람이 실랑이를 벌이며 안으로 들어왔다. 그 모양새가 조금 특이했다.
 "아, 아아! 귀 잡지 마요! 내 발로 간다니까……!"
 "이게 어딜 도망가려고. 빨리 안 와?"
 백수룡이 먼저 들어오고, 백수룡에게 구레나룻을 잡힌 헌원강이 비명을 지르며 끌려왔다.
 "아! 아프다니까! 도망가긴 누가 도망을 간다고 그래. 끝나고 수강 신청하러 오려고 했다니까……."
 헌원강이 억울한 표정으로 항변했지만, 백수룡에게는 씨알도 먹히지 않는 변명이었다.
 "이게 어디서 구라를. 살금살금 도망 다니면서 수강 신청 기간 끝날 때까지 버티려고 한 거, 내가 모를 줄 알아?"
 "아니 그게……."
 정곡을 찌르는 말에 헌원강은 순간 말문이 막혔다.
 '백룡장에서 맨날 구르는데 학관에서까지 구르라고?'
 속마음을 그대로 말했다가는 오늘 저녁에 일어날 일이 두려웠기에, 헌원강은 입만 뻐끔거렸다. 백수룡이 그의 구레나룻을 냅다 잡아당겨서 수강 신청처로 향했다.
 "네가 그럼 그렇지."
 "악! 아프다니까!"
 "사파 무공의 이해와 실전 대비 강의에 신청하러 왔습니다."
 신청서는 백수룡이 대부분 작성하고, 헌원강은 거기에 지장만 찍게 했다. 순식간에 벌어진 일에 헌원강은 망연자실한 표정으로 자신의 신청서를 바라봤다.

"젠장……. 내 인생이 이렇게……."

"누가 보면 고리대금업자한테 돈이라도 빌리는 줄 알겠다? 빨리 지장 안 찍어? 콱 그냥."

수강 신청을 하러 온 다른 학생들은 그 모습을 보고 "풋!" 웃음을 터트렸다가, 헌원강이 홱 노려보자 사색이 되어 고개를 돌렸다.

"웃어? 선배가 웃겨?"

후배들에게 인상을 쓴 헌원강이 고개를 돌려 백수룡을 바라봤다.

"선생님. 저도 3학년인데 애들 앞에서 체면은 좀 세워 주십쇼. 예?"

……라고 분위기를 잡아 봤지만 백수룡 앞에서는 어림도 없는 소리였다.

빠악! 헌원강의 뒤통수를 사정없이 후려친 백수룡이 말했다.

"체면 좋아하는 놈이 지금까지 망나니로 살았냐?"

"끄응……."

헌원강은 뒤통수를 문지르며 자리에서 일어났다. 수강 신청을 끝낸 두 사람은 곧바로 교무처에서 나왔다.

백수룡이 헌원강과 나란히 걸으며 말했다.

"너 근데 거상웅이랑 친하냐?"

"상웅 선배요? 예전에 좀 어울리긴 했는데……, 친하지는 않아요."

친하지 않다는 말에 백수룡이 고개를 갸웃하며 물었다.

"같은 망나니인데 왜 안 친해?"

"……그 선배는 2학년 때까지만 해도 성실했어요. 지금은 좀…… 사람이 이상해져서 그렇지."

이상해졌다는 말에 묘한 느낌이 있었지만, 백수룡은 그에 대해서는 자세히 묻지 않았다. 직접 보면서 확인하는 편이 오해가 적을 테니까.

"그런데 거상웅 선배는 왜요?"

"아까 기숙사에 찾아가 봤는데 방에 없더라고."

헌원강은 시간을 가늠해 보더니 말했다.

"그 선배 지금쯤이면…… 도박장에 있을 거 같은데."

백수룡은 그의 특이사항에 적혀 있던 '도박 중독', 그리고 '폭식증'을 떠올렸다. 당소소가 건네준 서류에는 거상웅에 관한 여러 정보가 있었지만, 백수룡은 단순히 그것만 믿지는 않았다.

'어떤 녀석인지는 직접 보고 판단해야지.'

백수룡은 헌원강의 어깨에 친근하게 팔을 두르며 말했다.

"거상웅이 있을 거라는 도박장으로 안내해라. 망나니."

"이제 망나니 아니라고……."

"그래서 어딘지 몰라?"

"……알긴 알죠."

헌원강은 꿍얼거리면서도, 자주 가 본 길인 듯 익숙하게 도박장으로 백수룡을 안내했다.

107화
거기까지

"그하하하!"

호탕한 웃음이 객잔 안에 쩌렁쩌렁하게 울려 퍼졌다.

조금 전 웃음을 터트린 목소리가 이번에는 나직하게 말했다.

"겨우 이것밖에 안 되나?"

낮고 묵직한 저음에는 여유가 넘쳤다. 반면 그 목소리의 반대편에 앉아 있는 사내는 연신 끙끙거렸다.

"끄윽……!"

사내는 꿈쩍도 안 하는 거대한 손을 붙잡고 어떻게든 넘기려 용을 쓰고 있었다. 하지만 거상웅의 통나무 같은 팔은 미동도 하지 않았다.

"흐암. 재미없네."

하품을 내쉰 거상웅이 가볍게 팔을 넘겼다.

콰앙! 두 사람이 앉은 탁자가 부서질 듯 출렁였다. 몸이 잠시 허공으로 떴다가 내려온 사내가 입에 거품을 물고 바닥을 뒹굴었다.

"으아악! 뼈, 뼈가 부러졌…….."

"엄살 부리지 마. 근육이 조금 놀란 것뿐이니까."

거상웅이 손을 휘휘 젓자, 구경하고 있던 사내들이 쓰러진 사내를 부축해서 일으켰다. 한두 번 해 본 일이 아닌 것처럼 익숙했다. 거상웅은 옆에 산처럼 쌓여있는 고기를 집어 먹은 다음, 으적으적 씹으며 주위를 둘러봤다.

"또 없어? 내 손가락 하나만 꺾으면 은자 열 냥인데?"

거상웅은 남들의 세 배는 될 법한 두께의 검지를 까닥거렸다. 방금, 그는 손가락 하나만으로 팔씨름을 했다.

"고작해야 손가락 하나뿐인데? 사내구실 하는 놈이 이렇게도 없나. 쯧쯧."

혀를 차며 하는 말에 몇 사내들이 발끈했지만, 끝내 나서는 이는 없었다. 거상웅과 팔씨름 대결을 해서 바닥을 구른 사내가 벌써 열을 넘었으니까. 인근에서 힘 깨나 쓴다 하는 사내들이 저 손가락 하나를 꺾지 못했다.

"괴물 같은 놈……."

"손가락 하나로 삼십 명을 연달아 꺾는다고?"

"저 자식은 곰이랑 팔씨름을 해도 이길 놈이야."

다들 웅성거리며 경이로운 표정으로 거상웅을 바라봤다. 남들보다 머리 두 개는 더 높은 키에, 수백 근은 가뿐히 넘을 법한 어마어마한 살집. 하지만 출렁이는 살덩어리로 보이는 몸을 실제로 만져 보면 얼마나 단단한지, 칼로 찔러도 들어가기나 할까 싶을 정도였다.

"더 덤빌 사람 없어? 없나 보군. 어이 점소이! 여기 고기 좀 더 줘!"

거상웅은 탁자 옆에 쌓인 고기를 게걸스럽게 먹어 치웠다. 방금까지 내공은 조금도 사용하지 않고 순수한 근력으로만 수십 명을 꺾었다고는 믿기 어려울 만큼 활기가 넘치는 모습이었다.

"이봐 상웅이."

"음? 양 선배."

예전부터 거상웅과 알고 지낸 염소수염의 사내가 다가와 반대편에 앉았다.

"요즘 도박장엔 왜 이렇게 뜸해? 종일 객잔에서 먹고 내기 팔씨름이나 하고 말이야."

거상웅은 입안의 고기를 우적우적 씹으며 대답했다.

"웬만한 도박은 이제 시시해졌든. 가끔은 이렇게 단순한 내기가 재미있어."

"이런 팔씨름이 무슨 내기야. 자네가 무조건 이기는데."

"혹시 알아? 날 이길 사람이 나타날지."

히죽 웃은 거상웅은 염소수염의 사내에게 손을 휘휘 저었다.

"도박장은 심심해지면 갈게. 멀리 있는 것도 아니고. 밥 먹어야 하니까 가 봐."

거상웅이 자주 가는 도박장은 길 반대편에 있었다. 술을 한 병 시킨 염소수염의 사내는 술병을 탁자에 올려놓고 일어났다.

"여기서 괜한 짓 그만해, 같이 도박이나 하자고. 자네가 없으니 다들 재미없다고 난리야."

"알았어. 알았으니까 가 봐."

그렇게 염소수염의 사내마저 떠나고, 거상웅이 다시 눈앞에 쌓인 음식에 집중할 때였다.

"이봐."

"……또 뭐야?"

거상웅이 신경질적으로 고개를 치켜드는 순간, 거대한 그림자가 거상웅의 몸에 그림자를 드리웠다.

"당신한테 팔씨름을 이기면 은자 열 냥을 준다던데."

"……호오."

흔치 않은 경험에 거상웅이 눈을 크게 떴다. 자신에 못지않은 거구의 청년, 아니 소년이란 말이 더 어울릴 법한 앳된 얼굴이 자신을 내려다보고 있었다.

"너, 키가 나랑 비슷해 보이는데?"

드르륵. 거상웅은 의자를 뒤로 밀며 몸을 일으켰다. 곰처럼 커다란 두 사내가 당당히 마주 보며 서자, 주변이 꽉 찬 느낌이 들었다.

거상웅이 웃으며 물었다.

"못 보던 얼굴인데. 이름이?"

"야수혁."

짧게 대답한 야수혁은 거치적거리는 장포를 벗었다. 그러자 우람한 팔과 전신의 근육이 드러났다. 가무잡잡한 피부에 어마어마한 근육질 몸. 상대를 가늠해 본 거상웅이 솔직하게 말하며 웃었다.

"이거, 손가락 하나로 했다간 내가 지겠는걸."

돈이 아까워서 하는 소리는 아니었다. 이 정도 되는 상대를 손가락 하나로만 상대하는 게 아쉬웠을 뿐이다. 다행히 야수혁도 비슷한 생각을 한 모양이었다.

"나도 멀쩡한 손가락 부러뜨려서 병신으로 만들긴 싫고."

털썩. 야수혁은 먼저 자리에 앉더니, 허리춤의 전낭을 탁자에 통째로 올리고는 씩 웃었다.

"제대로 해 보자고. 대신 내가 이기면 은자 백 냥을 주는 건 어때? 난 여기 내 전 재산을 걸지."

"뭐? 그하하하! 좋지! 좋아!"

껄껄 웃은 거상웅이 자리에 앉았다. 두 거구의 사내가 탁자에 꽉 차도록 마주 앉자 긴장감이 감돌았다.

꽈악……. 두 사람이 손바닥을 맞잡으며 서로의 힘을 가늠하는 가운데, 주변의 구경꾼들은 마른침을 삼켰다.

"……시작할까?"

"……해 보자고."

제삼자의 시작하라는 말 따위는 필요 없었다.

눌이 동시에 힘을 준 순간, 팔꿈치를 댄 탁자가 쩌저적……! 하며 갈라지기 시작했다.

"큽……!"

"끅……!"

두 사람의 팔 근육이 순식간에 부풀어 오르고 핏줄이 불거졌다. 목에 핏대가 서고, 숨을 참은 얼굴은 시뻘겋게 달아올랐다. 이를 꽉 악문 두 사람의 팔, 상체, 전선이 떨리기 시작했다.

부르르르……!

두 사람이 발을 디딘 바닥이 흔들리고, 탁자가 미친 듯이 요동쳤다.

결국.

쩌저저적- 우지직!

탁자가 무너지는 것과 동시에, 두 사내는 동시에 팔을 풀었다.

"후우……. 후우……."

"하아……. 하아……."

두 사람은 거칠게 숨을 몰아쉬며 서로를 놀라운 눈으로 바라봤다. 먼저 호흡을 정리하고 말을 꺼낸 것은 거상웅이었다.

"무승부로 하지."

그러나 야수혁이 고개를 저었다.

"당신은 내가 오기 전에 이미 수십 명을 이겼다고 들었어. 그러니 이건 내가 진 거야."

야수혁은 바닥에 떨어진 전낭을 주워 거상웅에게 건넸다. 거상웅은 전낭을 받아들면서도 찝찝한 표정을 지었다.

"앞에 수십 명이라고 해 봤자 간에 기별도 안 갔는데."

"상관없어. 내가 졌다고 느꼈으니 진 거야. 빌어먹을!"

야수혁은 자신의 패배를 인정하면서도 분했는지 연신 씩씩댔다. 거상웅은 그 모습이 퍽 마음에 들었다. 동시에, 조금 씁쓸한 마음도 들었다.

'예전 내 모습을 보는 것 같군.'

야수혁에게서 건네받은 전낭을 열자, 다 해도 은자 한 냥조차 안 될 구리 동전 몇 개가 전부였다.

거상웅은 헛웃음을 터트렸다.

"그하하! 묵직한 줄 알았더니 빈털터리였군. 이거 한 방 먹었…… 음? 청룡학관 학생이었나?"

전낭 안에 청룡패가 들어 있었다. 반짝반짝 윤이 나는 상태를 보니 완전히 새것이었다.

히죽 웃은 거상웅이 청룡패를 꺼내 야수혁에게 돌려주며 말했다.

"이거, 후배였구만."

"……당신도 청룡학관 학생이야?"

"내 청룡패를 보여 주면 선배라고 부를 거냐?"

"생각 좀 해 보고."

야수혁은 말없이 퉁명스러운 표정을 지었지만, 거상웅은 그것마저 마음에 드는지 그의 어깨를 퍽퍽 때렸다. 보통 사람이었으면 벽으로 날아갈 힘이었지만 야수혁은 "뭐 어쩌라고?" 하는 표정을 지을 뿐이었다.

"이봐 후배. 고기 좋아하나?"

"당연히 좋아하지."

"그럼……."

"사 줄까?"라는 말을 하려 했는데, 이놈의 입이 멋대로 말을 바꿨다.

"이번엔 누가 더 고기를 많이 먹는지 내기할까?"

"난 이제 한 푼도 없어."

거상웅은 돈 말고 다른 걸 걸어도 된다며 이렇게 제안했다.

"지는 쪽이 사흘간 이긴 사람 몸종이 되어 주는 건 어때?"

"……후회할 텐데?"

야수혁도 어디 가서 먹는 것으로 져 본 적은 없었다. 게다가 팔씨름으로 이기지 못했다는 사실 또한 그의 승부욕에 불을 질렀다. 그렇게, 두 사람의 두 번째 내기가 성립되었다.

거상웅이 큰 소리로 점소이를 불렀다.

"이봐, 점소이! 여기 돼지 두 마리만 가져와!"

잠시 후, 마주 앉은 두 사람은 각자 돼지 통구이를 한 마리씩 뜯기 시작했다.

"그하하하! 이렇게 잘 맞는 후배는 정말 처음이야! 너 왜 이제야 입학한 거냐!"

"우웩……!"

거상웅이 야수혁의 등을 퍽퍽 두들기며 말했다. 웬만한 사람의 등 정도는 파열시킬 만한 힘으로 때리고 있었지만, 그로선 체한 후배의 등을 두드려 주는 자상한 손길이었다.

"으으……. 그만해……. 괜찮아졌으니까……."

야수혁이 구역질하던 고개를 들며 창백해진 안색으로 말했다.

"젠장……. 또 지다니."

"그하하하! 나는 팔씨름보다 이쪽이 더 익숙한 종목이거든."

거상웅이 거대한 뱃살을 출렁이며 대답했다. 둘은 타고난 체격은 비슷했지만 몸무게는 거상웅이 수십 근은 더 나갔다. 키도 거상웅이 한 치 정도 더 컸다.

'지금이야 내가 조금 더 크지만…… 나중에는 이 녀석이 더 크겠지.'

거상웅은 올해 스물. 반면 야수혁은 열일곱이었다. 두 사람은 세 살 차이가 나는데도 불구하고 키가 거의 비슷했다. 거상웅은 성장이 거의 끝난 반면, 야수혁은 아직도 몸이 크는 중이었다.

'조금 부럽군……. 아니, 이제 와서 무슨 의미가 있겠어.'

거상웅은 다소 씁쓸하게 웃었다.

그 표정을 보지 못한 야수혁이 손등으로 입을 닦으며 말했다.

"젠장. 내기한 대로…… 내가 사흘 동안 몸종이 되겠어."

"됐다. 그냥 가라."

"……뭐?"

"그냥 가라고. 오늘 하루 네 덕에 즐겁게 보냈으니 그걸로 퉁치마. 이것도 가져가고."

거상웅은 야수혁의 전낭도 돌려주었다. 그의 입장에서는 후배에게 호의를 베푼 것이었다. 하지만 받아들이는 입장에서는 그렇게 느껴지지 않았다.

"이 자식이……. 지금 날 무시하는 거야?"

야수혁의 몸에서 맹수 같은 투기가 흘러나오기 시작했다. 거상웅은 당황했다.

"무시하다니? 내가 언제 널 무시했단 거야?"

"내가 동정이나 받는 거지새끼로 보여?"

"아니, 이야기가 왜 그렇게 되나? 형편이 어려워 보여서 도와주려 했더니……."

"이 새끼가!!"

후우웅! 야수혁은 다짜고짜 주먹을 휘둘렀다. 거상웅은 갑작스러운 공격에 놀라서 옆으로 피했다.

콰지직! 주먹이 객잔의 벽을 부수고 들어갔다가 쑥 빠져나왔다. 그 광경을 본 거상웅의 표정이 굳었다.

"이게 미쳤나!"

평소 온순해 보이지만, 거상웅의 성격도 결코 좋은 편은 아니었다.

후우웅! 그의 주먹이 야수혁을 향해 마주 나아갔다. 이내 두 사람이 맞붙어 서로에게 주먹을 휘둘렀다.

퍼억! 퍼억! 퍼버버벅! 주먹과 주먹이 부딪치는데 흡사 바위끼리 부딪치는 소리가 났다.

"죽어!"

"건방진 새끼가!"

사납게 고성을 지른 그들은 주먹을 멈추지 않았다. 주먹뿐만 아니라 발로 걷어차고, 몸으로 부딪치고, 붙잡아 집어 던지고, 관절을 비트는 등 흉험한 싸움이 벌어졌다.

와장창! 쨍그랑! 두 거인의 싸움에 객잔 안의 기물이 다 부서지고, 사람들은 비명을 지르며 모두 도망쳤다.

함께 바닥을 구르다 몸을 일으킨 두 사람이 서로를 노려봤다. 멍투성이가 되고 피투성이가 된 얼굴이었다. 그 와중에 한 가지 특이한 것은, 둘 다 약속이나 한 듯 내공은 전혀 사용하지 않고 있었다는 사실이었다. 마치 암묵적인 규칙처럼, 그리고 자존심 싸움처럼. 그들은 외공만으로 싸웠다.

"후우……. 후우……."

잠시 숨을 고르던 두 사람이 동시에 몸을 움직였다.

"죽어라!"

"이 애송이가!"

둘로 전력으로 거리를 좁히면서 전광석화처럼 서로를 향해 주먹을 뻗었다.

후우웅! 후우웅!

그 순간, 그들은 동시에 둘 중 한 명은 크게 다치리라는 것을 직감했다. 하지만 멈추기엔 너무 늦었다는 것도 알고 있었다. 그리고 그 순간,

새로운 인물이 그들 사이로 끼어들었다.

"거기까지."

멈춰선 두 사람의 주먹에선 아무 소리도 나지 않았다.

"!"

"!"

그들은 눈을 부릅뜨고, 자신들의 주먹을 막아선 존재를 바라봤다. 평균보다는 훨씬 크지만, 자신들과 비교하면 아이처럼 보이는 사내.

"마침 둘 다 여기 있었네."

두 거인의 사이에서, 백수룡이 씩 웃으며 말했다.

"덕분에 귀찮게 따로 찾아갈 필요도 없겠어."

두 개의 커다란 주먹이 그의 양손에 하나씩 잡혀 있었다.

108화
거짓말이야

백수룡은 난장판이 된 객잔을 둘러보며 한숨을 푹 쉬었다.
"사내놈들이 싸움박질한 건 그럴 수 있다고 치자. 그런데 객잔을 아예 다 부숴 놔? 이건 학관으로 항의도 들어올 텐데, 뭐라고 설명할래?"
"……."
"……."
거상웅과 야수혁은 백수룡의 시선을 마주 보지 못하고 고개를 돌렸다.
"뭘 봐?"
"이 자식이……."
눈이 마주치자 금세 또 으르렁거리는 두 사람. 그걸 가만히 두고 볼 백수룡이 아니었다.
따악! 딱! 전광석화처럼 휘두른 흑룡편이 두 사람의 머리를 사이좋게 한 대씩 후려쳤다.
"끄응……."
"으윽……."
둘은 손으로 머리를 싸매며 끙끙 앓았다. 백수룡은 그 모습을 보며 혀를 찼다.

"사고를 쳤으면 수습할 생각을 해야지. 내 앞에서 한 판 더 붙으려고?"

거상웅이 한숨을 푹 내쉬며 대답했다.

"죄송합니다. 제가 사람 불러서 치우게 하겠습니다."

"이게 사람 부른다고 될 수준으로 보이냐? 객잔을 아예 새로 지어야 할 판이다."

"그럼 다시 짓게 하죠, 뭐."

"……뭐?"

"잠깐 밖에 다녀오겠습니다."

거상웅은 백수룡에게 양해를 구한 후 나갔다가 금세 돌아왔다. 잠시 후, 일꾼들이 우르르 들어와 객잔의 부서진 잔해를 치우고 정리하기 시작했다. 일꾼들의 움직임을 보니 다들 한두 번 해 본 솜씨가 아니었다. 문득 어떤 생각이 든 백수룡이 거상웅에게 물었다.

"……거상웅. 혹시 너희 집 부자냐?"

"예. 부자입니다."

설명이 부족하다는 시선을 느꼈는지, 거상웅은 다소 퉁명스러운 표정으로 대답했다.

"여기 객잔, 건너편 도박장, 이 인근 사업장 대부분이 저희 아버지 겁니다. 그러니까 좀 부서져도 학관에 피해가 갈 일은 없습니다."

"서류에 그런 정보는 없었는데……."

"……무슨 서류요?"

차마 학생회에 부탁해서 네 뒷조사를 했다고 말할 수는 없었기에, 백수룡은 괜히 엄한 표정으로 말했다.

"그런 중요한 사실을 지금까지 숨기고 있었단 말이야?"

"……딱히 비밀로 했던 건 아니고요. 말할 일이 없었던 겁니다만."

대답하는 거상웅의 표정이 점점 불만스럽게 변했다. 또한, 그가 백수룡을 바라보는 시선도 묘하게 적대적이었다.

'뭐지? 얼굴을 본 건 처음인데…….'

백수룡은 궁금한 것을 참지 않고 물었다.

"거상웅. 나한테 뭐 불만 있냐?"

"……없습니다."

없는 게 아닌 것 같았지만, 백수룡은 일단 고개를 끄덕였다. 그 옆에 있는 망아지 같은 놈도 상대해 줘야 했기 때문이다.

"야수혁. 넌 신입생이 입학하자마자 싸움박질이야? 잘하는 짓이다."

"……죄송합니다."

야수혁은 무뚝뚝하게 대답하곤 고개를 꾸벅 숙였다. 흑곰 같은 덩치와는 어울리지 않게 얌전한 모습. 물론 야수혁이 얌전한 데는 다 이유가 있었다. 야수혁은 잠시 망설이더니 물었다.

"……아까 그거요. 어떻게 한 겁니까?"

"뭘?"

"제 주먹을 막았잖아요."

왠지 기가 죽은 듯한 야수혁의 모습에, 백수룡이 피식 웃었다.

"네 주먹 막는 게 그렇게 신기할 일이야?"

"……."

야수혁은 반박하고 싶은지 발끈한 표정이었지만, 결국 아무 말도 못 하고 입을 다물었다. 백수룡이 손쉽게 두 사람의 주먹을 막은 것은 사실이었으니까.

무슨 생각을 하는지 뻔히 안다는 듯, 백수룡이 말했다.

"궁금한 건 이거 아니야? 어떻게 내공을 안 쓰고 막았는지."

"……예."

야수혁은 순순히 고개를 끄덕였고, 거상웅도 말은 없었지만 유심히 듣고 있었다. 백수룡이 그들의 주먹을 막았을 때, 내공의 힘은 전혀 느껴지지 않았다. 내공을 썼다면 맞닿은 주먹에 전해지지 않았을 리 없었다.

"이참에 용건을 말해야겠군."

두 사람을 번갈아 본 백수룡이 씩 웃더니, 품에서 주섬주섬 무언가를 꺼냈다. 그는 두 장의 수강 신청 서류를 꺼내 그들에게 내밀었다.

"너희들. 내 수업 〈사파 무공의 이해와 실전 대비〉에 신청해라. 여기에 서명해서 교무처에 가져가 내면 돼. 나머지는 내가 다 써 놨어."

"……."

"……."

"크흠. 큼!"

민망할 정도로 아무 반응이 없었기에, 백수룡은 한번 헛기침을 한 후 미끼 상품을 던졌다.

"내 수업을 들으면 제대로 몸 쓰는 방법을 알려 주마. 지금처럼 낭비하는 법 말고."

야수혁이 눈을 반짝였다.

"제대로 쓰는 방법?"

반면 거상웅의 표정은 어째선지 점점 더 나빠지고 있었다. 그가 입술을 꽉 깨물며 불만스럽게 중얼거렸다.

"……낭비? 하."

백수룡은 둘 중 거상웅을 똑바로 바라보며 말했다.

"그래, 낭비. 너희 둘은 타고난 체격과 힘을 제대로 활용하지 못하고 있다."

백수룡은 나란히 서 있는 두 거구의 학생을 바라보며 생각했다.

'둘 다 근골은 타고났어. 맹 사부의 모습이 떠오를 정도로.'

녹림투왕 맹호악이 살아 있었다면, 둘 다 제자로 삼겠다고 탐을 냈을 것이다. 키가 크고 살집이 많은 거상웅은 거대한 코끼리를 연상시켰고, 야수혁은 뒷발로 몸을 일으켜 사납게 싸우는 흑곰을 떠올리게 했다.

백수룡은 과거 녹림투왕 맹호악과 나눈 대화를 잠시 떠올렸다.

-제자 말이냐? 몇 놈 가르쳐 보긴 했지만, 결국 나 도망치년데? 고작 뼈 몇 개 부러졌다고 못 움직인다면서 엄살이나 부리고…….

코를 후비며 대수롭지 않게 말하던 맹호악. 그는 산악 같은 사람이었다. 덩치는 눈앞에 있는 둘과 비슷하거나 조금 더 컸지만, 실제로 몇 배는 더 거대하게 느껴졌었다. 뇌옥에 갇혀 쇠약해진 상태에서도 그만한 존재감을 풍기던 사내.

-맹 사부. 다 좋은데 코 후빈 손을 꼭 그렇게 쩝쩝거려야겠어요?
-밥이 싱거운 걸 어쩌라고. 간을 좀 맞춰 오든가.

코 후빈 손가락을 쩝쩝거리면서 옆으로 몸을 돌려 눕던 맹호악.

-……나한텐 마땅히 제자라고 할 놈이 없다. 내가 죽으면 내 이름도 무공도 다 잊혀지겠지.
-…….

얼굴이 보이지 않게 뇌옥의 벽 쪽으로 돌린 그가, 조금 쓸쓸해진 목소리로 말을 잇던 모습이 떠오른다.

-만약 맹 사부가 죽고, 저 혼자 살아서 이곳을 탈출하면 말입니다. 쓸 만한 녀석을 찾아서 무공을 전수해 주겠습니다.
-크크큭. 마음대로 해라.

결국 맹 사부는 혈교를 탈출하지 못했지만, 그의 무공은 백수룡의 머릿속에 고스란히 남았다. 그리고 오늘, 맹호악과 비슷한 수준의 근골을 마주했다. 그것도 두 명이나 말이다.

'야수혁은 처음부터 알아봤지만…… 거상웅도 상상했던 것 이상이야.'

녹림투왕의 녹림십팔식은 누구나 익힐 수 있도록 만들어졌지만, 그 극의를 빠르게 끌어내기 위해선 역시 타고난 신체가 필요했다.

'나나 다른 녀석들에게는 다른 무공을 익히는 데 큰 도움을 주는 정도지만, 이 녀석들한텐 그 자체로도 천하제일의 무공이 될 수 있어.

녹림투왕은 녹림십팔식이 신체를 다루는 데 있어 천하제일의 무공이라 자부했다. 백수룡도 그 생각에 동의했다.

"나한테 무공을 배우면, 너희 둘 다 지금보다 수십 배는 강해질 거다."

"……."

백수룡의 호언장담에 거상웅은 팔짱을 낀 채로 말이 없었고, 야수혁은 모호한 표정을 지으며 백수룡을 위아래로 훑어봤다.

"솔직히 못 믿겠는데……."

백수룡도 평균보다 큰 키이기는 했지만, 말 그대로 거인인 야수혁과는 비교할 수 없었다. 게다가 병약한 서생이 아닐까 싶을 정도로 호리호리한 체형. 조금 전 자신의 주먹을 막는 모습을 보지 못했다면, 야수혁은 백수룡의 말을 조금도 믿지 않았을 것이다.

백수룡이 피식 웃었다.

"못 믿겠다면 믿게 해 주지. 숙련된 조교 앞으로."

백수룡이 뒤를 돌아보자, 그때까지 뒤에서 뻘쭘하게 서 있던 헌원강이 손가락으로 자신을 가리켰다.

"……저요?"

"그래. 너."

고개를 끄덕인 백수룡은 야수혁에게 헌원강을 소개했다.

"헌원강은 내게서 한 달 정도 몸을 움직이는 법을 배웠다. 둘이 한번 겨뤄 봐. 내공 없이 외공만으로."

백수룡은 헌원강에게도 녹림십팔식의 일부를 가르쳤다. 그 일부만으로도 헌원강의 신체 능력과 유연성, 움직임이 전체적으로 놀라울 만큼 성장했다. 하지만 그 사실을 모르는 야수혁은 찜찜한 표정으로 말했다.

"내공을 안 쓰고 싸우면 선배가 다칠 텐데요. 그럼 힘 조절을 해야 하는데, 의미가 있나."

"……뭐?"

헌원강은 별생각 없이 앞으로 나서다가 야수혁의 말을 듣고 이마에 빠직 핏줄이 돋았다.

"이 솜털이 보송보송한 핏덩이가 하는 말 좀 보게? 어이. 1학년. 이름이 뭐라고?"

건들건들하게 야수혁에게로 걸어간 헌원강은 야수혁의 가슴을 이마로 툭툭 들이받았다.

삐딱한 시선으로 올려보는 시선만으론 동네 파락호가 따로 없었다. 그 모습을 본 백수룡은 어이가 없었다.

'뭐? 더 이상 망나니가 아니야?'

하여튼 이런 일에는 헌원강만 한 녀석이 없었다. 어느새 야수혁의 뒤로 돌아간 헌원강이 그의 엉덩이를 툭툭 치며 이죽거렸다.

"덩치만 큰 꼬맹이. 엉덩이에 몽고반점도 아직 남아 있냐?"

"이 자식이……!"

헌원강에게 도발당한 야수혁의 얼굴이 시뻘겋게 달아올랐다. 헌원강이 흐흐흐흐 웃으며 소매를 걷어붙였다. 팔뚝에 갈라진 잔근육이 꿈틀거렸다.

"왜? 치게? 솜털이 보송보송한 주먹으로 파리나 잡을 수 있겠어?"

"죽인다!"

후우웅! 솥뚜껑만 한 주먹이 헌원강의 얼굴을 박살 낼 기세로 노렸다. 헌원강은 그 주먹을 간단히 피했다.

휘익! 야수혁은 연달아 주먹을 휘둘렀지만 헌원강은 전부 쉽게 피했다. 백룡장에서 매일 상대하는 두 괴물의 공격에 비하면 이건 아무것도 아니었다.

"흐암. 모기도 이것보다는 빠르겠네."

헌원강의 도발에 야수혁의 얼굴이 시뻘겋게 달아올랐다.

"젠장! 왜 안 맞아!"

후우웅! 주먹이 크게 빗나간 순간, 헌원강은 전광석화처럼 달려들어 야수혁의 머리를 잡고 무릎을 얼굴에 꽂아 넣었다.

빠아악! 휘청거리는 야수혁의 코에서 쌍코피가 주르르 흘러내렸다. 야수혁이 주먹을 마구 휘두르며 괴성을 질렀다.

"으아아아!"

"꼬맹이. 떼쓴다고 안 봐준다."

헌원강은 녹림십팔식의 일부만을 익혔다. 하지만 그 일부만으로도 야수혁을 외공으로 압도하는 건 충분했다. 잠시 후, 온몸을 두들겨 맞은 야수혁이 바닥에 털썩 드러누웠다.

"허억······. 헉······."

"선생님. 이 자식 어떻게 할까요? 이대로 그냥 슥삭······."

돌아보며 스산하게 묻는 헌원강의 이마에 흑룡편이 날아들었다.

따악!

"넌 그 양아치 같은 말투 좀 고쳐라."

"끄윽······."

백수룡은 머리통을 감싸 쥐는 헌원강에게 혀를 한번 차 준 후, 고개를 돌려 표정이 잔뜩 굳어 있는 거상웅을 바라봤다.

"감상이 어때? 배워 보고 싶지?"

잠시 머뭇거리던 거상웅은 피식 웃더니 고개를 저었다.

"아뇨. 전 관심 없습니다."

"왜?"

되묻자, 백수룡은 거상웅의 눈동자가 거세게 흔들리는 것을 보았다. 하지만 빠르게 침착함을 되찾은 거상웅은 거대한 뱃살을 흔들며 그하하 웃었다.

"힘들게 무공 따위를 배우고 싶진 않거든요."

백수룡이 미간을 찌푸리며 유심히 바라보자, 거상웅은 더욱 능글맞은 미소를 지었다.

"전 어차피 올해로 졸업입니다. 진로도 이미 다 정해졌고요."

"진로라면?"

"가업을 이을 겁니다. 말했다시피 집이 부자거든요. 무공은 처음부터 취미로 배운 거였고……. 힘든 건 더 이상 하기 싫습니다. 맛있는 것 먹고 도박이나 하면서 편하게 살 겁니다."

거상웅은 기름진 얼굴과 능글맞은 말투로 말했다. 바닥에 멍하니 쓰러져 있던 야수혁이 그 말을 듣고 고개만 살짝 들었다.

"재수 없는 부자 새끼."

"선배한테 말버릇하고는."

고개를 절레절레 저은 거상웅이 다시 백수룡을 바라봤다.

"선생님의 목표는 천무제 우승이라면서요? 혹시 그래서 학생들을 모으는 겁니까?"

"맞다. 쓸 만한 녀석들을 모아서 가르쳐 보려고. 그 후보 명단에 너도 있다."

찰나의 순간, 거상웅의 표정이 굳었다가 곧 풀렸다. 그가 피식 웃더니 말했다.

"목표를 높게 잡는 것 자체는 좋다고 생각합니다. 실현 불가능한 것과는 별개로요."

"왜 불가능하다고……."

"이만 가 보겠습니다."

고개를 꾸벅 숙인 거상웅이 몸을 돌려 객잔을 나섰다.

"잠깐."

그 순간, 뒤에 있던 백수룡은 갑자기 거상웅에게 달려들어 주먹을 휘둘렀다.

"무슨!"

순식간에 반응한 거상웅은 날렵하게 돌아서더니, 손바닥을 펼쳐 백수룡의 공격을 막았다.

까앙-! 부딪친 주먹과 손바닥에서 쇠 부딪치는 소리가 났다.

주먹과 손바닥이 맞닿은 상황에서, 거상웅이 무시무시한 눈빛으로 백수룡을 노려봤다.

"지금 뭐 하시는 겁니까?"

그 진지한 표정을 본 백수룡은 피식 웃더니 먼저 주먹을 뺐다.

"아무것도 아니야. 가 봐라."

"……가 보겠습니다."

"다음에 또 보지."

"……."

대답은 없었다. 거상웅이 객잔을 나서자, 헌원강이 슬금슬금 백수룡 옆으로 다가와 말했다.

"상웅 선배는 아무래도 틀린 것 같은데요. 전보다 살이 더 찐 걸 보니 무공 수련도 거의 안 한 것 같고……."

"거짓말이야."

"예? 뭐가요?"

백수룡은 자신의 주먹을 내려다봤다.

'꽤 진심으로 공격했는데…….'
주먹 전체가 얼얼하고 붉게 달아오른 것이, 곧 부을 것 같았다.
"무공에 관심이 없는 놈이 그 정도로 손바닥을 단련할 리는 없거든."
백수룡은 멀어지는 거상웅의 뒷모습을 바라보며 묘한 웃음을 지었다.

109화
간단하네

거상웅은 백수룡의 제안을 거절하고 떠났지만, 야수혁은 아직 자리에 남아 있었다.
"야수혁. 넌 어떻게 할 거냐?"
"……."
헌원강에게 허무하게 패배한 충격으로 멍하니 누워 있던 야수혁은 천천히 상체를 일으켜 세웠다. 그리고 헌원강과 눈이 딱 마주쳤다.
"뭘 꼬나봐?"
헌원강이 인상을 팍 쓰자 야수혁이 자기도 모르게 움찔했다. 그 사실을 깨닫고는 입술을 꽉 깨물었다.
"젠장……."
야수혁은 지금껏 또래에게 한 번도 져 본 적이 없는 건 물론, 주눅 들어 본 적도 없었다. 그러나 살면서 처음으로 자신을 흠씬 두들겨 팬 상대 앞에서는 자기도 모르게 움츠러들 수밖에 없었다. 게다가 하필이면 그 상대가 청룡학관의 전직(?) 망나니였다.
"젠장? 선배 앞에서 젠자아앙?"

헌원강이 말꼬리를 늘리며 야수혁 앞에 쪼그려 앉았다. 건들거리는 태도 하며 표정이, 뒷골목에서 애들 돈 뜯는 파락호나 다름이 없었다.

"아니, 이게 아직도 정신을 못 차렸네. 어이 1학년. 너 내가 누군지 알…….."

따악! 정수리를 감싸 쥔 헌원강이 원망스러운 눈으로 뒤를 돌아봤다.

"왜 자꾸 때려요. 후배 기강 좀 잡으려는데…….."

"잘하는 짓이다. 기강? 네가 기강을 왜 잡아?"

헌원강은 나름 다 이유가 있다며 말을 이었다. 전직 망나니로서의 감이었다.

"이런 자식들은 지금 안 잡아 두면 나중에 기어오른다고요. 저 반항적인 눈빛 안 보이세요? 초장에 확 눌러 놔야…….."

"……너나 잘해라, 이 자식아."

백수룡은 어이가 없는지 흑룡편으로 헌원강의 뒤통수를 퍽퍽 때렸다.

"아 진짜!"

"어쭈? 피해? 피해애애? 어디 계속 피해 봐!"

야수혁의 공격은 한 번도 허용하지 않았던 헌원강. 하지만 백수룡의 흑룡편에는 자석이라도 붙었는지, 내리치는 족족 그의 정수리를 맞혔다.

"악! 윽! 그만! 그마안!"

결국 헌원강이 두 손으로 머리를 감싸 쥐고 백기를 들었다. 코웃음을 친 백수룡이 그제야 흑룡편을 내려놓았다.

"하여튼 이건 태생이 망나니야, 태생이. 괜히 후배들 괴롭히지 마라. 걸리면 뒈진다 진짜."

"예…….."

헌원강의 눈치를 보며 대답하는 가운데, 그 모든 광경을 지켜본 야수혁이 말했다.

"……그 수업 들을게요. 저도 무공 가르쳐 주세요."

평소에 부탁이란 걸 해 본 적도 잘 없어서, 야수혁의 말투는 어색하기 짝이 없었다.

백수룡이 피식 웃더니 야수혁의 손에 수강 신청 서류를 건넸다.

"잘 생각했다. 여기 서명해."

신청서를 받아든 야수혁은 서명을 대충 휘갈기더니 백수룡에게 돌려줬다.

"신청서는 대신 좀 내주세요. 전 갔다 올 곳이 있어서."

"어딜?"

야수혁은 대답 대신 고개를 돌려 거상웅이 나간 방향을 바라봤다. 그 눈빛이 이글이글 타오르고 있었다.

"……빚진 건 갚아야죠."

"거상웅 쫓아가려고?"

"예."

그 단호한 대답에 백수룡은 혀를 한번 차고 야수혁 앞을 가로막았다.

"또 싸울 생각이면 관둬라. 아깐 저 녀석이 많이 봐준 거야."

"알아요."

야수혁은 분하다는 듯 이를 갈았지만, 그렇다고 현실을 부정하지는 않았다. 거상웅은 자신보다 강했다. 처음엔 비슷한 줄 알았지만, 알고 보니 적당히 맞춰 준 것이었다. 야수혁은 그 사실이 못 견딜 만큼 분했다. 그렇다고 앞뒤 못 가리고 다시 덤빌 생각은 없었다.

"비켜 주세요. 안 싸울 겁니다. 아직 못 이기니까."

"흐음……."

잠시 야수혁의 눈을 바라보던 백수룡이 옆으로 비켜섰다. 거짓말을 할 녀석처럼 보이진 않았으니까.

"뭘 하려는지 모르겠지만, 수업 시간에는 늦지 마라."

"예."

무뚝뚝한 표정으로 대답한 야수혁은 성큼성큼 걸어 객잔을 나갔다. 백수룡은 그 뒷모습을 바라보다가 몸을 돌려 헌원강을 바라봤다.

'큰 쓸모는 없을 줄 알았는데…….'

의외로 같이 다니면서 조수 역할을 잘 해 주고 있었다. 헌원강이 야수혁을 상대로 압도적인 실력을 보여 주지 않았다면, 야수혁도 이토록 쉽게 수강 신청서를 쓰진 않을 것이다.

"……왜 그렇게 봐요? 또 때리려고?"

워낙 맞아서 그런지, 일단 머리부터 막고 보는 헌원강이었다. 백수룡이 피식 웃으며 말했다.

"아무것도 아니다. 아무튼 둘 중 하나는 됐고, 하나는 사정이 있는 것 같으니 좀 더 두고 보자고."

"거상웅 선배는 글렀다니까요. 무공을 배울 마음이 아예 없는 것 같던데요."

"내기할래?"

잠시 고민하던 헌원강은 고개를 저었다.

"아니요."

헌원강이 아는 백수룡은 귀신과 내기를 해도 어떻게든 이겨 먹을 인간이었다. 백수룡이 아쉽다는 듯 입맛을 다셨다.

"사내 녀석이 쫄긴. 그럼 다른 녀석을 만나러 가자."

두 사람은 객잔을 나서며 당소소가 건네준 명단을 확인했다.

"어디 보자……."

명단을 훑던 백수룡의 시선이 한 곳에서 멈췄다.

2학년 여민. 청룡학관 보충반의 유일한 여학생이자, 아직 기숙사에 복귀하지 않은 학생이기도 했다. 아니, 애초에 올해부터는 기숙사에 머물지 않는다고 들었다.

"올해부터는 금룡객잔에서 일하면서 숙식을 한다라⋯⋯."

밖으로 나온 두 사람은 곧장 금룡객잔으로 향했다. 금룡객잔은 도시에서 가장 큰 규모를 자랑하는 고급 객잔으로, 무려 7층짜리 건물이었다.

"너 여민이랑도 아는 사이냐?"

백수룡의 질문에 헌원강이 고개를 저었다.

"실제로 본 적은 없어요. 보충반 수업에서도 마주친 적 없고."

각 학년의 문제아들을 모아 놓은 만큼, 보충반 학생들은 보충반 수업에도 거의 출석하지 않는다고 했다. 여민은 그중에서도 출석률이 제일 좋지 않았다.

'성적은 의외로 나쁘지 않은데⋯⋯. 출결일이 아슬아슬하군.'

여민에 대한 서류를 뒤적거리는데, 헌원강이 옆에서 머뭇머뭇 말했다.

"그⋯⋯. 소문은 몇 번 들어 보긴 했는데."

"무슨 소문?"

백수룡이 고개를 돌려 묻자, 헌원강이 난감한 듯 망설이다가 목을 긁적이며 말했다.

"돈만 주면 뭐든지 한다고요."

"⋯⋯."

백수룡은 여민의 특기 사항에 적힌 '도벽'을 유심히 보았다.

"손님 받아라!"

저녁 시간이 된 금룡객잔은 몰려드는 손님들로 인산인해를 이루었다. 남창에서 가장 큰 금룡객잔은 총 7층으로 이루어져 있으며, 층마다 손님을 가려 받는 것으로도 유명했다.

1층과 2층은 돈만 있으면 누구나 갈 수 있고, 3층부터 4층까지는 호패로 신분을 증명해야만 출입할 수 있으며, 5층과 6층은 지역 유지나 관아의 인물들, 무림명숙들만 출입할 수 있었다. 최상층인 7층은 금룡객잔주의 초대를 받은 사람들만 올라갈 수 있다고 했다.

"금룡객잔에서 일하는 숙수만 서른이 넘고, 점소이는 백 명이 넘는다고 하더라고요."

금룡객잔의 거대한 현판이 보이자 헌원강이 얼굴에 화색을 띠며 흥분한 채 떠들기 시작했다.

"또 여기 가희와 무희들도 아름답기로 유명하고요. 예전에 3층까지 가 봤는데 여기 술맛이 진짜 죽여 주……."

"이쯤 되면 맞는 걸 즐기는 거지?"

따악! 헌원강의 머리에서 울리는 경쾌한 소리를 음악 삼아 백수룡은 금룡객잔으로 들어섰다.

그리고 잠시 후, 두 사람은 5층에서 제지를 당했다.

"죄송하지만 이 위로는 가실 수 없습니다."

딱 봐도 무공깨나 익혔을 것 같은 사내들이 앞을 가로막았다. 말하는 태도는 정중했으나, 물러서지 않는다면 무력도 불사하겠다는 듯 허리춤의 무기에 손을 올리고 있었다.

백수룡이 온화하게 웃으며 앞으로 나섰다.

"술을 마시러 온 게 아니고, 이곳에서 저희 학생이 일하고 있다고 들어 만나러 왔습니다."

"……학생이요?"

미간을 찌푸리는 선두의 무사에게 백수룡은 용건을 전달했다.

"여민. 청룡학관 2학년입니다."

"……."

백수룡은 여민의 이름이 나온 순간 무사들의 표정이 살짝 변하는 것을 놓치지 않았다. 선두의 사내는 누군가와 전음을 나누는지 입술을 달싹

이더니, 고개를 끄덕이고는 백수룡에게 말했다.

"이쪽으로 오십시오."

무사는 두 사람을 손님들이 다니는 계단이 아닌 일꾼들이 다니는 통로로 안내했다. 허리를 굽혀야만 들어갈 수 있는 낮은 통로의 계단을 오르던 것도 잠시, 두 사람은 분 냄새가 짙게 풍기는 방에 도착했다.

"절 찾아왔다고요?"

그곳에서 여민이 두 사람을 기다리고 있었다. 화려하고 붉은 궁장 사이로 은근히 드러난 긴 팔다리. 틀어 올린 머리에는 가채를 올렸고, 화장도 상당히 짙었다. 옆이 시원하게 트인 붉은 치마 사이로 새하얀 다리가 드러나 있었다.

"객잔에서 일한다더니……."

"꿀꺽……. 흠흠!"

여민의 옷차림을 본 백수룡은 미간을 가늘게 좁혔고, 헌원강은 민망한 듯 기침을 하며 돌렸다.

두 사람이 무슨 생각을 하는지 뻔히 보인다는 듯, 여민은 팔짱을 끼더니 코웃음을 쳤다.

"무희예요. 두 분이 기녀를 기대했다면 미안하지만."

금룡객잔에서는 무희와 가희, 광대들을 불러 자주 공연을 했다. 여민은 그중에서도 5층 이상에서만 춤을 추는, 실력이 매우 뛰어난 무희였다. 무공으로 단련된 그녀의 춤 선은 무척이나 매혹적이었고, 그 춤을 보러 오는 손님들이 있을 정도였다.

"무슨 일이죠? 남은 시간이 반 각 정도밖에 없으니까 용건 있으면 빨리 말하고 가세요."

여민은 그렇게 말하며 연초를 꺼내 태우기 시작했다. 그녀가 "후우." 하고 숨을 내뱉자, 입에서 짙은 연기가 뿜어져 나와 방을 채웠.

백수룡이 앞으로 나서며 물었다.

"내가 누군지 알아?"

"……백수룡 선생님. 새로운 보충반 담당이잖아요? 학관에 잘 나가는 건 아니지만, 이런저런 이야기는 전해 듣고 있어요."

"알고 있다면 이야기가 빠르겠네."

백수룡은 품에서 수강 신청서를 꺼냈다. 그리고 거상웅과 야수혁에게 했던 이야기를 조금 바꿔서 전달했다. 이에 대한 여민의 대답은…….

찌이익.

"관심 없어요."

여민은 신청서를 받아 찢어 버린 후 그대로 바닥에 버렸다.

백수룡은 찢어진 서류를 잠시 바라보다가, 품에서 새로운 서류를 꺼내며 웃었다.

"그럴 줄 알고 여러 장을 가져왔지."

"한 번에 다 주세요. 전부 다 찢어 버리게."

여민은 올해로 스물두 살이었다. 입관 시기가 다소 늦어, 2학년이지만 4학년인 거상웅보다 나이가 많았다. 잠시 그녀를 관찰하던 백수룡이 물었다.

"넌 왜 무희 일을 하지? 춤추는 게 좋아서?"

"돈을 많이 주니까요."

여민은 망설이지 않고 대답했다. 그리고 엄지와 검지를 모아 동그라미를 만들더니 눈웃음을 지었다.

"전 졸업하면 돈을 많이 주는 곳으로 취직할 거예요. 객잔도 좋고, 상단이나 표국도 상관없어요. 청룡학관에 다니는 것도 그래서예요."

명문 학관 졸업장이 있으면 취업할 때 도움이 되니까, 하고 중얼거린 여민이 백수룡에게 물었다.

"이런 제가 속물 같나요?"

그녀는 말하며 차갑게 웃었다.

'어디 한번 설득해 봐.'

백수룡이 그녀를 찾아온 첫 번째 선생인 것은 아니었다. 그동안 여러 명이 이곳에 찾아왔고, 설득하려 하기도 했다. 나쁜 길에 빠진 학생을 계도하겠답시고 와서 일장 연설을 늘어놓다가, 결국엔 얼굴이 빨개져서 화를 내고 가 버렸다.

'당신도 똑같겠지. 이상적인 말만 잔뜩 늘어놓다가…….'

그런데 그 순간, 백수룡은 활짝 웃었다.

"그럼 간단하네. 내가 돈을 줄게."

"……예?"

순간 여민은 얼빠진 소리를 냈다. 백수룡은 오히려 잘됐다는 듯 눈을 빛냈다.

"무희? 얼마나 받는지는 모르겠지만, 내가 그것보다 더 많이 주겠다."

백수룡은 고리타분한 정파인이 아니다. 사람마다 무공을 배우는 목적이 다르다는 것을 알고, 그에 따라 동기 부여를 다르게 해야 한다는 것도 충분히 알고 있었다.

여민이 무공을 배우는 목적이 돈이라면, 돈을 보상으로 무공을 열심히 익히게 하면 되는 것이다.

"그 대신."

백수룡의 시선이 치마 사이로 드러난 여민의 다리를 향했다. 헌원강이 여민의 다리를 보며 침을 꼴깍 삼킬 때, 백수룡은 그녀의 다리의 형태와 근육을 살피고 있었다.

"천무제 우승에 일조해. 너라면 경공 대회에서 우승할 수 있을 테니."

110화
이렇게 한자리에

"돈을…… 주겠다고요?"

"그래."

얼빠진 얼굴로 되묻는 여민을 보며, 백수룡은 단호하게 고개를 끄덕였다. 하지만 여민은 그 대답을 이해할 수 없었다.

"……왜요?"

"말했잖아. 대신 천무제 우승에 일조하라고. 너한테선 경공 대회에 우승할 만한 가능성을 봤거든."

백수룡의 말은 진심이었다. 여민의 체형을 본 순간, 경공을 펼치는 데 최적화되어 있다는 것을 한눈에 알아보았다.

'경공만 본다면, 환생한 이후로 본 사람 중에 가장 뛰어난 재능이야.'

여민은 헌원강이나 위지천 같은 종류의 천재는 아니지만, 한 분야에 있어서만은 대가가 될 수 있을 자질을 타고났다.

'어쩌면…… 빙월신녀의 경공을 가르칠 수 있을지도 모르겠네.'

빙월신녀 은예린. 반경 수십 장을 단숨에 얼릴 수 있는 빙공의 고수였던 그녀는, 빙공에 가려져 잘 알려지진 않았지만 경공의 대가이기도 했다. 네 명의 사부 사이에서도 경공만은 그녀가 가장 뛰어나다는 걸 모두가 인정했을 정도였다.

'같은 성별에 체형도 흡사해. 이 녀석이라면······.'

빙월신녀의 경공을 충분히 익힐 수 있을 터였다. 물론 절대로 쉽지는 않겠지만 말이다. 생각을 정리한 백수룡이 말했다.

"이참에 무희 일은 관두고 백룡장으로 들어와. 숙식도 해결해 주고 무공도 매일 봐줄 테니까."

백수룡은 아예 합숙을 제안했다. 돈을 주고 가르치려는(?) 만큼, 대충할 생각은 없었다. 순식간에 획획 진행되는 이야기에 여민은 정신을 차리지 못했다.

"잠깐, 잠깐만요. 제가 얼마나 받는 줄 알고 돈을 주겠다는 거예요?"

"얼마나 받는데?"

여민이 금룡객잔에서 얼마를 받던 백수룡은 감당할 자신이 있었다. 돈이라면 얼마 전 공손수에게서 받은 사례금이 고스란히 남아 있었다. 그 자신만만한 미소에 여민은 황당하다는 표정으로 물었다.

"그리고 아까부터 천무제에서 우승할 거라고 말하는데······. 우승 못하면요? 돈도 안 줄 건가요?"

백수룡은 고개를 저었다.

"애초에 월봉으로 지급할 거니까 걱정할 것 없어. 그리고 우승하면 월봉의 다섯 배를 성과급으로 줄 거다."

사람은 보상이 약속돼 있어야 더 열심히 하거든, 하고 중얼거린 백수룡이 씩 웃었다.

여민이 떨떠름한 표정으로 물었다.

"선생님 맞아요? 이렇게 돈으로 학생을 꼬드겨도 돼요?"

"여민."

갑자기 백수룡의 표정이 조금 진지해졌다.

"나는 네가 어떤 사정 때문에 돈에 집착하는지 몰라."

"……."

낭소소에게 건네받은 서류에는 여민에 관한 정보가 그리 많지 않았다.

간단한 신상명세와 특기 사항에 〈도벽〉이라고 적혀 있던 것, 그리고 그 아래 당소소가 적어 둔 짧은 이야기가 전부였다.

돈에 지나치게 집착하는 성향이 있음. 기숙사의 공용 물건들을 습관적으로 가져가는 버릇이 있음. 작년 여학생 기숙사에서 벌어진 도난 사건 몇 건의 범인으로 의심받았지만 증거는 찾지 못함. 그 후 학생들과 다투고 기숙사에서 나가 금룡객잔에서 머무는 중.

'이건 도벽이 아니라…….'

백수룡이 보기에, 여민은 실제로 물건을 훔치지 않았는데 도둑으로 오해받고 있을 확률이 높았다.

"하지만 돈이 없을 때 사람이 얼마나 초라해지는지는 나도 잘 알아."

"……."

백수룡은 여민의 눈을 똑바로 보았다. 화려한 옷을 입고, 입은 옷고 있지만, 그 눈은 삶에 찌들어 있었다. 저런 눈을 한 사람에게 섣부른 위로나 따뜻한 말 따위는 통하지 않는다.

"어떤 자식들은 무공을 대성하려면 물욕을 지우고 무공에만 모든 정신을 집중해야 한다고 지껄이던데, 배부른 놈들이나 하는 개소리야. 그런 말 하는 놈들 중에 가난한 놈은 본 적이 없거든."

"크흠!"

옆에서 듣고 있던 헌원강이 민망한 듯 고개를 돌렸다. 비록 헌원세가가 무가로서의 세력이 쇠하긴 했지만, 헌원강 또한 자라면서 크게 궁핍함을 느끼지는 못했다.

"……풉."

여민은 작게 웃음을 터트렸다. 지금 백수룡이 하는 말은, 그녀가 무공을 배워 오면서 단 한 번도 들어 본 적 없는 이야기였다.

―돈은 무인에겐 하등 쓸모없는 것이다.
―속물적인 욕망을 버려야 무공에 대성할 수 있느니라!
―쯧. 너는 재능이 있는데 물욕이 너무 심한 것이 문제다. 돈 몇 푼에 무인의 혼을 팔 테냐?

지금까지 무공을 가르치던 선생들은 모두 돈을 멀리하라고 가르쳤다.
'자기들도 돈을 받고 무공을 가르치는 주제에.'
돈에 집착하는 그녀의 행동을 마치 죄악처럼 여겼다. 무공을 배워서 부자가 될 거라는 말을 하면 모두가 한심하게 바라봤다. 어릴 때부터 악착같이 돈을 벌어야만 했던 그녀에게, 그런 선생들의 말은 항상 공허한 메아리일 뿐이었다. 하지만 백수룡은 달랐다.
"내게서 무공을 배우면 더 많은 돈을 벌게 될 거다."
새로운 수강 신청서를 꺼낸 백수룡이 짓궂게 웃으며 말했다.
"여기다 서명만 하면 말이지."
"……아하, 아하하하!"
여민이 더 이상 참지 못하고 배를 잡고 웃었다. 얼마나 웃었는지 눈가에 눈물이 맺힐 정도였다.
잠시 후 겨우 웃음을 멈춘 여민이 소매로 눈물을 닦으며 말했다.
"이렇게 속물적인 선생님은 살면서 처음 봐요. 그리고 제안도 마음에 쏙 들고요."
여민은 건네받은 신청서를 웃으며 잠시 내려다보다가, 다시 백수룡에게 돌려주었다.

"하지만 거절해야겠어요."

"어째서?"

백수룡은 이해할 수 없다는 듯 미간을 찌푸렸다.

대충 둘러대는 대답으론 물러서지 않을 것 같았기에, 여민은 솔직하게 이야기했다.

"이미 금룡객잔에서 거액의 계약금을 받았거든요. 이 일을 관두려면 열 배의 위약금을 내야 해요."

"열 배면……."

그때, 방 밖에서 남자의 목소리가 들려왔다.

"홍매! 잠시 후면 네 차례다!"

홍매는 금룡객잔에서 무희로 활동하는 여민의 가명이었다.

여민이 놀라서 소리쳤다.

"잠깐만요! 화장만 고치고 바로 나갈게요!"

여민은 서둘러 화장을 고치기 시작하면서 두 사람에게 말했다.

"들어온 통로로 나가시면 돼요. 제안은 감사하지만, 오늘 얘긴 못 들은 거로 할게요. 이만 가 주세요."

하지만 백수룡은 움직이지 않았다. 그가 팔짱을 끼며 물었다.

"위약금이 얼만데?"

"……말하고 싶지 않아요. 제가 돈을 좋아하는 건 맞지만요, 남한테 제가 빚지는 건 또 엄청 싫어하거든요."

여민은 백수룡이 그 위약금을 내준다고 해도 거절할 생각이었다. 아무리 돈이 절실하게 필요했어도, 스스로에게 당당하지 못한 짓을 하면서까지 번 적은 단 한 번도 없었다.

그 순간 문이 벌컥 열리고 누군가가 성큼 들어왔다.

"홍매! 빨리 나오라니까!"

5층에서 백수룡을 가로막았던 무사였다. 그는 매서운 눈으로 방 안을 둘러보더니 백수룡을 발견하곤, 무슨 일인지 알 만하다는 듯 혀를 찼다.
"아직도 있었나? 빨리 나가시오. 홍매는 곧 공연을 준비해야 하니까. 수작을 부릴 거면 때와 장소를 좀 가려야지……."
"……."
백수룡은 그 무사를 빤히 바라보다가 조용히 입을 열었다.
"안내해."
"……뭐라?"
"금룡객잔 주인한테 안내하라고. 내가 지금 당장 만나야겠다."
"하. 이자가 간이 부었나."
사내는 황당하다는 듯 고개를 절레절레 젓더니, 성큼성큼 백수룡에게 다가왔다.
"어이. 기생오라비."
백수룡 앞에 선 사내가 뺨에서 목으로 이어지는 지렁이 같은 흉터를 꿈틀대며 말했다.
"당장 여기서 꺼져라. 처맞고 울면서 나가기 싫으면."
"어휴."
백수룡이 손으로 코를 틀어막으며 한숨을 쉬었다.
"입에서 썩은 내 풍기지 말고, 너야말로 좋게 말할 때 안내하지?"
"이 새끼가!"
무사가 주먹을 휘두르려는 순간, 전광석화처럼 움직인 백수룡의 손이 사내의 목을 움켜쥐었다.
"컥, 커헉!"
"여러 번 말하게 하지 마라. 나도 기분이 별로 좋진 않으니까."
백수룡의 두 눈이 은은한 붉은빛을 띠었다. 그 눈과 정면으로 마주한 사내는 본능적인 두려움에 몸을 덜덜덜 떨기 시작했다.
"사, 살려……."

"금룡객잔의 주인한테 안내해."

"예, 예. 이쪽으로 따라오십시오……."

태도가 돌변한 무사는 곧장 돌아서더니 눈치를 보며 길을 안내했다. 백수룡이 그 뒤를 따르고, 헌원강도 얼떨결에 따라갔다. 여민도 황급히 뒤따라왔다.

"선생님! 뭐 하는 짓이에요!"

"위약금이 열 배라며? 솔직히 나도 그걸 다 내는 건 너무 호구 같거든. 그래서 협상을 좀 하려고."

그 태연한 말에 여민은 심장이 덜컥 내려앉는 것 같았다.

"협상이라니……. 금룡객잔의 주인이 어떤 사람인지나 알고 하는 말이에요?"

"뭐, 부자겠지?"

귀를 후비며 걷는 백수룡의 뒤를, 여민이 따라가며 발을 동동 굴렀다.

"이러다 정말 큰일 나요! 금룡객잔에 고수들이 얼마나 많은지 모르죠? 밉보이기라도 하면 쥐도 새도 모르게……."

그녀가 발을 동동 구를 때마다, 화려한 궁장이 이리저리 흔들렸다. 특히 치마가 흔들리며 새하얀 다리가 드러났다.

'이런 걸 입고 춤을 춘단 말이지.'

백수룡은 한숨을 내쉬더니, 옆에 있던 헌원강에게 말했다.

"원강아. 장포 좀 벗어 봐라."

"예? 제가요?"

따악!

"그럼 내가 하리?"

괜히 한 대 얻어맞은 헌원강은 장포를 빼앗기듯이 백수룡에게 넘겼고, 백수룡은 그것을 여민에게 두르게 했다.

"잘 들어라. 경공을 펼치는 데 있어서 다리 관리는 무엇보다 중요하다. 앞으로 이런 옷, 이런 신발은 다 금지다. 알았냐?"

"……네."

간단하게 설교를 끝낸 백수룡은 고개를 끄덕이더니, 안내하는 사내의 뒷목을 잡고 두 사람에게 말했다.

"먼저 갈 테니 너희는 천천히 따라와라."

"예?"

휘익! 백수룡은 사내의 뒷목을 잡고 경공을 펼쳤다.

갑자기 아래에서부터 낯선 얼굴이 올라오자, 층계를 지키던 금룡객잔의 무사들이 급히 앞을 가로막았다.

"뭐 하는 놈이야!"

"여기가 어디라고……."

그러나 그들이 미처 무기를 뽑기도 전에, 백수룡이 먼저 움직였다.

빠악! 빠바바박! 무기를 휘두르는 일은 없었다. 가로막는 무사는 모두 주먹으로 때려눕히며 순식간에 층을 돌파했다. 애초에 여민이 있던 곳이 5층이었던 터라 7층까지는 금방이었다. 소란이 커지기 전에, 백수룡은 금룡객잔의 주인이 머무는 처소에 다다랐다.

"여, 여기로 들어가면 됩니다."

"수고했다."

퍼억! 겁먹은 사내의 뒷목을 쳐서 기절시킨 후, 백수룡은 문을 발로 뻥 걷어차며 안으로 들어갔다.

콰앙!

"여기 금룡객잔의 주인이 어느 분이십니까?"

마침 술을 마시고 있던 풍채 좋은 중년의 사내가 눈을 동그랗게 떴다.

"누구신가?"

백수룡이 정중하게 포권을 취하며 자신을 소개했다.

"청룡학관 강사 백수룡이라 합니다. 저희 학생 하나가 신세를 지고 있어서 찾아뵙게 이렇게 되었습니다. 듣기로는 저희 학생이 이곳에서 불공정 계약을 맺고 일을 시작했다고……. 어?"

청산유수처럼 말을 쏟아내던 백수룡은 갑자기 말문이 막혀 눈을 크게 뜨고, 금룡객잔 장주의 옆을 바라봤다. 마침 그와 눈이 마주친 상대도 어안이 벙벙한 얼굴로 백수룡을 바라보고 있었다.

두 사람이 동시에 입을 열었다.

"거상웅?"

"선생님?"

금룡객잔의 장주 바로 옆자리에서, 거상웅이 황당하다는 표정으로 앉아 있었다.

"네가 왜 여기……. 어?"

백수룡의 시선이 이번에는 거상웅의 뒤쪽으로 향했다. 거기에도 아는 얼굴이 하나 있었다.

"야수혁?"

"……헐."

거상웅의 뒤쪽에, 시중드는 하인처럼 서 있던 야수혁이 멍청한 소리를 냈다.

"니들이 왜 여기 있어?"

"……제가 더 하고 싶은 말인데요."

그리고 그때, 뒤늦게 쫓아온 헌원강과 여민이 헐레벌떡 방으로 들어오며 소리쳤다.

"선생님! 같이 좀 가요!"

"제발 미친 짓 그만하고……."

거상웅. 헌원강. 여민.

그리고 어쩐지, 이 조합에 너무나도 잘 어울리는 1학년 야수혁까지. 금룡객잔 최상층에 모인 청룡학관의 문제아들을 쭉 둘러보며, 백수룡은 헛웃음을 지었다.
"이야. 이게 이렇게 다 모이네."

111화
제가 전문입니다

그 순간, 금룡장주의 뒤쪽에 있던 호위 무사들이 일제히 칼을 뽑아 들며 앞으로 나섰다.

"누가 보낸 자객이냐!"

"장주님을 보호해라!"

채앵! 채채챙! 호위 무사들이 금룡장주의 앞을 막는 것과 거의 동시에, 사방에서 문이 열리고 무사들이 우르르 몰려왔다.

"침입자다!"

"장주님을 보호해라!"

그 숫자는 순식간에 스무 명이 넘게 불어나더니, 꽤 넓은 방 안이 살기로 가득 찼다. 사방에서 죽일 듯이 쏘아보는 시선을 느낀 백수룡은 주위를 둘러보며 머리를 긁적였다.

"생각보다 일이 좀 커진 것 같은데……."

"……이제 와서?"

"어떻게 할 거예요! 우린 다 죽었어!"

헌원강은 답도 없다는 듯 고개를 절레절레 저었고, 여민은 울 것 같은 얼굴로 발을 동동 굴렀다. 앞으로 나선 호위 무사장이 수하들에게 외쳤다.

"당장 저놈들을 포박하라! 잡아서 그 배후를……!"

"무기들 집어넣게."

차분한 목소리가 방 안에 울려 퍼지자, 방금까지 기세등등하던 호위 무사들은 움찔하며 곧바로 무기를 집어넣었다.

"예. 장주님!"

금룡장주가 자리에서 일어나자 호위 무사들이 좌우로 비켜서서 무릎을 꿇었다. 앞으로 나선 금룡장주가 푸근하게 웃으며 백수룡을 바라보았다.

"방금 청룡학관의 강사님이라고 하셨소?"

금룡장주는 키가 무척 크고 풍채가 좋은 중년 사내였다. 무공도 일류는 되어 보였다. 그 뒤에서 얼떨떨한 표정의 거상웅이 따라왔다.

'딱 봐도 아버지와 아들이로군.'

백수룡이 정중하게 포권을 취하며 말했다.

"청룡학관 강사 백수룡입니다. 거상웅 군의 아버님 되십니까?"

"그렇소. 헌데……."

자신의 아들과 백수룡을 번갈아 바라본 금룡장주가 입을 열었다.

"무슨 일로 예까지 오셨소? 보아하니 내 아들 때문은 아닌 듯한데."

"오늘은 다른 학생 때문에 찾아뵙게 되었습니다."

백수룡은 고개를 돌려 여민을 바라봤다. 그의 시선을 따라간 금룡장주가 물었다.

"저 아이 말이오?"

"청룡학관 2학년 여민입니다. 올해부터 금룡객잔에서 무희로 일하며 숙식을 해결하고 있습니다."

"서, 선생님……."

여민의 얼굴이 새파랗게 질렸다. 그녀는 금룡장주가 어떤 사람인지 알고 있었다.

남창제일거부. 이 도시에서 가장 돈이 많은 사람이자, 천하십내상단 중 하나인 금룡상단의 주인. 이곳 금룡객잔은 금룡상단이 보유한 수많은 사업체 중 한 곳에 불과했다.

'말 한마디로 도시의 권력자들마저 쥐락펴락할 수 있는 사람인데……'

백수룡은 그가 있는 곳으로 쳐들어온 것도 모자라서, 당당하게 그 이유를 설명하고 있었다.

"……따라서 여민 학생은 무희 일을 그만두고 무공 수련에 매진해야 하는 상황입니다. 그런데 이미 거액의 계약금을 받는 바람에, 계약을 해지하려면 열 배의 위약금이 발생한다고 하더군요. 그 문제로 상의를 드리러 온 것입니다."

금룡장주는 그 설명을 유심히 듣더니 고개를 끄덕였다. 황당해 하거나 미간을 찌푸리지도 않았다.

"그렇군. 나는 전혀 몰랐던 일이오. 사업체를 여러 곳 운영하는 사람이라 그런 사소한 일까지 다 알지는 못하오."

덤덤한 표정으로 말한 금룡장주는 여민을 힐끗 본 후, 고개를 돌려 주위를 스윽 둘러보았다.

"그런데 말이오."

단 한마디로 미묘한 긴장감이 형성되었다. 무인이 내공을 끌어올리는 것과는 달랐다. 금룡장주는 눈빛과 말투, 입가의 작은 움직임만으로 방 안의 분위기를 싸늘하게 바꿔 버렸다.

"선생의 용건은 잘 알겠소이다. 그런데 사람을 만나기 위해서는 엄연한 절차가 있는 법이오. 선생은 모든 절차를 무시했소. 그 과정에서 내 재산을 파손하고, 내 무사들을 다치게 했지."

"……"

금룡장주의 덩치가 갑자기 세 배는 커진 것처럼 보였다. 그는 뒷짐을 진 채로, 한 걸음씩 다가오며 말을 이었다.

"또한 금룡객잔을 찾은 손님들 중 이 소란을 듣고 불안해하는 이들이 있을 것이오. 그들이 밖에 나가서 좋지 않은 소문을 내면, 그것 또한 내 사업에 막대한 영향을 끼칠 것인데. 선생은 이 손해를 내게 어찌 배상할 것이오?"

"……."

금룡장주는 조금도 화를 내거나 목소리를 높이지 않았다. 하지만 방 안의 사람들은 그에게서 엄청난 압박감을 느꼈다.

"아버님……."

듣다 못한 거상웅이 금룡장주의 옆으로 와서 속삭였다.

"뭔가 오해가 있었던 것 같습니다. 제가 잘 이야기해 볼 테니 아버님은 돌아가서 쉬시는 것이……."

그러나 금룡장주는 아들에게 시선조차 주지 않았다.

"네가 끼어들 일이 아니다."

"아버님……."

"물러나 있으라고 했다."

나직하지만 힘 있는 말에 거상웅이 한숨을 내쉬더니 뒤로 물러났다. 백수룡은 그 모습을 가만히 지켜보다가 조용히 물었다.

"금룡장주님. 제가 어떻게 배상하길 원하십니까?"

"선생이 가진 것으로 나를 만족시킬 수 있을까?"

금룡장주는 차가운 눈으로 백수룡을 노려보았다. 백수룡 또한 시선을 피하지 않았다. 두 사람은 잠시 마주 서서 서로의 눈을 들여다보았다.

그러기를 잠시, 백수룡의 입가에 가느다란 미소가 맺혔다.

"아까부터 저를 시험하시는군요. 제게 원하는 게 없다면 이런 말로 떠볼 필요도 없지 않겠습니까?"

그러더니 느긋하게 웃으며 말했다.

"한번 제안을 들어 보지요."

"허. 배짱만은 오히려 소문이 축소된 면이 있군."

표정을 굳혔던 금룡장주의 입가에도 어느새 백수룡과 비슷한 미소가 맺혔다. 실제로 그는 백수룡을 시험했다. 이런 압박감 속에서 어떻게 반응하는지, 얼마나 그릇이 큰 인물인지 알아보는 그만의 방법이었다.

'묘하군. 알 수가 없어.'

사람 보는 눈이 썩 좋다고 자부하는 금룡장주에게도 백수룡은 처음 보는 종류의 인간이었다. 또한 그에 관한 소문들도 하나같이 믿기 힘든 것들뿐이었다.

'이런 자리에서 만나게 된 것은 의외이긴 하나…….'

조만간 기회를 만들어 만나 볼 생각도 있었다.

금룡장주는 옆에서 초조해하는 아들을 곁눈질로 힐긋 본 후, 다시 백수룡에게 말했다.

"배상에 관해서는 둘이서 이야기하는 것이 좋을 것 같소."

고개를 끄덕인 백수룡이 학생들을 돌아보며 말했다.

"너희들 먼저 돌아가라. 원강아. 후배 챙겨서 밥 먹이고 빈방 하나 내줘라. 여민이도 내일부터 같이 수련할 테니까."

"예?"

"아니, 왜 마음대로…….”

당황하는 헌원강과 놀라서 눈을 동그랗게 뜨는 여민. 두 사람은 백수룡에게 뭐라고 따지려다가, 금룡장주의 눈치를 보고는 작게 물었다.

"정말 그래도 돼요?"

"선생님 혼자 남는 건 좀…….”

"니들 있어 봤자 도움 안 되니까 빨리 가라."

금룡장주는 그 모습을 보고도 아무런 말도 하지 않았다. 즉, 여민을 데려가는 것에 대해서 암묵적으로 허락한 것이다. 백수룡은 거상웅 뒤에 엉거주춤하게 서 있는 야수혁에게도 말했다.

"야수혁. 여기서 지금 뭐 하는지는 모르겠지만 볼일 다 마치거든 날 찾아와라."

"……예."

그 모습을 본 금룡장주가 자신의 아들에게 말했다.

"웅아. 네가 책임지고 후배들을 배웅하고 오너라."

"……알겠습니다. 따라와라."

거상웅이 후배들을 데리고 방에서 나갔다. 백수룡은 마지막까지 뒤를 힐끗거리는 헌원강에게 빨리 나가라며 손을 휘휘 저었다.

"자네들도 자리를 비켜 주시게."

금룡장주가 호위 무사장을 돌아보며 말했다.

호위 무사장이 걱정스러운 표정으로 물었다.

"장주님. 정말 괜찮으시겠습니까?"

"모두 삼십 장 밖으로 물러나게. 지금부터 나누는 이야기는 아무도 듣는 이가 없어야 할 것이야."

금룡장주의 단호한 명령에, 호위 무사장이 호위 무사들에게 말했다.

"모두 삼십 장 밖으로 물러나라. 장주님의 명이다."

"예!"

그렇게 호위 무사들도 모두 방에서 나갔다. 넓은 방 안에는 백수룡과 금룡장주 두 사람만이 남았다. 금룡장주가 백수룡에게 자리를 권했다.

"선생. 앉으시오."

"알겠습니다."

탁자를 두고 마주 앉은 두 사람. 그들 사이에 미묘한 기류가 흐르기 시작했다.

• ◈ •

"한잔 드시오."

금룡장주가 술잔 가득 술을 따라 주었다. 무슨 술인지 백수룡은 이름도 모르는 비싼 술이었다. 한잔 마시자마자 절로 감탄이 나왔다.

"좋은 술이군요."

"손님이 올 줄 알았으면 더 좋은 술을 준비했을 것이오. 오늘은 이것으로 만족해 주시오."

의외로 부드러운 분위기에 백수룡은 빙긋 웃었다. 마주 앉은 금룡장주의 표정에는 고민이 많아 보였다.

"최근 백 선생에 관한 소문을 자주 들었소."

"제가 워낙에 소문이 많아서요. 실례지만 어떤 소문을 들으셨는지 물어봐도 되겠습니까?"

백수룡의 질문에 웃은 금룡장주가 빈 잔에 한잔 더 따라 주며 말했다.

"모두 다 들었지. 과장을 좀 보태면, 선생이 온 뒤로 도시 전체가 요동치고 있다고 해도 될 정도요."

금룡장주는 마주 앉은 청년을 물끄러미 바라보았다. 고작해야 청룡학관 신입 강사. 하지만 그 신입 강사가 천무제에서 청룡학관을 우승시키겠노라 당당히 선언하더니, 역대 최고령 지원자를 합격시키고, 수석 입학생을 발굴하고, 일타강사인 남궁수와 내기를 해서 수업까지 빼앗았다고 한다.

"그것뿐이요? 얼마 전에는 풍진호 선생에게 개망신을 주었다더군."

금룡장주는 껄껄 웃더니 술잔을 단숨에 들이켰다. 그러나 웃고 있는 입과 달리 그의 눈은 예리하게 빛났다.

"……흥미로운 이야기도 하나 들었소. 입학시험에서 살수들이 날뛴 사건 말이오. 그들이 노린 사람이…… 공손 승상이었다던데."

"상당히 자세히 알고 계시는군요."

백수룡은 그 사실을 부정하지 않고 고개를 끄덕였다. 상대가 이미 다 알고 묻는 것이 뻔했으니까.

금룡장주가 서늘하게 웃으며 말했다.

"장사꾼이 정보에 어두워서는 큰돈을 벌 수 없다오. 그리고 가진 것을 지키기도 어렵지. 언제 어디서 내 재산을 노리는 자들이 칼을 들이밀지 알 수 없거든."

"제게 하실 말씀이 공손수 어르신과 관련된 일입니까?"

백수룡의 짐작 어린 물음에, 금룡장주는 단호하게 고개를 저었다.

"나는 철혈의 재상을 건드릴 만큼 간이 큰 인간은 아니오."

정확히 어떤 관계인지 모르는 만큼, 금룡장주는 처음부터 백수룡을 건드릴 생각 자체가 없었다.

'승상에게 무공을 가르친 인물이다. 만약 승상이 그를 애틋하게 여긴다면…….'

건드리기는커녕 잘 보여도 모자랄 판이었다. 또한, 백수룡이 설령 공손수와 관련되지 않았더라도 금룡장주는 그에게 부탁을 하고 싶은 입장이었다.

"……부탁을 좀 하고 싶소."

"부탁이라 하시면?"

손가락으로 술잔을 만지작거리던 금룡장주가 어렵사리 입을 뗐다.

"내 아들에 관련된 이야기요."

"거상웅 말입니까?"

"내 아들은…… 원래는 저렇지 않았소."

자신감이 넘치던 금룡장주의 입가에 쓸쓸한 미소가 맺혔다.

"어려서부터 천하제일의 고수가 될 거라고 큰소리를 쳤지."

체격, 근골, 오성. 거상웅은 지난 수십 년간 금룡장에서 태어난 아이들 중 가장 뛰어난 무골이었다.

"누구보다 무공을 배우는 것을 좋아했소. 총명하고 대범했지. 근골이 너무 크고 두꺼워서 둔하다는 말도 들었지만……."

금룡장주는 아들에게 그 어떤 지원도 아끼지 않았다. 구파일방이나 오대세가만큼은 아니더라도, 그에 버금가는 무공들을 찾아서 가르치고 영약을 먹였다.

본인의 노력과 집안의 지원. 그 덕분에 거상웅은 2학년 때까지만 해도 방백현과 함께 '청룡쌍절'이라 불릴 정도로 뛰어난 학생이었다.

"……하지만 이 년 전 천무제에 다녀온 뒤로 변했소."

천무제에 다녀온 후, 거상웅은 방에 틀어박혀 식음을 전폐했다. 무슨 일이 있었냐고 물어봐도 아무런 말도 하지 않았다.

그렇게 몇 달을 허송세월한 후.

"……갑자기 도박과 음식에 집착하기 시작하더군. 그러곤 점점 살이 쪄서 지금의 저런 모습이 되었소."

백수룡은 조용히 금룡장주의 말을 경청하다가 물었다.

"본인의 행동을 자책하거나 괴로워하는 것 같지는 않던데요."

"익숙해진 것이오. 그 비대한 몸뚱이와 패배감에 말이오."

"……."

백수룡은 오늘 본 거상웅의 모습을 자세히 떠올렸다. 능글맞고 여유로워 보이는 얼굴과 태도. 하지만 언뜻언뜻 비치던 표정이나 눈빛은…….

'한계에 부딪혀 절망한 무인의 눈빛.'

과거에 보았던 수많은 비슷한 사례를 떠올리자 더욱 확실해졌다.

"아마도…… 천무제에서 겪은 어떤 일이 심적으로 큰 충격이 되었을 거라고 짐작하오."

금룡장주 정도 되는 사내가 그것을 모를 리 없었다. 하지만 온갖 방법을 시도해도, 아들을 예전 모습으로 돌아오게 하지는 못했다.

"화도 내보고, 달래도 보고, 용하다는 의원에도 찾아가 봤소. 하지만 아무 소용도 없었소. 실실 웃으며 지금처럼 사는 게 편하다고 하더군."

꾸욱……. 술잔을 쥔 금룡장주의 손에 힘이 들어갔다.

"그런데, 올해에는 녀석이 갑자기 가업을 잇겠다고 하는 게 아니겠소? 무공 따위 더 이상 익히지 않겠다고 하더군."

쩌저적! 값비싼 도자기 잔에 금이 가더니, 이내 산산조각이 났다. 금룡장주의 손가락 사이로 술이 흘러내렸다.

"어림도 없지. 나는 은퇴하려면 아직 멀었소. 게다가 그 녀석에겐 장사꾼으로서의 재능도 없거든."

금룡장주는 손가락 사이로 흘러내리는 술과 피를 보며 피식피식 웃었다. 그리고 다른 잔을 가져와 연거푸 술을 마셨다.

"……."

금룡장주가 이토록 흐트러진 모습은 밀접한 호위 무사들도 거의 본 적이 없었다. 세상이 모두 부러워하는 부자도, 자식 문제 앞에서는 한숨을 쉬는 아버지에 불과했다.

"주저리주저리 너무 떠들었군. 그래서 내 부탁은 이거요."

금룡장주가 술에 취해 흐려진 눈으로 백수룡을 바라봤다. 그의 자세는 많이 흐트러졌으나, 그 목소리와 표정은 어느 때보다 진지했다.

"내 아들을 다시 무인으로 만들어 주시오. 그리해 주기만 한다면 내 평생의 은인으로 생각하겠소."

점점 망가져 가는 아들을 보며, 금룡장주는 하루하루 속이 썩어 들었다. 아들을 과거의 자신만만했던 모습으로 되돌릴 수만 있다면 지푸라기라도 잡고 싶은 심정이었다. 그때 들려온 것이 백수룡이라는 신입 강사에 대한 소문이었다.

'그 청년이라면 내 아들을 바꿀 수 있지 않을까.'

막연한 감에 불과했지만, 천하십대상단을 이끄는 사내의 감은 결코 무시할 만한 것이 아니었다.

　금룡장주가 백수룡의 잔에 술을 채운 후, 고개를 숙여 부탁했다.

　"이렇게 부탁드리겠소."

　"……마침 잘 찾아오셨습니다."

　백수룡은 금룡장주가 준 술을 단숨에 들이켠 후에 탁자에 탕, 소리가 나게 내려놓았다.

　"제가 문제아 갱생, 그리고 심리 치료 전문이거든요. 믿고 맡겨 주십시오."

　손등으로 입가의 술을 닦아낸 백수룡이 씩 웃었다.

　"대신 좀 굴려도 되겠습니까?"

　금룡장주가 환하게 웃으며 대답했다.

　"물론이오!"

　다음 날, 거상웅은 영문도 모른 채 백룡장으로 보내졌다.

112화

누구한테 당한 거냐

 해가 뜨지도 않은 어스름한 새벽. 백룡장 연무장에는 흑의무복을 차려입은 세 명의 낯선 학생이 일렬로 서 있었다.
 "환영한다. 제군들."
 "……."
 평소 이 시간이면 누군가의(주로 헌원강의) 비명이 울려 퍼지던 연무장일 텐데, 오랜만에 불편한 침묵이 감돌고 있었다.
 "오늘부터 너희들은 매일 이 시간에 집합해서 새벽 훈련을 받게 될 것이다."
 붉은 영웅건을 이마에 둘러멘 백수룡이, 자리에 모인 새로운 어린양들을 둘러보며 새하얀 건치를 드러냈다. 세 마리 어린양은 아직 어안이 벙벙한 표정이었다.
 "대체 내가 왜 여기에……."
 전날 금룡객잔과의 계약을 해지하고 백룡장으로 짐을 옮긴 여민은 아직도 현실감이 없는 표정이었고,
 "끄응. 망할 아버지……."

새벽에 아버지에게 쫓겨난 거상웅은 오랜만에 입은 무복이 몸에 꽉 끼는지 불편한 표정이었으며,

"……나는 왜?"

거상웅과 하나로 묶여서 딸려온 야수혁도 황당한 표정이었다.

"자자, 주목."

짝! 손뼉을 쳐서 시선을 집중시킨 백수룡이 말했다.

"너희는 이번 학기 동안 이곳 백룡장에 머물며 합숙을 하게 된다. 기숙사 사감이신 학생 주임 선생님께도 미리 말씀드려 놨으니 걱정하지 말도록."

보충반 문제아들을 모아서 합숙시키겠다고 했을 때, 매극렴은 우려를 표했다.

-그 녀석들을 말이냐? 하나하나도 감당하기 힘들 텐데…….

-하나같이 개성이 강한 녀석들이라 기숙사 생활이 어울리지 않는다고 생각합니다. 자유로운 분위기 속에서 수련을 시켜보는 것이 좋지 않을까요?

잠시 백수룡을 빤히 바라보던 매극렴이 고개를 끄덕였다.

-과연. 그것도 틀린 말은 아니구나. 자신이 있다면 한번 해 보거라.

자신 있냐고?

'당연히 있지.'

청룡학관에서야 알아주는 문제아들이지만, 과거 혈교에서 진짜 미친놈들도 가르쳐 본 경험이 있는 백수룡에겐 사춘기를 겪는 청소년들의 반항 정도로 보일 뿐이었다.

'기숙사가 아니니까 내 마음대로 다룰 수도 있고 말이지.'

매극렴에게 말한 '자유로운 분위기'란 학생이 아니라 가르치는 사람에게 해당하는 말이었다. 백수룡의 입가에 히죽거리는 미소가 맺혔다.

"그렇게 됐으니 잘들 부탁한다."

그 웃음을 본 순간 세 명의 안색이 변했다.

'아무래도 X된 것 같은데.'

'무희 일 관두고 여길 온 게 정말 잘한 짓일까…….'

'난 기숙사 구경도 못 해 봤는데? 이렇게 확정이라고?'

제자들의 표정에서 그 생각들이 뻔히 읽혔기에 백수룡은 피식 웃었다.

"너무 긴장할 것 없다. 첫날부터 무리하게 새벽 훈련을 시키진 않을 테니. 우선 서로를 충분히 알아간 다음에 본격적인 훈련을 시작해야지."

"……."

"또한 안타깝게도 나에겐 종일 너희를 봐줄 시간이 없다. 이래 봬도 번듯한 직장이 있는 사람이거든."

학기가 시작되면 새벽, 그리고 퇴근 이후가 백수룡이 보충반 학생들의 무공을 봐줄 수 있는 유일한 시간이었다.

'다행이다…….'

'휴…….'

하지만 궁하면 궁한 대로 방법이 있기 마련이다. 다행히 백룡장에는 학기가 시작되기 전부터 백수룡에게 무공을 배운 경험자가 둘이나 있다.

"한동안 너희들의 훈련 일정을 도와줄 녀석을 소개하마. 숙련된 조교 앞으로."

"앞으로. 호호호……."

기다렸다는 듯 앞으로 나선 헌원강이 건들거리며 웃었다. 어디서 구해 왔는지 머리에는 백수룡과 똑같은 붉은색 영웅건을 맨 모습.

비열한 표정으로 아랫입술을 혀로 스윽 핥은 헌원강이 입을 열었다.

"환영한다, 신입들. 이곳은 너희들이 상상하는 것 이상으로 지옥이다. 들어올 때는 너희들의 의지가 있었을지 모르지만, 나갈 땐 아니다. 참고로 이 선배님에게 반항했다간 죽음보다 더한 고통을……."

빠악! 어김없이 날아든 흑룡편이 헌원강의 뒤통수를 후려쳤다. 백수룡은 머리를 부여잡은 헌원강을 한심하다는 표정으로 바라봤다.

"적당히 해라, 적당히. 감투 하나 쓰니까 좋아 죽지 아주?"

"끄응……. 신입들은 초장부터 기강을 잡아야 한다니까."

"그 기강을 왜 네가 잡는데?"

"내가 여기서 선배니까……."

"근데 이게 왜 아까부터 은근슬쩍 혀가 반 토막이야?"

동네 파락호들처럼 표정을 구기며 옥신각신하는 두 사람의 모습에, 한쪽에 얌전히 있던 위지천이 웃음을 터트렸다.

"풋!"

그러다 자신에게 모두의 시선이 쏠리자, 어깨를 움츠린 위지천이 모기만 한 목소리로 말했다.

"자, 잘 부탁드립니다……."

입관 시험에서 압도적인 모습을 보여 주었던 사람이 맞나 싶은, 여전히 검을 휘두를 때 빼고는 소심한 위지천이었다.

"야. 위지천."

야수혁은 그런 위지천을 사나운 눈으로 쏘아봤다.

흠칫한 위지천이 물었다.

"왜, 왜?"

위지천과 야수혁. 둘 다 올해 입관한 1학년이었지만, 덩치만 보면 애와 어른처럼 보였다. 야수혁이 두 눈에 이글거리는 승부욕을 드러내며 으르렁거렸다.

"수석이라고 잘난 척하지 마라. 내가 금방 따라잡아 줄 테니까."

"미, 미안······."

그 말을 들은 헌원강이 낄낄거렸다.

"뭐래 이 애송이가. 네가 위지천을 따라잡아? 나한테도 못 이기는 자식이."

"······선배는 빠지십쇼."

"안 빠지면 네가 어쩔 건데? 또 한 번 붙어 볼까?"

"······하라면 못 할 줄 알고?"

살벌한 기세를 일으키며 당장이라도 한판 붙으려는 헌원강과 야수혁의 뒤통수로, 어김없이 흑룡편이 날아왔다.

따악! 따악!

"꾸엑!"

"꿱!"

이번에는 강도가 좀 셌는지, 두 녀석 다 바닥에 대자로 뻗었다.

"앞으로는 싸움박질할 거면 내 허락받고 해라."

말은 그렇게 했지만, 백수룡은 제자들끼리 으르렁거리는 것을 무조건 나쁘게 보지는 않았다.

'경쟁 상대, 그리고 목표가 있다는 건 좋은 일이지.'

위지천, 헌원강, 야수혁. 셋 다 뛰어난 재능을 타고난 데다 무공에 대한 욕심과 승부욕도 강했다. 지금이야 위지천이 셋 중 제일 강하고, 그다음이 헌원강, 야수혁의 순서이지만, 천무제가 개최될 때쯤엔 그 순위가 바뀌게 될지도 모를 일이었다.

'저 나이대에는 하루하루 성장하는 속도가 예측이 안 될 정도니까.'

셋을 둘러 본 백수룡은 고개를 돌려 여민을 바라봤다. 여민은 바닥에 쓰러진 두 사람을 바라보며 고개를 절레절레 저었다.

"이런 멍청이들이랑 합숙이라니······."

짙은 화장을 지운 여민은 생각보다 순하게 생긴 얼굴에, 긴 머리를 뒤로 대충 모아서 질끈 묶은 모습이었다.

'이 녀석에겐 따로 동기를 부여해 줄 필요가 없겠지.'

여민은 무희 일을 관두고 백룡장으로 들어왔다. 아직 적응이 덜 돼 어색해하는 모습이 보이고 있었지만, 돈을 벌겠다는 확실한 목표가 있는 만큼 최선을 다해 무공을 수련할 것이다.

'문제는 역시 저 녀석인데…….'

백수룡의 시선이 마지막으로 거상웅을 향했다.

"흐아암."

거상웅은 이 분위기에 어울리지 않게, 늘어지게 하품을 하고 있었다. 마치 자신은 아버지에 의해 억지로 와 있다는 것을 강조하기라도 하려는 것처럼. 물론 백수룡은 '거상웅을 어떻게 할까'에 대한 계획도 어느 정도는 세워 두었다.

일단은…… 죽기 직전까지 굴릴 생각이었다.

"자, 잡설은 여기까지 하고. 지금부터 본격적인 새벽 훈련을 시작해 볼까?"

백수룡은 긴장한 학생들에게 안심하라며, 최대한 선량한 미소를 지으며 말했다.

"너무 걱정할 것 없다. 오늘은 첫날이니까 가볍게 몸만 풀 거야."

"후유…….'

"다행이다……."

"흐아암."

순간 신입 세 명의 표정이 밝아졌다. 하지만 그 말이 새빨간 거짓말이라는 걸 알기까지는 일각도 걸리지 않았다.

• ◈ •

"하아……. 하아……."
"무, 물 좀……."
"차라리 죽여……."
"거짓말쟁이……."
"여기가…… 어디요……?"
바닥에 털썩털썩 드러누운 학생들이 사방에서 곡소리를 냈다. 다들 온몸이 후들거려서 일어날 수도 없었고, 빙빙 도는 하늘은 노랗게 보일 지경이었다. 질긴 흑의무복은 땀에 절고 흙투성이가 되어 몇 배로 무겁게 느껴졌다.
"어린놈들이 엄살은."
백수룡은 쓰러진 제자들 사이를 걸어 다니며 흑룡편의 끝으로 그들의 뭉친 근육을 꾹꾹 눌렀다.
"아악!"
"끄아악!"
처음에는 아프다고 비명을 지르던 학생들의 표정은 곧 점점 편안해지더니 이내 축 늘어졌다.
잠시 후, 새벽 수련에 익숙한 헌원강과 위지천이 가장 먼저 몸을 일으켰다.
백수룡이 그들에게 말했다.
"난 씻고 출근할 테니 애들 밥 좀 챙겨 줘라. 오늘은 첫날이니까 이것저것 알려 주고."
드르륵. 흑룡편을 짧게 접은 백수룡은 몸을 돌려 자신의 방으로 돌아갔다.
여민이 하얗게 질린 얼굴로 그 뒷모습을 바라보며 물었다.

"선생님은…… 무슨 괴물이야?"

백수룡도 한 시진 동안 제자들과 함께 훈련했는데도 불구하고, 그의 모습은 처음과 거의 달라지지 않았던 것이다.

위지천이 피곤한 표정으로 대답했다.

"선생님도 처음엔 저 정도는 아니었는데……. 언제부턴가 새벽 훈련이 끝났는데도 호흡도 안 거칠어지시더라고요."

"무공을 배우는 건 우리인데, 이상하게 저 양반이 제일 강해지는 것 같다니까."

헌원강은 "그래도 언젠가 꼭 한 방 먹여 줘야지……."라고 투덜거리다가, 백수룡이 힐긋 뒤를 돌아보자 흡! 하고 입을 다물었다.

새로 온 세 사람이 보기에는 헌원강과 위지천도 충분히 괴물처럼 보였다.

그들보다 강도 높은 훈련을 받았음에도 불구하고, 어느새 벌떡 일어나서 몸을 풀고 있었던 것이다.

"다들 아침 먹으러 가자고."

헌원강이 모두를 일으켜 세우려는데, 거대한 손 하나가 그의 손을 밀어냈다. 그는 거상웅이었다.

"너희끼리 가라."

"상웅 선배. 밥 안 먹어?"

헌원강은 자신보다 한 학년 선배에게도 거침없이 반말을 썼다. 다행히 거상웅은 그런 것에는 별로 개의치 않았다.

"난 따로 먹으련다. 여기서 먹으면 내 밥값 감당 못 할걸."

그흐흐 웃으며 자리에서 일어난 거상웅은 몸에 묻은 흙먼지를 탁탁 털어내며 몸을 돌렸다.

"어딜 가려고?"

"저녁까진 돌아오마."

"그냥 같이 먹지?"

거상웅은 등 뒤에서 들려오는 목소리를 무시하고 백룡장을 나섰다.

"젠장……. 같이 갑시다!"

잠시 망설이던 야수혁이 거상웅의 뒤를 황급히 따라갔다.

"야 1학년! 넌 또 어디 가!"

대문 너머로 사라지는 두 사람의 뒷모습을 바라보며, 헌원강은 쯧쯧 혀를 찼다.

"하여간 누가 문제아들 아니랄까 봐 말은 더럽게 안 들어요."

"너까지 따라올 필요는 없는데."

"젠장. 누군 좋아서 따라가는 줄 알아?"

퉁명스럽게 대답하며 따라오는 야수혁을 보며, 거상웅은 큭큭 웃었다.

"내기 때문이냐?"

"……."

두 사람은 어제 누가 더 많이 먹는지로 내기했고, 진 사람은 사흘 동안 이긴 사람의 몸종이 되기로 했다. 내기에서 이긴 거상웅은 그럴 필요 없다고 했지만, 야수혁은 굳이 그를 따라다니며 종을 자처하고 있었다.

"종놈아. 그럼 이것 좀 들고 따라와라."

"빌어먹을……."

거상웅은 허리춤의 두툼한 전낭을 야수혁에게 맡겼다. 야수혁은 얼굴을 잔뜩 찌푸리며 투덜거렸다.

"젠장. 종노릇 끝나면 패 버리겠어."

"그 실력으로?"

"……당장은 말고."

그 대답에 거상웅은 그하하 웃음을 터트렸다. 야수혁을 보고 있으면 과거 자신의 모습이 떠올랐다. 항상 자신감과 활기가 넘쳤으며, 세상이 자신의 것만 같았던 시절. 무공을 배우는 데 열의가 넘쳤고 그 무엇이라도 할 수 있으리라 믿었던 때.

……천무제에 가기 전.

-고작 그 실력으로?

이 년이나 지났는데도 여전히 선명한 얼굴을 떠올린 거상웅은 쓰게 웃으며 말했다.
"밥이나 먹자."

113화
무슨 용건이지?

 두 사람은 객잔 하나를 잡아서 들어갔다.
 거상웅은 수십 인분의 음식을 시킨 후, 나오는 족족 먹어치우기 시작했다.
 우걱우걱.

-천하제일권객이 되겠다고? 푸하하!

 오늘따라 식욕이 더 돋았다. 거상웅은 음식을 닥치는 대로 입안에 쑤셔 넣었다.

-그런 병신 같은 무공을 가지고 말이지?
-하하하! 여기 돼지 새끼가 사람 말을 하네!

 젓가락을 든 팔이 덜덜 떨렸다. 아마 오랜만에 탈진할 때까지 무공 수련을 한 영향일 것이다. 거상웅은 아예 젓가락을 내팽개치고 손으로 음식을 입 안에 마구 쓸어 담았다.
"……선배. 괜찮아?"
야수혁의 목소리가 들려오다가, 어느 순간부터 아무것도 들려오지 않았다.

—청룡학관에 다니면 자기 주제를 알아야지.
—분수도 모르는 놈.

으적으적. 거상웅은 떠오르는 치욕과 모멸, 공포를 잊기 위해서 더욱 게걸스럽게 음식을 먹어 치웠다.

—평생 오늘을 기억하게 해 주지. 그 몸뚱이에 새겨서 말이야.

온몸에서 땀이 뻘뻘 나고, 음식이 위에서 역류하기 시작했지만 신경 쓰지 않았다. 자신을 향해 다가오던 사나운 미소가 떠오른 순간, 거상웅은 발작을 일으켰다.
"우욱! 우우욱!"
"선배? 선배애!!"
넘어오려는 음식을 억지로 삼켰다. 얼굴은 눈물로 범벅이 되어 앞이 잘 보이지 않았다. 밀려드는 두려움에 심장이 미친 듯이 쿵쾅거렸다. 머릿속이 하얘지고 한 가지 생각만 들었다.
'무공을 배우는 게 아니었어. 무공을 배우는 게 아니었어. 무공을 배우는 게……. 무공을…….'
오랜만에 탈진할 정도로 무공을 수련했기 때문일까. 오늘따라 그날의 공포가 더욱 생생하게 떠올랐다
"꺼어억……."

결국 거상웅의 몸이 옆으로 기울더니 쿵 하고 쓰러졌다.
"선배! 선배! 이봐! 누가 사람 좀 불러 봐!"
자신을 흔드는 야수혁의 목소리가 점점 멀어지고 있었다. 거상웅은 서서히 정신을 잃었다. 차라리 이렇게 죽는다고 생각하니 마음이 편해졌다. 못난 아들을 걱정하시는 아버지에겐 죄송하지만, 이런 삶을 사느니 차라리 죽는 게 낫다고 생각했다.
하지만…… 그는 죽지 않았다.
"정신 차려라."
들려온 나직한 목소리에, 거상웅은 힘겹게 눈을 떴다. 그리고 흐릿한 눈으로 눈앞에 있는 사람을 바라봤다.
"선생……님?"
백수룡이 무릎을 꿇고 앉아 심각한 표정으로 그를 바라보고 있었다. 거상웅의 상의가 다 찢어져 있었다. 편하게 숨을 쉴 수 있도록 백수룡이 찢은 것이다.
"거상웅. 너……."
백수룡의 시선은 근육과 지방으로 뒤덮인 거상웅의 거대한 상반신을 바라보고 있었다. 그 몸에는 자해의 흔적으로 보이는 수많은 흉터들이 있었다. 하지만 백수룡은 그 흉터들 때문에 놀란 것이 아니었다.
'성격이 왜 갑자기 변했는지 이제야 알겠군.'
거상웅의 왼쪽 가슴, 심장이 있는 위치에 몽고반점처럼 생긴 푸르스름한 반점이 있었다.
'절혼마장(絶魂魔掌).'
혈교의 호법신공 중 하나의 흔적이, 거상웅의 심장 위치에 새겨져 있었다.
"이거 누구한테 당한 거냐?"

"상웅아!"

문을 벌컥 열고 들어온 금룡장주가 의원 안을 둘러봤다. 아들이 쓰러졌다는 소식을 듣자마자 곧바로 달려온 모양인지, 그의 머리와 의복이 엉망이었고 온몸에는 땀이 줄줄 흐르고 있었다.

"아버님. 이쪽입니다."

거상웅의 옆에 앉아 있던 백수룡이 자리에서 일어나 금룡장주를 맞이했다. 금룡장주는 황급히 다가와 거상웅의 안색부터 살폈다. 안 그래도 하얀 얼굴이 시체처럼 창백하게 질려 있었다.

백수룡은 그를 안심시키기 위해 말했다.

"잠들었습니다."

"다시 발작을 일으켰다고……."

금룡장주의 '다시'라는 말에 백수룡이 미간을 살짝 좁히더니 물었다.

"전에도 이런 발작이 있었습니까?"

"……최근 몇 달 동안에는 없었소. 그래서 말씀드리지 않았던 거고. 의원들도 괜찮아졌다고 했는데. 그런데 왜 이제 와서 또……!"

이를 꽉 악문 금룡장주가 핏발 선 눈으로 아들을 보며 중얼거렸다.

'절혼마장에 대해서는 전혀 모르나 보군.'

백수룡은 거상웅이 발작을 일으킨 이유를 알고 있었다. 금룡장주가 오기 전, 거상웅의 몸을 꼼꼼히 살펴보았으니까.

'심장과 뇌에 마기가 스며들어 있었지.'

절혼마장(絶魂魔掌). 혈교의 양대 호법신공 중 하나로, 익히기가 무척 까다롭지만 그만큼 강력한 무공이었다. 절혼마장이 특히 무서운 이유는, 마기를 상대의 몸 안에 침투시켜 상대의 정신을 서서히 망가뜨리는 극악한 마공이기 때문이었다. 그 마기가 매우 은밀하기 때문에 웬만해서는 알아챌 수 없었다.

거상웅의 가슴에 남아 있는 몽고반점 같은 얼룩이 아니었다면, 백수룡도 그 사실을 눈치채는 데 상당히 긴 시간이 걸렸을 것이다.

"발작은 언제부터 시작된 겁니까?"

"천무제……. 이 년 전 천무제에 다녀오고 나서 생겼소."

그 대답에 백수룡의 표정이 살짝 굳었다.

'그럴 거라고 예상은 했지만…….'

거상웅의 성격이 갑자기 변하기 시작한 것도 이 년 전 천무제 이후. 발작 또한 비슷한 시기에 시작했다면, 천무제가 진행되는 동안 절혼마장에 당했다는 뜻이 된다.

"혹시 천무제에 다녀오기 전이나 후에 무슨 사고가 있진 않았습니까?"

"없었소. 나라고 안 알아보았겠소?"

"……."

백수룡은 곰곰이 생각에 잠겼다.

무림 오대학관의 최대 축제. 그곳에서 청룡학관의 학생이 혈교의 마공에 당했다.

'천무제에 참가하는 학생들은 철저하게 외부와는 격리된다고 들었다. 그렇다는 말은…….'

백수룡은 혼잣말로 중얼거렸다.

"학생. 아니면 강사라는 소리군."

"뭐가 말이오?"

"아무것도 아닙니다."

흉수는 오대학관 중 한 곳의 학생, 혹은 강사일 확률이 매우 높았다.

'혈교 놈들이 오대학관에도 잠입해 있었단 말이지?'

충분히 가능한 일이라고 예상은 했지만, 실제로 마주하게 되자 백수룡은 생각이 많아졌다.

혈교의 수많은 마공 중에서도 한 손에 꼽히는 절혼마공을 익힌 놈이라면, 혈교 내에서의 지위도 상당히 높을 것이다.

'천무제에 참석해야 할 이유가 하나 더 늘었군.'

백수룡이 조용히 생각을 정리하는 동안, 금룡장주는 의원을 닦달했다.

"이보게. 내 아들이 왜 아직도 안 깨어나는 것인가?"

"정신적인 충격이 심하셨던 것 같습니다. 강제로 깨우시는 것은 좋지 않으니 기다려 보심이……."

오랜만에 찾아온 발작의 충격이 워낙 심했는지, 거상웅은 잠시 깨어났다가 곧바로 다시 혼절했다.

그 후 지금까지 의식을 차리지 못하고 있었다. 때문에, 백수룡은 '누구한테 당했냐.'라는 질문에 대한 대답을 전혀 듣지 못했다.

'깨어난다고 해서 솔직하게 말해 줄 성격도 아니고.'

그랬으면 진작 금룡장주에게 솔직하게 이야기했을 것이다.

흉수는 왜 거상웅을 절혼마장으로 중독시켰을까?

어쩌다가 우연히 시비가 붙어서?

'그럴 리가 없지. 놈은 상당한 위험 부담을 감수하고 거상웅을 건드린 것이다.'

아무리 은밀한 마공이라고 해도, 누군가가 알아볼 가능성이 아예 없는 것은 아니다.

백수룡은 잠시 그 이유를 고민하다, 잠든 아들 앞에서 어쩔 줄 모르며 발을 동동 구르는 금룡장주를 보자 어떤 생각에 다다랐다.

'혹시…… 천하십대상단의 후계자라서?'

순식간에 생각이 꼬리에 꼬리를 물고 이어졌다. 절혼마장은 상대의 심장과 뇌에 마기를 흘려보내 상대에게 공포를 각인시키는 마공. 반대로 말하면, 그 공포를 이용해서 상대를 지배할 수도 있다는 말과 같았다.

'처음부터 거상웅이 아니라 금룡상단을 노리고 접근한 거라면…….'

거상웅이 점점 음식과 도박에 중독된 것도 어쩌면 모두 계획된 것이 아닐까?

무공을 더 이상 배우지 않고 가업을 잇겠다고 다짐하도록 부추긴 누군가가 있다면? 만약 그렇다면…….

한순간 백수룡의 두 눈이 차갑게 빛났다.

'혈교의 끄나풀이 생각보다 가까운 곳에 있을 수도 있겠군.'

안 그래도 살막의 살수가 허무하게 죽어 버린 이후, 혈교의 꼬리를 잡을 만한 단서가 필요하던 차였다.

"아버님. 혹시 주변에…….'

"주변에?"

"……아닙니다."

백수룡은 금룡장주 주변에 있는 호위들을 확인한 후 말을 아꼈다.

"나중에 따로 말씀드리겠습니다."

"선생. 아무래도 이 녀석을 집으로 데려가야 할 것 같소. 다시 무공을 배우게 하겠다는 것이…… 내 욕심이었던 것 같소."

금룡장주가 한숨을 푹 내쉬며 말했다. 그는 거상웅이 발작을 일으킨 것이, 자기가 무공을 배우라고 강제로 내몰아서라고 자책하고 있었다.

백수룡 입장에선 절대로 안 될 말이었다.

"아버님."

백수룡이 다가와 금룡장주의 어깨를 단단히 잡았다.

호위 무사들이 흠칫 놀라서 다가오려 했지만, 금룡장주가 눈빛으로 그들을 제지한 다음 물었다.

"왜 그러시오?"

"아버님. 저를 믿으셔야 합니다. 지금부터 상웅 군의 무공과 건강에 대해서는 전적으로 저에게 맡기십시오."

"하지만……."

"오늘 같은 일은 두 번 다시 없을 거라고 약속드리겠습니다."

금룡장주는 백수룡의 눈을 빤히 바라보았다.

그리고 잠시 후, 무거운 목소리로 물었다.

"정말 믿어도 되겠소?"

"물론입니다."

"……알겠소. 속는 셈 치고 한 번만 더 맡겨 보지."

금룡장주는 반각도 안 되는 시간 동안 몇 년은 늙은 듯한 얼굴로 고개를 끄덕였다. 겉으로 보기에는 냉철한 장사꾼처럼 보이지만, 그는 하나뿐인 아들이 예전 모습으로 돌아올 수만 있다면 자기 목숨도 내놓을 수 있는 사람이었다.

'혈교 놈들도 이 사실을 알 테지.'

혈교가 어떤 식으로 거상응을 이용하려는 것인지, 백수룡은 누구보다 잘 이해할 수 있었다. 달리 말하면, 그걸 역이용할 방법도 떠올릴 수 있다는 뜻이었다.

"아버님. 제 부탁 하나만 들어주실 수 있겠습니까?"

백수룡은 금룡장주의 도움을 받아 혈교를 끌어낼 계획을 세우기 시작했다.

"후우……."

한숨을 내쉰 백수룡은 손등으로 이마의 땀을 훔쳤다. 그의 앞에는 거상응이 여전히 정신을 잃은 채 침상에 누워 있었다. 반듯하게 누운 몸에는 긴 장침이 머리와 얼굴, 가슴에 꽂혀 있었는데, 본래 은침이었을 침의 절반은 검게 변색돼 있었다.

"아주 구석구석 심어 놨군."

방금까지, 백수룡은 거상웅의 몸 안에 깃든 절혼마장의 마기를 샅샅이 찾아내어 전부 몸 밖으로 뽑아냈다. 은침의 검게 변색된 부분은 그 독기를 빨아들인 흔적이었다.

"더 이상 발작을 일으킬 일은 없을 거다."

백수룡은 거상웅의 투실투실한 뺨을 툭툭 쳤다. 여전히 창백했지만, 그 표정은 처음보다 훨씬 편안해 보였다.

"……."

아마도 거상웅은 수없이 자책했을 것이다. 알 수 없는 공포심에 무공을 멀리하고, 돼지처럼 먹을 것에 집착하고 도박에 빠져서 하염없이 허송세월처럼 보내던 자기 자신을 말이다. 그것이 마공의 영향이라는 것도 모른 채, 겉으로는 능글맞게 웃으면서 그 속은 서서히 썩어 가고 있었을 것이다.

─누구보다 무공을 배우는 것을 좋아했소.
─어려서부터 천하제일의 고수가 될 거라고 큰소리를 쳤지.

백수룡은 술에 취해 중얼거리던 금룡장주의 모습을 떠올리며, 거상웅의 몸에서 은침을 뽑았다.

"좋은 아버지더라. 앞으로 효도해라."

"……."

마기가 사라졌다고 곧바로 옛날로 돌아오는 것은 힘들 것이다. 긴 시간 가져온 공포가 정신에 족쇄가 되었을 테니까. 하지만 거상웅이 그걸 극복해 낸다면……

'그 누구보다 단단한 정신을 가지게 되겠지.'

그것이 전화위복으로 작용하면, 녹림투왕의 무공을 익히는 데 큰 도움이 될 것이다. 응급 처치를 끝낸 백수룡은 자리를 털고 밖으로 나왔다.

"몇 시진은 더 있어야 깨어날 겁니다. 깨어나면 절 찾아오라고 전해 주십시오."

"예."

백수룡은 문밖에서 대기 중이던 호위 무사들에게 그렇게 전한 후 의원을 나섰다. 거상웅이 깨어나면 들어야 할 이야기가 많지만, 그 전에 들러야 할 곳이 있었다.

'그 녀석이라면 뭔가 더 알고 있을지도 모르겠군.'

이 년 전 천무제. 백수룡은 그 당시 현장 책임자를 만나 볼 생각이었다. 청룡학관으로 돌아온 그는 강사 사무실이 모여 있는 건물로 향했다.

대부분의 강사들이 퇴근한 늦은 시각. 하지만 그가 만나려는 이의 사무실에는 환한 불이 켜져 있었다.

'그 일 중독자가 벌써 퇴근했을 리 없지.'

똑똑. 문을 두드리자 안에서 싸늘한 목소리가 들려왔다.

"나중에 오도록."

목소리는 상대가 누군지 확인하지도 않고 돌려보내려고 했지만, 그 정도에 굴할 백수룡이 아니었다.

"실례 좀."

방문을 열고 들어가자 입구에서부터 잔뜩 쌓인 서류 더미가 보였다.

그리고 그 안쪽에서,

"무슨 용건이지?"

서류 더미에 파묻혀 있던 냉막한 인상의 사내가 고개를 들었다. 백수룡의 그의 초췌한 얼굴을 보며 피식 웃었다.

"뭘 좀 물어보려고."

"우리가 서로 왕래할 정도로 가까운 사이는 아닌 거로 아는데."

탁. 남궁수가 보고 있던 서류를 덮으며 서늘한 말투로 말했다.

114화
일단 보류

'삭막하네.'

남궁수의 사무실을 슥 둘러본 후 백수룡의 감상은 딱 그 정도였다. 딱 필요한 가구 이외에는 산더미처럼 쌓인 서류가 전부였고, 불도 지피지 않았는지 사무실 안인데도 냉기가 돌았다. 아니, 이 냉기는 아무래도 눈앞의 사람 때문인 것 같았다.

백수룡은 어색한 분위기도 풀 겸 입을 열었다.

"손님이 왔는데 차라도 한 잔……."

"내줄 차가 없다. 용건만 간단히 말하고 내 앞에서 사라지도록."

남궁수는 냉기가 풀풀 풍기는 말투로 말했다. 사무실에 차가 없다는 게 말이 되나 싶었지만, 오늘은 먼저 아쉬운 부탁을 하러 온 입장인 만큼 백수룡은 그러려니 하고 고개를 끄덕였다.

"제갈소영 선생은? 여기서 일하는 거로 아는데 먼저 퇴근했나."

"용건만. 간단히."

남궁수의 더 짧아진 말투와 날카로운 눈빛에, 백수룡은 어깨를 으쓱했다. 상대가 이렇게까지 나온다면야 그도 굳이 빙빙 돌릴 생각은 없었다.

"2년 전 천무제. 남궁수 당신이 2학년 인솔 책임자였다고 하던데, 맞아?"

"……그걸 갑자기 왜 묻는지는 모르겠지만, 맞다."

남궁수는 피곤한지 눈을 감고 손가락으로 눈 사이를 꾹꾹 누르며 대답했다.

백수룡은 그 모습을 물끄러미 바라보다가 기습적으로 물었다.

"그곳에서 거상웅한테 무슨 일이 있었는지 알아?"

"……."

남궁수의 손이 멈추고, 잠시 불편한 침묵이 감돌았다.

다시 눈을 뜬 남궁수가 무뚝뚝한 목소리로 말했다.

"……망가져서 돌아왔지. 겨우 그게 궁금해서 날 찾아온 건가?"

"도박 중독에 폭식증까지 걸린 학생인데 '겨우 그거'라고?"

백수룡이 눈썹을 꿈틀거리며 묻자, 남궁수가 피식 웃었다. 한때는 그도 저랬던 시절이 있었기에. 남궁수의 한쪽 입꼬리가 올라가며 얼굴에 자조적인 조소가 맺혔다.

"잘 모르나 본데, 천무학관 학생들의 압도적인 실력을 보고 마음이 꺾이는 것은 종종 있는 일이다."

"종종 있는 일이라고?"

백수룡은 황당하다는 표정으로 남궁수를 바라봤다. 동시에, 천무제는 자신이 생각하던 것과 상당히 다른 모습일지도 모른다는 생각이 들었다.

'정파 후기지수들의 축제 아니었나?'

무림 오대학관의 학생들이 모여서 벌이는 경쟁이 꽤나 살벌하다고 듣긴 했지만, 그래 봤자 정파 애송이들의 축제라고 생각했다. 그런데 천무제에 다녀온 학생이 망가지는 게 종종 있는 일이라니…….

"그 당시에 정확히 무슨 일이 있었지?"

"내가 왜 말해 줘야 하지? 성가시니 이만 나가도록."

남궁수는 표정을 굳히며 축객령을 내렸지만, 백수룡은 팔짱을 낀 채 꼼짝도 하지 않았다.

"이 얘기만 들으면 나가지 말라고 해도 나갈 거야."

"……건방지군. 대체 뭘 믿고 이렇게 까부는 거지?"

한순간 남궁수의 기세가 달라졌다. 그는 무형의 기세를 일으켜 백수룡에게 집중시켰다.

스스스슷. 마치 목덜미에 검이 놓인 듯한 서늘한 감각을 느끼며, 백수룡은 피식 웃었다. 백수룡은 서류가 잔뜩 쌓인 사무실 내부를 둘러보며 가볍게 휘파람을 불었다.

"여기서 한바탕 날뛰면 서류들 다 날아갈 텐데."

"…….".

"그거 정리하는 시간보다 그 이야기 잠깐 해 주는 게 빠르지 않을까?"

"……하아. 대체 어디서 이런 자가 나타났는지."

결국 체념한 남궁수는 고개를 절레절레 저은 후 이야기를 시작했다.

"……그 당시 거상웅은 무공에 열정이 넘치고, 적극적이고, 주변 학생들을 이끄는 학생이었다. 방백현과 함께 청룡쌍절이라 불릴 정도로 기대를 한 몸에 받았지."

2년 전 천무제를 떠올리는 남궁수의 목소리는 매우 덤덤했다. 그는 지그시 눈을 감으며 말을 이었다.

"……하지만 지금과는 다른 의미로 말을 안 듣는 학생이었다. 호기심이 과하게 많았지."

그리고, 나직이 한숨을 쉬었다. 한숨은 꽤 길게 이어졌다.

"천무제 기간 동안, 정해진 시간 외에는 타 학관 학생들 간에 교류를 금한다. 대회 전에 쓸데없는 싸움이 일어나지 않도록 하기 위해서이지. 하지만……."

"꼭 말을 안 듣고 몰래 나가는 애들이 있지."

백수룡의 추임새에 남궁수가 작게 고개를 끄덕였다.

그 말이 맞았다. 당시의 거상웅은 지금과 달리 직극직이면시 활력 넘치는 학생이었고, 호기심을 주체하지 못했다. 결국 그는 숙소에 있으라는 말을 듣지 않은 채 담을 넘었다.

"그때 담을 넘어 밖으로 나간 학생들 대부분은 3학년, 4학년이었다. 2학년은 거상웅이 유일했지. 밖으로 나간 녀석들은……."

다시 천천히 눈을 뜬 남궁수가 말했다.

"천무학관 학생들과 싸움이 붙었다."

'……천무학관이었나.'

백수룡이 아랫입술을 살짝 깨물었다. 절혼마장을 거상웅에게 사용한 흉수가 천무학관 출신일 확률이 높아졌기 때문이었다.

"그래서? 패싸움이 일어났고, 거상웅이 심하게 당하고 돌아온 건가?"

"아니. 겉으로 보기에는 멀쩡해 보였다고 하더군. 하지만 어딘가 넋이 나간 표정이었다고 했다."

"아까부터 설명이 조금 이상한데 말이지. 직접 본 게 아니야?"

백수룡의 질문에 남궁수가 고개를 끄덕였다.

"당시 내가 인솔 강사였던 것은 맞다. 하지만 천무학관에서 가문의 행사가 있던 탓에 잠시 자리를 비웠다. 그날 당직을 선 강사는 다른 사람이었다."

"그게 누군데?"

"찾아가도 소용없다. 너에게 답을 해 줄 사람도 아닐뿐더러, 그 시간에 나가서 술이나 처먹고 있었다더군."

"……."

남궁수의 목소리에 은은한 분노가 어려 있었다.

"나중에 거상웅을 붙잡고 그날 있었던 일에 대해 물어봤지만, 어떤 대답도 하지 않았다. 꾸지람에도 멍한 얼굴로 죄송하다는 말만 반복했고. 내가 아는 것은 이게 끝이다."

흔들리는 등불 아래 비치는 남궁수의 표정은 피곤해 보였다. 또한 무척 씁쓸해 보이기도 했다.

백수룡이 불쑥 물었다.

"그 자리에 있지 않았던 걸 후회하나?"

"……."

대답하지 못하는 모습이 의외였지만, 그렇다고 백수룡은 남궁수의 말을 전부 믿지는 않았다.

'남궁세가가 이 일과 관련되어 있을지도 모른다.'

백수룡은 자신의 눈앞에서 폭사했던 조막생을 떠올렸다. '남궁세가가 후원하는 고아원'에서 자란 조막생은 자신이 탈혼대법에 걸려 있다는 사실도 알지 못했다. 그리고 그 조막생을 청룡학관에 입관시키려 한 사람이 바로 남궁수였다.

'만약 남궁세가가 혈교와 관련돼 있다면…….'

남궁수 또한 혈교의 인물일 수도 있었다.

방금 한 말이 전부 거짓처럼 보이진 않지만…….

'사람 일은 모르는 거지.'

백수룡은 남궁수와 대화를 나누며 그의 말투, 행동, 표정 변화 하나하나를 면밀하게 살폈다. 남궁수도 백수룡을 빤히 바라보았다. 생각해 보니 이렇게 둘이 마주 앉아 이야기하는 것은 처음이었다.

"조언 하나 하지. 실패작에 목매지 마라. 그 시간에 가능성 있는 다른 학생을 가르치는 것이 훨씬 효율적이다."

"……실패작?"

"거상웅 말이다."

이번에는 백수룡의 몸에서 흘러나온 무형의 기세가 남궁수에게 집중되었다. 피부가 따끔거리는 느낌에 남궁수는 피식 웃었다.
"보충반에 모인 문제아들에게 그새 정이라도 들었나 보지?"
"……."
"네가 그 녀석들을 갱생시키려고 노력한다는 이야기는 들었다. 하지만 충고하는데, 쓸데없는 짓이다. 그 시간과 노력을 더 가능성 있는 학생들에게 쏟아라. 예를 들면 독고준이라든가 방백현……."
"그럼 한 번 더 내기할까?"
백수룡의 입가에 미소가 맺혔다. 그가 탁자 위에 자신의 검, 월영을 턱 올려놓으며 말했다.
"나는 그 녀석들을 천무제 우승의 주역으로 만들 거야. 여기에 내 검도 걸 수 있는데. 넌 뭘 걸 수 있지?"
"……정말이지 주제를 모르는군."
두 사내는 마주 보고 눈싸움을 벌였다. 칼을 뽑아 들지만 않았을 뿐, 싸움이 언제 벌어져도 이상하지 않을 만큼 사나운 분위기였다.
잠시 후, 먼저 입을 연 쪽은 남궁수였다.
"관두지. 더는 너와 쓸데없는 대화로 시간을 낭비하고 싶지 않다."
이만 나가라는 소리였다. 백수룡은 미련 없이 자리에서 일어났다. 듣고 싶은 이야기는 다 들었으니까.
"잠깐."
몸을 돌린 백수룡이 문을 열고 나서려는데, 뒤에서 그를 부르는 목소리가 들려왔다.
"……네 궁금증에 대답해 줬으니, 나도 질문 하나만 하겠다."
"해 봐."
백수룡이 몸을 돌리며 물었다. 남궁수가 미간을 찌푸리며 물었다.
"사파 무공의 이해와 실전 대비. 어째서 그런 쓸데없는 수업을 가져간 거지?"

남궁수의 수업 중엔 인기 있는 수업이 많았다. 하지만 백수룡은 내기에 승리한 대가로 그중에서도 가장 불필요한, 들어도 그만 안 들어도 그만인 교양 수업을 가져갔다. 아무리 생각해도 이해할 수 없었다.

백수룡의 대답은 간단했다.

"검법이니 도법이니 말고, 여러 가지를 가르칠 수 있는 수업을 하고 싶었거든. 그러기엔 교양이 더 낫겠더라고."

그 대답에 남궁수는 한심하다는 표정으로 백수룡을 바라봤다.

"주어진 시간 안에 하나만 제대로 가르치는 것도 힘들다."

"넌 그렇겠지. 하지만 난 그럴 능력이 되니까 상관없어."

"……하!"

그 뻔뻔할 정도로 당당한 말에 남궁수는 멍하니 입을 벌렸다. 그리고 자기도 모르게 중얼거렸다.

"정말 재수 없군."

"솔직히 너도 평소에 그런 소리 많이 듣지 않냐?"

"…….."

남궁수는 순간 말문이 막혔다. 실제로 다른 강사들이 자신에 대해서 뭐라고 뒤에서 부르는지 알기 때문이었다.

일 중독자. 완벽주의자. 냉혈한. 재수 없는 인간.

그때는 능력 없는 자들의 한심한 질투라고 생각했는데……. 반대로 당해 보니 기분이 참 이상했다. 불쾌하기도 하고, 어이가 없어서 실소가 나오기도 했다.

"……하, 하하."

남궁수는 결국 고개를 절레절레 저었다. 백수룡과 대화만 하면 항상 자신이 이상해지는 기분이었다.

그가 실소를 흘리며 말했다.

"이만 나가도록."

"그 서류 말이야."

백수룡은 남궁수가 보다가 덮은 책자에 시선을 주었다.

학생 행동 특성 및 종합 의견

두꺼운 책자에는 학생 한 명 한 명의 무공 특성과 버릇, 거기에 따른 교육 지침 등이 빼곡하게 적혀 있었다. 그리고 밤새 그 서류를 뒤적인 남궁수의 손에는 먹물의 흔적이 남아 있었다.

"직접 작성했나?"

"물론이지. 나는 내 눈으로 직접 확인한 사실만을 기반으로 학생을 가르친다."

"열심히 하네."

"……천무제에서 성과를 내고 싶은 강사가 너 하나뿐이라고 착각하지 마라."

백수룡은 남궁수가 작성한 두꺼운 서류를 물끄러미 바라봤다. 한번 보고 싶지 않다면 거짓말이었다.

"아직 미완성인 거 같은데 내가 좀 도와줄까? 내가 또 애들은 기가 막히게 잘 보거든."

그 말에 남궁수가 코웃음을 쳤다. 그가 책을 자신 쪽으로 바짝 당기며 말했다.

"이걸 보고 싶은 모양인데, 어림도 없다. 너한테 자격이 생기면 그때 다시 오도록."

"그 자격이 뭔데?"

남궁수의 입가에 맺힌 미소가 더욱 짙어졌다. 다른 강사들은 한 번도 보지 못한, 짓궂은 아이 같은 미소였다.

"일타강사가 돼라."

"호오?"

야심한 밤에 나눈 짧은 대화였지만, 두 사람은 서로에 대해서 더욱 많은 것을 알게 되었다.

남궁수가 다시 표정을 굳히며 말했다.

"그 전에 풍진호 따위에게 밀린다면 일타강사가 될 꿈은 버리는 게 좋겠지만."

"그런 기대는 안 하는 게 좋을 거야."

피식 웃은 백수룡은 몸을 돌렸다.

그가 문을 열고 밖으로 나서는데, 뒤에서 남궁수의 전음이 들려왔다.

[한 가지만 더 알려 주지. 그날 내 대신 당직을 섰다는 선생……. 풍진호였다.]

"그냥 말로 하지, 왜 전음으로 해? 개폼 잡기는."

[……재수 없는 놈.]

청룡학관에서 나온 뒤 백룡장으로 돌아가는 길.

"흐음."

백수룡은 오늘 남궁수와 나눈 대화를 천천히 복기하며, 남궁수에 대한 판단을 수정했다. 지금까지는 일타강사가 되기 위해 가장 먼저 치워 버려야 할 방해물이라고 생각했지만…….

"일단 보류."

바람에 휘날리는 머리카락을 뒤로 쓸어 넘기며, 백수룡은 집으로 향했다.

115화
감사합니다!

"끄윽……."

거상웅은 힘겹게 눈을 떴다. 온몸이 물먹은 솜처럼 무거웠다. 머리는 지독한 숙취에 시달린 것처럼 지끈거리고, 타는 듯이 목이 말랐다.

"물……."

그가 갈라진 목소리로 중얼거리자, 옆에서 잠에서 깬 목소리가 들려왔다.

"흐아암. 깨어났소?"

벽에 기대어 졸고 있던 야수혁이 졸린 눈을 비비며 다가왔다. 야수혁은 거상웅의 몸을 번쩍 일으켜 앉히더니 주전자를 건넸다.

"드쇼."

꿀꺽꿀꺽. 단숨에 주전자의 물 절반을 비운 거상웅이 손등으로 입술을 닦았다. 정신을 차린 그가 야수혁을 바라보며 물었다.

"……네가 왜 여기 있어?"

"왜긴. 사흘간 몸종을 하기로 했으니까 있지. 오늘이 마지막 날이오."

그 퉁명스러운 대답에 거상웅은 저도 모르게 웃음을 터트렸다.

"너도 참 고집불통이로구나. 그깟 내기가 뭐라고."
"닥치쇼. 내기만 아니었으면 지금 당장 패 버렸을 거니까."
"부끄러워하긴. 그하하!"
야수혁은 불만스러운 듯 인상을 찌푸리더니, 퉁명스럽게 말했다.
"선생님이 정신 차리면 백룡장으로 데려오라고 했소."
"……나는 안 가련다."

거상웅의 대답에, 야수혁은 한숨을 내쉬더니 팔짱을 꼈다. 통나무처럼 두꺼운 구릿빛 팔뚝에 힘줄이 불끈거렸다.

"가야 할걸. 선배 아버지도 깨어나면 바로 보내겠다고 했소."
"싫다. 나는 무공을 익히는 게 무섭거든."
"……뭐?"

야수혁의 당황한 표정을 본 거상웅이 큭큭 웃었다. 사실 이런 말을 누군가에게 대놓고 해 본 적은 없었다.

'그런데 어쩐지, 이 후배 녀석에겐 할 수 있을 것 같군.'

옛날의 자신을 보는 같아서일 수도 있고, 아니면 이미 못 볼 꼴을 다 보여서일 수도 있었다. 거상웅은 아무렇지도 않은 얼굴로 옛이야기를 시작했다.

"2학년 때였지. 세상 무서운 줄 모르고 천둥벌거숭이처럼 날뛰던 시절이었어. 그때는 내가 천하제일권객이 될 거라고 믿었다. 천무제? 무림명숙들 앞에서 내 실력을 보여 줄 절호의 기회라고만 생각했지."

"……."

껄껄 웃고 있지만, 거상웅의 목소리는 어딘가 공허하게 들렸다.

"우리는 대회가 시작되기 전에 숙소에 도착했다. 그리고 당연하다는 듯이 그날 밤 숙소의 담을 넘었지. 호북의 휘황찬란한 밤거리를 쏘다니며 먹고 마시고 떠들었어. 그러다가…… 천무학관 녀석들과 시비가 붙었다."

몸이 찌뿌드드한지 거상웅은 천천히 기지개를 켰다. 그리고 아무렇지 않다는 듯 히죽 웃었다.

"뭐, 결론부터 말하면 졌다. 아주 무참하게 박살이 났지. 우린 열 명이 었는데, 상대는 고작 둘이었어."

당시 3, 4학년 선배들은 아무것도 못 해 보고 두 명에게 박살 났다. 맷집이 좋았던 거상웅은 마지막까지 저항했지만, 그랬기에 더욱 심하게 당했다.

-돼지 같은 놈이 제법 버티는군.
-천하제일권객이 되겠다고?
-이런 병신 같은 무공을 가지고 말이지?

그날 밤, 돌아가며 내뱉던 두 녀석의 조롱이 떠올랐다.
거상웅은 씁쓸하게 웃으며 말했다.

"……차원이 다르더군. 같은 인간인가 싶을 정도였어. 부끄럽지만 무공을 배우면서…… 정말로 죽을 수도 있다는 공포를 느낀 건 그때가 처음이었다."

그날 이후로 매일 악몽을 꿨다. 심장을 조여드는 공포를 잊기 위해 도박에 빠지고, 식도락에 몰두했다.

'그런데…… 이상하군. 이렇게 아무렇지도 않게 이야기할 수 있는 것이었나.'

공포심을 유발하는 절혼마장에 마기가 몸에서 빠져나간 덕분이었지만, 거상웅은 그 사실을 알지 못했다.

그는 알 수 없는 허탈함과 개운함을 동시에 느끼며 말했다.

"……아무튼 그래서 더 이상 무공을 익히지 않기로 했지. 무공을 수련할 때마다 그때의 공포가 떠올랐으니까."

거상웅은 자신의 두꺼운 손바닥을 바라봤다.

"……이를 악물고 혼자 수련해 보기도 했었다.

하지만 그때마다 발작을 일으켰고, 결국 더 큰 절망감에 빠졌다. 최근 발작이 줄어들었던 것은 무공을 아예 포기했기 때문이었다.

"이번에 다시 수련하면서 느꼈어. 나는 안 돼. 어제 같은 빌어먹을 일이…… 계속 반복될 거야."

"……."

야수혁은 아까부터 아무런 말이 없었다. 햇볕에 탄 구릿빛 얼굴은 시종일관 무표정했다.

오히려 어색해진 분위기에 거상웅이 껄껄 웃었다.

"그하하! 겁쟁이라고 마음껏 비웃어도 된다. 비웃을 만하지. 고작 몇 대 얻어맞았다고 겁에 질려서……."

"선배."

야수혁이 무뚝뚝한 어조로 거상웅의 말을 끊었다.

하고 싶은 말을 정리하려는지, 소년은 턱을 긁적이다가 천천히 입을 열었다.

"나는 산에서 못 배우고 자라서 어려운 말을 잘 못 해요. 형님들이 가르쳐 준 것도 욕 아니면 험한 말이 대부분이라서……. 입관하면 무식한 티 내지 말고, 입 열지 말고 조용히 지내라고 했거든."

실제로 야수혁은 말수가 적고 무뚝뚝한 편이었다. 거칠고 승부욕이 강해 욱하는 면도 있기는 했지만, 그것도 자신보다 강한 상대에게 한정된 이야기였다.

"그러니까 내가 하는 말이 이해가 안 되더라도 일단은 끝까지 들어 봐 주쇼."

"편하게 해라."

거상웅이 인심 좋게 웃으며 고개를 끄덕였다.
하지만 야수혁의 말이 이어진 순간, 거상웅의 얼굴은 딱딱하게 굳을 수밖에 없었다.
"우리 아버지는 내 앞에서 호랑이한테 잡아먹혔소."
"……!"
갑작스러운 이야기에 거상웅은 말문이 턱 막혔다. 그러거나 말거나, 야수혁은 머리를 긁적이며 자기 이야기를 했다.
"내가 일곱 살 때였는데. 진짜 엄청 큰 대호였거든. 왜 산신령으로 모시는 그런 놈들 있잖아. 가끔 내려와서 사람 잡아먹는……. 그날은 나무꾼이었던 우리 아버지가 재수 없게 걸렸던 거지."
"굳이 나한테 그 얘길 하는 이유가……."
"끝까지 들어 보라니까."
"……."
"우리 아버지를 잡아먹은 대호가 날 힐끗 보더니 그냥 가더라고. 입가에 피 칠을 해서는 배부른 얼굴을 하고 말이야. 어머니는 날 낳고 돌아가셔서 그때 천애고아가 됐는데……. 산에서 내려온 형님들이 날 거두어 줬지."
"……."
야수혁은 히죽 웃었다. 하지만 그 눈빛은 거친 감정으로 일렁이고 있었다.
"난 그날 이후로 호랑이 울음소리만 들어도 오줌을 지렸소. 무서워서 울고불고 난리를 쳤지. 밤마다 형님들 잠을 다 깨웠소."
야수혁은 옛 기억을 떠올리며 큭큭 웃더니, 이내 진지한 표정으로 거상웅을 바라봤다.
"그래서, 내가 그 대호에 대한 공포를 어떻게 극복했는지 알아요?"
대답을 기대한 것이 아니라는 듯, 야수혁은 곧바로 자문자답했다.

"그 호랑이를 작년에 내 손으로 직접 찢어 죽였어."

야수혁이 하얀 이를 드러내며 활짝 웃었다. 스스로를 향한 자부심이 가득한 미소였다.

그 모습에 거상웅은 자기도 모르게 중얼거렸다.

"……대단하군. 진심으로."

"하지만 나 혼자서 한 건 아니었어. 형님들이 많이 도와줬지. 때론 매도 맞고, 범이나 곰 사냥에 끌려가기도 하고, 되지도 않는 옛날이야기로 무서운 밤을 달래 주기도 하고. 형님들은 내가 대호를 죽일 수 있도록 날 강하게 키워 줬거든."

야수혁이 갑자기 옷을 벗었다. 근육으로 뒤덮인 그의 가슴에, 맹수의 발톱이 훑고 간 깊은 흉터가 지렁이처럼 꿈틀거리고 있었다.

야수혁이 자신의 가슴을 툭툭 치며 말했다.

"대호를 죽인 날에 얻은 흉터요. 내 훈장이지. 형님들이 여기다가 독한 술이며 약이며 부어대는 바람에 정말 뒈질 뻔했지만……."

야수혁은 말하면서도 즐거운 듯 큭큭 웃었다. 거상웅은 그 모습을 보며 아무런 말도 할 수 없었다.

"아무튼 나는 선배를 비웃을 생각이 없어. 솔직히 나도 아직 가끔 꿈에 대호가 아버지를 잡아먹던 모습이 나오거든."

"……꿈에 나오면 어떻게 하는데?"

"어떡하긴. 그때마다 찢어 죽이지."

씩 웃는 야수혁의 모습에, 거상웅은 그만 너털웃음을 터트리고 말았다. 야수혁은 그런 거상웅을 침상에서 끌어냈다.

"나도 했으니까 선배도 할 수 있어. 그러니까 이제 가자고."

"뭐? 무슨 그런 억지가……."

당황하는 거상웅을 야수혁이 강제로 일으켜 부축했다. 수백 근이 넘는 거구를 혼자서 부축하는, 그야말로 야수혁만이 할 수 있는 일이었다.

"잔말 말고 따라와. 나머지는 선생님이 어떻게든 해 주겠지."
"백수룡 선생님 말하는 거냐?"
"말고 또 있어?"
야수혁이 당연하지 않냐는 듯 거상웅을 바라봤다.
"그 사람은 이상하게 우리 형님들이랑 비슷한 구석이 있거든. 고리타분한 정파 샌님들이랑 다른 것도 그렇고, 일단 냅다 굴리고 보는 것도 그렇고. 기생오라비처럼 생긴 것만 빼면 당장 영업 나가도 될 정도야."
"……정파 샌님들? 영업?"
"사소한 건 넘어가고."
콰앙! 야수혁은 발로 차서 문을 연 다음, 거상웅을 반쯤 납치하듯 밖으로 데리고 나갔다. 거상웅은 그에게 질질 끌려가다시피 했다.
"야 인마! 잠깐만……. 호위! 호위! 나 좀 구해 줘!"
거상웅이 몸부림을 쳤지만, 몸에 힘이 없어서 야수혁에게 질질 끌려가는 수밖에 없었다. 게다가 금룡장주에게 언질을 받은 호위들도 그의 시선을 피했다.
잠시 후, 결국 거상웅도 될 대로 되라는 식으로 몸을 맡겼다.
"……무식하게 힘만 센 놈."
"근데 더럽게 무겁네. 살 좀 빼쇼. 대체 몇 근이나 나가는 거야?"
둘은 티격태격하며 백룡장으로 향했다. 거구의 두 사내는 사람들의 이목을 끌었지만, 둘 다 그런 것에는 개의치 않는 성격이었다. 무림의 사내들이란 그렇다. 오랜 기간 알고 지내지 않아도, 몇 번 치고받고 싸우는 것만으로도 속을 터놓는 사이가 되곤 한다.
"……그만 부축해라. 이제 혼자서 걸을 수 있다."
제 발로 백룡장으로 향하는 길에, 거상웅은 어쩐지 웃음이 나왔다.
'이상하군. 왜 이렇게 마음이 편안한 거지.'
무공을 수련하다가 분명 또 발작이 찾아올 텐데. 이해할 수 없을 정도로 마음이 평온했다. 거상웅은 되바라진 후배의 검게 탄 옆얼굴을 바라봤다.

부모를 죽인 호랑이를 찢어 죽였다며, 가슴의 흉터를 자랑스레 보여 주던 모습. 어린 후배지만 부럽고 존경스러웠다.

'나도 한 번만 더…… 해 볼까.'

공포에 시달리면서도 주변에 도움을 요청해 본 적은 없었다. 항상 스스로 극복해야 할 문제라고 생각했다. 하지만 야수혁은 자신은 주변의 도움으로 공포를 극복할 수 있었다고, 선배도 자기처럼 할 수 있다고 말해 주었다.

"……한 번 정도라면."

거상웅은 멀리 보이는 백룡장의 현판을 바라보며 주먹을 꽉 쥐었다.

그리고 잠시 후, 백수룡과 만난 그는 청천벽력 같은 이야기를 들었다.

"네 주화입마는 이미 치료했다. 이제 무공을 익히다가 발작을 일으키는 경우는 없을 거야."

"……주화입마라니요?"

멍하니 입을 벌리고 묻는 거상웅에게, 백수룡은 태연하게 설명을 이어 나갔다.

"무공을 익힐 때 오는 불안, 공포, 우울증. 그런 부정적인 감정들도 주화입마의 일종이야."

백수룡은 웃으며 자신만만하게 말했지만, 사실은 억지에 가까웠다.

'마공에 당했었다고 솔직하게 말할 수는 없으니까.'

천무학관 학생이 마공을 익혔다는 사실이 알려지면 무림맹이 뒤집힐 것이다. 그 즉시 혈교는 꼬리를 자르고 숨어들 확률이 높았다. 사실대로 말해 줄 수 없는 상황에서, 거상웅에게 해 줄 수 있는 최선의 말은 '주화입마'였다.

'아주 틀린 말은 아니기도 하고.'

절혼마장에 적중된 이후 2년, 거상웅은 악몽에 시달리며 점점 무기력해졌다. 그동안 누적된 두려움과 절망감이 주화입마로 발전할 가능성이 컸다. 아마 시간이 조금만 더 지났으면 실제로 수화입마에 빠져 폐인이 되었을 것이다.

"네 가슴에 남아 있던 몽고반점 같은 푸른 멍이 사라졌을 거다. 그게 주화입마가 사라진 증거지."

"!"

황급히 당장 옷을 풀어헤친 거상웅은 가슴의 얼룩이 사라진 것을 확인하고 멍하게 중얼거렸다.

"……많은 의원에게 진료를 받았지만, 누구도 주화입마에 빠졌다고 한 적은 없었는데……."

'당연하지. 주화입마는커녕 마기도 발견하지 못했을 테니까.'

절혼마장의 마기는 적중당한 상대의 내공과 자연스럽게 섞이는 성질을 가지고 있었다. 때문에 이름난 명의들도 그 흔적을 발견하는 게 극히 어려웠다.

백수룡이 씩 웃으며 말했다.

"내가 다른 건 몰라도 주화입마 치료는 전문이거든. 앞으로는 무공을 익힌다고 발작을 하는 일은 없을 거다."

거상웅은 뭔가에 홀린 듯한 표정으로 중얼거렸다.

"이게 이렇게 쉽게 해결될 문제였다고? 말도 안 돼……."

"말이 되는지 안 되는지는 앞으로 무공 수련을 해 보면 알겠지."

백수룡은 수강 신청 서류를 꺼내 거상웅에게 내밀었다. 거상웅은 한동안 하염없이 그 서류를 바라보기만 했다.

"지금도 무공을 배울 마음은 없냐?"

"……."

거상웅은 고개를 돌려 뒤에서 팔짱을 끼고 있는 야수혁을 바라봤다.

눈이 마주치자 야수혁이 고개를 끄덕였다. 다시 고개를 돌린 거상웅이 백수룡을 바라봤다. 용기를 내는 것은 생각보다 어렵지 않았다.

"……아니요. 배우고 싶습니다. 다시 무공을 배울 수 있도록 도와…… 주세요."

씩 웃은 백수룡이 고개를 끄덕였다.

"오늘부터 죽도록 굴릴 테니 각오해."

"예!"

그날 밤, 거상웅은 백수룡에게 일대일로 무공 지도를 받았다. 탈진할 때까지 무공을 수련한 후에도, 그로부터 몇 시진이 지난 후에도 발작은 일어나지 않았다.

다음 날에도, 그다음 날에도 발작은 일어나지 않았다.

"허억……. 허억……."

수련이 끝난 후에 얼굴이 창백해지고 숨이 가빠지긴 했지만, 그것은 지쳐서 그럴 뿐이었다. 그렇게 사흘이 지나자 거상웅은 완전히 믿게 되었다. 자신의 '주화입마'가 완전히 치료되었다고.

"선생님……."

며칠 새 티가 날 정도로 살이 빠진 거상웅의 얼굴에서 닭똥 같은 눈물이 흘러내렸다.

"감사합니다. 정말로 감사합니다. 무공을 익히는 게…… 이렇게 즐거운 일이라는 걸 다시 알게 됐습니다."

백수룡은 흐뭇하게 웃으며 땀범벅이 된 거상웅을 바라봤다.

"남들보다 2년 늦었으니까 더 열심히 해야 할 거다. 살도 더 빼고."

"예!"

백수룡은 힘차게 대답하는 거상웅을 대견하다는 듯 바라보았다.

그리고 지나가듯 자연스럽게 물었다.

"그런데 말이야. 어쩌다 도박에 빠지고 폭식증까지 걸리게 된 거냐?"

"무공을 못 익히다 보니 다른 곳으로 정신을 팔 것이 필요해서……."
쭈뼛거리며 대답을 제대로 못 하는 거상웅에게, 백수룡은 부드럽게 웃어 주었다.
"혼내려는 게 아니라 궁금해서 그래. 뭐든 계기가 있었을 것 아니야. 예를 들면 누가 도박장에 데리고 갔다거나……."
"아, 그게, 사실은 아는 선배가……."
"선배?"
그 순간, 백수룡의 눈이 예리하게 빛났다.

116화
혈교의 방식 (1)

다음 날, 백룡장으로 거상웅을 찾아온 손님이 있었다.
"상웅이!"
홀로 무공을 수련 중이던 거상웅은 상대의 부름에 뒤를 돌아봤다.
그가 활짝 웃으며 상대를 불렀다.
"양 선배! 왔어?"
그 순간, 양 선배라 불린 사내가 흠칫하며 뒤로 물러섰다. 거상웅의 표정이 지난 몇 년간 본 것 중에서도 가장 밝아 보였던 것이다.
양진은 당황한 얼굴로 중얼거렸다.
"객잔에서 발작을 일으켰다고 들었는데……. 몸은 괜찮나?"
거상웅이 조금 줄어든 뱃살을 출렁이며 웃었다.
"그하하하! 며칠 전 이야기지. 지금은 괜찮아졌어. 양 선배가 병문안까지 올 일은 아닌데 말이야."
"……그래도 어떻게 안 와. 자네 아버님한테 이야기 듣고 바로 달려왔지. 일단 이거 받아."
양진은 어색한 미소를 지으며 병문안 선물을 건넸다. 평소 거상웅이 즐겨 먹던 주전부리였다. 그러나 거상웅은 먹을 것은 거들떠보지도 않으며 말했다.

"그건 됐고 일단 들어와. 손님방으로 안내할 테니까."

"어? 어어······. 그래."

잠시 후, 양진은 손님방에서 거상웅과 마주 앉았다.

'이 녀석······.'

며칠 만에 본 거상웅은 몰라보게 달라져 있었다. 항상 개기름이 흐르던 뺨은 조금 홀쭉해졌고, 펑퍼짐하게 입던 옷이 아니라 꽉 맞는 흑의무복을 갖춰 입었다.

무엇보다 저 표정. 항상 가식적이고 능글맞게만 웃던 녀석이, 이제는 진심으로 즐겁게 웃고 떠들어 댔다.

"양 선배는 어떻게 지내? 아직도 도박에 빠져 사나?"

"······어, 나야 항상 그렇지 뭐."

멋쩍게 대답한 양진은 고개를 옆으로 돌렸다가, 동경에 비친 자신의 모습을 보고 흠칫했다. 지저분하게 자라난 염소수염에 구부정한 어깨. 과거 무공을 익혔다고는 믿을 수 없을 정도로 흐리멍덩한 눈. 바로 앞에 있는 거상웅과 비교하자 자기 자신이 더 초라해 보였다.

'빌어먹을······.'

양진은 속으로 이를 악물었다. 그의 뒤틀린 분노는 거상웅을 향했다. 하지만 대놓고 화를 내지는 않았다. 오히려 거상웅을 걱정하는 척 목소리를 낮춰서 물었다.

"아까 보니 무공을 수련하던데. 괜찮은 거냐? 그랬다가는 너 또 발작이······."

"다 나았어."

"······뭐?"

"그하하! 다 나았다고!"

양진은 귀신이라도 본 듯한 표정을 지었다. 그는 청룡학관 졸업생으로, 거상웅보다는 두 학년 선배였다. 그리고, 2년 전 천무제에서 같은 일을 겪은 사이이기도 했다.

"무, 무슨 소리야 그게. 나았다니……. 더 이상 악몽을 안 꾼다고?"

"응. 악몽을 안 꿔. 더 이상 폭식도 안 하고, 도박 생각도 전혀 안 나."

"어떻게……."

그럴 수가 없는데. 그래서는 안 되는데.

멍청한 표정을 짓는 양진에게, 거상웅이 부드럽게 웃으며 말했다.

"이게 다 백수룡 선생님 덕분이야."

"누구?"

못 들어서 되물어본 것이 아니었다. 전혀 생각지도 못했던 이름이 나와서 놀란 것이다.

'백수룡?'

최근 도시에서 가장 많이 들려오는 이름 중 하나. 양진이 속한 조직에서도 그 이름이 몇 번이나 언급되곤 했다. 특히 최근에는 그를 죽여야 한다는 말까지 나오는 중이었는데…….

"누가 왔나?"

밖에서 들려온 목소리에 두 사람의 고개가 돌아갔다. 벌떡 일어난 거상웅이 방문을 벌컥 열었다.

"선생님. 들어오십시오."

백수룡은 들어오기 전에 문밖에 서서 그들을 들여다보았다.

그의 시선이 양진과 잠시 마주치더니, 자연스럽게 고개를 돌려 거상웅에게 물었다.

"친구가 온 거냐?"

"예! 청룡학관을 졸업한 선배입니다."

"호오. 그래?"

거상웅을 따라서 자리에서 일어난 양진이 정중하게 포권을 취했다.

"안녕하십니까. 양진입니다. 이 친구한테 말씀 많이 들었습니다."

"……."

백수룡은 잠시 양진을 응시하더니, 이내 빙긋 웃었다. 하지만 그 짧은 시간 양진은 온몸이 발가벗겨진 듯한 기분을 받았다.

꿀꺽……. 그 시선이 부담스러워 마른 침을 삼키는데, 백수룡이 입을 열었다.

"편하게 있다가 가. 아예 저녁까지 먹고 가도 되고."

"……감사합니다. 하지만 저는 이제 곧 가야 할 것 같습니다. 약속도 있고……."

"선배가 무슨 약속이 있다고 그래? 허구한 날 도박장에만 있으면서."

"……오, 오늘은 진짜 일이 있어."

거상웅의 핀잔에 양진은 식은땀을 흘리며 대답했다. 빙긋 웃은 백수룡이 그의 어깨를 툭 쳤다.

"둘이 회포를 푸는 데 내가 방해한 것 같군. 편하게 이야기하다가 천천히 가게."

"예, 예……. 감사합니다."

백수룡은 몸을 돌리며 멀어졌다. 그 이후에도 두 사람은 좀 더 이런저런 이야기를 나누었다. 하지만 양진의 귀에는 더 이상 거상웅이 하는 말이 들어오지 않았다.

"……난 이만 가야겠다."

"벌써? 저녁이라도 먹고 가지."

"진짜 급한 일이 있어서 그래."

양진이 식은땀을 흘리며하는 말에, 거상웅이 아쉬움 가득한 표정을 지었다.

"그렇다면 뭐……. 난 한동안은 여기서 묵을 테니까. 편할 때 놀러와."

"……도박장은 어쩌고?"

"이제 안 가."

거상웅의 말에 양진의 표정이 굳었다. 그 모습을 본 거상웅이 씁쓸하게 웃었다.

"선배. 나는 백수룡 선생님 덕분에 다시 무공을 익힐 수 있게 됐어. 마치 새 삶을 얻은 기분이야. 선생님 말씀이…… 내가 그동안 주화입마를 겪었다고 하시더라고."

'무슨 개소리야! 그건 주화입마 따위가 아니야!'

양진은 그렇게 외치고 싶었지만, 절대 그래선 안 될 일이었다.

거상웅은 걱정스러운 표정으로 졸업한 양진을 바라보며 말했다.

"선배도…… 아직 악몽 꾸지? 필요하다면 선생님께 진찰을 받아 봐. 내가 말씀드려 볼게."

"아니, 아니야. 괜찮아. 너처럼 증상이 심한 것도 아니고. 다 잊었어."

양진은 열심히 고개를 저었다. 2년 전, 그는 거상웅과 함께 천무학관의 '그 두 명'에게 당했다. 하지만 그 이후 양진이 선택한 삶은 거상웅과는 전혀 달랐다. 어떻게든 극복하려고 노력하다가 서서히 망가져 간 거상웅과 달리, 그는 빠르게 자신의 주제를 깨달았다. 때문에 조직에서 그에게 손을 내밀었을 때도 전혀 망설이지 않았다. 조직의 명령을 받았을 때도, 전혀 양심의 가책을 느끼지 않았다.

-거상웅을 망가트려라. 도박, 술, 뭐든 좋다. 곁에서 부추겨서 그의 정신을 나약하게 만들어라.

지금까지는 그 계획에 아무런 문제 없이 잘 진행되고 있었는데…….

"선배?"

거상웅의 부름이 양진을 현실로 돌아오게 했다.

"……진짜 가 볼게. 조만간 또 보자고."

양진은 그 말만 남기고 도망치듯 백룡장을 빠져나갔다. 그는 초조한 표정으로 입술을 꽉 깨물었다.

'일이 틀어졌다. 거상웅의 상태가 호전되다니!'

표정을 굳힌 양진은 빠른 걸음으로 단골 도박장으로 향했다. 하지만 그건 도박을 하기 위해서가 아니었다. 그가 충성을 맹세한 조직, 혈교에 이 소식을 당장 알리기 위해서였다.

잠시 후. 양진이 떠난 자리에, 백수룡이 조용히 모습을 드러냈다.

"저 녀석이었군."

백수룡의 입가에 서늘한 미소가 맺혔다.

"……거상웅이 다시 무공을 익힌다고요? 그게 정말인가요?"

더없이 공손한 목소리였지만, 그 목소리의 주인 앞에 무릎을 꿇은 양진은 맹수 앞에 놓인 초식동물처럼 바르르 떨었다.

"그, 그렇습니다. 아무래도 거상웅이 공포증을 극복한 것 같습니다. 혈색도 좋았고, 주는 음식마저 거절했습니다."

"……이상하네요. 말이 안 되는데요."

대답하는 이는 키가 작고 살집이 많은 사내였다.

그는 손님이 거의 오지 않는 허름한 객잔이자, 밤이 되면 도박장으로 변하는 이곳의 주인이었다. 하지만 그의 진짜 정체를 아는 사람들은 그를 다른 이름으로 불렀다.

'소살귀(笑殺鬼)…….'

기쁘게 웃으면서 사람을 죽인다고 하여 붙여진 별호. 그는 혈교의 외부 무력대 중 하나인 귀혈대의 대주이기도 했다.

소살귀가 중얼거리듯이 말했다.

"그건 고칠 수 있는 병이 아니거든요."

"나 또한 그렇게 알고 있네만."

소살귀의 반대편에 앉은 사내도 고개를 주억거렸다. 양진은 대충 짐작만 할 뿐이지만, 두 사람은 거상웅이 무엇에 당했는지 정확하게 알고 있었다.

'절혼마장에 당한 상대는 결국 정신이 무너지게 되어 있다. 그 시간이 빠르냐 늦냐, 그 차이일 뿐이지.'

'거상웅이 생각보다 오래 버티긴 했지만……. 그래 봤자 앞으로 1~2년 안에 완전히 폐인이 되어야 했을 터인데.'

거상웅을 폐인으로 만든 후, 혈교는 그를 꼭두각시로 만들어 금룡상단을 집어삼킬 계획을 세우고 있었다.

소살귀가 눈살을 찌푸리며 양진에게 물었다.

"분명 얼마 전까지만 해도 이 계획을 실행하는 데 문제가 없었다고 들었습니다만……."

불과 며칠 사이에, 몇 년이나 공들여 온 계획에 차질이 빚어질 수도 있다는 생각이 들자 소살귀의 입가에 미소가 맺혔다.

"하하……."

그는 살심이 솟구치면 미소가 짙어지는 버릇이 있었다. 소살귀의 입가에 미소가 만개하면……. 온몸이 피에 젖을 때까지 살육을 멈추지 않는다. 겁에 질린 양진이 바닥에 머리를 쿵쿵 박으며 빌었다.

"죄, 죄송합니다! 정말 죄송합니다! 목숨만은 제발……."

"사죄는 되었으니 더 자세히 이야기해 보세요."

양진이 두려움에 벌벌 떨며 자신이 보고 온 것을 모두 고했다.

"처, 청룡학관 강사 백수룡의 짓입니다! 그자의 장원에서 거상웅이 무공을 수련하고 있었습니다! 거상웅이 말하기를, 백수룡 선생이 자신의 주화입마를 치료했다고…….”

"……백수룡. 최근에 자주 듣는 이름이군요."

그러자 소살귀의 반대편에 앉은 사내가 술잔으로 목을 축이며 말했다.

"제가 계속 말씀드리지 않았습니까. 보통 놈이 아니라고요."

"……."

소살귀는 말없이 생각에 잠겼다.

백수룡. 최근 청룡학관에 입사해서 여러 문제를 일으키고 있는 신입 강사. 아직 혈교의 본단까지는 그 이름이 알려지지 않았지만, 이곳 남창 지부에서는 조금씩 주시하기 시작한 이름이었다.

소살귀는 반대편에 앉은 교활하게 생긴 사내를 바라봤다. 마침 이자도 방금까지 백수룡에 관한 이야기를 하던 중이었다.

'개인적인 용무에 끼어드는 것 같아 참견하지 않으려 했지만…….'

백수룡이 거상웅을 건드린다면 이야기가 달라진다. 거상웅, 아니 금룡상단은 혈교가 대계를 이루기 위해 반드시 취해야 할 목표 중 하나였다. 괜히 2년이나 되는 시간을 공들여 거상웅의 정신을 서서히 망가뜨리고, 그 주변인들을 포섭한 것이 아니다. 이제 곧 거상웅이 금룡상단의 정식 후계자가 되면, 금룡장주를 제거한 후에 거상웅을 꼭두각시로 만들 계획이었다.

'그런데 어디서 나타났는지도 모를 신입 강사가 초를 친다고? 안 될 말이지.'

결정을 내린 소살귀가 말했다.

"본교의 행사에 걸림돌이 된다면…… 조만간 제거해야겠군요."

"잘 생각하셨습니다. 귀혈 대주. 제가 한잔 드리지요."

소살귀의 반대편에 앉은 사내가 소살귀의 술잔을 가득 따라 주었다.

이런 허름한 객잔에 어울리지 않은 깊은 주향이 퍼졌다.

사내가 잔을 입에 가져가며 말했다.

"귀혈 대주. 제가 한 가지만 부탁드려도 되겠습니까?"

"편하게 말씀하십시오."

"백수룡을 죽이는 것은 제가 완벽하게 놈을 몰락시킨 이후로 부탁드립니다. 그리고……."

단숨에 술잔을 비운 사내, 풍진호가 비열하게 웃으며 말을 이었다.

"놈은 제가 직접 죽이게 해 주십시오."

풍진호의 눈이 뱀처럼 빛나고 있었다.

117화
혈교의 방식(2)

"그럼 다음에 또 뵙겠습니다."

자리에서 일어난 풍진호가 포권을 취한 후 몸을 돌려 객잔을 나섰다.

소살귀는 그런 풍진호의 뒷모습을 바라보며 생각했다.

'박쥐 같은 놈…….'

소살귀는 자신의 이득에 따라 이리 붙었다 저리 붙었다 하는 풍진호를 신뢰하지 않았다. 단지 필요에 의해서 손을 잡고 있을 뿐이었다.

풍진호의 기척이 완전히 사라지자 소살귀가 중얼거렸다.

"어쨌든 청룡학관을 장악하는 데 필요한 자이긴 하니……."

혈교는 무림 오대학관에 꽤 많은 신경을 쓰고 있었다. 그중 청룡학관에서 선택된 인물은 풍진호였다. 구파일방이나 오대세가 출신이 아니면서, 적당히 높은 위치에 있고, 무엇보다 성정이 탐욕스러운 자.

"언제 죽여 버려도 부담이 없고 말이지."

피식 웃은 소살귀가 고개를 돌려, 여전히 바닥에 납작 엎드려 있는 양진을 바라봤다.

"양진."

소살귀의 부름에 양진이 고개를 살짝 들었다가, 눈이 마주치자마자 다시 머리를 바닥에 박았다.

"하, 하명하십시오."

"……아시겠지만 우리의 계획에 차질이 빚어져선 안 됩니다. 금룡상단은 강서 지역의 돈줄을 쥐고 있는 곳. 본교의 대계를 이루기 위해 반드시 차지해야 합니다."

그래서 지난 2년간, 금룡장주의 아들인 거상웅 하나에게 많은 공을 들였다. 천무제에서 거상웅이 숙소를 벗어나도록 상황을 만들고, 절혼마장을 익힌 혈룡과 마주하도록 한 것까지. 모든 것이 교의 계획이었다.

'풍진호와 손을 잡은 것도 그때부터였지.'

혈교의 계획대로, 집으로 돌아온 거상웅은 절혼마장에 당한 충격을 극복하지 못하고 도박 중독과 폭식증에 걸리며 점점 무기력해져 갔다.

'졸업 후에 빠르게 가업을 잇도록만 만들면 다 되는 일이었는데…….'

거상웅이 금룡상단의 정식 후계자가 되고, 얼마 지나지 않아 금룡장주는 알 수 없는 변고로 사망한다. 그 후 금룡상단의 주인이 된 거상웅 앞에, 그에게 절혼마장의 마기를 심은 혈룡이 다시 나타나 그를 공포로 지배할 것이다. 그렇게 금룡상단은 혈교의 것이 된다.

'이 모든 계획이 거의 막바지에 이르러 있었거늘…….'

갑자기 나타난 인물이 그 계획을 망치려 하고 있었다.

"백수룡. 그자에 대한 정보를 전부 모아 오세요."

"존명."

소살귀의 명령에, 객잔 안에 숨어 있던 귀혈대 무사들이 어둠 속으로 사라졌다.

"음?"

그 순간, 소살귀는 천장에서 낯선 기척을 느끼고 고개를 홱 돌렸다.

"누구냐!"

그의 손에서 언제 들렸는지 모를 젓가락이 암기처럼 발출되었다.

푸욱! 천장에 구멍이 뚫리고, 젓가락을 타고 핏물이 주르륵 흘러내렸다. 그리고 들려오는 나지막한 울음.

찌익…….

"……쥐새끼였나."

잠시 후, 수하가 가져온 쥐의 사체를 확인한 소살귀는 고개를 절레절레 저었다.

'내가 너무 예민해졌나 보군.'

충분히 예민해질 만한 상황이었다. 만약 금룡상단을 차지하는 계획에 문제가 생긴다면, 아무리 그가 귀혈대의 대주라고 해도 본단으로부터 문책을 면치 못할 테니까.

본단에서 떨어질 문책을 상상한 소살귀가 몸을 부르르 떨었다.

'최대한 빠르게 계획을 수정해야 한다.'

하지만 소살귀는 미처 계획을 수정하지 못했다. 바로 그날 밤, 아무도 예상치 못한 청천벽력 같은 소식이 전해진 것이다.

"대주님."

수하 한 명이 객잔 안으로 들어오며 소살귀 앞에 부복했다. 소살귀의 표정이 굳어졌다. 지하 도박장의 영업시간이 얼마 남지 않은 저녁. 혹시라도 오가며 보는 눈이 있을 수도 있었던 것이다.

"……이 주변에서는 함부로 무공을 사용하지 말라고 했을 텐데요. 무림맹의 눈과 귀가 어디에 있을지 모릅니다."

"죄송합니다. 한시가 급한 보고라……."

"그건 내가 판단합니다. 말해 보세요."

만약 시답잖은 보고라면 수하의 입을 찢어 버리겠다고, 소살귀는 다짐했다.

"금룡장주가 쓰러졌다고 합니다."

"……!!"

"쓰러진 것은 세 시진 전, 외부에 극비로 취급되어 금룡장 내부에 있는 첩자도 방금 알게 되었다고 합니다."

"갑자기 왜요?"

"자세히는 모르겠습니다. 듣기로는 생명이 위중할 수도 있는 상태라고……. 금룡장의 간부들이 전원 소집되었다고 합니다."

소살귀는 더 이상 참지 못하고 벌떡 일어났다. 갑자기 금룡장주가 쓰러졌고, 금룡상단의 간부들이 소집되었다. 하지만 거상웅은 아직 금룡상단의 후계자가 아니었다. 자칫하면 자신들의 계획이…… 틀어지는 정도가 아니라 물거품이 될 수도 있었다.

소살귀가 이를 악물며 말했다.

"……오늘 도박장은 문을 닫겠습니다. 무슨 일이 생길지 모르니, 귀혈대 전원에게 대기 명령을 내려 두세요."

"존명!"

금룡장 안에는 비통한 분위기가 흐르고 있었다. 수련 중에 소식을 듣고 허겁지겁 달려온 거상웅이 부술 듯이 장주의 방문을 열고 들어왔다.

"아버님!"

방 안에는 이미 수십 명의 가솔과 상단의 간부들이 모여 있었다. 그리고 방의 가장 안쪽에는, 창백한 인상의 금룡장주가 침상에 누워 의식을 차리지 못하고 있었다. 거상웅이 아버지 곁으로 달려와 안색을 살폈다.

"아, 아버님! 소자가 왔습니다. 아버님이 갑자기 왜……."

금룡장주의 몸에 침을 놓고 있던 의원이 무거운 표정으로 말했다.

"최근 심적인 고생이 많으셨던 것 같습니다. 기혈이 불안정하고 몸 안의 탁기가 뒤엉켜서 고여 있습니다."

"금방 깨어나시는 거죠? 그렇죠?"

돈으로는 천하에 못 구할 영약이 없는 금룡상단이었다. 하지만 의원은 고개를 저었다. 돈으로 모든 것을 할 수 있다면, 거상웅도 그 마음고생을 하지 않았을 것이다.

"다시 깨어나시는 것은…… 힘들 수도 있습니다."

털썩. 충격을 받은 거상웅이 바닥에 주저앉았다.

잠시 후 그가 멍한 표정으로 중얼거렸다.

"나 때문이야. 나 때문에. 내가 몇 년이나 속을 썩여서 아버지가…….
크흑……."

산처럼 거대한 덩치를 지닌 청년의 눈에서 닭똥 같은 눈물이 흘러내렸다. 거상웅은 금룡장주 옆에 엎드려 꺼이꺼이 울었다. 많은 이들이 그 모습을 보며 한숨을 쉬었다.

"……."

금룡장주 거일산. 천하십대상단인 금룡상단의 주인이자, 남창 제일의 거부. 그의 부재 혹은 죽음은 도시의 경제를 뒤흔들 수 있는 문제였다.

'그런데 장주님이 죽으면 상단의 후계자는 누가 되는 거야?'

'원래대로라면 아들이 해야겠지만…….'

'거상웅 말이야? 몇 년이나 한량처럼 살아온 녀석이 뭘 할 수 있다고?'

몰래 수군거리는 사람들의 시선은 오열하는 거상웅을 지나쳐, 그 뒤편에 있는 중년의 사내를 향했다. 그는 금룡장주 거일산의 하나뿐인 동생 거이산이었다.

'능력으로만 보면 거이산 대협이 상단주를 맡아야 하지 않나?'

'아무래도 그렇지…….'

'장주님이 쓰러지기 전에 후계자를 정해 두신 것도 아니잖아.'

벌써부터 금룡장주의 사후를 두고 수군대는 이들이 적지 않았다. 사실 그들에게는 금룡장주의 죽음보다 자신들의 사업이 더 중요했다.

'사업을 지키고 싶으면 줄을 잘 서야 돼.'

'둘 중 누구한테 붙어야…….'

많은 이들이 두 사람을 지켜볼 때, 거이산이 거상웅에게 다가갔다.

"상웅아."

"수, 숙부님……."

"운다고 해결될 일이 아니다. 이럴 때일수록 네가 정신을 바짝 차려야 하는 법이다."

"예……."

거상웅이 지친 목소리로 고개를 끄덕였다. 거이산은 그런 조카의 어깨를 두드리며 말했다.

"감정을 추스르는 것이 쉽지 않겠지. 일단 상단 일은 신경 쓰지 말고 내게 맡기고, 너는 한동안 형님 곁을 지켜 드려라."

"……예, 감사합니다."

말 몇 마디로 거이산은 자연스럽게 자신이 금룡상단을 운영할 명분을 움켜쥐었다. 그 모습을 상단의 여러 사람이 보았고, 오래지 않아 소살귀의 귀에도 소식이 전해졌다.

"빌어먹을……!"

흉신악살처럼 일그러지는 얼굴이었지만, 입가에는 환한 미소가 맺혔다. 그의 화가 머리끝까지 치솟았다는 의미였다.

"하하……. 죽 쒀서 개한테 주게 생겼군요."

소살귀가 손을 파르르 떨며 말했다. 2년 동안 공들여 온 계획이 하루아침에 물거품이 되게 생겼다. 금룡장주는 자신의 아들을 금룡상단의 후계자로 지명하지 않고 쓰러졌다. 그리고 거상웅은 슬픔에 빠져 아무 것도 못 하고 있었다.

'녀석을 꼭두각시로 만들었으면 상황에 개입이라도 해 볼 수 있을 텐

데. 하지만 그러려면 이곳에 혈룡이 직접 와야 한다.'

거상웅의 몸에 절혼마장의 마기를 심은 혈룡. 그는 지금 천무학관 4학년이었다. 학생의 신분인 탓에 쉽게 몸을 움직일 수 없었다. 지금 당장 연락을 한다고 해도, 혈룡이 출발했을 땐 이미 늦는다. 그 전에 거이산이 금룡상단을 장악할 테니까.

'어쩔 수 없다. 내가 알아서 판단해서 움직이는 수밖에.'

결정을 내린 소살귀가 수하들에게 명령을 내렸다.

"날이 밝기 전에 거이산을 죽여야겠습니다. 귀혈대 전원, 인시(寅時)까지 도박장으로 모이라고 하세요."

"존명."

그것이 소살귀가 저지른 가장 큰 실수였다.

그날 밤. 병문안 손님들이 모두 떠난 금룡장주의 방 안에는, 잠든 금룡장주와 그의 동생 거이산만이 남아 있었다.

"……."

거이산은 흐릿한 등불 아래 창백한 표정으로 누워 있는 금룡장주를 바라보았다. 하나뿐인 형님을 바라보는 그의 표정은 무척이나 싸늘했다.

"죄송하지만……."

거이산은 금룡장주를 향해 손을 뻗었다. 무심한 표정으로 치명적인 사혈을 향해 손을 뻗는 그의 입가에, 비릿한 미소가 맺혔다.

"이제 그만 주무시죠."

사혈을 슬쩍 피해 그 옆을 꾹 누르자, 금룡장주가 몸을 부르르 떨더니 곧 깨어났다.

"으음……. 흐아암. 잘 잤다."

눈을 뜬 금룡장주가 상체를 일으키더니 나른하게 하품을 하며 기지개를 켰다. 그가 주위를 둘러보며 말했다.

"……상웅이는?"

"울다 지쳐 잠들어서 방으로 옮겼습니다."

"몇백 근이나 되는 녀석을……. 일꾼들이 고생했겠구먼."

금룡장주는 껄껄 웃었다. 여전히 창백한 안색이었으나, 눈에는 정광이 가득했다.

그 모습에 거이산이 감탄하며 말했다.

"장주님. 아까도 느꼈습니다만 귀식대법이 일품이시네요."

"장사꾼은 죽은 척을 해야 할 일이 종종 있기 마련이지."

껄껄 웃은 금룡장주가 자신의 동생, 아니 동생으로 변장한 사내를 바라봤다.

"우리 둘만 있으니 자네도 그 인피면구 좀 벗게. 아무래도 찝찝하군."

"그러죠."

찌이익. 거이산의 두꺼운 인피면구가 벗겨지고, 그 안에 드러난 것은 백수룡의 조각 같은 얼굴이었다.

"허. 내 동생도 어디 가서 못난 얼굴은 아닌데……."

금룡장주는 빙긋 웃었다. 그러나 어느새 그 웃음에는 서늘한 살기가 맺혔다.

"……내 아들을 폐인으로 만들어 금룡상단을 빼앗으려 한 놈들이 미끼를 물었나?"

갑자기 금룡장주가 갑자기 쓰러진 것. 전부 백수룡이 금룡장주와 짜고 꾸민 짓이었다.

며칠 전.

-아버님. 제 부탁 하나만 들어주실 수 있겠습니까?

백수룡은 숨어 있는 혈교의 첩자들을 끌어내기 위해 금룡장주에게 도움을 청했고, 금룡장주는 흔쾌히 승낙했다.

은근한 목소리로 백수룡이 말했다.

"곧 놈들이 움직일 겁니다. 거이산으로 변장한 저를 노리겠지요."

진짜 금룡장주의 동생인 거이산은 안전을 위해 모처에 숨어 있었다. 그 대신 거이산으로 변장한 백수룡이 그의 처소에 머물 것이다. 이미 합의해 둔 내용이지만, 백수룡은 한 번 더 이야기했다.

"아버님. 오늘 일어날 일이 외부에 알려져서는 안 됩니다. 약속대로 전부 제 손에 맡겨 주십시오."

"물론이네. 어찌 내 아들을 구해 준 은인에게 거짓말을 하겠나."

금룡장주는 상인답게 은원이 확실한 사람이었다.

그것을 알기에, 백수룡도 그에게는 어느 정도 진실을 말할 수 있었다.

"더 필요한 것은?"

"입이 무거운 무사들로 제 처소 주변을 포위해 주셨으면 합니다."

알겠다는 듯 금룡장주가 고개를 끄덕였다.

"실력 좋은 이들로 구해 주지. 그들과 함께 놈들을 칠 생각인가?"

백수룡은 피식 웃더니 고개를 저었다.

"아니요. 그냥 아무도 못 나가고 못 들어오게만 해 주시면 됩니다. 나머진 제가 다 알아서 할 테니까요."

118화
혈교의 방식(3)

아직 동도 트지 않은 야심한 새벽.

소살귀가 운영하는 허름한 도박장 지하에, 도시 전체에 흩어져 암약하고 있는 귀혈대 전원이 모였다.

"……."

그 숫자는 삼십. 그들은 흑의무복과 복면을 쓴 차림으로 대주를 기다렸다. 잠시 후, 그들 앞에 소살귀가 나타났다. 두 손에 날카로운 징이 박힌 수투(手套)를 착용한 모습이었다.

깡! 수투를 부딪쳐 소리를 낸 소살귀가 슬며시 입꼬리를 말아 올리며 말했다.

"다들 들으셨겠지만 금룡상단의 상황이 급격하게 변했습니다. 따라서 우리도 그에 맞춰 조금 거친 방법을 사용하려 합니다."

"……."

소살귀의 입가에 맺힌 미소가 점점 짙어졌다. 살육을 앞두고 다소 들뜬 모습. 많은 인간을 찢어발겨서 수투에 짙게 배인 은은한 혈향이, 소살귀를 흥분하게 만들었다.

"우리는 오늘 밤 금룡장주의 동생인 거이산을 죽일 겁니다. 물론 정면으로 쳐들어가선 안 되겠지요."

금룡상단은 천하십대상단이라 불릴 정도로 규모가 큰 상단이다. 금룡장은 그런 금룡상단의 본진. 금력뿐만 아니라 자체적으로 양성한 무사들의 수준도 상당히 높고, 객으로 머물고 있는 고수의 숫자도 적지 않았다. 아무리 귀혈대라도 정면으로 쳐들어갔다간 승산이 없었다.

"조를 나눠서 움직이겠습니다. 일부는 곳간에 불을 지르고, 일부는 창고의 금품을 노려 저들의 시선을 분산시킬 겁니다."

성동격서(聲東擊西)의 계책. 물론 그렇게 해도 거이산의 처소까지 잠입하는 것은 쉽지 않겠지만, 그들에겐 지난 2년간 금룡장에 심어 둔 첩자들이 있었다.

"우리는 철저하게 금품을 노린 도적 떼로 위장해야 합니다."

첩자들의 도움까지 받는다면, 혼란 속에서 충분히 거이산의 목을 벨수 있으리라.

소살귀의 눈이 차갑게 빛났다.

'일단 금룡상단에 혼란을 일으켜 시간을 번다.'

상부에는 전서구를 통해 상황을 보고했다.

'혈룡을 보내든 계획을 수정하든, 이후의 일은 본단에서 결정할 터.'

소살귀가 혀로 수투의 징을 핥았다. 옅은 피 맛이 그의 살심을 최고조로 일깨웠다.

그는 스스로에게 다짐하듯 수하들에게 말했다.

"……다들, 오랜만에 보는 피 맛에 지나치게 흥분하지 않도록 주의하세요."

귀혈대는 하나같이 피에 굶주린 악귀들. 종종 멀리까지 나가서 살육에 대한 갈증을 풀곤 하지만, 이렇게 큰 규모의 일에 나서는 것은 오랜만이었다.

"존명."

귀혈대의 입가에도 소살귀와 비슷한 비릿한 미소가 맺혀 있었다. 대주 앞이라서 간신히 억누르고 있을 뿐, 그들의 두 눈은 살육에 대한 기대감으로 붉게 충혈돼 있었다.

소살귀는 흐뭇한 눈으로 그들을 바라보다, 이내 시간이 되었음을 확인하고는 복면을 착용했다.

복면 사이로 드러난 그의 두 눈이 살기로 번들거렸다.

"갑시다."

도박장을 나선 귀혈대가 새벽의 어둠 속에 녹아들었다.

흐린 구름이 달을 가렸다. 은밀하게 경공을 펼치던 소살귀가 하늘을 올려보며 웃었다.

'날씨가 우리를 돕는군.'

그들은 약속된 시간보다 약간 앞서 금룡장 바깥에 도착했다.

잠시 후, 안에 있는 첩자들이 먼저 계획을 실행했다.

"불이야!"

화들짝 놀란 비명과 함께, 곡식 창고 쪽에서 커다란 화염이 치솟아 올랐다.

화르르륵! 성처럼 거대한 금룡장의 장원 곳곳에서 등불이 켜지고, 잠에서 깨어난 사람들의 비명과 고함, 발소리가 뒤엉켰다.

"고, 곡식 창고에 불이 났다!"

"서둘러 불을 꺼라!"

그러나 불길은 진압되기는커녕 더욱 거세졌고, 수많은 사람들이 움직이면서 혼란은 가중되었다. 설상가상으로 반대편 창고에는 도둑이 들었다.
"도둑이다!"
"보석 창고에 도둑이 들었다!"
"대체 어느 미친놈들이야!"
혼란에 빠진 경비무사들이 이리저리 우르르 몰려다니기 시작했다. 담장 너머에서 그 상황을 확인한 소살귀가 수하들에게 수신호를 보냈다.
'지금.'
귀혈대가 일제히 금룡장의 담벼락을 넘었다.
휘익! 휙휙휙! 가장 경공이 뛰어난 열 명의 무사들이 단숨에 도약해서 벽을 넘고, 경계와 동시에 아래로 밧줄을 내려주었다. 서른 명이 담을 넘는 데 걸린 시간은 그야말로 촌각에 불과했다.

[1조는 장원 안을 돌아다니며 창고 주변에 계속 불을 지르세요.]
[존명!]
[2조는 첩자들을 도와서 혼란을 키우세요.]
[존명!]

오늘 밤, 귀혈대 중 일부는 금룡장의 무사들과 싸우다가 죽을 것이다. 하지만 결코 사로잡히지는 않을 것이다.
'사로잡히기 전에 자결하라.'
귀혈대는 십 년 이상 그렇게 교육받은 살인귀들의 집합이었다.

[3조는 나를 따릅니다.]
[존명!]

소살귀는 귀혈대의 최정예 열을 데리고 직접 거이산의 처소로 향했다.

미리 입수해 외워 둔 지도를 떠올리며 바람처럼 장원 안을 내달렸다.

'남은 시간은 이 각 정도.'

곧 관에서 출동하고, 불길도 빠르게 진정될 것이다. 혼란이 수습되면 금룡장의 무인들은 방화범을 찾기 위해 눈에 불을 켤 것이다.

'그 전에 거이산의 목을 베고 빠진다.'

소살귀의 입가에 스산한 미소가 맺혔다.

이제부터는 시간 싸움. 거이산의 처소로 가는 길에 만나는 모든 적을 찢어 죽일 생각에, 수투를 낀 손이 벌써부터 근질거렸다.

휘익! 그림자들이 다시 한번 담벼락 위로 올라갔다.

'정지.'

소살귀의 수신호에 귀혈대의 정예가 모두 담벼락 위에 멈춰 섰다.

'이 안쪽에는 진법이 설치돼 있다.'

거이산의 처소로 향하는 마지막 관문. 이 안쪽에는 기관진식의 전문가들이 설치한 진법이 설치돼 있었다. 자칫 방심했다간 환영진에 빠져 같은 장소를 빙글빙글 돌게 되는 방식.

하지만 소살귀는 그에 대한 대비 또한 해 두었다.

[……진법을 해제했습니다.]

안에 심어 둔 첩자의 전음. 금룡장주의 호위 무사 중 하나로, 오랜 공을 들여서 빚더미에 앉게 한 후 첩자로 만든 자였다. 그 첩자가 장원의 어둠 속에서 손을 흔들었다.

[안전하니 들어오셔도 됩니다.]

첩자의 목소리가 조금 떨리고 있었지만, 가르침을 제대로 받지 못한 만큼 이런 상황에선 긴장할 수밖에 없기에 대수롭지 않게 넘어갔다.

'진입한다.'

소살귀는 수하들과 함께 담벼락을 넘었다. 진법은 발동하지 않았고, 그들은 거이산의 처소까지 단 한 번의 싸움도 하지 않고 무혈입성하는 데 성공했다.

'하늘마저 우리를 돕는군.'

하지만 운이 좋은 것도 어느 정도여야 했다. 소살귀가 뭔가 이상함을 느낀 것은, 거이산의 처소에 들어왔는데도 인기척이 거의 느껴지지 않았을 때였다.

'왜 아무도 안 보이지?'

생각해 보면 이상할 정도로 쉽게 일이 풀렸다. 오는 동안 살육을 기대했던 수하들의 눈빛에 실망의 기색이 비칠 정도였다.

소살귀의 걸음이 멈췄다.

"설마……."

함정일지도 모른다는 생각이 머리를 스쳤지만, 그들은 이미 금룡장의 중심에 있는 거이산의 숙소에 도착한 상태였다. 그 순간 사방에서 횃불이 켜졌다.

화르륵! 화르륵! 화르륵!

삽시간에 건물 전체가 환하게 밝아지고, 그 중심에 복면을 쓴 소살귀와 귀혈대가 당황한 표정으로 주위를 두리번거렸다.

"……빌어먹을. 당했군."

소살귀는 비로소 자신들이 함정에 빠졌다는 사실을 깨달았다. 방금 그들이 넘어온 담장 위에, 금룡장의 무사들이 올라서서 이쪽을 향해 쇠뇌를 겨누고 있었다.

동시에 거이산의 처소 문이 열리고, 거이산이 천천히 걸어 나왔다.

"나를 죽이러 온 놈들인가."

그는 진짜 거이산이 아니라 거이산으로 변장한 백수룡이었다.

적들을 궁지에 몰아넣었지만, 백수룡은 끝까지 자신의 정체를 드러내지 않았다.

'어딘가에 또 다른 첩자가 지켜보고 있을지도 모르지.'

뿐만 아니라, 담장 위에 서 있는 금룡장의 무사들에게도 자신의 모습을 노출하고 싶지 않았다. 금룡장주가 입이 무거운 무사들을 선별했다고 하지만, 조심해서 나쁠 것은 없었다.

"거이산…… 처음부터 우리가 올 걸 알고 있었나?"

소살귀가 이를 갈며 거이산을 노려봤다. 상대가 능글맞게 웃으며 대답했다.

"물론. 네놈들이 왜 나를 죽이려고 했는지, 금룡상단에 무슨 수작을 부리려 했는지 알고 있다."

[그리고 네놈들이 혈교에서 왔다는 사실도 말이야.]

"!"

백수룡의 전음에 소살귀는 눈을 부릅떴다.

그는 믿을 수 없다는 듯 떨리는 목소리로 물었다.

"……어디까지 알고 있는 거냐?"

"전부 다."

백수룡은 피식 웃으며 앞으로 걸어 나갔다. 백수룡의 온몸에서 가공할 살기가 흘러나오기 시작했다.

"너희가 뭘 원하는지, 무슨 짓거리를 하고 다니는지, 얼마나 많은 사람이 너희 때문에 고통받게 될지…… 꽤 많이 알고 있지."

꿀꺽……. 역골공을 사용해 골격을 크게 만든 터라 몸을 움직이는 것이 평소보다 조금 굼떴지만, 크게 불편함을 느낄 정도는 아니었다.

"왜 평화롭게 살려는 사람을 자꾸 방해하는 거냐?"

"무슨 소리를……."

"됐고, 덤벼라. 언제부터 너희가 말로 하는 놈들이었다고. 피로 씻어 해결하자."

"……아는 것이 지나치게 많은 자로군."

갈등이 생기면 피로 씻어 해결하는 것. 그것이 혈교의 방식이었다.

소살귀는 차갑게 눈을 빛내며 수하들에게 전음을 보냈다.

[보통 놈이 아니다. 전원 마공의 사용을 허락한다.]

"존……명."

그 순간, 열 명의 귀혈대원 전원의 얼굴에 검붉은 핏줄이 흉측하게 도드라지고 내공이 몇 배로 폭증했다.

"크르르……."

"크르르……."

짐승 같은 울음소리를 내는 마인들의 뒤에서, 소살귀는 스산하게 웃으며 명령을 내렸다.

"죽여라."

열 명의 마인이 일제히 몸을 날려 백수룡을 덮쳤다.

"크아아아!"

꿈에 나올까 두려운 광경이었지만, 백수룡은 불쾌하다는 듯 미간을 찌푸릴 뿐이었다.

"하나같이 피 냄새가 짙은 놈들이네."

중얼거린 백수룡이 역천신공을 끌어올렸다.

츠츠츠츳……. 가발을 썼기에 머리 색은 붉게 변하지 않았다. 하지만 그의 눈동자만은 피처럼 붉게 물들었다.

푸화아아악! 장포가 크게 부풀어 오르고, 그를 중심으로 막대한 기가 휘몰아쳤다.

"어디, 예전이랑 얼마나 다른지 보자."

피식 웃은 백수룡이 한 걸음 앞으로 내디뎠다.

콰콰콰콰콰!

"세상에……."

본래 자신의 처소였던 곳에서 느껴지는 강력한 기의 충돌에, 거이산이 창백한 표정을 지었다.

그는 고개를 돌려 자신의 형, 금룡장주 거일산을 바라보았다.

"형님. 대체 저 안에서 무슨 일이 일어나고 있는 겁니까?"

"궁금해하지 말거라."

단호하게 말하는 거일산에 앞에는, 금룡장에 잠입한 귀혈대의 시체 스무 구가 누워 있었다.

"……독한 놈들이군. 잡히자마자 전부 자결하다니."

혼란을 부추기기 위해 금룡장에 숨어든 귀혈대의 무사들은, 미리 준비하고 있던 금룡장의 무사들에 의해 모두 제압되고 사로잡혔다.

때문에 금룡장은 초반에 일어난 화재로 인한 재산 피해는 있어도, 인명 피해는 단 한 명도 발생하지 않았다. 그 재산 피해도 금룡상단의 재산에 비교하면 조족지혈에 불과했다.

'아니지. 내 아들을 구하고, 심어 둔 첩자들마저 뿌리를 뽑았으니. 손해는커녕 커다란 이문을 남겼구나.'

"형님!"

거이산이 옆에서 답답하다는 듯 가슴을 쳤다.

그리고 자신의 처소를 가리키며 말했다.

"저 광경을 보고도 궁금해하지 말라는 겁니까? 지금 제 처소가 박살이 나고 있습니다!"

콰콰콰쾅! 거이산의 처소는 무인들의 싸움으로 인해 박살 나는 중이었고, 전각의 잔해가 바람에 날아다니고 있었다.

"……은인과의 약속이라 자세히는 말해 줄 수 없다. 모르는 척하는 쪽이 너도 마음 편할 거다."

금룡장주는 단호한 얼굴로 동생의 궁금증을 차단했다.

"허. 그나저나……."

콰콰콰콰콰! 거이산의 처소 방향에서 흘러나오는 강렬한 기. 두 마리의 용처럼 부딪치는 붉은 기운과 잿빛 기운이 하나로 뒤엉켜 맹렬하게 싸우고 있었다.

"무시무시하군."

담장을 포위한 금룡장의 무사들은 충돌의 여파가 밖으로 새어 나오지 않도록 안간힘을 쓰고 있었다. 금룡장주는 저 안에서 싸우고 있을 아들의 스승을 떠올렸다.

'고수인 줄은 알았지만 저 정도일 줄이야…….'

비록 자질이 떨어져 이름을 떨칠 만한 고수가 될 수는 없었지만, 금룡장주는 천하를 돌아다니며 수많은 무인들의 무공을 견식했다. 그중에는 젊은 시절의 천하십대고수도 있었다.

"내 아들의 심마를 고쳐 준 것도 그렇고……."

금룡장주는 무언가 다짐한 표정으로 중얼거렸다.

"우리 금룡장에 아주 귀하게 모셔야 할 귀인이 오신 것 같구나."

119화
혈교의 방식(4)

 콰직! 백수룡에게 가장 먼저 달려든 마인이 코뼈가 함몰된 채로 뒤로 날아갔다. 평범한 사람 같았으면 의식을 잃어도 이상하지 않을 일격. 그러나 마인은 곧바로 허공에서 자세를 뒤집으며 바닥에 착지했다.
 "크아아아!"
 포효하며 곧장 다시 달려드는 마인. 그 모습을 본 백수룡이 낮게 침음했다. 불과 얼마 전에 비슷한 형상을 한 마인을 본 적이 있었기 때문이었다.
 "흑혈마공이군."
 조막생이 죽기 전에 사용했던, 몸 안의 선천지기를 끌어와 수명을 대가로 힘을 얻는 극악한 마공. 한눈에 봐도 저들의 경지는 조막생이 익혔던 것보다 더 깊어 보였다.
 '흑혈마공마저 안다고?'
 백수룡의 중얼거림을 들은 소살귀의 눈이 커졌다. 그들이 흑혈마공을 익힌 것은 극비 중의 극비였다. 귀혈대 서른 명 중에서도 흑혈마공을 익힌 것은 이 자리에 있는 열 명의 정예 무사들뿐. 그 외에는 흑혈마공의 존재조차 모른다.

'도대체 저자는 누구란 말인가!'

소살귀의 등줄기에 식은땀이 흘렀다. 더 이상 거상웅이나 금룡상단은 중요하게 느껴지지 않았다. 수십 년간 숨어 지낸 혈교의 비밀을 아는 자. 어쩌면 저자로 인해 혈교의 대계가 실패할지도 모른다는, 황당무계한 상상마저 들었다.

"놈을 죽이지 마라!"

소살귀가 소리치자, 마인화한 수하들이 그를 힐긋 돌아보며 으르렁거렸다. 마인이 되었지만 그들은 대주의 명령에 여전히 복종했다. 마공을 익힘과 동시에, 대주의 명령에 절대적으로 복종하도록 세뇌받았기 때문이다. 소살귀는 부하들에게 더 이상 존대조차 하지 않았다.

"놈을 살려서 데려와라. 내가 직접 심문하겠다."

결코 보여선 안 될 마공까지 사용했으니, 여기서 모두 죽거나 어떻게든 혈로를 뚫어 본교로 도망치거나 둘 중 하나였다. 소살귀의 입가에 사나운 미소가 맺혔다.

"팔다리는 뜯어내도 좋다. 목숨만 붙여서 데려와."

그 순간, 마인들은 일제히 포효를 터트리며 백수룡에게 달려들었다.

"크아아아!"

"크아아아!"

마인들의 몸에서 무시무시한 마기가 터져 나왔다. 선천지기를 대가로 뽑아낸 잿빛 기운이 귀신이나 악령처럼 일렁였다. 그 끔찍한 모습에 놀란 호위 무사장이 담벼락 위에서 소리쳤다.

"대협! 도움이 필요하십니까?"

그러나 백수룡에게선 놀라울 정도로 차분한 대답이 돌아왔다.

"괜찮습니다. 혹시나 도망치는 놈이 있으면 잠시만 발을 묶어 주세요."

대답한 백수룡은 마인들을 향해 한 걸음 내디뎠다.

후우웅! 선두에서 덤벼든 마인이 도끼를 휘둘렀다. 강맹한 기운이 깃든 도끼는 바위조차 단숨에 쪼개 버릴 듯 흉악해 보였다. 백수룡은 굳이 정면에서 그 공격을 받아내지 않았다.

스윽. 옆으로 한 걸음 움직인 것만으로도 충분했다. 도끼날이 공기를 찢으며 옆으로 지나갔다. 스스로의 힘에 못 이긴 마인이 휘청이며 백수룡의 곁을 지나쳤다.

"하나."

스치듯 마인의 옆을 지나치며, 백수룡은 월영을 뽑아 벼락처럼 휘둘렀다. 그 궤적을 따라 붉은 검기가 피어났고, 백수룡은 그 궤적을 따라 걸었다.

촤아아악! 등 뒤에 있던 마인 하나가 상반신과 하반신이 분리된 채 쓰러졌다. 그 피가 자신에게 튀기 전에, 백수룡은 오른발을 축으로 삼아 반 바퀴 빙글 돌았다.

휘익! 창끝이 다가와 방금까지 백수룡이 서 있던 공간을 찔렀다. 백수룡은 어깨를 스쳐 지나간 창대를 붙잡아 자신 쪽으로 당겼다.

"크아아악!"

중심을 잃고 끌려온 마인이 뒤늦게 창을 놓고 덤벼들려 했지만, 월영의 검극이 이미 그의 경동맥을 스친 뒤였다.

푸화아아악!

"꺼억……!"

백수룡은 목을 부여잡고 무너지는 마인을 방패 삼아 전진했다. 검과 도가 마인의 시체를 세 조각으로 나누는 순간, 그는 적들의 사각으로 움직였다. 유령처럼 스르륵 움직인 백수룡이 마인 둘의 등 뒤를 점했다.

"뒤다!"

소살귀가 외쳤지만 이미 늦었다. 백수룡이 내디딘 왼발의 진각이 바닥을 깨부쉈다.

쾅! 양옆으로 피하려 했던 각각 검과 도를 사용하는 마인들이 그 충격에 비틀거렸다. 그들의 사이로 파고든 백수룡은 납검했던 월영을 발검하며 단숨에 둘을 베었다.

"셋. 넷."

털썩. 털썩. 무너지는 시체들을 뒤로하고 백수룡은 허공으로 몸을 띄웠다.

휘리릭! 허공에서 몸을 비틀어 날아오는 장풍을 피하고, 옆으로 손을 뻗어 심장을 노린 비수를 낚아챘다. 한 바퀴 더 몸을 회전하며, 그 힘에 내공을 더해 비도를 주인에게 돌려주었다.

푹! 이마에 비도가 박힌 마인이 맥없이 고꾸라졌다. 자신이 당한 것조차 인지하지 못한 듯, 눈을 부릅뜬 모습이었다.

"다섯."

"크아아아!"

"이제야 한꺼번에 덤비기로 한 거냐?"

앞, 뒤, 좌우, 그리고 위. 다섯 마인이 동시에 백수룡을 덮쳤다. 그들의 몸에서 흘러나온 잿빛 마기가 하나로 뒤엉켜 기괴한 괴물의 형상을 만들었다. 흑혈마공의 기운끼리 공명해 상승 작용을 일으킨 것이다.

'이건…… 만만치 않겠군.'

백수룡은 표정이 진지하게 굳히며 자세를 낮췄다. 그의 눈은 마인들의 움직임을 세밀하게 관찰했고, 그물처럼 펼쳐진 기감이 기의 흐름을 읽었다.

"……찾았다."

고도의 집중력을 발휘해 활로를 찾아낸 백수룡의 입매가 슬며시 올라갔다. 즉시 과감하게 보법을 밟았다.

스윽. 한 걸음을 내딛자 간격이 좁혀지고 시야가 뒤바뀐다. 순간 시간이 느려지는 기분이 들며, 마인들의 얼굴이 하나하나 세세하게 보였다.

분노에 가득 찬 마인. 고통스러움에 몸부림치는 마인. 괴소를 흘리며, 동시에 두 눈에서 피눈물을 멈추지 못하는 마인. 모두 구제 못 할 악인들이었지만, 한편으로는 그들을 동정했다.

 "부디 다음 생엔 좋은 곳에서 태어나라."

 터엉! 백수룡은 땅을 박차고 허공으로 높게 몸을 띄웠다. 순간 그의 움직임을 놓친 마인들이 경악한 표정을 지었다.

 "!"

 몸으로는 미처 백수룡을 쫓아가지 못하고, 눈동자만 움직여서 겨우 쫓았다.

 흐린 달빛을 등진 백수룡이 검무를 추기 시작했다.

 녹림십팔식으로 단련된 신체는 인간이 불가능하다고 여기는 움직임마저 가능하게 하고. 빙월신녀의 보법은 땅과 하늘 어디에서든 자유롭게 움직일 수 있게 만든다. 광마의 흉맹함이 깃든 기운이 공포를 모른다던 마인들의 심령을 짓누르고, 무극검의 묘리가 깃든 검이 달을 베어낼 듯 예리하게 빛난다. 역천신공이 그 모든 무공을 아울러 하나로 엮어낸다.

 촤아악! 한줄기 벼락처럼 휘둘러진 월영이 허공에 떠 있던 마인을 두 쪽으로 갈랐다. 그리고 잠시 하늘을 향해 멈춰 선 월영의 검극에, 달빛이 닿아 명멸했다.

 "아름답다……."

 담장 위에서 마인들이 도망치지 못하도록 경계하고 있던 호위 무사들은 본연의 임무마저 잊고, 넋을 잃고 검무를 지켜보았다. 그러나 정작 백수룡은 무표정한 얼굴로 검을 휘두를 뿐이었다.

 촤아아악! 두 개의 머리통이 동시에 허공에 떠올랐다. 간신히 뒤로 몸을 피한 두 마인이 거미줄에 걸린 나비가 발버둥 치듯, 모든 내공을 끌어올리며 저항했다.

 "끄아아아아!"

그들의 몸에서 흑혈마공의 마기가 뭉클뭉클 쏟아져 나와 주변을 잠식했다. 그럴수록 마인들의 몸은 목내이처럼 말라 갔다.

"죽어라!"

마인들은 마지막 선천지기까지 쥐어짜며 덤벼들었다. 동귀어진을 각오한 필살의 공격. 하지만 부질없었다.

스스스슷. 안개처럼 흘러나온 흑혈마공의 마기가 산산이 흩어지고, 그 사이로 뻗어 나온 검이 두 마인을 수십 조각으로 베었다.

푸화아아악! 온몸에서 피를 쏟으며 쓰러지는 마인들을 뒤로하고, 백수룡은 월영을 검집에 집어넣었다.

"후우……."

백수룡이 천천히 호흡을 가다듬는 순간이었다.

찌이익! 급히 고개를 젖혀 피했으나, 얼굴의 살점이 한 움큼 찢겨나갔다.

"역시……. 넌 거이산이 아니었군!"

"……."

인피면구를 움켜쥔 소살귀가 맹수처럼 으르렁거렸다. 아쉽게도, 방금 그가 할퀸 얼굴은 거이산의 얼굴 형태를 한 인피면구였다. 그의 수투에는 피 한 방울 묻어 있지 않았다.

"대체 넌 누구냐!"

이미 흑혈마공을 극성까지 끌어올린 듯, 소살귀는 온몸의 핏줄이 불거지고 눈동자가 붉게 충혈된 모습이었다.

"꼴에 대주라고 제법이네."

피식 웃은 백수룡은 얼굴에 달라붙어 덜렁거리는 인피면구를 뜯어냈다. 아직 흑혈마공의 안개가 주위를 뒤덮고 있어, 한동안은 금룡장의 무사들에게 얼굴을 보일 염려는 없었다.

찌이익.

그의 얼굴이 드러나자, 소살귀가 눈을 부릅떴다.

"너, 넌 백……!"

"그 이상 말하면 죽는다."

"!"

단숨에 심장을 관통할 듯한 살기를 느끼고, 소살귀는 저도 모르게 입을 다물었다. 대신 속으로 비명을 질렀다.

'백수룡!'

소살귀가 백수룡을 두 눈으로 직접 본 적은 없었지만, 용모파기라면 본 적이 있었다.

그는 뒷걸음질을 치며 중얼거렸다.

"어떻게 네가……."

소살귀는 백수룡에게 죽은 마인들보다도 월등한 실력을 갖추었다. 그럼에도, 소살귀는 자신에게 승산이 거의 없다는 것을 알고 있었다.

'조금 전에 협공을 했어도 이길 수 없었다.'

그래서 단 한 번의 기습을 노렸다. 마지막 부하가 죽을 때까지 기척을 죽이고 기다렸다가, 상대가 방심한 잠깐의 순간에 모든 것을 걸 생각이었다.

……아니, 솔직히 말하면 백수룡의 검무에 압도당했다. 그래서 감히 덤벼들지 못했다.

"빌어먹을……."

으드득. 소살귀는 이를 악물었다. 귀혈대의 대주가 된 이후 이런 굴욕과 공포는 처음이었다. 그렇다고 도망갈 수도 없었다. 이토록 임무에 처참하게 실패한 자신을, 혈교가 살려 둘 리 없으니까.

이제는 악밖에 남지 않은 소살귀가 소리쳤다.

"넌 대체 뭐냐! 뭔데 우리에 대해서 다 알고 있는 거냔 말이다!"

"맞혀 봐."

백수룡이 그를 향해 걸어가며 가볍게 검을 휘둘렀다.

콰콰콰콰쾅! 거이산의 처소가 무너지고 먼지구름이 자욱하게 피어올랐다. 바깥의 시선으로부터 잠시 모습을 가리기 위해서였다.

"네가 뭔가를 알아낼 거라곤 기대도 안 하지만."

소살귀를 향해 걸어가며, 백수룡은 역천신공을 극성으로 끌어올리며 혈마안을 발동했다.

"시간이 없으니 빨리 끝내자고."

키이이잉! 이미 적안이 된 백수룡의 두 눈에서, 용암처럼 시뻘건 기운이 줄기줄기 뿜어져 나왔다. 그의 입가에 사악한 미소가 맺혔다.

"어디, 대주급은 실력이 어느 정도인지 한번 볼까."

그런데 그 순간, 백수룡도 전혀 예상치 못한 일이 벌어졌다.

"으, 으으……."

혈마안을 바라본 소살귀가 몸을 덜덜덜 떨기 시작하더니, 갑자기 무릎을 꿇고 고개를 조아린 것이다.

"……뭐 하는 짓이지? 설마 살려 달라고 비는 건가?"

백수룡의 눈썹이 꿈틀거렸다. 혈교의 대주급 고수가 이토록 비굴하게 굴다니, 도저히 믿기 어려운 일이었다.

'속임수인가?'

처음에는 그런 줄 알았다. 그런데 소살귀가 그대로 오체투지를 하더니, 반쯤 풀린 눈으로 조심스레 그를 올려다보며 중얼거렸다.

"지, 지존이시여……."

"……."

혈마안에 노출된 순간, 소살귀는 그대로 정신이 반쯤 나가 버렸다. 그 모습을 본 백수룡은 한 가지 가능성을 떠올릴 수 있었다.

'설마 역천신공 때문에?'

네 사부와 함께 뇌옥을 탈출했던 날, 마뇌와 혈교의 수많은 고수들이 자신을 보며 덜덜 떨던 모습이 떠올랐다.

역천신공은 혈교 무공의 정점. 교도들이 혈마에게 본능적인 두려움을 느끼는 이유이기도 했다. 백수룡은 황급히 기막을 쳐서 소리가 바깥으로 새어나가지 않도록 했다. 소살귀가 몸을 덜덜 떨며 말했다.

"혈마앙복, 혈세천하, 귀혈대주가 존엄하신 지존을 뵙습니다……."

"……."

소살귀가 처한 극한의 상황과 심적으로 받은 충격, 여기에 상대를 두려움에 빠뜨리는 혈마안의 모용이 어우러져 발생한 일이었다.

'역천신공의 경지가 낮았을 때는 이 정도는 아니더니……. 중성을 넘어서니 효과가 생기는군.'

아무튼 의도한 건 아니지만, 덕분에 일이 쉽게 풀릴 것 같았다.

덥석! 백수룡은 손을 뻗어 소살귀의 목을 움켜쥐었다. 소살귀는 반항할 생각조차 하지 못했다.

"혈교에 대해 아는 걸 모두 말해라."

"존명……."

눈이 게게 풀린 소살귀의 입에서, 혈교에 관한 정보가 풀려나왔다.

120화
혈교의 방식(5)

"……제가 아는 것은 전부 말씀드렸습니다."

소살귀가 멍한 얼굴로 중얼거렸다. 눈동자는 탁 풀려 있었고, 입에서는 허연 거품이 흘러나왔다.

백수룡은 그를 물끄러미 바라보며 생각했다.

'이대로 두면 백치가 되겠군.'

하지만 동정심조차 들지 않았다. 소살귀가 말한 내용 중에는 혈교의 명령으로 아이들을 납치하고, 마공의 실험을 위해 화전민 마을을 몰살시켰다는 이야기도 있었다.

"지존이시여. 저를 무림정복의 선봉에 세워 주십시오. 당신의 검이 되어 적들을 도륙해, 펄떡펄떡 뛰는 심장을 지존께 바치겠나이다……."

미치광이가 돼 버린 소살귀는 백수룡의 신발을 핥았다. 백수룡은 무표정한 얼굴로 그의 뒤통수를 내려다보았다.

'혈교 놈들. 실력은 예전만 못하지만 더 은밀하고 잔인해졌구나. 게다가 금기였던 마공을 무분별하게 익히게 하고 있어.'

아마도 짧은 시간 안에 힘을 키우기 위한 방법일 것이다. 어쩌면 혈교의 발호가 생각보다 멀지 않을 수도 있겠다는 생각이 들었다.

백수룡이 물었다.

"한 가지 더 묻겠다. 아까 네 직속상관이 혈룡이라고 했지? 거상웅에게 절혼마장을 심고, 금룡상단을 집어삼킬 계획을 세운 놈 말이다."

"예. 맞습니다……."

"놈에 대해서 자세히 말해 봐."

소살귀가 몽롱한 표정으로 말하기 시작했다.

"혈룡은 장로들의 공동제자로, 교에서도 기대가 큰 후기지수입니다. 무림에서의 별명은 권패(拳覇). 작년 천무제에서 용봉에 들 만큼 출중한 실력에, 심계 또한 뛰어난……."

권패(拳覇) 초일. 현 천무학관 4학년으로, 미래의 십대고수가 될 거라는 말이 나올 정도로 전도유망한 후기지수 중 한 명이라고 했다. 권법에 있어서는 이미 내로라하는 고수들과 자웅을 겨룬다 했다.

'권패 초일. 기억해 둬야겠군.'

당장 혈룡을 만나기는 어려울 것이다. 하지만 천무제가 되었든 그 전이 되었든, 백수룡은 기회가 닿는다면 녀석을 따로 만날 생각이었다. 물론 만나서 이야기만 하지는 않을 것이다.

"……이상입니다."

"아는 것이 그리 많지는 않구나."

"본단의 정보는 저에게도 제한돼 있어서……."

"그렇겠지. 네 실력을 보면 딱 쓰고 버리는 말에 불과하니까. 본단 사정까지 아는 게 이상하지. 이 정도면 됐다."

백수룡은 손날을 세워 들어 올리더니, 그대로 그의 천령개를 내리쳤다.

"혈마앙복! 혈세천하……!"

자신을 내려치는 혈마의 손을 바라보며, 소살귀는 희열에 차 소리쳤다.

퍼억! 소살귀의 몸이 힘없이 무너져 내렸다. 백수룡은 주변의 소리를 차단해 두었던 기막을 거두며 중얼거렸다.

"그거. 내가 가장 싫어하는 말이야."

어쨌든 혈교에 관한 정보를 적지 않게 얻었다. 소살귀에 말에 의하면 도박장에 증거가 될 만한 문서들이 있다고 하니, 오늘 안에 가서 서류들도 챙길 생각이었다.

"하지만 그 전에……."

백수룡은 반쯤 찢겨나간 인피면구를 다시 뒤집어 썼다. 찢어지긴 했어도 얼굴을 가리는 용도로는 충분했다. 금룡장주가 멀리서 무사들의 호위를 받으며 걸어오고 있었다.

"다 끝난 것이오?"

금룡장주의 눈빛이 심상치 않은 걸 보니, 떠나기 전에 잠시 이야기를 나눠야 할 것 같았다.

• ◈ •

금룡장주의 방. 호위들을 모두 물린 금룡장주가 진지한 표정으로 백수룡과 마주 앉았다.

"선생께 평생을 갚아도 갚기 힘든 은혜를 입었소. 내 아들을 구해 주고, 가문에 닥칠 화까지 모면하게 해 주었으니, 이를 어찌 다 갚아야 할지 상상하기 힘들 정도요."

"필요한 일을 했을 뿐입니다."

백수룡은 덤덤한 표정으로 대답했다. 폐인이 되어 가던 거상웅이 재기하도록 돕고, 금룡장에도 도움을 주긴 했지만, 그 과정에서 백수룡이 얻은 것도 적지 않았다.

'혈교에 관한 정보를 얻은 것만으로도 큰 성과지.'

거기에 더해, 금룡장주에게 은혜를 입혔다. 천하십대상단 중 한 곳의 주인과 독대하는 건 아무나 할 수 있는 것이 아니었다. 하지만 오늘 이후로, 백수룡이 언제든 청하기만 하면 금룡장주가 버선발로 달려 나올 것이다.

"장주님. 이번 일은 저희끼리만 아는 것으로 해 두었으면 합니다."

금룡장주가 무겁게 고개를 끄덕였다. 백수룡은 그에게 '혈교'에 대해서 직접적으로 언급하지는 않았지만, 그 정도 되는 사내라면 충분히 짐작할 수 있으리라 여겼다.

"또한 제 이름이 이번 일과 연관돼 언급되는 일도 없었으면 합니다."

"물론이오. 내 비록 장사치라고는 하나 어찌 신의를 모르겠소. 호위들의 입단속도 내 단단히 할 테니 백 선생은 아무 걱정도 하지 마시오. 본장 내부의 일로 잘 마무리하겠소."

저렇게 단단히 약속하니, 자신과 관련된 이야기가 밖으로 새어나갈 염려는 없을 것 같았다.

'아직 혈교에 내 이름이 알려져선 안 돼.'

혈교와 계속 부딪치다 보면 언젠가는 알려지겠지만, 숨길 수 있다면 최대한 숨길 생각이었다.

"장주님. 전에 부탁드린 것은……?"

"여기 있소."

금룡장주가 품에서 무언가를 꺼내 백수룡에게 내밀었다. 그것은 소살귀가 전서구에 묶어 혈교 본단에 보내려고 한 서찰이었다.

금룡장주가 씩 웃으며 말했다.

"도시의 매사냥꾼을 모두 동원해 선생이 말한 전서구를 잡게 했지."

혈교는 특수한 훈련을 거친 전서구를 통신 수단으로 사용한다. 백수룡은 당연히 그것을 알고 있었고, 금룡장주에게 부탁해 전서구를 잡아 달라고 부탁했다. 이것으로 소살귀가 혈룡에게 보내려 한 서찰도 차단했다.

"내용은 읽어 보지 않았으니 걱정하지 않아도 되오."
"감사합니다. 이 자리에서 읽어 봐도 되겠습니까?"
"물론이오."

백수룡이 서찰을 읽는 동안, 금룡장주는 천천히 차를 마셨다.

잠시 후, 백수룡이 서찰을 다 읽고 내려놓는 것을 확인한 금룡장주가 입을 열었다.

"……선생. 나는 상인이오."
"알고 있습니다."
"보은과는 별개로, 나는 금룡상단의 단주로서 선생에게 투자하고 싶소이다."
"……투자라고 하시면?"

백수룡이 미간을 모으며 되묻자, 금룡장주가 사람 좋게 웃으며 대답했다.

"나의 사람 보는 눈을 믿고 하는 투자요. 훗날 선생이 금룡상단의 든든한 우산이 되어 주길 바라는 마음에서 드리는 제안이오."
"……."
"원하는 것이 있다면 기탄없이 말씀해 보시오. 재물, 영약, 보검, 돈으로 구할 수 있는 것은 다 구해 드리리다."

금룡장의 재력이면 세상에서 이루지 못할 것이 없다고 해도 좋았다. 누구라도 혹할 만한 제안. 하지만 그 말을 듣는 순간, 백수룡은 의외로 덤덤한 기분이었다.

'돈은 지금도 부족하지 않아. 검이야 당장은 월영으로 충분하고, 언젠가 위 노인이 혈마검 이상의 것을 만들어 주겠지. 영약도 당장은 필요 없고.'

백수룡은 자신에게 필요한 것을 곰곰이 생각해 보았다.

'지금 상황에서 내게 필요한 것이라면…… 무공뿐이지.'

새로운 신공절학을 말하는 것이 아니다. 이미 감당하기 어려운 절세무공을 다섯이나 알고 있으니까. 귀혈대의 마인들을 상대하면서 백수룡은 자신의 무공에 대한 확신을 가졌고, 또한 아쉬움도 느꼈다.

'역천신공의 성취를 더 끌어올려야 해.'

그의 역천신공은 현재 중성의 경지에 이르러 있었다. 하지만 천음절맥이라는 희귀한 체질 탓에, 이 이상 역천신공의 성취를 올리기 위해서는 특수한 대법이 필요했다. 그리고 그 대법에는, 천하에서 가장 뛰어난 의원이 필요했다.

"장주님. 혹시 생사신의의 거처를 아십니까?"

"생사신의라면……."

자신만만하게 거래를 제안했던 금룡장주의 표정이 곤혹스러움으로 물들었다. 때론 돈으로 구할 수 없는 것도 있는 법이다.

"워낙에 신출귀몰한 분이라 거처를 알지 못하오. 아마 개방이나 하오문에서도 모를 것이오."

"그렇군요."

백수룡은 그 대답에 실망하지 않았다. 예전에 공손수에게도 같은 질문을 했었지만, 돌아온 대답은 같았으니까.

—생사신의 말인가? 내가 그에게 치료를 받은 것은 단지 운이 좋아서였을 뿐이네. 황제 폐하께서 거의 애원하다시피 내 몸을 한번 봐 달라고 부탁하셨지.

공손수도 달리 방법이 없었다고 말했다. 왜냐하면, 생사신의는 천하십대고수 중 한 명이었으니까.

금룡장주가 어두운 표정으로 말했다.

"내 인맥을 모두 동원해 그분을 찾아보겠소. 소식이 들어오는 대로 알려드리리다. 하지만 그 이상은 도움을 드리기 어려울 것 같은데……."

"그것만으로도 충분합니다."

설령 생사신의를 찾는다고 해도, 그의 도움을 받을 수 있을지는 미지수였다.

'혼자서도 천음절맥을 완전히 극복할 수는 있지만…… 위험 부담이 크고 시간이 오래 걸린다.'

역천신공의 대성으로 가는 길을 단단히 다지기 위해서는 생사신의의 도움이 필요했다.

금룡장주가 말했다.

"그 외에 달리 필요하신 것은 없겠소?"

"딱히……."

백수룡은 더는 없다고 거절하려 했지만, 문득 한 가지 떠오르는 것이 있었다.

"장주님. 백룡상단이라고 들어 보셨습니까?"

"처음 들어 보는 이름이오."

금룡장주는 잠시 생각하는 듯하더니 고개를 저었다.

백룡상단의 이름이 아직 그 정도밖에 안 된다는 의미였다.

"……얼마 전에 시작한 상단입니다. 아직은 객잔, 반점, 기루 등만 운영하고 있지만, 조만간 상행도 꾸리고, 표국도 만들어서 사업을 확장할 예정입니다."

백수룡이 청룡학관 강사가 되어 일하는 동안, 복만춘이 그의 재산을 불리기 위해 동분서주하고 있었다.

'남한테 돈을 받는 것도 좋지만, 역시 내 돈을 불리는 게 더 좋지.'

백수룡은 당장의 이익보다는 더 먼 곳을 내다보았다. 금룡상단이 백룡상단을 앞에서 이끌어 준다면, 백룡상단의 규모도 순식간에 커질 수 있을 것이다.

"제가 개인적으로 투자한 상단입니다. 혹 금룡상단에 남는 일거리를 백룡상단에 맡겨 주실 수 있을까요?"

금룡상단처럼 거대한 상단은 모든 일을 자체적으로 다 처리하지 못한다. 그 대신 규모가 작은 상단에 하청을 맡긴다. 천하십대상단의 하청을 맡는다는 것만으로도, 이제 막 자리를 잡기 시작한 백룡상단으로서는 엄청난 이득이었다. 금룡장주는 이를 흔쾌히 고개를 끄덕였다.

"어려운 일은 아니군. 내 그리하겠소."

"감사합니다."

내일이면 입꼬리가 찢어질 복만춘을 떠올리며, 백수룡은 빙긋 웃었다.

그날 새벽이 지나기 전에, 백수룡은 소살귀의 도박장에 도착했다.

"누구……."

퍼억! 도박장에 남아 경계를 서고 있던 귀혈대의 무인들은, 상대의 그림자도 보지 못하고 쓰러졌다. 귀혈대의 최정예 마인들도 상대하지 못한 백수룡이었다. 실력이 떨어져서 도박장에 남은 이들은 그의 일초지적도 되지 못했다.

"사, 살려 주십시오 나으리!"

도박장에 남은 인원 중에는 양진도 있었다. 그는 일부러 살려 두었다. 저항조차 포기한 양진은 백수룡 앞에 무릎을 꿇고 엎드려 빌었다.

"살려만 주시면 뭐든지 하겠습니다. 제발……."

복면을 쓰고 온 탓에, 양진은 백수룡을 알아보지 못했다.

목소리를 변조한 백수룡이 말했다.

"곧장 금룡장으로 가라. 그곳에서 너한테 일을 맡길 거다. 만약 도망친다면……. 굳이 말하지 않아도 알겠지."

"예, 예! 살려 주셔서 감사합니다."

"잠깐. 가기 전에."

퍼엉! 백수룡의 일장이 양진의 가슴을 때렸다.

그의 몸 안에 남아 있던 절혼마장의 마기를 일시에 해소시킨 것이다.

"이제 가라."

"히이익!"

백수룡은 비명을 지르며 도망치는 양진의 뒷모습을 잠시 바라봤다. 금룡장에서 붙여 준 호위가 녀석에게 따라붙었으니, 설령 도망치려고 해도 결국 금룡장에 잡혀갈 것이다.

'나중에 혈룡이 접촉한다면 저 녀석을 통해서겠지.'

과거에 양진도 거상웅과 함께 절혼마장에 중독되었다. 때문에 인생이 망가졌고, 결국 혈교의 끄나풀이 되었다. 귀혈대와는 경우가 다르기에 죽이지는 않았다.

'너는 살려 주마. 하지만 잘한 것도 없으니, 미끼가 되어 줘야겠다.'

훗날 혈교가 다시 접촉할 경우를 대비한 안배. 금룡장주에게 양진에게 감시를 붙여 놓으라고 말해 두었다. 양진마저 사라진 후, 백수룡은 복면을 벗고 도박장 안을 스윽 둘러보았다.

"장부를 숨겨 둔 곳은……."

백수룡은 예리한 눈으로 도박장 안을 살폈다.

잠시 후, 그는 벽에 이음새가 어색한 부분을 발견하고 눈을 빛냈다.

"여기로군."

이음새를 만져 가던 백수룡은 벽에 난 작은 구멍을 찾았다. 그리고 도박장 안에서 뾰족한 송곳을 찾아 구멍에 넣고 옆으로 돌렸다.

드르르륵……. 벽이 옆으로 밀리며, 안쪽에 숨겨진 금고가 모습을 드러냈다.

백수룡이 씨익 웃었다.

"역시."

 진법과 기관진식의 전문가인 제갈소영 정도는 아니지만, 백수룡도 기관진식에 상당히 해박한 편이었다. 금고 안에는 혈교와 관련된 서류, 장부 따위가 차곡차곡 쌓여 있었다.

"어디 보자……."

 백수룡은 두꺼운 서책 하나를 꺼내 빠르게 훑었다. 도시에 암약하고 있는 혈교의 첩자 명단이 기록된 서책이었다.

"무림맹, 세가, 상단, 학관, 곳곳에 많이도 심어 놨네."

 혀를 차며 첩자들의 명단을 쭉 훑어 내려가던 백수룡의 시선이, 하나의 이름 앞에서 멈췄다.

 씨익. 백수룡의 입가에 참을 수 없는 미소가 맺혔다.

"찾았다."

 그곳에는 〈풍진호〉라는 이름 세 글자가 적혀 있었다.

121화
혈교의 방식(6)

이른 아침. 풍진호는 시비가 따라 준 차를 마시며 정원의 풍경을 감상했다. 그의 입가에 흐뭇한 미소가 맺혔다.

"좋구나."

아침에 일어나 문을 열고 정원을 바라보는 것. 풍진호가 하루를 시작하기 전에 꼭 하는 일과였다. 대갓집 부럽지 않은 넓은 집에서, 자신의 성공한 삶을 만끽할 수 있기 때문이었다.

"아잉, 나으리이……."

여기에 곁에서 교태 부리는 시비를 주물럭대고 있으면 극락이 따로 없었다.

"아침부터 기운도 좋으셔요."

"흐흐. 요 앙큼한 것. 이리 오너라!"

풍진호가 시비와 뒤엉켜 뒹굴고 약 일각이 지난 후, 멀리서 눈치를 보고 있던 하인이 와서 말했다.

"나으리. 목욕하실 시간입니다."

"곧 가마."

옷매무새를 정리한 풍진호가 자리에서 일어났다. 그는 거만한 걸음걸이로 욕조가 있는 곳으로 향했다.

물론, 다 씻고 나와서도 늑장을 부렸다. 그의 출근은 다른 강사들보다 반 시진 정도 늦었는데, 그에 대해 뭐라고 하는 사람은 청룡학관 내에 아무도 없었다. 간혹 매극렴이 눈살을 찌푸리며 제시간에 출근하라고 말하면, 풍진호는 이렇게 핑계를 대곤 했다.

-하하. 업무가 많아 야근이 잦으니, 출근이 조금 늦어도 이해해 주십시오.

실제로 풍진호가 야근을 해 본 지도 십 년이 넘었다. 야근을 핑계 대고 술자리를 만들어 지역의 토호들, 명사들, 부자들과 안면을 트고 인맥을 쌓는 데 힘썼다.

'인맥이 곧 돈이다.'

그렇게 인맥을 만들고 수단과 방법을 가리지 않으면서 불린 재산은, 일개 강사가 벌 수 있는 수준을 아득히 넘어섰다. 다 씻고 나온 풍진호 앞에 호화로운 만찬이 차려져 있었다. 돼지고기를 한입 씹은 풍진호는 초조한 표정으로 자신을 바라보는 숙수에게 인상을 썼다.

"오늘은 고기가 좀 질기군."

"소, 송구합니다. 당장 다시 해서 올리겠습니다."

"됐다. 오늘은 그냥 먹을 테니 물러가라."

평소 같았으면 불호령을 냈겠으나, 어젯밤부터 기분이 좋았던 탓에 특별히 너그러이 용서해 주기로 했다. 그는 식탁 위의 진수성찬을 즐기며, 오늘 학관의 일과를 떠올렸다.

'그러고 보니 오늘이 수강 신청 마감일이로군.'

사파 무공의 이해와 실전 대비 - 백수룡
사파 무공의 분석과 현장 실습 - 풍진호

같은 시간대에 비슷한 강의를 두고 백수룡과 경쟁하고 있었지만, 풍진호는 아무런 걱정도 하지 않았다. 그동안 쌓아 온 인맥, 학관에 끼치는 영향력을 생각하면 당연한 일이었다. 풍진호의 입가에 미소가 맺혔다.
'청룡학관에 이 풍진호의 눈치를 보지 않는 학생은 없지.'
……성적에 신경도 안 쓰는 극히 일부의 문제아들 정도만 제외하면 말이다.
청룡학관의 문제아들을 떠올리자, 자연스럽게 보충반 담임을 맡은 백수룡의 얼굴이 함께 떠올랐다.
"그 건방진 놈……."
풍진호의 미간이 살짝 찌푸려졌지만 그것도 잠시일 뿐, 이내 입가에 비열한 웃음이 맺혔다.
"날뛰어도 정도껏 날뛰었어야지. 건드려선 안 될 것까지 건드려서 스스로 명을 재촉했구나."
이제 그냥 내버려 둬도 백수룡은 스스로 파멸할 것이다. 놈은 거상웅을 건드렸고, 결국 혈교의 심기까지 건드리게 되었으니까. 거상웅을 떠올린 풍진호가 코웃음을 쳤다.
'그 멍청한 놈. 내가 네 애비를 만나게만 도와줬어도 그리되지는 않았을 것이다.'
거상웅이 금룡장주가 자신의 아버지라는 사실을 말하고 다니진 않았지만, 풍진호는 정보통을 통해 거상웅이 입학했을 때부터 그 사실을 알고 있었다. 거상웅과 친해지기 위해 얼마나 많은 공을 들였는지 모른다. 신입생 때부터 온갖 편의를 봐주고, 무공도 꼼꼼히 봐주었다. 전부 금룡장주를 단 한 번이라도 보기 위해서였다. 이 도시에는 금룡장주와 저녁 식사를 하기 위해서라면 전 재산의 절반도 내놓겠다고 할 상인들이 줄을 서 있었으니까.

'금룡장주와의 인맥을 만들 수만 있었다면······.'

하지만 거상웅은 그런 쪽으로는 단호했다. 풍진호의 은근한 청을 몇 번이나 거절해서 그를 분노케 했다. 공교롭게도 그때쯤 접촉해 온 혈교가 풍진호에게 제안을 해 왔다.

"흐흐. 결과적으로 더 잘 되었지."

2년 전, 풍진호는 거상웅이 혈룡과 만나도록 유도했다. 인맥. 정보. 재물. 여기에 혈교의 지원까지 더해진 이후로 풍진호는 세상에 무서울 것이 없었다. 그는 만찬과 함께 나온 술을 홀짝이며 웃었다.

"거상웅. 백수룡. 주제도 모르는 것들끼리 만나 잘도 어울리는구나."

그 무시무시한 소살귀가 나섰으니 백수룡의 인생은 이제 끝이다. 하지만 풍진호는 놈을 쉽게 죽게 하지 않을 생각이었다.

"우선 백수룡 네놈의 인생부터 철저하게 망가뜨려 주마. 죽이는 건 그 이후야."

음험하게 웃으며 뱀처럼 눈을 빛내는 풍진호의 모습은 웬만한 사파인보다도 사악해 보였다.

"나, 나으리!"

"음?"

밖에서 들려온 하인이 목소리가 평소보다 다급했다. 풍진호는 고개를 갸웃했다. 아직 출근 시간까진 한 시진이나 남아 있었으니까.

밖에서 하인이 달려와 말했다.

"밖에 나으리를 찾아온 분이 있습니다."

"······이 시간에 말이냐?"

풍진호의 물음에, 하인이 고개를 조아리며 대답했다.

"동료 강사라고 합니다. 아침을 같이 먹고 함께 출근하겠다고······. 방해받는 걸 싫어하신다고 말씀드렸습니다만, 워낙 막무가내여서……."

"동료 강사라니?"

청룡학관에 동료라고 부를 만한 강사야 많았다. 하지만 이 시간에 그의 집에 들러 함께 출근하자고 할 사람은 없었다. 풍진호가 아침 시간을 혼자서 여유롭게 보내길 즐긴다는 것을 대부분 알기 때문이었다.

'관주나 부관주일 리는 없고. 남궁수? 말도 안 되는 일이지. 그럼 대체 누가…….'

풍진호는 오래지 않아 궁금증을 풀게 되었다.

쾅! 문이 부서질 듯 열리고, 백수룡이 성큼성큼 걸어 들어왔다.

풍진호 앞에 펼쳐진 진수성찬을 본 백수룡은 허락도 하지 않았는데 맞은편 자리에 털썩 앉으며 말했다.

"이야. 누군 밤새 뺑이 치면서 돌아다니는 동안, 누군 이렇게 맛있는 걸 혼자 처먹고 계셨네."

뒷골목 파락호나 할 법한 말투와 행동에 풍진호는 말문이 막혔다. 게다가 백수룡의 몸에서 희미하게 나는 혈향이 그를 흠칫하게 했다.

"……백수룡. 이게 뭐 하는 짓이지?"

"글쎄. 뭐 하는 짓일까? 오. 이거 맛있네."

백수룡은 예의라곤 조금도 차리지 않는 모습으로 풍진호 앞에 놓인 음식을 몇 번 집어먹었다. 그리고 어정쩡하게 서 있는 하인을 돌아보며 씩 웃었다.

"지금부터 알면 다치는 얘기를 할 생각인데. 잠깐 나가 계시는 게 좋지 않을까요?"

"예, 예. 알겠습니다."

얼굴이 하얗게 변한 하인이 허겁지겁 방에서 나갔다. 백수룡이 이렇게 나오자, 풍진호는 잔뜩 긴장할 수밖에 없었다.

"……뭘 믿고 이리 당당한지 모르겠군. 설마하니, 이 아침에 날 어떻게 하려고 온 것은 아닐 테지? 그랬다간 관주님이……."

"아니라고 생각해?"

백수룡의 눈가에 짙은 살기가 어렸다. 흠칫 놀란 풍진호가 자리에서 일어나 뒷걸음질 쳤다. 일전에 기루에서 백수룡에게 당한 전적이 있는 터라, 그의 안색이 파랗게 질렸다.

"무, 무공은 나보다 네가 강하다는 것을 인정하지. 하지만 세상은 무공만으로 돌아가지 않아. 지금 날 건드리면……."

"그럼 세상이 어떻게 돌아가는데? 그거참 궁금하네."

은근한 협박을 하는 백수룡의 눈빛이 심상치 않았다. 마치 죽이고 싶은 것을 간신히 참고 있는 느낌. 풍진호는 살아남기 위해 자신이 가진 것들을 과시했다.

"인맥! 권력! 돈이다! 내겐 그 모든 게 있어! 날 죽였다간 너도 살아남지 못해! 관과 무림맹이 널 가만두지 않을 거다!"

한 번뿐이지만 풍진호는 지부대인과도 인사를 한 적이 있었고, 금룡장주는 아니지만 그의 오촌 당숙과 세 번이나 술자리를 가진 적도 있었다.

"이야. 대단하네……. 널 함부로 죽였다간 정말 큰일 나겠어."

백수룡이 깜짝 놀란 표정을 짓자, 풍진호가 창백한 얼굴에 겨우 미소를 띠었다.

"이제야 말이 통하는군. 그러니 허튼수작 부리지 말고 돌아가라. 그럼 오늘은 없었던 일로 해 주지."

풍진호가 어찌 알 수 있겠는가. 철혈의 재상 공손수가 백수룡에게 무공을 배웠고, 금룡장주는 백수룡을 평생의 은인으로 여기기로 했다는 것을 말이다.

피식 웃은 백수룡이 은근한 목소리로 말했다.

"애초에 너 같은 쓰레기를 죽여서 무슨 득이 있겠어. 오늘 용건은 다른 거야."

"뭘……."

백수룡은 품에서 무언가를 꺼낸 다음 풍진호가 볼 수 있도록 내밀었다. 그걸 본 순간 풍진호의 눈이 부릅떠졌다.

"헉!"

혈교에 충성을 맹세하며 찍은 혈판장이었다. 풍진호의 지장과 직인, 필체가 선명하게 새겨진 물건.

"놈!"

풍진호가 벼락처럼 손을 뻗어 혈판장을 움켜쥐려 했으나, 백수룡의 손이 그보다 한참 빨랐다.

휘익! 혈판장을 낚아챈 백수룡이, 그것을 풍진호가 보는 앞에서 살랑살랑 흔들었다. 그의 입가에 비열한 미소가 맺혔다.

"이걸 무림맹에 보내면 어떻게 될까? 그때도 네가 가진 인맥, 권력, 돈이 널 지켜 줄 수 있을까?"

"너, 너……!"

혈교가 사라진 지 수십 년이 지난 지금까지도, 무림맹은 혈교의 잔당을 찾기 위해 눈에 불을 켜고 있었다. 만약 이 혈판장이 무림맹에 전해진다면, 그들은 풍진호를 잡아가 단전을 폐하고 사지의 근맥을 끊은 후, 온갖 고문으로 없는 정보까지 토해내게 할 것이다.

"대체, 그걸 네가 어떻게……."

"지금 그게 중요해? 중요한 건 이게 내 손에 있고, 혈교 놈들은 더 이상 널 지켜 줄 수 없다는 사실 같은데."

풍진호의 표정이 시체처럼 창백하게 질렸다. 방금 먹은 진수성찬이 전부 체해서 그대로 넘어올 것만 같았다. 그는 이 상황에서 빠져나가기 위해 필사적으로 머리를 굴렸다.

"그, 그건 가짜다!"

"가짜라고?"

간신히 반박할 거리를 생각해 낸 풍진호가 말을 이었다. 그의 입가엔 일부러 여유로운 척하려는 듯 옅은 미소마저 맺혔다.

"혈교가 망한 지가 언제인데, 그게 혈교의 물건이라는 것을 어떻게 증명하지? 무림맹의 수사관들이 바보로 보이나?"

"하긴."

딴에는 일리가 있는 맞는 말이기도 해서 백수룡은 고개를 끄덕였다. 확실히, 이 혈판장의 진위 여부 자체를 가리는 것도 간단한 일은 아니었다.

"네 말도 맞지. 억울한 사람에게 혈교의 첩자라는 누명을 씌우는 것도 충분히 있을 법한 이야기니까."

"이제라도 알았다면……."

하지만 백수룡이 가진 패는 이뿐만이 아니었다.

"그래서 증인도 준비해 뒀지."

"즈, 증인이라니?"

"이거 왜 이러실까."

킥킥 웃은 백수룡이 풍진호 쪽으로 몸을 더 기울였다.

그만큼 풍진호는 상체를 뒤로 뺐다.

백수룡이 속삭이듯 말했다.

"네가 망가뜨린 청룡학관 졸업생. 양진. 그 녀석이 네가 한 짓에 대해 얼마든지 증언하겠다더라고. 게다가 거상웅이 겪은 일도 전부 말해 주겠다던데?"

"……히끅!"

자기도 모르게 딸꾹질을 한 풍진호가 입을 틀어막았다.

'어, 어떻게…….'

백수룡은 2년 전에 있었던 천무제의 일까지 알고 있었다.

대체 어떻게 알고 있는 걸까? 이 사실을 알고 있는 건 소살귀뿐인데,

그럼 소살귀는 어떻게 된 거지?

 머릿속이 혼란스러워진 가운데, 백수룡은 상체를 점점 더 풍진호 쪽으로 기울였다. 풍진호에게는 지옥의 마귀가 다가오는 것처럼 느껴졌다.

 "공명정대한 무림맹은 널 조사하느라 시간을 줄지도 몰라. 하지만 금룡장주도 그럴까?"

 "가, 가까이 오지 마……."

 "아들을 폐인으로 만든 범인을 알았다면, 당장 잡아서 찢어 죽이고도 남지 않겠어?"

 "으허억!"

 우당탕탕! 계속 뒤로 물러나던 풍진호가 그만 의자와 함께 발라당 넘어졌다. 백수룡은 그 꼴사나운 모습을 서늘한 눈으로 내려다보았다.

 '한심하군.'

 단련된 무인이라고 보기 힘든 늘어진 뱃살에 굳은살이 사라진 지 오래인 손바닥.

 '이런 쓰레기는 당장이라도 죽여 버리고 싶지만…….'

 죽이는 것은 아무 때나 할 수 있다. 하지만 쓰레기도 활용하기에 따라 쓸모가 생기는 법이다.

 "풍진호."

 풍진호 앞에 쪼그려 앉은 백수룡이 강제로 그의 입을 벌렸다. 당황한 풍진호가 버둥거렸지만, 어느새 점혈을 당해 저항조차 할 수 없었다.

 "억, 어억……!"

 눈을 부릅뜨는 풍진호의 입안에, 백수룡은 품 안에서 꺼낸 무언가를 강제로 밀어 넣었다.

 그것은 작은 병에서 꺼낸 새카만 벌레였다.

 "고독(蠱毒)이다. 혈교 놈들이 나중에 거상웅에게 먹이려고 했던 놈이지. 도박장 지하 금고에 있더군."

"컥, 커헉……!"

고독을 뱃속에 삼키고 고통스러워하는 풍진호의 두 눈에서 눈물이 줄줄 흘렀다. 백수룡은 일말의 동정심도 없는 시선으로 그를 바라보며 점혈을 풀었다.

"난 이제 마음만 먹으면 널 언제든지 죽일 수 있다. 무슨 의미인지는 알 테지."

생사여탈권을 완벽하게 쥔 것으로도, 풍진호의 쓸모는 무궁무진해진다. 풍진호가 공포에 질린 눈으로 백수룡을 올려다봤다.

"내, 내, 내가……."

"내가? 호칭부터 제대로 해야겠는데."

백수룡이 피식 웃으며 되묻자, 풍진호가 급하게 호칭을 고쳤다.

"제…… 제가……."

더 이상 자존심 따위는 없었다. 자신의 생사여탈권을 가져간 상대 앞에 고개를 조아린 풍진호는 이렇게 물을 수밖에 없었다.

"제가…… 뭘 하면 되겠습니까?"

그제야 백수룡은 만족스럽다는 듯이 웃었다.

122화
사파 무공의 이해와 실전 대비(1)

"……강의를 변경하고 싶다고?"

"예. 수업 내용을 전체적으로 바꾸려 합니다."

노군상은 이해할 수 없다는 표정으로 풍진호를 바라봤다. 아침 일찍 관주실을 찾아온 그는 자신이 알던 풍진호가 아니었다.

'저승사자라도 만나고 온 얼굴이군.'

어제까지만 해도 개기름이 좔좔 흐르던 얼굴은 핏기 하나 없이 창백했고, 입술은 새파랗게 질려 있었다. 무인으로서는 물론 선생으로서도 평소에 호감이 가지 않던 사내였지만, 그럼에도 안쓰러운 마음을 불러일으킬 정도였다.

"자네. 어디 아픈가?"

"……예? 아, 아닙니다."

풍진호는 넋이 나간 표정으로 고개를 저었다. 그의 이마에 식은땀이 송골송골 맺혀 있었다.

"아니긴. 이마에 식은땀이 나는데."

"아픈 것이 아니라……."

풍진호는 차마, 뱃속에서 고독이 꿈틀거리던 감각이 아직도 생생해서 그렇다고 말할 수 없었다.

노군상이 걱정스러운 표정으로 다시 물었다.

"아침에 뭘 잘못 먹기라도 한 겐가?"

"우읍……!"

"자네 왜 이러나 진짜! 속이 안 좋으면 나가서 토하고 오게!"

노군상이 기함을 하며 뒤로 물러나고, 입을 틀어막은 풍진호가 겨우 뒤집어지려는 속을 진정시킨 뒤에야 한바탕 촌극이 끝났다.

"하아……. 하아……."

잠깐 사이에 완전히 탈진 상태가 된 풍진호의 눈가에 눈물이 맺혔다. 서러움에 안구에 습기가 뿌옇게 차올랐다.

'내 목숨은 이제 백수룡 그자가 쥐고 있구나.'

백수룡은 풍진호에게 강제로 고독(蠱毒)을 삼키도록 했다. 혈교의 사술로 만든 고독은 주인의 피를 한 방울만 먹이면 상대의 몸 안에서 마음대로 조종할 수 있었다. 백수룡은 풍진호에게 먹이기 전, 고독에게 자신의 피 한 방울을 먹였다.

―고독이 말을 잘 듣나 안 듣나 시험해 봐야겠지?

―……끄아아악! 그, 그, 그마아안!

반 시진 가까이, 풍진호는 고독에 의한 끔찍한 고통에 시달렸다. 그 고통을 다시 떠올리는 것만으로도 몸이 덜덜덜 떨려 왔다.

"허어. 뭔가 고민이 있다면 말해 보게. 혹시 아나? 내가 도움이 될 수도 있을지."

노군상이 심각한 표정으로 물었지만, 풍진호는 어색하게 웃으며 고개를 저을 수밖에 없었다.

"말씀은 감사하지만…… 그냥 몸이 조금 안 좋은 것뿐입니다."

혈교와 관련된 이야기를 노군상에게 어떻게 한단 말인가. 결국, 그는 죽을 때까지 백수룡에게 복종하는 수밖에 없었다.

체념한 표정을 지은 풍진호가 다시 본론을 꺼냈다.

"……해서, 관주님. 강의를 변경하도록 허락해 주십시오."

"흐음."

수강 신청 마지막 날에 강의를 변경하다니. 원칙적으로는 불가능한 일이었다. 하지만 청룡학관 내 모든 일의 최종결정권자인 학관주가 허락한다면 가능했다.

노군상은 풍진호를 물끄러미 바라보다가 말했다.

"변경해 주는 것은 어렵지 않네만…… 혹시 백 선생 때문인가? 오늘 아침에 같이 출근했다고 들었네만."

"……."

불과 며칠 전. 노군상은 백수룡과 풍진호를 불러 불호령을 내렸다.

-갈! 너희가 그날 기루에 있었다는 것은 확인했다. 정확한 사정은 궁금하지 않아. 중요한 것은 너희가 청룡학관의 이름에 먹칠을 했다는 것이다!

-자네들의 강의를 2주간 종합적으로 평가한 후, 둘 중 평가가 떨어지는 쪽은 폐강하겠네.

그 이후, 둘의 자존심 대결은 강사들 사이에서도 초미의 관심사가 되었다. 결국엔 둘 중 하나는 학관을 떠나리라고 말하는 강사들도 있었다.

'떠나는 사람은 백 선생이 될 거라는 예상이 압도적으로 많았지. 그런데…….'

오늘 아침, 어제까진 원수나 다름없던 두 사람이 사이좋게 출근했다고 한다. 그것만으로도 놀라운 일인데, 지금은 풍진호가 관주실을 찾아와 강의를 변경하겠다고 허락해 달라고 말하고 있었다.

노군상은 생각에 잠겼다.

'이 일을 어찌 해석해야 하는가. 풍진호가 백수룡에게 먼저 꼬리를 내렸다?'

정황상으로 보면 그렇지만, 도저히 믿기 힘든 일이었다. 풍진호는 강사 경력만 이십 년이 넘는다. 청룡학관 내에 가장 큰 파벌을 실질적으로 휘어잡고 있으며, 학관 외부 인맥도 상당한 것으로 알고 있었다.

'나조차 함부로 건드리기 힘든 자인데……'

무공으로야 감히 상대가 안 되겠지만, 학관 내 정치력은 풍진호가 노군상보다도 위에 있었다.

그런데 올해 청룡학관에 입사한 백수룡이 풍진호를 이런 꼴로 만들었다고?

노군상은 속으로 감탄할 수밖에 없었다.

'허. 백 선생. 드러난 것보다 무공이 고강하고 능력이 있는 줄은 알았지만……'

무공으로 해낸 일이 아니다. 청룡학관에 풍진호보다 무공이 센 강사는 많지만, 지금까지 풍진호를 이렇게 패배시킨 강사는 없었다.

'대체 어떻게……?'

노군상은 예리한 시선으로 풍진호의 머리부터 발끝까지 훑었다. 고수의 기감은 아주 사소한 부분까지 놓치지 않았다. 하지만 풍진호의 배 속에 있는 고독의 존재까지 알 수는 없었다.

'둘 사이에 무슨 일이 있었던 것은 확실한데…….'

노군상은 둘 사이에 모종의 사건이 있었으리라고 확신했지만, 일단은 모른 척하기로 했다.

풍진호가 어색한 미소를 지으며 말했다.

"백 선생과는…… 대화로 잘 풀었습니다."

"그런가?"

"관주님께 심려를 끼쳐 드려 죄송합니다. 제 생각이 짧았습니다. 신입 강사와 다퉈서 제게 이득이 될 것이 무엇이 있겠습니까."

"허허……."

"지금은 모든 강사가 하나로 힘을 모아도 부족할 때라고 생각합니다. 천무제에서…… 좋은 성적을 거둘 수 있도록…… 함께 노력할 생각입니다."

"……놀랍군."

풍진호는 백수룡이 시킨 그대로, 관주에게 말했다.

그 말을 들은 노군상은 감탄을 금할 수 없었다.

'이건 승부에서 이긴 수준이 아니라…….'

백수룡이 풍진호를 휘하에 거두었다고 해석해도 무리가 없으리라.

'내가 눈치챘다는 걸 백 선생이 모를 리 없을 터. 애초에 같이 출근한 것도 이런 의도였나.'

노군상뿐만이 아니다. 눈치 빠른 강사들은 앞으로 백수룡을 다른 시선으로 보게 될 것이다.

풍진호도 그 사실을 누구보다 잘 알기에, 푹 숙인 그의 시선에 초점이 없었다.

"허허. 풍 선생이 그리 말해 주니 나도 기쁘군. 아무렴. 지금은 모든 강사가 힘을 모아 하나의 목표를 향해 정진해도 모자랄 때가 아닌가."

"……예."

힘없이 대답하는 풍진호. 그 모습이 조금 안쓰럽기도 했지만, 노군상은 금세 동정심을 거뒀다.

풍진호가 어떤 종류의 인간인지, 그 또한 소문으로 들어서 익히 알고 있었던 것이다.

'학관을 위해서 언젠가는 도려내야 할 뿌리였다.'

하지만 쌓아온 인맥과 정치력 때문에 쳐낼 수가 없었다. 풍진호를 건드리는 순간, 그의 파벌에 속한 강사들이 일제히 들고일어날 테니까. 그런 일을 신입 강사가 했다니 그저 놀랍고, 부끄러울 뿐이었다.

노군상이 너털웃음을 터트렸다.

"백 선생 말이네. 참으로 청룡학관의 복덩이가 굴러들어왔어. 그렇지 않은가?"

"……예."

"허허. 내 처음 면접장에서 볼 때부터 알아봤다니까."

한동안 백수룡에 관해서 이야기하던 노군상은, 풍진호의 안색이 흙빛으로 썩어들어갈 때쯤에야 본론으로 돌아왔다.

"그래. 아까 하던 이야기를 계속해 보지. 그래서 강의를 어찌 변경하려고 하는가?"

"……신입 강사들에게 기회를 주는 것을 목적으로, 새로운 강의를 개설하면 어떨까 합니다."

"신입들에게? 어떻게 말인가?"

흥미가 생긴 노군상이 몸을 가까이 기울이며 물었다. 풍진호는 머릿속으로 외워 온 글을 읽듯이 어색하게 말했다.

"올해 입사한 신입 강사들이 돌아가면서 자신의 무론을 가르치는 강의를 열어 보면 어떨까 합니다."

당연히 이것도 풍진호의 생각이 아닌 백수룡의 생각이었다.

"올해 신입 강사들은 전체적으로 우수합니다. 수석인 제갈소영 선생부터 산동악가의 악연호 선생, 명가장의 명일오, 진의협, 하나같이 실력이 뛰어나지요."

"맞는 말이네."

백수룡에 가려져 있을 뿐, 올해 뽑힌 신입 강사들은 대부분이 뛰어난 실력과 성실함을 갖추고 있었다.

물론 풍진호는 어제까지만 해도 그 사실에 관심이 없었다.

"……이들에게 필요한 것은 학생들을 가르치는 경험입니다. 강의 하나를 그들에게 배정해 경험을 쌓게 해 준다면……."

"옳거니! 역시 젊은이라 생각하는 방식이 다르군!"

"……젊은이요?"

중년을 훌쩍 넘긴 풍진호는 어떻게 봐도 젊은이는 아니었다.

노군상이 껄껄 웃으며 손을 저었다.

"대충 넘어가게. 자네가 나보다는 젊지 않나."

"……예. 하여튼, 신입 강사들에게 돌아가면서 강의를 할 기회를 주고자 합니다."

신입 강사들은 보통 기존 강사들에게 사정이 생겨 수업을 못 할 때 대타를 하거나, 제갈소영처럼 전공이 희귀한 경우에나 초임부터 강의에 나설 수 있었다. 기존 강사들만으로도 충분히 강의를 개설할 수 있기 때문이다.

"……강의명은 '무공총람'이 어떨까 합니다. 제 이름으로 강의를 열겠지만, 신입 강사들이 돌아가면서 수업을 주도하게 될 겁니다."

한마디로 풍진호가 얼굴마담을 해서 학생들을 모으겠다는 이야기였다. 그 또한 훌륭한 생각이었다.

'허어. 헌데 이렇게 되면…… 백 선생은 초임 첫 학기에 강의를 두 개나 맡게 되겠군.'

이것 또한 노린 것일 테지.

노군상은 이 이상 놀랄 것도 없다고 생각했다. 하지만 그게 끝이 아니었다.

"그리고 이 강의의 보조 강사를…… 악연호 선생, 명일오 선생에게 부탁할까 합니다."

"허어!"

백수룡과 가장 친한 두 사람의 이름이 나온 순간, 노군상은 저도 모르게 감탄사를 터트렸다.

'이 녀석! 아주 청룡학관을 통째로 집어삼키려고 하는구나!'

헌데 기분이 나쁘지가 않았다. 눈앞에 있는 풍진호와 달리, 백수룡이 청룡학관에서 영향력을 높이려는 이유는 전혀 다르다는 걸 알기 때문이었다.

천무제 우승. 지금 백수룡의 눈에는 오직 그것만 보이고 있을 터였다. 그 뜻을 이해한 노군상은 웃으며 고개를 끄덕였다.

"알았네. 그리하라고 전하게."

"……예."

풍진호는 힘없이 고개를 숙였다. 백수룡에게 말을 전하는 전령으로 전락한 자신의 신세가 한심해서였다.

"형님! 형님!"

"형니이임!"

멀리서 헐레벌떡 달려오는 두 동생을 바라보며, 백수룡은 쯧쯧 혀를 찼다.

"왜들 그렇게 소란이야?"

"들어 보세요! 방금 관주실에 다녀왔는데, 글쎄 풍 선생이……!"

"저희! 보조 강사! 강의! 하게 됐다고요!"

"좀 천천히, 하나씩 말해."

"그게, 그러니까……."

두 사람의 정신없는 이야기를 들으며 백수룡은 피식 웃었다.

'예상대로 됐네.'

백수룡은 풍진호를 죽이지 않았다. 그 대신 풍진호가 가진 영향력을 이용해, 취할 수 있는 것을 최대한 취할 생각이었다. 그 첫 번째 계획이 원하는 수업을 하나 더 개설하는 것이었다.

'나 혼자서 모든 학생을 가르치진 못해. 능력 있는 강사들이 학생들의 전체적인 수준을 끌어올려야지.'

다행히 노군상도 그 의도를 잘 이해해 준 모양이었다.

"그런데 형님은 어디 가요?"

악연호의 질문에, 평소와 달리 오늘 더 신경 쓴 백수룡이 씩 웃었다.

"수업하러 간다."

"……그러고 보니 오늘이 첫 수업이군요. 사파 무공의 이해와 실전 대비……."

"부디 애들한테 이상한 걸 안 가르쳐야 할 텐데……."

"사파 무공이라면 살수 무공이나 소매치기, 혹시 방중술 같은 것도……?"

"너희는 기분 좋은 날에 꼭 매를 벌어야겠냐?"

세 사람은 한동안 시답잖은 이야기를 주고받으며 걸었다. 가는 방향이 같았던 것이다.

"그럼 또 보자."

"첫 수업 잘하세요."

"애들 너무 힘하게 굴리지 마시고요."

두 사람과 헤어진 백수룡은 곧장 강의실로 향했다. 강의실 안에 들어서자, 익숙한 얼굴들과 낯선 얼굴들이 뒤섞여 앉아 있는 것이 눈에 들어왔다.

헌원강. 여민. 거상웅. 그리고 야수혁.

청룡학관의 문제아로 꼽히는 네 명이, 맨 앞줄에 얌전히 앉아 있었다.

다른 강사들이 보았다면 입을 멍하니 벌렸을 조합. 그리고 험상궂게 인상을 찌푸린 네 명 옆에, 혼자 모범생처럼 생긴 위지천이 어깨를 움츠리고 앉아 있었다.

'그 뒤에는…… 저 녀석들도 왔군.'

학생회 선도부로 유명한 쌍둥이, 청룡쌍걸이 중간에 나란히 앉아 있는 모습도 눈에 띄었다.

'그냥 재미 삼아 신청한 것 같은 녀석들도 몇 보이고…….'

백수룡의 시선은 모르는 얼굴들을 지나 강의실 맨 뒤, 다른 학생들과 거리를 둔 채 팔짱을 끼고 있는 독고준을 향했다.

독고준을 향해 웃어 준 백수룡이 말했다.

"반갑다. 앞으로 너희들에게 '사파 무공의 이해와 실전 대비'를 가르칠 백수룡이다."

강단에 선 백수룡은 모든 학생과 한 번씩 눈을 맞추며 부드럽게 웃었다. 하지만, 잠시 후 그의 입에서 나온 말은 결코 부드럽지 않았다.

"첫 수업으로, 지금부터 너희들을 죽기 직전까지 팰 생각이다."

"예?"

"무슨……?"

백수룡은 학생들이 길게 생각할 시간을 주지 않았다. 짙은 살기가 순식간에 강의실 안을 가득 채웠다.

"……맞기 싫으면 제대로 하는 게 좋을 거야."

백수룡은 곧바로 신형을 날렸다.

휘익! 가장 먼저 노린 상대는 독고준이었다.

123화
사파 무공의 이해와 실전 대비(2)

백수룡은 강의실을 단숨에 가로질러 독고준을 덮쳤다. 어느새 뽑아 든 흑룡편이 독고준의 머리를 반으로 갈라 버릴 기세를 띠며 떨어져 내렸다.

까앙! 검을 뽑아 공격을 막은 독고준이 매서운 눈으로 백수룡을 노려봤다.

당황한 것 같기도 하고, 화가 난 것 같기도 한 목소리가 흘러나왔다.

"대련장 외의 장소에서 싸우는 것은 학칙으로 금지돼 있습니다만."

"이 상황에서 딱딱한 소리나 하고 말이야."

가볍게 혀를 찬 백수룡은 흑룡편을 회수하는 동시에 좌장으로 독고준의 가슴을 쳤다. 독고준도 손바닥을 펼쳐 장법 대 장법으로 맞섰다.

퍼엉! 북이 터지는 소리와 함께 독고준의 신형이 뒤로 밀렸다. 백수룡은 그를 따라가며 흑룡편을 맹렬히 휘둘렀고, 왼손은 손가락을 매의 발톱처럼 세워 독고준의 눈을 찔렀다. 정파 무림에서 대련 중에 눈을 공격하는 것은 금기 중 하나였다.

"비겁한!"

크게 소리친 독고준이 내공을 끌어올렸다. 무복이 부풀어 오르고, 밀리던 몸에 중심이 잡히며 멈춰 섰다. 휘두르는 검에 제대로 된 형(形)이 잡히기 시작했다.

'독고구검이로군.'

무겁고 패도적인 것으로 유명한 독고세가의 검법. 독고준이 작정하고 검을 휘두르자, 검풍이 사방에서 몰아치며 두 사람의 머리카락을 마구 헝클어뜨렸다.

쩌엉! 쩌저정! 백수룡은 독고구검을 직접 상대하며 독고준의 실력을 파악했다.

'확실히 기본기는 탄탄한데…….'

신체의 단련 정도나 내공의 깊이는, 과연 청룡학관의 최고의 후기지수라고 불릴 만했다. 하지만 무공 실력은 그것만으로 결정되는 것이 아니다.

백수룡은 독고준의 낭심을 노리고 왼발을 휘둘러 찼다.

"무슨!"

크게 당황한 독고준이 뒤로 물러나 백수룡의 발을 피했다. 독고준의 상체가 흔들리는 순간을 놓치지 않고, 백수룡이 손을 뻗어 독고준의 머리카락을 꽉 움켜쥐었다.

"아악!"

듣도 보도 못한 머리채 공격에 독고준이 비명을 질렀다. 백수룡은 독고준의 머리털을 다 뽑아 버릴 기세로 잡아당겨 옆에 있는 책상에 내리꽂았다.

콰앙! 책상이 얼굴이 내리꽂힌 독고준이 정신을 차리지 못하고 휘청거렸다.

그 앞에 선 백수룡이 혀를 차며 말했다.

"이거 순 맹탕이네. 학생회장이라는 녀석이 겨우 이 정도 공격에 당황해서야."

"크윽······."

발끈한 독고준이 이를 악물었다. 한쪽 코에서 흐르는 피는 손등으로 대충 닦아 냈다. 자존심에 상처를 입은 학생회장의 두 눈이 활활 타올랐다.

"이런 식으로 기습을 해 놓고 당당하게 할 말입니까?"

기습뿐만이 아니다. 눈 공격에 낭심 공격, 게다가 머리카락을 쥐어뜯는 공격이라니! 독고준이 살면서 한 번도 겪어 보지 못한 비겁함의 극치였다.

백수룡이 낄낄 웃었다.

"이 강의 이름이 〈사파 무공의 이해와 실전 대비〉 아니었어?"

"그렇다고 이런 행동이 용납되지는······."

"그럼 뻔한 이론 수업이나 할 줄 알았어? 사파 무공의 원류에는 어떤 것이 있고, 몇 가지 갈래가 있으며, 대표적인 무공과 세력의 역사는 어떻게 되고, 그 부작용에 대해서 알아보고 토론해 보자?"

물론 그런 것도 줄줄 읊을 수 있지만, 백수룡이 하려는 수업은 그런 이론적인 것이 아니었다.

"잘 들어라."

한순간 백수룡의 표정이 진지해지고, 그의 목소리에 힘이 실렸다.

"나는 이 수업에서 사파 놈들이 실제로 하는 짓을 너희에게 알려 줄 생각이다. 더럽고, 지저분하고, 비열하게 싸우는 방법. 그런 놈들과 싸우는 방법. 한 학기 동안 너희가 들어야 할 강의는 그런 내용이다."

독고준에게만 하는 말이 아니었다. 어느새 자신에게 집중하고 있는 열 명 남짓한 학생들 모두에게 하는 이야기였다.

그들을 빙 둘러본 백수룡이 말했다.

"자신 없으면 지금 나가라. 일각 준다. 마지막 기회니까 나중에 후회하지 말고."

다시 몸을 돌린 백수룡이 독고준을 향해 걸어가기 시작했다.

"그동안 우리는 하던 거나 마저 할까?"

그때였다.

"선생님, 교내 기물 파손 행위를."

"멈춰 주시기 바랍니다."

백수룡이 멈춰 서서 뒤를 돌아봤다. 학생회 선도부의 유명한 쌍둥이, 청룡쌍걸이 각각 육모방망이와 포승줄을 꺼내 덤벼들 자세를 취하고 있었다.

그들을 본 백수룡이 턱을 긁적였다.

"둘 중에 방망이가 형, 포승줄이 동생 맞지? 미안한데 너네는 존재감이 약해서 이름은 못 외웠다."

"……."

"……."

쌍둥이는 별다른 대꾸가 없었지만, 꽉 움켜쥔 무기와 바뀐 기세로 보아 화가 났음을 충분히 알 수 있었다. 백수룡은 흑룡편을 까닥거리며 독고준과 청룡쌍걸을 함께 도발했다.

"덤벼 봐. 학생회 범생이들."

앞에서는 독고준이 덤벼들고, 뒤에서는 청룡쌍걸이 동시에 덤벼들었다. 네 사람이 강의실 한가운데서 어우러졌다.

"너희도 구경만 하지 말고 덤벼라. 나중에 합공할 걸 하면서 후회하지 말고."

셋을 동시에 상대하는데도 백수룡은 주변을 살필 여유가 있어 보였다. 그는 보법을 밟으며 강의실 전체를 종횡무진 누볐다. 무공도 무공이지만, 백수룡은 다른 것들을 더 잘 활용했다.

카악- 퉤!

"얼굴에 침을 뱉다니! 그러고도 무인인가!"

평소 큰 감정 기복이 없는 독고준이 얼굴을 시뻘겋게 물들이며 소리를 질렀고.

"……몸을 더듬다니."

"학관 측에 항의하겠습니다."

싸움 중에 청룡쌍걸의 엉덩이를 툭툭 치자, 둘의 얼굴이 수치심으로 달아올랐다.

그 외에도 음담패설, 속임수, 거짓말, 모래 뿌리기 등등. 백수룡은 예고한 대로 사파에서나 사용할 법한, 아니 사파에서도 꺼려할 방법들까지 거리낌 없이 사용했다.

"비겁하다!"

"치사해요!"

"무인이 자존심도 없습니까!"

별다른 무공을 사용하지 않았음에도, 백수룡의 수법 하나하나에 여러 학생들의 손발이 어지러워졌고, 정신도 혼미해졌다. 그가 덤벼든 학생 모두를 쓰러뜨리는 데는 일각이면 충분했다.

"이봐, 정파 애송이들. 진짜 실력이 이것밖에 안 되는 거냐? 이러면 재미없는데."

주위에 널브러진 학생들이 고통으로 신음했다. 독고준과 청룡쌍걸만이 아니라, 흥미로 수업을 신청했던 다른 학생들까지 멍투성이였다.

"그런데…… 니들은 왜 안 덤벼?"

백수룡은 고개를 돌렸다. 그곳에는 백룡장에서 합숙하는 제자들이 숨어서 먹이를 노리는 맹수처럼 눈을 빛내고 있었다.

"아까부터 무슨 음흉한 계획을 꾸미는 것 같긴 한데."

그 말에 헌원강이 도를 뽑으며 씩 웃었다.

"어차피 한 명을 협공하는 숫자에는 한계가 있으니까, 잔챙이들로 먼저 힘을 빼놔야죠."

망나니 아니랄까 봐 말투부터가 달랐다. 헌원강의 몸에서 사나운 기세가 피어오르기 시작했다.

"아까부터 암기는 계속 던졌어요. 선생님이 다 피해 버렸지만."

"다른 애들한테 맞은 이후로는 안 던졌지."

"구경하면서 몸도 충분히 풀었고."

여민이 툴툴댔고, 거상웅이 맞장구를 치며 고개를 절레절레 저었다. 야수혁은 열심히 몸을 풀었다. 보충반의 문제아들이 각자의 방향에서 신중하게 포위망을 좁혀 왔다.

그 모습을 본 백수룡이 조금 놀란 표정을 지었다.

"이것들 봐라? 합격진까지 준비했네? 오늘 수업 내용은 말해 준 적 없는데."

"뻔하죠. 선생님이 애들을 안 굴리고 그냥 둘 리가 없잖아요."

도를 어깨에 걸친 헌원강이 건들건들 앞으로 나서더니, 벼락처럼 달려들며 모두에게 외쳤다.

"조져 버려!"

"쯧. 명문정파 아들놈이 한다는 소리가……."

백수룡이 헌원강을 보며 혀를 찼으나, 연달아 터져 나온 다른 제자들의 외침에 황당해지고 말았다.

"죽여! 저 인간을 죽여야 해!"

"그래야 이 지옥에서 벗어날 수 있다!"

"우오오오!"

헌원강의 필두로 덤벼드는 여민, 거상웅, 야수혁에게서 찌릿찌릿한 살기가 느껴졌다. 다들 백룡장에서 갈굼을 당하며 쌓인 게 많아 보였다.

"쯧쯧."

백수룡은 고개를 절레절레 저었다. 누가 문제아들 아니랄까 봐, 조금

갈궜다고 눈에 살기들이 가득해서는…….

'그나마 멀쩡한 녀석은 위지천밖에 없단 말이지.'

그러나 고개를 돌려 위지천과 눈이 마주친 순간, 백수룡은 그 생각을 달리할 수밖에 없었다.

"히히……."

헌원강의 등 뒤로 살수처럼 숨어 따라오는, 스산한 살기를 머금은 위지천의 미소.

'쟤 눈이 돌아갔네?'

침을 꼴깍 삼킨 백수룡이 자세를 바로잡았다. 다섯 명이 전력으로 덤비면 그도 쉽게 볼 수 없었다. 물론, 그렇다고 겁을 먹은 건 아니었다. 제자들이 전력으로 덤벼드는 모습을 보니 오히려 웃음이 나왔다.

"나한테 한 방 먹이겠다고? 천년은 멀었다. 정파 애송이들아."

잠시 후, 여섯 명의 신형이 어지럽게 뒤엉켰다.

찌저저저정! 병기가 사납게 부딪치고, 거침없이 급소를 노리고, 돌풍에 휘말려 강의실 내에 물건들이 날아다녔다. 이전까지와는 차원이 다른 싸움의 흉험함에, 이미 백수룡에게 당해 쓰러진 학생들은 황급히 벽으로 물러났다.

"허. 무슨 저런 싸움이……."

독고준은 멍한 얼굴로 백수룡과 그의 제자들이 뒤엉키는 모습을 바라봤다.

"으으으……."

"사, 살려 주세요……."

사방에서 곡소리가 흘러나왔다. 백수룡에게 한 방 먹이겠다며 호기롭게 달려든 다섯 제자는 넝마가 된 모습으로 드러누워 있었다.

"후우. 개운하네."

반면, 백수룡은 이마에 약간의 땀방울이 맺힌 게 전부였다.

'괴물……'

'왜 점점 강해지는 거야?'

'어떻게 한 번을 못 때려?'

다들 경악을 금치 못했다. 열 명이 넘는 인원이 덤벼들었지만 단 한 번의 공격도 성공시키지 못했다. 백수룡에게 일방적으로 농락당했다. 심지어 백수룡은 그들과 싸우면서…….

"다들 봤겠지만 난 제대로 된 초식을 쓰지 않았다. 대신에 눈 찌르기, 낭심 차기, 머리카락 쥐어뜯기, 음담패설, 침 뱉기, 모래 뿌리기 등등. 너희가 비열하고 더럽다고 생각하는 온갖 방법을 썼지."

그는 아주 기초적인 검법과 뒷골목 파락호들이나 사용할 지저분한 방법으로 학생들을 농락했다. 백수룡은 쓰러진 학생들을 둘러보며 진지한 목소리로 말했다.

"겨우 이런 방법에도 당황하는 꼴이라니. 너희가 대처만 제대로 했어도 나한테 충분히 한 방 먹일 수 있었을 거다."

그 말에 누군가가 울컥해서 따지고 들었다.

"그건 선생님의 기본기가 탄탄해서 그런 거 아닌가요? 사파인들은 선생님처럼 열심히 단련하지 않는다고요."

몇 명이 그 말에 동의한다는 듯 고개를 끄덕였다.

"뭐?"

백수룡은 어이가 없어서 웃었다. 진짜 사파의 고수를 만나 보지 못한 애송이들의 생각이 퍽 웃겼던 것이다.

"대체 그런 편견은 어디서 나온 거냐? 사파 애들은 게으르고 수련도 안 한대? 맨날 술 처먹고 강도질이나 하고 다니고? 사파에서 고수가 나오는 건 전부 마공을 익혔기 때문이지?"

"그, 그건 아니지만……."

평소 그렇게 생각했던 게 맞았는지, 질문했던 학생의 목소리가 기어들어 갔다.

"사파와 싸우려면 사파를 알아야 한다. 너희 같은 온실 속 화초가 무림에 나갔다간, 실전에서 한참 하수한테도 칼 맞아 죽기 십상이야."

"……."

학생들 중 누구도 입을 열지 못했다. 반발심이 들지 않는 것은 아니었으나, 백수룡의 말에 틀린 부분은 없었다.

'잔소리는 이만하면 되겠지.'

백수룡은 기가 죽은 학생들을 죽 둘러봤다. 이 온실 속 화초들을 어떻게 잡초처럼 강하게 만들지, 그 방법은 이미 생각해 두었다.

"아직 수업 시간이 꽤 남았지. 날 도와서 너희에게 사파에 대해 가르쳐 주실 보조 강사님을 소개하마."

"……보조 강사?"

조금 전부터 문밖에서 기척이 느껴지고 있었다. 백수룡은 밖에서 대기 중인 보조 강사를 불렀다.

"들어와."

강의실의 문이 열리고, 잠시 후 단정한 관복 차림의 무표정한 사내가 들어왔다.

강의실 안을 스윽 둘러본 사내가 절도 있게 포권을 취했다.

"포두 청천입니다. 백수룡 선생님의 요청으로 한 학기 동안 여러분의 수업을 돕게 되었습니다."

"……음?"

"포두?"

난데없는 포두의 등장에, 학생들은 어이가 없다는 표정을 지었다. 하지만 이어진 말은 더 황당했다.

청천은 찔러도 피 한 방울 나오지 않을 표정으로 말했다.

"따라서 오늘부로 여러분을 명예 포졸로 임명해, 매주 강력 범죄 우발 지역을 순찰할 예정입니다."

"예에?!"

훈련과 실전의 적절한 조화

그게 백수룡이 아는 가장 좋은 교육법이었다.

124화
사파 무공의 이해와 실전 대비 (3)

"갑자기 포졸이라니……. 저희가 관의 일에 개입해도 되는 겁니까?"

이의를 제기하고 나선 목소리의 주인은 독고준이었다. 백수룡에게 흠씬 두들겨 맞은 탓에 그 몰골은 말이 아니었으나, 명문정파의 자제답게 그 와중에도 자세를 바로 하며 청천에게 포권을 취했다.

"포두님. 저는 청룡학관의 학생회장을 맡고 있는 독고준이라 합니다. 방금 하신 말씀에 대해 몇 가지 여쭤도 되겠습니까?"

"물론입니다."

청천은 아무런 감정 없는 얼굴로 고개를 끄덕였다. 하지만 그의 눈빛만은 형형하기 그지없었다. 상대가 무인이 아니라서 무시하는 마음을 먹었던 학생들도 그 눈빛을 보고 침을 꿀꺽 삼킬 정도였다.

'무슨 포두가…… 어지간한 고수보다 더한 기세를 풍기는군.'

독고준은 속으로 그런 생각을 하며 조심스럽게 질문을 던졌다.

"……아시겠지만 저희는 무인입니다. 나라를 위해 일하시는 포두님에겐 언짢게 들리실 수도 있지만, 무림에는 무림의 법도가 있습니다."

관무불가침. 관과 무림은 서로의 영역을 침범하지 않는다. 오랜 관례

이자, 무림이 누려 온 특혜였다.

"저는 청룡학관 학생들과 관인들 사이에 문제가 생기지 않을까 걱정이 됩니다."

무림인들은 대체로 관의 말을 무시하고 제멋대로 하는 경향이 있었다. 특히 아직 어리고 자존심 강한 청룡학관 학생 중에는, 관의 명령을 듣는다는 걸 참지 못할 이도 있을 것이다.

'백수룡 선생님이 그렇게 내버려 둘 것 같지는 않지만…….'

도시 순찰 임무라면 여럿으로 조를 나눠서 하게 될 것이고, 그 모든 조를 백수룡이 감시할 수는 없을 터였다.

'수업의 의도는 좋다고 생각하지만, 현실적으로 문제가 생길 여지가 많다.'

자신들이 온실 속 화초라는 백수룡의 말은 부정할 수 없었다. 독고준도 실제로 사파 무인을 만나 본 적은 한 번도 없었으니까. 어렸을 땐 가문의 울타리 안에서 무공을 익혔고, 나이가 조금 들어서는 청룡학관에 입관했다. 방학 기간에는 장거리를 여행하거나 다른 가문에 방문하기도 했지만, 그때도 늘 쾌적한 승합 마차를 이용했다. 방비가 잘되고 호위까지 붙은 승합 마차가 길을 지나면, 산적들은 그 주변에 얼씬거릴 생각조차 하지 못했다.

'사파의 무인을 견식하고 싶은 마음이 없는 건 아니지만…….'

반대로는 이런 마음도 있었다. 청천이 제안한 것은 기껏해야 도시의 뒷골목을 순찰하는 임무. 그곳에 있는 사파라고 해 봤자, 삼류 무공을 익힌 왈패에서 크게 벗어나지 못한 자들일 것이 뻔하지 않은가.

굳이 그들을 만나야 할 필요가 있나? 솔직히 말해, 독고준은 그럴 필요성을 느끼지 못했다.

'그 시간에 검을 한 번이라도 더 휘두르는 게 낫지.'

물론 이런 생각을 솔직하게 말할 수는 없었다.

독고준은 스스로를 낮추며, 최대한 정중한 이유를 들어 거절 의사를 표현했다.

"어리고 미숙한 저희가 포두님께 도움이 될지 모르겠습니다. 민폐나 끼치지 않으면 다행일 겁니다."

학생이 아닌 학생회장의 입장에서 한 말이었기에, 그 말에 담긴 힘은 강했다. 다른 학생들도 어느새 그에 동조하며 고개를 끄덕였다.

"맞아. 굳이 뒷골목을 순찰할 필요는……."

"선생님하고 대련하는 편이 무공 수련에 훨씬 낫지 않나?"

"포졸들하고 같이 다니는 게 좀 불편하기도 하고."

"실습 수업이라는 말은 못 들었는데. 수강 취소를 해야 할지도……."

백룡장에서 합숙하는 다섯 제자를 제외하곤, 다른 학생들은 모두 청천의 명예 포졸 제안에 부정적인 반응을 보였다.

"어휴. 이 답도 없는 정파 애송이들……."

한숨을 쉰 백수룡이 학생들을 설득하려고 입을 열 때였다. 내내 말이 없던 청천이 독고준을 바라보며 말했다.

"독고준 학생, 이라고 불러도 되겠습니까?"

"예. 편하게 부르십시오."

무뚝뚝하게 고개를 끄덕인 청천이 독고준에게 물었다.

"이 도시에 대해서 얼마나 알고 계십니까?"

"……예?"

질문의 의도를 파악하지 못한 독고준이 고개를 갸웃하며 되물었다. 애초에 대답을 기대한 것이 아닌 듯, 청천이 말을 이었다.

"이곳, 남창은 큰 도시입니다. 하지만 그중에 여러분이 아는 곳은 청룡학관 주변의 번화가와 유흥가 정도일 것입니다."

남창은 강서성의 성도(省都)로, 비옥한 논 지대를 중심으로 쌀과 목화, 담배, 차 등이 재배되었다. 또한 자연 자원이 풍부해 중원 곳곳에서 상단이 오가며 상업이 발달한 도시였다. 그 중요성 때문에 무림맹 강서지부가 남창에 세워졌고, 청룡학관이 이곳에 세워진 것 또한 비슷한 이유였다. 중원 전역을 둘러보아도, 남창만큼 변화하고 살기 좋은 도시는 손에 꼽을 정도였다.

"하지만 밝은 면이 있으면 어두운 면도 있기 마련입니다."

청천의 목소리에는 거의 고저가 없었다. 하지만 묘하게 사람을 집중시키는 힘이 있었다.

"남창의 빈민가에선 최근 폭력 및 살인 사건이 늘어나고 있습니다. 몇 개의 무림방파가 세워졌고, 그들의 충돌로 인해 분란이 끊이질 않고 있습니다. 얼마 전에는 포졸 몇 명이 그 싸움에 휘말려 크게 다치기도 했습니다."

"그런······."

독고준이 낮게 침음했다. 그 옆에서 함께 심각한 표정으로 듣고 있던 청룡쌍걸이 청천에게 물었다.

"강서 무림맹에는."

"연락해 보셨습니까?"

항상 하나의 문장을 나눠서 말하는 쌍둥이.

그 모습이 신기할 법한데도, 청천은 별다른 반응 없이 대답해 주었다.

"이미 강서 무림맹에 몇 차례 협조를 요청했으나, 차일피일 지원이 미뤄지고 있는 상황입니다."

"어째서······."

"무림에 크고 중대한 사건이 많기 때문에, 이런 작은 문제까지 신경 쓸 겨를이 없는 것이겠지요."

무림맹에 대한 은근한 비난. 독고준은 부끄러움에 헛기침을 할 수밖에 없었다. 방금까지만 해도 그 역시 뒷골목 왈패들의 싸움이라며 무시하고 있었으니까. 아무도 쉽게 입을 열지 못하는 가운데, 청천은 덤덤히 말을 이어 나갔다.

"빈민가의 방파들에 여러 차례 경고했으나, 그들은 관무불가침이라는 말을 전가의 보도처럼 휘두르며 자신들의 영역 다툼을 무림의 일이라고 주장하고 있습니다."

"……."

"빈민가에 사는 백성들의 불안감이 커지고 있습니다. 하루하루 먹고살기도 힘든 이들이 이제는 어디서 눈먼 칼이 날아올지 몰라 두려움에 떨고 있습니다."

"……."

"저희도 민가에 향한 피해를 막아 보려 노력하고 있지만…… 관아의 포졸들은 무공이 빈약합니다. 무공에 입문한 시기도 늦었을뿐더러, 여러분처럼 상승의 무공을 배우지도 못했습니다."

잠시 말을 멈춘 청천이 낮게 한숨을 쉬었다. 무척이나 피곤해 보이는 얼굴. 눈가를 손으로 꾹꾹 누른 청천이 다시 말했다.

"저희만으로는 이 상황을 통제하기가 어렵습니다. 헌데 마침, 백수룡 선생님에게 제안을 받아서 얼마나 기뻤는지 모릅니다."

"저희는 그런 사연이 있는 줄……."

독고준은 차마 그 이상 말을 잇지 못했다. 청천의 말을 끝까지 듣지도 않고, 자세히 생각해 보지도 않고 거절의 뜻을 내비친 것은 자신이었으니까.

"본론부터 꺼낸 저의 말이 강압적이었거나 불쾌했다면 사과드리겠습니다. 해서, 다시 부탁드리겠습니다."

청천의 부탁은 정중했으나 비굴하지 않았다. 그 당당한 태도가 많은 학생들로부터 큰 호감을 샀다.

"여러분에게 도움을 청하고자 합니다. 포졸들 중에 더 이상 지원자가 없어 저 혼자서라도 나설 생각이었지만…… 청룡학관의 후기지수들이 도와준다면 천군만마를 얻은 것이나 마찬가지일 겁니다."

청천은 짧은 이야기를 마무리하며, 정중하게 포권을 취했다.

"도와주신다면, 이 은혜는 결코 잊지 않겠습니다."

청천이 할 말을 다 끝내고 옆으로 물러났다. 그리고 그때까지 조용히 듣고 있던 백수룡이 앞으로 나섰다. 교탁 앞에 선 그가 진지한 표정으로 모두에게 말했다.

"한 가지만 묻자. 이런 이야기를 듣고도 가만히 있으면, 너희 스스로 정파라 말할 자격이 있냐?"

"……."

밀려드는 부끄러움에 다들 고개를 숙였다. 청천의 이야기와 백수룡의 일침은, 귀찮고 번거롭다는 이유로 제안을 거절하려 했던 학생들을 한없이 작아지게 만들었다.

그들이 한 명씩 말하기 시작했다.

"……저희는 그런 사연이 있는 줄 몰랐습니다."

"저희가 도울 수 있을까요?"

"돕게 해 주세요. 저희가 못된 사파 놈들을 쫓아내겠습니다!"

청룡학관의 학생들은 아직 어리기에 자기중심적이고 이기적이지만, 또 그만큼 공감 능력이 뛰어나고 감정적이었다. 청천의 이야기는 무림의 소년, 소녀 들의 의협심에 불을 지폈다. 그것은 독고준도 마찬가지였다.

"……제 생각이 짧았습니다. 오로지 강해지기 위해서만 무공을 익히고, 옆에 있는 불의를 모른 척한다면, 사파와 다를 게 무엇이겠습니까."

청천의 이야기를 듣고, 많은 반성을 한 학생회장이 주먹을 꽉 쥐었다.

"포두님을 돕겠습니다. 학생회 차원에서 적극적으로 지원하겠습니다."

"……감사합니다."

그렇게 만장일치로 〈사파 무공의 이해와 실전 대비〉는 실습 수업으로 확정되었다. 훈훈한 결말이었지만, 백수룡은 멋쩍게 머리를 긁적였다.
'나는 딱히 한 게 없네.'
첫 수업에서 애늘만 실컷 두들겨 팼시, 나머시는 청천이 다 했다고 봐도 무방했다. 그래도 어쨌든 결과가 좋으면 됐다고 생각하기로 했다. 가끔은 날로 먹는 날도 있어야 하는 법이니까.

"언제부터 그렇게 말을 잘하게 됐냐? 내가 아니라 네가 강사 해도 되겠더라."
"흰소리는."
청천은 피식 웃으며 고개를 저었다. 그는 말주변이 좋은 사내가 아니었다. 진심이 담긴 이야기였기에 통했을 뿐이다.
"본격적인 지원은 며칠 후부터라고 했나?"
"이쪽도 이런저런 준비가 좀 필요하니까. 오늘은 나 혼자 먼저 둘러보려고."
"그래서 안내 역을 하라 이거지?"
"밀린 대화도 좀 하고."
평범한 옷으로 갈아입은 두 사람은, 빈민가를 걸으며 이런저런 대화를 나눴다. 백수룡은 청천이 능숙하게 길을 찾는 모습을 보며 물었다.
"얼마나 자주 왔으면 이래? 눈 감고도 다니겠네."
"자주 오기도 했고…… 어릴 때 내가 나고 자란 곳이기도 하다."
"……그건 또 처음 듣는 이야기네."
"별로 대단할 것 없는 그런 이야기지. 어머니와 둘이 살았고, 가난했으니까."
두 사람은 빈민가를 걸으며 그곳의 풍경과 사람들을 눈에 담았다. 지저분하고 냄새나는 거리. 그곳에 사는 사람들의 표정은 하나같이 세파에 찌들어서 지치고, 병들고, 메말라 있었다.

얼굴에 병색이 완연한 여인이 아이의 손을 잡고 걸어가는 모습이 보였다. 백수룡과 눈이 마주치자 화들짝 놀란 그녀는 황급히 아이를 제 품으로 끌어안고 도망쳤다.

"……."

"우리를 사파의 왈패라고 생각한 모양이다."

청천은 익숙한 일이라는 듯 말했다.

"적호방. 대웅방. 철두파. 이름이 바뀌고 우두머리도 바뀌었지만, 놈들이 하는 짓은 예나 지금이나 똑같아."

무림의 기준으로 보면 이류나 삼류밖에 되지 않는 왈패들의 세력. 제대로 된 사파라고 하기도 어려운 자들이다. 백수룡이 혀를 차며 말했다.

"하지만 무공을 모르는 사람들한테는 그런 그 놈들도 절세고수나 다름이 없지."

"……그렇더군."

놈들은 빈민가의 백성들을 위협하며, 상인들에게 상납금을 받고 온갖 범죄를 저지른다. 규모나 가진 힘으로 보면 작은 악이지만, 그 악에게 희생당한 사람들 입장에서도 그걸 작다 말할 수 있을까? 청천은 어린 시절을 이곳에서 보내며 수많은 범죄를 목격했다.

"어릴 땐 포두가 되면 그런 놈들을 싹 쓸어 내고 싶었다. 하지만 막상 되고 보니, 현실적으로 쉽지 않더군."

"바퀴벌레처럼 질긴 놈들이니까. 죽여도 죽여도 또 생겨나지."

청천은 고개를 끄덕였다. 백수룡의 말이 맞았다. 싸구려 왈패들은 어디에나 있기 마련이고, 너무 많아서 무림맹은 그들에게 관심조차 주지 않는다. 어차피 박멸하지 못하는 작은 벌레들이니까. 결국 무관심 속에 소외된 자들만 계속 고통을 받는다.

"나는 이 거리를…… 사람들이 안전하게 걸을 수 있는 거리로 만들고 싶다."

대단한 목표도 아니었다. 그저 안전하게 걸어 다닐 수 있는 거리. 청천의 목표는 겨우 그 정도였다. 하지만 그 작은 목표를 이루기란 거의 불가능한…….

"해 볼 만하겠네. 딱 그 정도라면."

"……뭐?"

백수룡은 빈민가 거리를 둘러보며 말했다. 그는 사람들을 살피고, 거리를 살피고, 저 멀리 보이는 허름한 방파의 간판도 보았다. 괜히 청천에게 관과의 연계 수업을 제안한 것이 아니었다. 학생들에게 실전을 경험하게 해 주고 싶은 이유가 가장 컸지만, 다른 이유들도 있었다.

"청천. 한 가지 묻자. 이곳의 분쟁을 해결하면 말이야. 너, 포도부장으로 승진할 수 있냐?"

백수룡의 질문에, 청천이 처음으로 자리에 멈춰 섰다.

"승진? 관심은 없지만…… 정말 해결할 수 있다면 충분히 가능한 이야기지."

빈민가의 난립하는 삼류 사파 세력들이 일으키는 폭력과 살인. 그로 인한 치안의 악화 이 도시에서 수십 년 이상 해결하지 못한 고질적인 문제였다. 무림맹에선 큰 관심이 없었고, 관에서도 해결할 능력과 의지가 부족했다. 하지만 이 문제를 해결할 수 있다면, 1계급 이상 특진도 충분히 가능했다.

"그래? 그렇단 말이지."

"……또 뭔가를 꾸미는 얼굴이군."

백수룡의 악동 같은 미소에 청천이 한숨을 길게 쉬다가, 이내 픽 웃어 버렸다. 불안하지만 동시에 신뢰가 가는 미소였기 때문이었다.

"무슨 계획인데?"

"애들도 수련시키고, 쓰레기들도 좀 치우고, 상권도 새로 개척해 볼까 해서."
"상권?"
"백룡상단이 요즘 새로운 상권을 개척하고 있거든."
백수룡은 주변을 둘러보며 말했다. 지금은 허름하고 지저분한 빈민가지만, 언제까지나 그러리란 법은 없었다. 상업이 발달한 큰 도시인 만큼, 남창의 상권은 이미 대형 상단들이 꽉 쥐고 있었다.
때문에 신흥 상단인 백룡상단으로서는 사업을 확장하기가 쉽지 않았다. 며칠 전, 그 이야기를 들은 금룡장주는 백수룡에게 조언을 했다.

-선생. 사업을 확장하고 싶다면 새로운 상권을 개척해 보는 것은 어떻겠소?
-이 도시에 새로운 상권이 있습니까?
-청소를 좀 하긴 해야 하는데…… 괜찮은 장소가 하나 있지.

금룡장주의 말대로, 직접 와서 보니 새로운 상권으로 발전시킬 가능성이 충분해 보였다.
"겸사겸사 너도 승진시키고."
"허……."
청천이 포도부장이 되면, 그의 공권력을 활용할 수 있는 백수룡에게도 큰 이득이었다.
"한번 해 보자고. 우선 쓰레기 청소부터."
백수룡은 청천에게 장난스레 어깨동무를 하며 말했다.

125화
사파 무공의 이해와 실전 대비(4)

빈민가를 한 바퀴 둘러본 두 사람은 다 무너져가는 허름한 객잔에 들어섰다.

"여긴 어릴 때부터 단골인 집이다."

허리가 심하게 굽은 노파가 객잔의 주인이었는데, 청천은 노파가 벙어리이고 귀도 거의 들리지 않는다 말해 주었다.

"할머니! 저 왔습니다!"

청천이 객잔이 울리도록 쩌렁쩌렁하게 소리치자, 노파가 답답할 정도로 천천히 고개를 돌려서 두 사람을 돌아봤다.

"……."

노파의 자글자글한 눈가에 주름이 짙어지더니, 천천히 몸을 일으켜 느릿한 움직임으로 주방으로 들어갔다. 그 모습을 본 백수룡이 답답한 표정으로 물었다.

"주문은 안 받고 어딜 가는 거야?"

"여긴 어차피 소면밖에 안 돼. 미리 말해 두는데 맛도 더럽게 없다. 하지만 양은 많지. 여기 앉도록."

청천은 먼지가 쌓인 탁자를 소매로 직접 슥슥 닦아 내고 자리에 앉았다. 한두 번 와 본 모습이 아니었다. 백수룡은 맞은편에 앉아 혀를 찼다.
 "너도 참 궁상맞게 산다."
 남창 같은 대도시의 포두는 월봉이 적지 않다. 거기에 더해, 여기저기서 뒷돈까지 받아 챙긴다면 부수입은 월봉 이상으로 짭짤할 터였다.
 "뒷돈은 좀 받아 챙기냐?"
 "아니."
 청천은 무뚝뚝하게 고개를 저었다. 백수룡은 그럴 거라고 짐작하고 있었다. 허 노인의 그 많은 유산에 관심이 없던 것만 보아도, 청천에겐 물욕이라는 게 거의 없었다.
 '청렴결백의 화신 같은 놈.'
 자세히 보니 관복도 허름하기 짝이 없었다. 처음 임관하고 받은 옷을 기우지도 않고 계속 입고 있는 것이 틀림없었다.
 "돈 벌면 옷도 사 입고 좋은 것도 사 먹고 그래라. 가난뱅이 포두라니. 범죄자들이 우습게 보는 거 아니냐?"
 "인상이 무서워서 괜찮다."
 농담인지 진담인지 모를 말을 세상 무표정하게 하는 청천의 모습에, 백수룡은 자기도 모르게 큭큭 웃었다.
 "여기 술은 없나?"
 어떻게 보면, 청천은 이곳에 와서 백수룡이 사귄 첫 친구라 말할 수 있는 녀석이었다.
 그러나 술을 먹자는 말에 청천의 표정이 살짝 흐려졌다.
 "술은……."
 "뭐, 업무 중이라 안 되는 거면 다음에……."
 "죽엽청이 있는데. 비싸다."
 "……내가 살 테니까 시켜."

"금방 가져오지."

청천은 자리에서 벌떡 일어나 술을 가지러 갔다. 백수룡이 그 뒤에 대고 말했다.

"저 할머니 속도로는 한 세월은 걸릴 테니까 아예 여러 병 가져와."

잠시 후, 주방에 들어갔던 노파가 소면 그릇을 들고 나타나 두 사람의 식탁 위에 느릿느릿 내려놓았다.

백수룡은 소면을 딱 한 입만 먹고 젓가락을 내려놓았다.

"……더럽게 맛없네."

"대신 양이 많지."

한 젓가락을 크게 집어서 우물우물 삼킨 청천이 흐뭇하게 웃었다. 그로서는 드물게 보이는 미소였다.

"……어이가 없네. 뭘 맛있는 집에라도 데려온 것처럼 뿌듯하게 웃고 있어."

고개를 절레절레 저은 백수룡은 청천이 가져온 죽엽청을 자신에 잔에 따르고, 청천의 잔에도 따랐다. 두 사람은 한동안 말없이 술잔만 주거니 받거니 했다.

"……."

벙어리에 귀머거리인 노파는 그들의 옆 탁자에 망부석처럼 앉아, 흐린 눈으로 노을 지는 바깥 풍경을 바라보았다. 소면을 반쯤 비운 청천이 불쑥 본론을 꺼냈다.

"이곳 빈민가는 크게 3개의 사파 세력이 장악하고 있다."

"아까 말한 적호방, 대웅방, 철두파?"

청천은 맞다며 고개를 끄덕였다. 그리고 빈민가에서 영역 다툼을 벌이는 세력들에 대해 설명하기 시작했다.

"가장 세력이 큰 곳은 적호방이다. 일 년 전에 방주가 바뀌면서 확 커졌지. 최근 빈민가 세력을 통일하겠다며 분란을 일으키는 주범이기도 하다."

 적호방주가 바뀐 이후 적호방은 나름의 규율을 갖춘 채 무림 문파를 흉내 내고 있다고 했다.

 "놈들은 하나같이 팔에 시뻘건 호랑이 문신을 한 것이 특징이다. 숫자만 많지, 대부분은 실력이 별 볼 일 없지만…… 적호방주만은 상당한 고수다."

 "상당히가 어느 정도인데?"

 "멀리서 딱 한 번 봤지만……. 나는 못 이길 것 같더군."

 "호오?"

 그 대답에 백수룡은 꽤 놀란 표정을 지었다. 청천의 실력을 누구보다 잘 알고 있기 때문이었다.

 '이 녀석. 이제는 일류를 넘어 절정을 거의 넘보는 수준인데.'

 부작용이 없는 혈우마공의 구결을 백수룡에게 전해 받은 이후로, 청천은 하루도 빠지지 않고 부단히 수련하며 종종 백수룡을 찾아와 무공에 대한 지도도 받았다. 그 덕에 이제는 고수라고 해도 될 정도로 무공에 큰 성취를 보였다.

 "그럼 적호방주란 놈은 최소 절정이라는 소리야?"

 "……아마도."

 절정의 고수가 빈민가의 삼류 사파 문파에 눌러앉아 있다……. 뭔가 뒤가 구린 놈일 가능성이 컸다.

 청천이 이어서 말했다.

 "행여나 학생들이 혈기를 못 이겨 적호방주에게 덤벼들지 않도록 주의를 시키는 게 좋을 거다."

 "그래야지."

 백수룡은 청룡학관의 학생들에게 사파 무인들과의 실전을 경험하도록 해 줄 생각이었지만, 상대가 절정고수쯤 되면 이야기가 달라진다. 절벽에서 민다고 무조건 강해지는 것은 아니다. 자칫하면 재능을 꽃피워 보지도 못하고 허무하게 죽을 수도 있다.

……과거, 백수룡은 그런 경우를 너무 많이 보았다.

"그 부분은 유념해 두지. 적호방 말고 다른 곳은?"

"두 번째로 규모가 큰 세력은 대웅방이다. 은퇴한 낭인들이 모여서 만든 곳이지."

"낭인들?"

"정확히는 과거 낭인이었던 삼 형제가 두목이고, 나머지는 그들의 부하라고 봐야 한다. 낭인이었다가 흘러들어온 자들도 있고, 아닌 자들도 있으니."

스스로를 거력삼웅(巨力三熊)이라고 칭하는 삼 형제가 바로 대웅방의 두목들이라고 했다. 셋 다 오십을 넘겨, 낭인 일을 계속하기에는 부담이 되는 나이였다.

"직접 본 적은 없지만, 듣기로는 셋 다 실력이 일류는 된다고 하더군."

"제대로 자리를 못 잡고 여기까지 흘러들어온 거구만."

나이 든 낭인들의 흔한 결말 중 하나였다. 돈도 별로 모으지 못하고, 오랜 객지 생활로 건강도 나빠지고, 제대로 된 일거리도 얻지 못해 빈민가나 뒷골목으로 흘러들어와 왈패들을 거느린 두목이 되는 경우.

'복만춘은 운이 정말 좋은 경우지.'

지금은 백룡상단의 총관으로 일하고 있는 복만춘. 그 역시 은퇴한 낭인이었고, 은퇴 이후에는 허 노인의 호위 무사 일을 했었다. 요즘은 금룡장주와 종종 식사를 함께하며 금과옥조 같은 조언을 듣는다고 하니, 은퇴한 낭인 중에서 그보다 성공한 인생이 있을까 싶었다.

"거력삼웅이라……. 총관을 통해서 한번 알아봐야겠네."

늙어서 은퇴한 낭인이라지만 그들이 가진 실전 경험은 결코 녹록지 않다. 객사하지 않고 이십 년 이상 버텼다는 것만으로도, 거력삼웅은 곰보다 여우에 더 가까운 자들일 것이다.

"……만만히 봤다간 학생들 쪽에 사상자가 생길 수도 있다."

"이 정도면 딱 좋아. 너무 쉬우면 의미가 없거든."

청천의 우려 섞인 목소리에 백수룡이 씩 웃으며 대답했다. 절벽에서 등을 밀 생각은 없지만, 최소한 그렇다고 느낄 정도까지는 밀어붙일 생각이었다.

"이런, 벌써 술이 다 떨어졌군. 할머니! 여기 술 좀 더 주세요!"

"……."

백수룡의 외침에 벙어리 노파가 눈을 끔뻑이더니, 나무늘보처럼 천천히 몸을 일으켰다. 그 모습을 본 청천이 가볍게 한숨을 쉬었다.

"됐다. 내가 가져오지."

죽엽청을 몇 병 더 가져오며 청천이 말했다.

"철두파 이야기를 안 했군. 셋 중에서 가장 세력이 약한 놈들이다."

"모양 빠지게 이름부터 철두(鐵頭)파가 뭐야."

백수룡이 작게 혀를 찼다. 아무리 사파라도 문파 이름을 지을 땐 그럴 듯하게 짓기 마련인데, 철두파는 이름부터 무식한 티가 줄줄 흘렀다.

"무식한 놈이긴 하지."

청천이 피식 웃더니 백수룡의 술잔을 채웠다. 어느새 허름하고 좁은 객잔 안을 독한 주향이 가득 채웠다. 왠지 조금 뜸을 들이던 청천이 입을 열었다.

"철두파 두목은 유일하게 이곳 토박이다."

"토박이? 그럼 아는 사이냐?"

"……어느 정도는."

철두파는 두목의 이름이 철두로, 태어나자마자 길가에 버려진 것을 거지 왕초가 주워 길러서 어려서부터 동냥질을 시켰다고 한다. 거지 왕초는 아이에게 이름도 지어 주지 않았는데, 어려서부터 머리가 쇠처럼 단단해 때리기 좋단 이유로 '철두'라 불렀다. 그것이 자연스럽게 이름이 되었다.

"독한 놈이다. 자길 키워 준 거지 왕초를 때려죽이면서 스스로 왕초가 됐고, 동냥질을 관두고 패거리를 모아서 철두파를 만들었다."

그가 한때 거지였다는 말에, 백수룡이 턱을 쓰다듬으며 말했다.

"그 철두라는 놈. 개방이랑 연결돼 있는 건 아니고?"

"아니다. 세상 모든 거지가 개방도는 아니지."

"그건 그래. 사실 이런 동네는 개방보다는 하오문의 영향력이 더 크기도 할 테고."

개방과 하오문은 중원 최대의 정보 세력들로, 앙숙은 아니지만 경쟁자라 할 수 있었다. 다른 점이 있다면 개방은 정파이기 때문에 아무에게나 정보를 팔지 않지만, 하오문은 돈만 된다면 누구에게 어떤 정보든 제공한다는 점이었다. 때문에 하오문은 종종 사파로 분류되기도 했다.

"아무튼 철두파는 철두를 중심으로 이곳에서 나고 자란 거친 놈들이 모인 곳이다. 문파라고 할 수도 없고…… 패거리에 가깝지."

"무공 실력은?"

"무공은 빈약하지만 싸움 실력만은 타고난 녀석이다. 어떤 면에선…… 안타까운 놈이지."

"호오."

백수룡이 눈을 빛냈다. 즉, 변변찮은 무공을 익혔지만 타고난 감각과 실전 경험으로 단련된 싸움꾼이란 소리였다.

'그런 녀석이 기회만 잡으면 순식간에 고수가 되기 마련인데.'

백수룡은 '철두'라는 이름, 그리고 이곳 토박이라는 특징을 머릿속에 잘 새겨 넣었다. 들어 보니 빈민가에 있는 사파 세력들 하나하나가 만만치 않은 놈들이었다.

하지만 그건 백수룡에게 무척 만족스러운 소식이었다. 그의 입가에 즐거움 가득한 미소가 맺혔다.
"청룡학관 애송이들한테도 제대로 된 경험이 되겠어."
온실 속 화초처럼 자라난 녀석들에게, 진짜 살기가 무엇인지 알려 줄 상대가 이곳에 잔뜩 있었다.
잠시 후. 청천이 자리에서 일어나며 말했다.
"나는 이만 복귀해야겠다. 할 일이 쌓여 있어서."
"먼저 가. 난 좀 더 둘러보고 갈 테니까."
자리에서 일어난 청천이 노파에게 가서 큰 목소리로 말했다.
"할머니! 잘 먹었습니다. 계산은 저 녀석이 할 겁니다. 다음에 또 오겠습니다!"
"……."
노파는 주름진 얼굴에 미소를 띠며, 천천히 고개를 끄덕였다. 청천이 돌아간 후에도, 백수룡은 혼자 객잔에 남아 생각을 정리했다.
"적호방, 대웅방, 철두파라……."
이런저런 생각과 계산으로 그의 눈빛이 깊어질 때였다.
"싸움이다!"
멀리서 고함이 들려온 방향으로 백수룡의 고개가 돌아갔다. 객잔 밖이었다. 꽤 먼 거리였지만, 내공으로 안력을 돋우자 사내들이 모여서 난투를 벌이고 있는 모습이 보였다.
"가려져서 잘 안 보이네."
작게 중얼거린 백수룡은 경공을 펼쳐 단숨에 객잔 지붕으로 올라갔다. 휘익! 벙어리 노파가 놀라서 눈을 동그랗게 뜨고 그를 올려봤다. 노파에게 싱긋 웃어 준 백수룡은 싸우고 있는 패거리들에게 다시 시선을 주었다.
"호랑이 문신한 놈들이 적호방일 테고…… 상대는 한 명인가?"
한 사내가 적호방 패거리에 둘러싸여 싸우고 있었다.

"으아아아!"

짧은 머리에 온몸에 흉터가 가득한 사내였는데, 키는 작지만 몸이 차돌처럼 단단해 보였다.

"호오."

적호방 패거리는 칼이며 도끼를 휘두르며 싸우고 있는 반면에, 사내는 겁도 없이 맨손으로 싸우고 있었다.

피잇! 적호방의 쇠붙이는 몇 번이나 사내의 몸을 스치며 지나갔고, 그때마다 핏물이 튀었다. 그러나 사내는 전혀 동요하지 않았다. 오히려 난전을 유도해 적들이 서로를 방해하게 만들고, 그 틈을 파고들어서…….

콰직! 머리로 받아 버렸다. 안면이 함몰된 적호방 패거리 중 하나가 뒤로 넘어지고, 그렇게 생겨난 빈틈으로 파고든 사내는 몸을 낮췄다가, 아래에서 위로 솟구치며 다른 상대의 턱을 머리로 받아 버렸다.

"커허억!"

턱이 박살 난 상대가 피를 토하며 쓰러졌다. 이빨이 우수수 뽑혀 나가고, 그렇게 튄 피가 짧은 머리 사내의 이마와 얼굴을 흠뻑 적셨다.

사내가 배고픈 맹수처럼 포효했다.

"덤벼! 다 죽여 버릴라니까!"

"이야…….."

꽤 먼 거리였지만, 백수룡은 사내가 뿜어내는 살기에 감탄했다. 흉험하고 농도 짙은 살기. 세밀한 초식 같은 것은 없지만, 상대를 반드시 죽이고야 말겠다는 살의, 악의, 독기.

사내의 실력과 상관없이, 피부가 저릿저릿해지는 기분이었다.

"청룡학관 애송이들이 저걸 좀 배워야 하는데……."

백수룡이 감탄하는 와중에도, 짧은 머리의 사내는 자신을 포위한 적호방과 목숨을 건 사투를 벌였다.

"끄악! 철두 이 미친 새끼!"

"놓치지 마! 오늘은 반드시 죽여!"

그러나 적호방의 염원과 달리, 결국 포위망을 뚫어낸 사내는 냅다 도망치기 시작했다.

"……저 녀석이 철두라고?"

적호방이 그 뒤를 우르르 따라갔지만, 뒤쫓는 속도를 보건데 금방 따돌릴 것 같았다.

"제법이네."

백수룡은 팔짱을 낀 채로 멀어지는 철두를 바라보다, 객잔 아래로 훌쩍 뛰어내렸다. 그리고 자연스럽게 노파에게 다가가며 말을 걸었다.

"할머니가 보기엔 어때요?"

"…….."

"적호방, 대웅방, 철두파. 셋 중에 누가 이 거리를 장악할 것 같아요?"

"…….."

노파는 고개를 갸웃거렸다. 백수룡의 목소리가 너무 작았던 탓이다. 거의 귀머거리에 가까운 노파는 결코 들을 수 없을 정도로.

하지만 백수룡은 개의치 않고 계속 말했다.

"아니면, 아예 새로운 세력이 이 거리를 접수하는 건 어떨까요?"

"…….."

마치 귀가 잘 들리는 사람에게 말하는 것처럼, 무척이나 의미심장한 미소를 지으면서.

"언제까지 시치미를 떼시려고 그러지?"

백수룡은 자신의 말을 못 알아듣는 척 연기 중인 노파를 바라보며 웃었다.

"밖에 나가서 여기가 하오문의 지부라고 소문이라도 내고 오면 입을 열려나?"

"……어떻게."

그 순간 흐리멍덩하던 노파의 눈빛이 날카롭게 변했다. 노파는 평소 거의 말을 하지 않은 탓에 갈라진 목소리로 물었다.
"어떻게 십 년 넘은 단골도 모르는 걸 눈치챘지?"
청천이 소개해 준 허름한 객잔, 이곳은 하오문의 비밀 지부였다.

126화
하오문의 결정

"내가 눈치 하나는 천하제일이거든."

백수룡이 얄밉게 웃으며 말하자, 노파의 표정이 한순간 표독스럽게 변했다. 주름지지만 한없이 선해 보이던 얼굴에 냉엄한 기운이 어리자, 그 변화만으로도 쉽게 대할 수 없는 분위기가 풍겼다.

"괜한 호기심이 너의 명을 재촉할 수도 있다는 것은 생각해 보지 못했느냐?"

노파의 목소리는 마치 까마귀가 울어 대는 것처럼 듣는 이에게 불쾌한 느낌을 주었다. 보통 사람들은 그녀가 말을 하면 인상부터 찌푸리기 마련이었다. 하지만 백수룡에게선 아무런 반응도 없었다.

'아무렇지도 않다고?'

노파는 불쾌한 목소리를 타고났고 특수한 음공까지 익혔다. 게다가 조금 전엔 목소리에 은밀히 내공을 실었다.

……그녀는 지금까지 내공이 실린 자신의 목소리를 듣고도 저렇게 태연한 상대는 본 적 없었다.

'본문에서 평가한 것보다 훨씬 윗줄의 고수란 말인가.'

방금 펼친 음공은 노파가 상대의 경지를 파악할 때 사용하는 수단이었다. 고수일수록 외부의 기에 민감하게 반응하기 마련이었고, 음공을 듣는 순간 체내와 체외의 기가 반응해 몸을 보호한다. 웬만한 고수들도 움찔하거나 눈살을 찌푸리기 마련인데…… 백수룡은 아무런 영향도 받지 않은 모습이었다.
　'둘 중 하나로군. 기감이 일반인보다도 둔하거나, 내가 음공을 펼치기 전에 기가 반응했거나…….'
　전자는 말이 안 되고, 후자도 믿기 힘든 건 마찬가지였다. 그렇게 생각하던 순간 백수룡이 묘한 미소를 띠며 입을 열었다.
　"음공이라……. 효율이 떨어진다는 이유로 요즘엔 거의 사장된 거로 아는데. 재미있는 걸 익혔네?"
　노파의 등줄기에서 식은땀이 흘렀다. 하지만 주름진 얼굴에는 아무런 티도 나지 않았다.
　"……흠. 제법이구나."
　백수룡의 말처럼 음공은 점점 사라져 가는 무공이었다. 익히기 까다롭고, 그에 비해 효율은 무척 떨어지기 때문이었다. 하지만 익힌 티가 거의 나지 않고, 은밀하게 사용할 수 있다는 장점 때문에 하오문도에서는 종종 익히는 경우가 있었다. 익히는 건 주로 기생들.
　노파의 시선에서 궁금증을 느낀 백수룡이 물었다.
　"예전에 알던 사람 중에 음공의 대가가 있었거든. 당신도 경지가 꽤 높은 걸 보니 수십 년은 익힌 것 같은데. 평소에 말을 안 하는 건 목을 아끼는 건가?"
　"……쓸데없는 얘기는 됐다. 용건만 이야기하자꾸나."
　노파는 더 이상 느릿느릿하게 움직이지 않았다. 성큼성큼 걸어가 객잔의 문을 닫고, 그 앞에 탁자를 세워 밖에서 누가 들어오지 못하도록 막았다.

돌아선 노파가 차가운 시선으로 물었다.

"이곳에 하오문의 지부라는 사실은 어떻게 알았지? 처음부터 알고 온 게냐?"

"아니. 처음엔 몰랐어."

백수룡은 객잔 안을 천천히 둘러보며 말했다.

"곧 무너질 정도로 허름한 객잔치고는 관리가 잘돼 있더라고. 객잔 주인이란 노파는 거동도 불편해 보였는데, 뭔가 이상하더군."

"……고작 그걸로?"

"물론 더 있지. 날 본 순간 당신 눈동자가 잠깐 커졌고, 더럽게 맛없는 소면의 국수의 굵기며 길이가 굉장히 일정했어. 무공을 익혔나 의심스러울 정도로 말이야."

"……"

백수룡이 여유롭게 웃으며 말을 이었다.

"객잔을 운영하는 노파가 벙어리에 귀머거리라고? 비밀스러운 이야기를 떠들기에 이보다 좋은 환경도 없지. 정보가 샐 염려도 없으니 말이지. 그런데, 그 노파가 몰래 무공을 익힌 것 같단 말이야. 즉, 벙어리도 귀머거리도 아닐 확률이 매우 높다는 뜻인데……."

백수룡의 입가에 미소가 맺히는 만큼, 노파의 표정은 굳어졌다.

"대체 왜 연기를 하고 있었을까? 하나하나 짜 맞추다 보니 하오문이 아닐까 하는 결론이 나온 거지. 확인은 방금 당신이 직접 해 줬고."

"……허!"

백수룡의 눈치와 관찰력은 타의 추종을 불허할 정도였다. 지인들에게 조차 십 년 이상 정체를 숨겨 온 노파의 정체를, 몇 안 되는 단서로 반시진도 안 되는 시간에 간파해 냈다.

"귀신에 홀린 기분이로군."

"한 가지 충고하자면 말이야. 바닥 공사가 부실하면 걸을 때 티가 나."

쿵! 백수룡이 내공을 담아 가볍게 발을 구르자, 텅 빈 소리가 저 바닥에서부터 울렸다.

"이 밑으로 하오문 본부로 이어지는 비밀 통로가 있는 것 같은데. 앞으론 더 신경 써서 짓는 게 좋을 거야."

"……."

"뭐, 나 같은 녀석이 또 있을 것 같지는 않지만."

백수룡은 어깨를 으쓱이며 대수롭지 않게 말했으나, 노파의 표정은 창백하게 굳었다. 지하에 하오문 남창 본부로 통하는 비밀 통로가 있는 것도 사실이었기 때문이다.

'통로의 존재를 안다고 무조건 본부로 갈 수 있는 건 아니지만…….'

혹시 모를 침입자에 대비해, 비밀통로에는 온갖 함정과 기관장치를 심어 놨다. 웬만한 고수라도 함부로 발을 들였다간 목숨을 부지하지 못할 것이다. 하지만…….

'이 녀석이라면 혼자서 본부까지 찾아갈 수 있을지도 모르겠군.'

짧은 순간 보여 준 백수룡의 통찰력에, 노파의 이마에서 식은땀이 흘렀다.

"더 궁금한 거 있어?"

"……."

하오문을 상대로 완벽하게 기선 제압에 성공한 백수룡이 드디어 본론을 꺼냈다.

"이제 와서 내 이름을 소개할 필요는 없겠지? 나도 모르는 사이에 꽤 유명해진 모양이던데."

"……백수룡. 알고 있다."

노파는 힘없이 고개를 끄덕였다. 백수룡은 최근 정보 단체에서 가장 주목받는 이름 중 하나였다.

청룡학관의 강사가 된 후로, 그가 보여 준 일들은 하나같이 놀라운 것

뿐이었으니까. 노파도 진작 백수룡의 용모파기를 파악해 두었고, 청천과 함께 들어온 순간부터 그를 알아보았다.

하지만 설마 이 정도일 줄이야.

"청룡학관에서 잠룡이 깨어났다더니……. 과한 소문이 아니었구나."

그 순간 백수룡의 표정이 기괴하게 일그러졌다.

"잠룡이라니? 설마 나한테 하는 소리야?"

"그래. 요즘 네 별호가 그렇게 불리고 있다. 아직까지 널리 퍼지진 않았지만."

"……끄응. 낯간지러운 별호는 싫은데."

남들은 누구나 부러워할 만한 별호에 잠시 불만을 표한 백수룡은 다시 노파에게 말했다.

"아무튼 나는 하오문에 정보와 협력을 원해."

"……들어보마."

'협력'이라는 말이 걸렸으나, 노파는 일단 들어보기로 했다. 그만큼 백수룡을 진지한 고객으로 상대하겠다는 의미였다.

"아까 청천과 한 이야기 들었지? 적호방. 대웅방. 철두파. 우선 그들에 관한 정보가 필요해."

"합당한 가격만 낸다면 넘겨주마."

예상했던 바였기에 노파는 고개를 끄덕였다. 하지만 뒤이어 나온 말은 다소 이해하기 어려운 요구였다.

"그리고 빈민가에 사는 모든 사람의 정보가 필요해. 기녀, 왈패, 마부, 점소이, 거지, 죄를 짓고 숨어 사는 범죄자들 신상 정보까지 전부."

"……대체 뭘 하려는 게냐?"

노파가 굳은 표정으로 묻자, 백수룡이 씩 웃으며 말했다.

"나는 빈민가 전체를 내 세력으로 만들 생각이야."

"……뭐라?"

"문파를 세울 거야. 적호방, 대웅방, 철두파를 통합하고 하나로 만들어서, 이곳을 지금보다 효율적으로 관리할 생각이야."

"……."

잠깐의 침묵 후, 노파의 입에서 나온 말은 짧고 차가웠다.

"꺼지거라."

노파의 목소리에서 냉기가 뚝뚝 떨어졌다. 백수룡을 감탄의 시선으로 바라보던 눈은, 어느새 맹렬한 적의로 바뀌어 있었다.

"너도 똑같은 놈이었구나. 빈자들의 등골을 빨아먹으려 드는, 거머리 같은 정파의 위선자. 너 같은 놈이 무슨 잠룡이란 말이냐!"

"아니 잠깐. 그게 아니라……."

노파는 백수룡이 말할 틈도 주지 않았다. 그녀가 분기를 참지 못해 씩씩대며 말했다.

"이 자리에서 날 죽이고 싶으면 죽이려무나. 하지만 네가 원하는 것은 결코 얻지 못할 것이다. 하오문의 본부로 쳐들어가더라도 마찬가지야!"

하오문의 시작은 밑바닥에서 일하는 자들의 모임이었다.

기생, 마부, 점소이, 누명을 쓰고 숨어든 사람들, 하루 벌어 하루를 겨우 먹고사는 막일꾼 등. 그들은 전쟁 같은 인생에서 아등바등 살아남기 위해 정보를 모으고, 공유했다. 그렇게 탄생한 것이 하오문이었다. 다만 가장 밑바닥에 있는 이들이 모이다 보니 거칠고, 속물적이고, 질이 좋지 않은 이들이 섞여 있을 수밖에 없었다.

그래서 무림은 하오문을 '사파'로 분류했다. 그래 놓곤, 평소에는 지저분하다고 멀리하면서, 필요할 때가 되면 정보를 내놓으라 찾아왔다. 당연히 하오문도 정파의 위선자들을 좋아하지 않았다.

"너 같은 놈들이…… 가장 나쁜 놈들이야."

노파는 씩씩대며 백수룡을 노려봤다. 할 수만 있다면 당장 때려죽이고 싶은 표정이었다. 백수룡은 난감한 표정으로 노파를 바라봤다.

"뭔가 오해가 있는 것 같은데."

"오해라고? 내 살면서 너 같은 놈을 한두 번 본 줄 아느냐? 자기들보다 못 배우고 약한 이들을 약탈하는 놈들! 가진 것이 천 개, 만 개인데도 남의 것 하나를 빼앗지 못해 안달인 놈들! 언젠가 너희들에게 천벌이……."

바락바락 악을 쓰는 노파를 보며, 백수룡은 나직이 한숨을 쉬었다. 그가 손을 들었다.

"적당히 좀 하자고."

짜악! 순간 노파의 눈앞에서 별이 번쩍였다. 백수룡이 두 손바닥에 내공을 담아 노파의 얼굴 바로 앞에서 부딪친 것이다. 공격당하는 줄 알고 놀란 노파가 벌러덩 뒤로 넘어졌다.

백수룡이 그 앞에 서서 혀를 차며 말했다.

"있지도 않은 천벌을 기대하다가 그대로 늙어 죽을 거야? 평생 불만만 늘어놓으면서? 차라리 뭐라도 시도해 보는 게 어때."

"……뭐?"

노파가 멍한 표정으로 백수룡을 올려다봤다. 방금까지 장난스럽게 웃고 있던 그의 표정은, 지금 더없이 진지했다.

"적호방. 대웅방. 그런 쓰레기들을 박멸하진 못해. 아무리 죽여도 계속 생기니까. 여긴 그런 환경이야. 시궁창에서 쥐가 나오는 건 당연한 거잖아."

청천에게도 비슷한 이야기를 했었다.

"차라리 한곳에 모아서 관리하는 게 나아. 내가 그렇게 할 거고."

"어디서 궤변을……."

"당신이 보기엔 나나 그놈들이나 똑같아 보이겠지. 하지만 달라. 그놈들이 최악(最惡)이라면 나는 차악(次惡)이다. 왜냐면, 나는 빈자들이 가진 푼돈엔 관심이 없거든."

훗날 이곳의 상권이 발달한다면 이야기가 다르겠지만, 그건 아예 다른 종류의 이야기였다. 백수룡이 빈민가의 사파 패거리를 장악하려는 건 궁극적으로 다른 이유 때문이었다.

'언젠가 혈교와 싸울 일이 생긴다면…….'

청룡학관 학생들은 어디까지나 학생이다.

한 명 한 명의 재능이 뛰어나고 훗날 뛰어난 고수가 될 확률이 높지만, 그렇다고 백수룡이 그들에게 명령을 내릴 수는 없다.

'언제든지 내가 원할 때 움직일 수 있는 수하들이 필요해.'

얼마 전, 소살귀를 통해 혈교의 존재를 더욱 자세히 알게 되었다. 천무학관에 있는 혈룡, 그리고 그 뒤에 있을 혈교의 세력은 이미 상당히 강한 세력을 구축한 상황.

백수룡은 그에 대비를 해 둘 생각이었다.

"……정말 구제가 안 되는 놈들은 죽이고, 여지가 있는 놈들은 죽도록 굴릴 생각이야. 그러다 보면 이곳도 전보다는 평화로워지겠지."

"……."

노파는 백수룡의 말의 진의를 가늠하듯이 눈을 가늘게 뜨고 바라봤다.

"그럴듯은 하다만…… 내가 네 말을 어떻게 믿지?"

"믿지 마. 날 언제 봤다고 믿어?"

"하! 대체 어쩌라는……."

백수룡의 말은 아직 끝나지 않았다.

"나 말고 청천을 믿어."

"……."

"청천 그 녀석이 가난한 사람들 등골이나 빨아먹을 놈이야?"

노파는 생각해 볼 것도 없다는 듯 고개를 저었다.

"청천은…… 좋은 아이다."

노파는 청천의 어린 시절을 기억했다. 포두가 되겠다며 약한 몸으로 밤을 새워 공부하던 시절, 제대로 밥도 챙겨 먹지 못해 비쩍 곯아 있던 어린 녀석. 돈은 안 받을 테니 먹으라고 소면을 말아 주어도, 공짜로는 죽어도 안 먹겠다고 버티던 고집불통. 대신 한 번씩 돈을 내고 먹을 때마다 소면을 두 배로 말아 주면, 군말 없이 야무지게 먹던 녀석이었다. 청천은 이 빈민가에서 자수성가한 몇 안 되는 아이였다. 수십 년을 이곳에서 살아온 노파에게 청천은 자식 같은 아이 중 하나였다.

"내가 이곳 사람들 등골을 빨아먹으려고 하면, 아마 청천이 날 죽이려고 들걸."

"흘흘. 그래. 그렇겠지."

그 모습을 상상한 노파가 실실 웃었다. 백수룡은 아직 넘어져 있는 그녀에게 손을 내밀었다.

"어때. 내 제안을 긍정적으로 생각해 보는 게?"

잠시 백수룡이 내민 손을 바라보던 노파는, 그 손을 잡고 몸을 일으켜 세웠다.

"……알았다. 청천의 눈을 믿어 보마."

"잘 생각했어."

"잠시 기다려 보거라. 우선 네가 말한 문파들의 정보를 가져올 테니. 나머지는 급하지 않으니 나중에 정리해서 주마."

일이 일사천리로 진행되자 오히려 백수룡이 고개를 갸웃했다.

"위에 보고하지 않아도 돼? 혼자서 결정할 만한 일이 아닐 텐데."

"흘흘. 내게도 그 정도 권한은 있단다."

백수룡은 몰랐지만, 노파는 하오문 남창지부에서 세 손가락 안에 꼽히는 영향력을 갖추고 있었다.

게다가 이곳 빈민가만은 그녀가 최고책임자였다.

잠시 후 노파가 두툼한 서류를 가져왔다.

"여기 있다. 좀 오래된 것도 있으니, 만약 더 궁금한 게 있으면 내가 말해 주마."

 백수룡은 자리에 앉아 노파가 가져온 자료를 읽기 시작했다.

 어느새 밤이 깊은 시각. 문이 닫힌 객잔의 창문 밖으로, 뿌연 달이 빛을 뿌리고 있었다.

 탁. 책자를 덮은 백수룡이 말했다.

"역시 철두라는 놈이 제일 낫겠어."

127화

사람답게 살아라

온몸에 난 상처에 고약을 덕지덕지 바른 철두는 이를 갈았다.
"빌어먹을......."
찔리고 베인 상처가 쓰라려서가 아니었다. 상처 입고 다치는 것쯤이야 어릴 때부터 겪어 온 일상이었으니까. 철두의 표정이 흉신악살처럼 일그러진 것은 다른 이유 때문이었다.
"......대장."
"입 열지 마. 뒈지기 싫으면."
초췌한 얼굴로 누워 있는 장삼의 상처에 붕대를 갈아주며, 철두는 무섭게 표정을 굳혔다. 장삼이 힘없이 웃으며 그를 올려다봤다.
"어차피 곧 뒈질 텐데. 가기 전에 대장이나 약 올리고 가야지."
"망할 놈이......"
평소 같았으면 어딜 대장한테 개기냐며 패 줬겠지만, 창백하게 부르튼 입술로 입을 여는 녀석 앞에선 아무런 행동도 할 수 없었다. 최근 빈민가의 세력을 통일하려는 적호방의 공격이 거세졌다. 시도 때도 없이 시비를 걸어오고 덤벼드는 놈들. 그 탓에 철두파의 하루하루는 전쟁하는 것과 다름없었다. 오늘도 철두는 놈들의 포위에서 살아남았지만, 그의 친구들은 그렇지 못했다.

"흐흐. 대장한테 간호도 받고 좋네. 이 장삼이 출세했어."

"썩을 부하 새끼. 다 나으면 넌 삼 년 동안 뒷간 청소다."

"어이쿠. 뒈져야 할 이유가 하나 더 생겼네."

장삼은 죽어가는 상황에서도 농담을 했다. 철두는 진심으로 그를 한 대 패 버리려다가 주먹을 꽉 움켜쥐고 참았다.

"씨벌……."

대장과 부하. 서로를 그렇게 부르긴 하지만, 둘은 거지 왕초 밑에 있던 시절부터 함께 자라 온 친구이자 형제였다. 장삼이 흐릿해져 가는 눈으로 철두를 바라봤다.

"대장. 난 말이야. 대장이 왕초 새끼를 죽였을 때 얼마나 기분이 좋았는지 몰라. 이 지옥에서 벗어났구나, 씨벌 우리도 이제 좀 사람처럼 살아 보겠구나, 어깨에 힘주고 떵떵거리면서 살겠구나 싶었지. 한 몇 년은 그렇게 살았잖아? 흐흐."

"……."

철두는 말없이 친구를 바라봤다. 장삼의 표정이 고통으로 일그러졌다. 그건 육체의 고통만이 아니었다.

"그런데…… 시간이 지날수록 대장한테 미안하더라고. 대장 손에서 누가 죽어갈 때마다, 어깨에 힘주고 다니면서 누굴 병신으로 만들고, 죽이고, 짓밟을 때마다 그런 생각이 들었어."

잠시지만 장삼의 눈동자가 맑게 빛나고 목소리가 또렷해졌다. 무림에서는 회광반조(回光返照)라 불리는 현상이었다.

장삼이 고개를 들어 철두를 바라봤다.

"왕초 새끼랑 우리가 다른 게 뭘까?"

"……씨벌. 선비 나셨네."

철두는 헛웃음을 지으며 그렇게 말했지만, 장삼의 말이 그의 가슴에 깊게 박혔다. 오래전부터 철두도 비슷한 생각을 하고 있었으니까.

"……복잡하게 대가리 굴리지 마. 배운 것도 없고, 할 줄 아는 것도 없는 하류 인생이 다 그렇지."

철두의 말에 장삼은 고개를 끄덕이면서도, 씁쓸한 듯이 웃었다.

"그냥 좀 사람답게 살고 싶었을 뿐인데. 만약 기회가 있었다면…… 우리도……. 아니, 다 핑계야. 청천 형님 같은 경우도 있고……."

"씨벌. 그 형은 엄마라도 있었지."

"흐흐흐. 그건 그래."

웃음을 터트린 장삼의 눈빛이 다시 점점 흐려졌다. 회한 어린 목소리가 점점 잦아들었다.

"철두야. 아직 안 늦었을지도 몰라. 너라도 사람답게 살아라. 지금부터라도…… 죄짓지 말고……."

툭. 끝까지 말을 잇지 못한 장삼의 고개가, 옆으로 힘없이 꺾였다.

"……자라. 개소리 그만하고."

철두는 장삼의 눈을 감겨 주고, 얼굴에 거적을 덮은 후 자리에서 일어났다. 어려서부터 누가 죽는 일에는 익숙했기에 슬픈 감정 따위는 없었다. 다만, 이 개 같은 상황에 열이 받을 뿐이었다. 방에서 나온 철두는 철두파의 본진, 낡은 장원 안을 둘러봤다.

"……씨벌."

곳곳에 축 늘어져 있는 부하들이 보였다. 지친 표정과 몸에 감고 있는 붕대들. 무림인들이 쓰는 비싼 금창약은 엄두도 못 내고, 대신 고약 냄새가 낡은 장원에 진동했다.

"대장."

"……대장."

"대장……."

돌아보는 얼굴들에 피로감이 가득했다. 그중에는 곧 죽을 듯 창백한 얼굴도 여럿이다. 붕대 사이로 핏물이 벌겋게 번져 있다. 더 이상 보이지 않는 얼굴들도 여럿이다.

'나흘 사이에 일곱이 당했다.'

아니, 방금 장삼이 죽었으니 여덟이 죽었다. 애초에 인원이 서른 남짓밖에 안 되는 철두파였다. 벌써 삼분지 일 가까이가 죽은 셈이었다.

"대장. 대웅방에서 연락이 왔어."

철두파에서 총관 역할을 하는 아삼이 다가왔다. 철두는 그의 헐렁한 왼팔 소매에 잠시 시선을 주고 물었다.

"……뭐라는데?"

"똑같지 뭐. 밑으로 들어오면 도와주겠대. 그만 버티고 와서 꿇으래."

"지랄."

대웅방이나 적호방이나 똑같은 놈들이었다. 오히려 무공 좀 익혔다고 거만하게 구는 것은 대웅방의 퇴물 낭인 놈들이 더 심했다. 밑으로 들어가면 처음엔 노예 취급을 당할 거고, 얼마 안 있어 팽당할 것이 뻔했다.

"똥줄 타는 건 그 새끼들도 똑같아. 적호방이 놈들도 건드리기 시작했으니까."

적호방은 세 세력 중 압도적인 전력을 갖췄지만, 일부러 전면전은 벌이지 않고 있었다. 대신 경쟁 세력을 하나둘 건드려서 천천히 말려 죽이고 있었다. 대웅방과 철두파가 스스로 숙이고 들어오도록 말이다.

물론, 철두는 숙일 생각이 없었다.

'이대론 다 뒈진다. 방법을 찾아야 해.'

철두는 나름 고심했다. 평생 남을 들이받을 때 빼고는 별로 써 본 적 없는 대가리를 열심히 굴렸다. 그렇게 나온 결론은 단순했다. 철두가 짧은 머리를 벅벅 긁으며 말했다.

"다들 모여 봐."

생각을 정리한 그가 형제들을 불러놓고 말했다.

"오늘 밤. 내가 적호방주를 죽이러 간다."

"뭐?"

"미쳤어, 대장?"

적호방주는 엄청난 고수라고 알려져 있었다. 직접 본 사람은 거의 없지만, 이전 적호방주를 세 합 만에 반으로 갈라 죽였다는 소문이 자자했다. 하지만 철두는 코웃음을 쳤다.

"고수는 뭐, 배때지가 철판으로 돼 있어?"

아무리 고수라고 해도 인간이다. 칼을 쑤셔 넣으면 안 뒈질 리가 없었다. 철두는 그렇게 믿었고, 지금까지 그렇게 살아왔다.

……다른 방법은 모른다. 철두는 방에 가서 손도끼와 단도, 몇 가지 암기를 챙겨서 다시 밖으로 나왔다.

"이거 받아라."

철두는 아삼에게 열쇠를 던졌다. 철두파가 모은, 얼마 안 되는 재물이 쌓여 있는 금고 열쇠였다.

"내가 내일 아침까지 안 돌아오면 네가 알아서 나눠 줘라. 뻥땅 치지 말고 똑같이 나눠 가져. 그걸로 철두파는 해체다."

"……철두야. 가면 죽는다."

"닥쳐. 누가 죽으러 간대? 아침까지 돌아온다. 만약 돌아왔는데 다 튀었으면 하나하나 잡으러 갈 테니 각오들 해."

히죽 웃은 철두는 돌아섰다. 사방에서 부르는 소리가 들렸지만 모두 무시했다.

끼이익……. 장원의 문을 밀자 낡은 경첩이 불쾌한 소리를 냈다. 밖으로 나온 철두는 빈민가의 차가운 밤거리 속으로 스며들었다.

"춥네 씨벌."

곳곳에서 고함과 욕설, 싸우는 소리가 들려왔지만, 이 정도면 이 동네

치고는 조용한 편이었다. 철두가 으슥한 골목길로 접어들었을 때였다.

"나랑 잠깐 얘기 좀 할까?"

"!"

낯선 기척에 철두는 황급히 돌아섰다. 동시에 손도끼를 뽑아서 던졌다. 그 솜씨가 전광석화처럼 빨랐다.

탁! 그러나 철두가 던진 손도끼는 상대의 손에 간단히 잡혔다. 정확히 손잡이 부분을 낚아챈 상대를 본 순간, 철두는 마른 침을 꼴깍 삼켰다.

고수. 그것도 보통 고수가 아니다.

"누구냐?"

감탄이 나올 정도로 잘생긴 사내였다. 달빛 아래 푸른 장포를 입고 서서 묘한 웃음을 짓는 모습은, 마치 전설 속의 요괴처럼 요사스럽기까지 했다.

"나? 철두파 접수하러 온 사람."

가볍게 말하며 걸어오는 백수룡의 모습에, 철두의 표정이 사납게 일그러졌다. 그가 다른 손도끼를 꺼내 꽉 움켜쥐며 으르렁거렸다.

"못 보던 얼굴인데. 대웅방에서 보낸 놈이냐? 아니면 적호방?"

"둘 다 아니야. 굳이 말하자면…… 청룡방? 백룡방?"

이거 생각보다 이름 짓기 어렵네, 라고 중얼거리며 백수룡이 미간을 살짝 좁혔다. 그 여유만만한 모습에 철두는 열불이 치솟았지만, 쉽사리 먼저 공격하지는 못했다.

상대의 빈틈을 찾으며 그가 물었다.

"둘 다 아니면…… 나한테 무슨 볼일이지?"

"말했잖아. 철두파를 접수하러 왔다고. 그러려면 두목한테 도전해서 이겨야지. 그게 너희들 규칙이잖아?"

"미친놈이었군. 카악, 퉤!!"

바닥에 걸쭉하게 침을 뱉은 철두가 양손에 손도끼 하나씩 나눠 쥐었다.

"그런데 말이야."

백수룡은 슬금슬금 거리를 재며 다가오는 그에게 물었다.

"아까 가는 방향을 보니 적호방으로 가는 것 같던데. 혼자서 적호방에 쳐들어가려고 했던 거냐?"

"그게 아니라 사실은……."

"사실은?"

철두는 대답하는 척하며 상대의 흥미를 끌다가, 벼락처럼 달려들며 양손의 손도끼를 휘둘렀다.

"염라대왕한테 가서 들어, 이 새끼야!"

온몸의 탄력, 그리고 삼류 내공심법을 구해서 쌓은 쥐똥만 한 내공을 모두 더해서 내지른 필살의 일격.

직접 만든 이름 없는 초식.

철두의 입가에 회심의 미소가 맺혔다.

'지금까지 이 거리에서 이걸 막아 낸 놈은 없었어!'

촤아아악! 십자로 휘두른 손도끼가 순식간에 백수룡의 몸을 네 조각으로 찢었다.

"제법이긴 한데."

그러나 찢어진 줄 알았던 백수룡의 신형이 허공에 흩어졌다. 철두가 눈을 부릅떴다.

'잔상!'

철두의 왼편에서 다시 나타난 백수룡이 말했다. 어쩐지 그 목소리는 신이 난 것 같았다.

"체계가 없어. 제대로 못 배워서 말이지."

그 순간, 백수룡이 뻗은 손이 철두의 팔을 잡았다. 철두는 그 힘에 저항하지 않고 딸려갔다. 순간적인 판단이었다. 평균보다도 키가 작은 편인 그는 백수룡과 머리 하나 이상 차이가 났다. 무릎을 굽혀 아래로 파고들었다가, 머리로 백수룡의 가슴을 받아 버릴 기세로 몸을 날렸다.

"뒈져라!"

"임기응변 좋고."

나직이 감탄한 백수룡이 팔을 놓아주고 몸을 옆으로 피했다.

콰아앙! 담벼락을 들이받은 머리통이 천천히 옆으로 비켜섰다. 두꺼운 벽에 실금이 쩌저적 가 있었다. 머리가 울리는지 철두가 잠시 비틀거렸다. 그 모습을 본 백수룡이 놀란 표정으로 중얼거렸다.

"……대가리 단단하고."

"흐흐…….."

괴소를 흘리는 철두의 머리에서 피가 줄줄 흘렀다. 핏발 선 두 눈은 살기로 가득했다. 야생에서 살아온 짐승 같은 모습에, 백수룡의 눈빛이 착 가라앉았다.

'이 녀석. 살성을 타고났군.'

전설로 내려오는 천살성(天殺星)까지는 아니지만, 철두는 보기 드물게 살기를 많이 가지고 태어난 체질이었다. 이마에 흐르는 피를 손등으로 슥 닦아 낸 철두가 다시 백수룡에게 달려들었다.

"뒈져라!"

휘익! 획획획! 마구잡이로 손도끼를 휘두르고, 단도를 뽑아 기습적으로 찌르고, 품에서 암기를 꺼내 던졌다. 갖고 다니던 독도 모두 뿌렸다. 하지만 철두의 어떤 공격도 백수룡의 옷깃 하나 스치지 못했다.

"으아아아!"

철두가 괴성을 지르며 발광하듯 덤비는 것을, 백수룡은 침착하게 받아 주었다. 제압하려면 처음부터 제압할 수 있었다. 하지만 일부러 철두의 모든 공격을 피하지 않았다.

'직접 싸워 봐야 알 수 있는 것도 있지.'

상대가 어떤 식으로 싸움을 하는지, 싸울 때 버릇은 어떤지, 신체의 발달 정도는 어느 정도이며, 활용은 또 얼마나 하고 있는지. 그래야 어떤 무공을 가르치는 것이 좋을지 판단할 수 있었다.

"……그게 딱이겠군."

순간 백수룡의 눈이 빛났다. 네 명의 사부의 절세신공 외에도, 그의 머릿속에는 수많은 혈교의 무공이 들어 있었다. 그중 하나를 떠올린 백수룡의 입가에 옅은 미소가 맺혔다.

"이제 그만하자."

"뒈지라고오!!"

"일단 정신 좀 차리고."

휘익! 백수룡은 손을 뻗어 살기충천한 철두의 옷깃을 잡더니, 단숨에 바닥에 메다꽂았다. 한순간에 세상이 뒤집힌 철두의 몸은 바닥을 향해 등부터 떨어졌다.

콰아아앙! 등이 부서질 듯한 격통에, 철두가 눈을 부릅떴다. 그의 입에서 피가 섞인 기침이 토해졌다.

"커헉! 쿨럭! 쿨럭……. 이런, 씨벌……."

백수룡은 철두의 앞에 서서 그를 물끄러미 내려보았다.

"일어나지 말고 들어."

"죽인……다……."

눈이 시뻘겋게 충혈된 철두가 바닥을 기며 몸을 일으키려고 했다.

"사실 아까 하는 말을 좀 들었다. 장삼이었나? 죽은 네 친구 이름이."

"닥……쳐……."

철두는 이를 부득부득 갈며 몸을 일으켰다. 평생 발버둥만 치며 살아다. 상대가 아무리 강해도, 죽음이 눈앞에 들이닥쳐도 포기할 수 없었다.

백수룡이 그를 보며 덤덤히 말했다.

"……살릴 수 있으면 살려 주고 싶었는데, 내가 아니라 생사신의가 와도 어려운 상태였다. 그래서 본의 아니게 좀 엿들었다."

"닥치……라고……!"

철두는 바닥을 더듬어 떨어뜨렸던 손도끼를 다시 쥐었다. 간신히 몸을 세우고 숨을 헐떡이며, 무릎에 힘을 줘 몸을 일으켰다. 비틀대며 겨우 일어난 그를, 백수룡이 조금은 쓸쓸한 표정으로 보고 있었다.

"너희한테 기회를 주지. 사람답게 살 수 있도록."

"닥치……라고…… 뭐?"

철두는 순간 머리가 띵해서 잘못 들은 줄 알았다. 하지만 잘못 들은 게 아니었다. 자신을 죽이러 온 줄 알았던 사신이, 생각지도 못했던 구원의 손길을 내밀고 있었다.

"지금 당장은 힘들다. 하지만 빈민가에 상권이 들어오고 자리를 잡으면 너희에게 정당한 일거리를 주마. 아무도 안 죽이고, 안 빼앗고, 죄짓지 않고 살 수 있게."

"무슨 미친 소리를……."

황당하다는 듯 중얼거리는 철두에게, 백수룡은 피식 웃으며 손을 내밀었다.

"그러니까 내 밑으로 들어와."

"……."

그 순간, 철두는 장삼의 마지막 말을 떠올렸다.

―철두야. 아직 안 늦었을지도 몰라. 너라도 사람답게 살아라. 지금부터라도…… 죄짓지 말고…….

친구의 유언을 떠올린 순간, 철두의 눈에서 굵은 눈물이 뚝 떨어졌다.

"어……? 왜……?"

몹시 당황한 철두는 손등으로 눈가를 거칠게 비볐다.

128화
내가 어떻게 하면 되는데?

"씨벌. 눈에 뭐가 들어갔나……. 갑자기 왜……."

철두는 손등으로 충혈된 눈가를 거칠게 비볐다. 갑자기 왜 눈물이 나는지 이해할 수 없었다. 아까 장삼이 죽었을 때도 흘리지 않았던 눈물인데. 싸우다가 칼에 찔리고 불에 생살을 지져도, 아무리 몸이 아프고 삶이 고되어도 이를 악물며 참아왔는데.

'고작 저 자식이 한 말 몇 마디 때문에 내가 운다고?'

인정할 수 없었다. 갑자기 나타나 자신을 때려눕힌 기생오라비 같은 자식의 몇 마디에, 가슴 깊은 곳에 숨겨 둔 감정이 울렁거린다는 사실을. 때문에 철두는 강하게 부정했다.

"지랄하고 있네."

눈을 사납게 치켜든 철두는 백수룡을 노려봤다. 손도끼를 들어 그의 미간을 겨누며 으르렁거렸다.

"어디서 개수작이야? 밑으로 들어오면 일자리를 준다고? 그딴 개소리를 내가 믿을 것 같아?"

"믿기 어려울 것 같긴 한데, 일단 내 말을 좀 들어 봐."

백수룡은 하오문의 노파에게 했던 말을 간략하게 추려서 말했다. 그러나 노파와 달리, 철두는 백수룡이 하는 말을 아예 들으려고조차 하지 않았다.

"너."

카악- 퉤! 바닥에 침을 뱉은 철두가 히죽 웃었다. 이빨 사이로 핏물이 벌겋게 배어 있었다.

"곱상하게 생긴 걸 보니까 잘나가는 집안에서 무공 좀 익힌 놈 같은데. 밑바닥에 사는 놈들 모아서 대장 놀이라도 하려고?"

철두는 큭큭 웃으며 이죽거렸다. 대화 자체를 거부하는 상대의 모습에, 백수룡은 팔짱을 끼고 한숨을 쉬었다.

"대가리가 너무 단단해서 그런가. 말귀를 못 알아듣는 단점이 있네. 조금 더 패면 말을 들으려나?"

"지랄 말고 덤벼!"

고함을 내지른 철두가 다시 한번 백수룡에게 달려들었다.

휘익! 싸워 봤자 상대도 되지 않는다는 건 본인이 누구보다 잘 알고 있었다. 그렇다고 도망치는 것도 불가능한 상황. 철두는 양손에 손도끼를 들고, 들소처럼 머리를 앞세우며 백수룡에게 쇄도했다.

'오늘 이곳에서 뒈져도 상관없어!'

팔다리쯤 잘려도 상관없다는 각오로 몸을 활짝 열었다. 방어를 포기하니 속도가 한층 빨라졌다.

'팔 하나, 아니 손가락 하나라도 자른다!'

극한의 상황 속에서 철두는 생애 최고의 집중력을 발휘했다. 부상으로 움직이기 힘든 몸이었지만, 놀라울 정도로 빠르고 정교하게 도끼를 휘둘렀다.

촤아아악! 두 자루의 손도끼가 깔끔한 궤적을 그리며 공간을 갈랐다.

"역시 그 무공이랑 잘 맞아."

그 공격 역시 너무도 가볍게 피하며 백수룡이 중얼거렸다. 철두는 상대가 피할 것도 예상했다는 듯, 손에서 도끼를 놓으며 한 번 더 땅을 박찼다.

터엉! 그의 단단한 머리가 포탄처럼 쏘아졌다. 자신의 몸을 전혀 돌보지 않는 무지막지한 공격. 만약 백수룡이 옆으로 피한다면, 그대로 뒤쪽에 있는 담벼락에 머리를 부딪쳐 잘 깨진 수박처럼 변할 것이 분명했다.

"단순무식한 공격 일변도의 무공. 게다가 이 살기…… 역시 굉천부(轟天斧)가 딱이겠어."

그렇게 중얼거린 백수룡은 손바닥을 펼치며 부드럽게 원을 그렸다. 무당의 면장을 떠올리게 하는 움직임.

스르륵. 백수룡은 자신의 가슴을 뚫어 버릴 기세로 날아오던 철두의 머리를 가볍게 쓸어내리듯 옆으로 흘리면서 빙글 돌렸다.

휘리릭! 제자리에서 몇 바퀴를 빙그르르 돈 철두가 바닥에 털썩 쓰러졌다.

"으으……."

바닥에 주저앉은 철두는 한동안 정신을 차릴 수 없었다. 그는 자신의 몸에 상처 하나 입히지 않고 제압한 백수룡을 귀신 보듯 바라보며 악을 썼다.

"너 대체 뭐야! 가지고 놀지 말고 죽이려면 빨리 죽……."

따악! 어느새 꺼내든 흑룡편으로 철두의 정수리를 후려친 백수룡이 말했다.

"대가리를 남 들이받는 데 말고 다른 용도로 좀 써 보는 건 어떠냐?"

"……뭐?"

백수룡은 싸늘한 시선으로 철두를 내려다보며 말을 이었다.

"내가 왈패 놈들 모아서 대장 놀이를 하고 싶은 거였으면, 이렇게까지 해서 널 살려 둘 이유가 있다고 생각하나?"

"……."

철두는 말없이 백수룡을 노려봤다. 백수룡도 시선을 피하지 않았다. 잠시 후, 눈싸움을 벌이던 그들 중 먼저 입을 연 쪽은 철두였다.

"……그래서."

백수룡의 말대로, 머리를 생각하는 용도로 쓴 그가 물었다.

"뭘 하려는 건데? 당신 정도의 고수가 이런 곳에서……."

"빈민가 세력을 하나로 모아서 제대로 된 문파를 만들 거다."

"문파?"

기껏해야 남들처럼 빈민가를 휘어잡아서 상납금이나 받아먹으려는 줄 알았던 철두는 눈을 크게 떴다.

백수룡이 고개를 끄덕였다.

"그래. 너희 같은 시정잡배들을 모아서 무공을 가르칠 거다. 물론 다 받아주진 않는다. 구제가 안 되는 놈들은 쓸어 담아서 모두 관아에 처넣고, 갱생 가능한 놈들만 모아서 죽도록 굴려야지."

백수룡의 입가에 사악해 보이는 미소가 맺혔다. 새로운 훈련생들을 굴릴 생각에 벌써부터 신이 난 것이다.

"왜 그런 짓을……."

"거기까지 자세히 알 필요는 없어. 중요한 건 말이야."

백수룡은 갑자기 월영을 뽑았다. 철두는 자신을 공격하려는 줄 알고 움찔했지만, 시선은 이내 월영에 못 박힌 듯 고정되었다.

스스스슷. 월영에 선명한 적색 검기가 맺혔다. 철두는 황홀한 표정으로 영롱한 검기를 바라보았다. 이렇게 가까이서 검기를 보는 건 살면서 처음이었다.

"내 밑으로 들어오면 제대로 된 무공을 배울 수 있다는 거야. 저잣거리에서 파는 삼류 무공 말고, 진짜 고수가 될 수 있는 상승무공을."

"상승무공……."

홀린 듯이 중얼거리는 철두를 보며, 백수룡은 회심의 미소를 지었다.

'이럴 줄 알았지.'

철두는 실전 경험이 풍부하고, 다치는 것을 무서워하지 않는 저돌성까지 지니고 있었다. 하지만 상승무공을 접하지 못한 티가 났다. 분명 더 강한 무공을 향한 갈증이 컸을 것이다.

'이만한 자질을 가지고……. 혈교에 있었으면 최소한 대주급은 됐을 놈인데.'

지금은 철두에게 필요한 것은 그에게 어울리는 무공이었다.

그리고 마침, 백수룡은 딱 맞는 무공을 알고 있었다. 백수룡은 철두가 바닥에 놓친 손도끼를 물끄러미 바라보며 말했다.

"너에겐 제대로 도끼 다루는 법을 알려 주마."

굉천부(轟天斧). 철저하게 실전적이면서도 공격 일변도인 부법(斧法). 철두가 이걸 익힌다면, 상당히 빠른 시간 안에 고수가 될 것이라 장담할 수 있었다.

"……내게 상승무공을 가르쳐 준다고? 왜? 상승무공은 돈 주고도 못 배울 만큼 귀한 거잖아."

철두는 멍청한 표정으로 백수룡을 올려다봤다. 무림인들은 무공을 배우기 위해 목숨까지 건다. 상승의 무공은 사제지간에도 쉽게 가르쳐 주지 않는 법이었다. 그게 무림의 상식.

하지만 백수룡은 그런 상식에 코웃음을 칠 수 있는 사람이었다.

"내가 알고는 있는데 못 쓰는 무공이 좀 많거든."

굉천부는 혈교의 무공 중 하나였다. 정확히는 혈교에서 연구하기 위해 입수한 무공이지만, 마공은 아니었기에 가르치는 데도 아무런 문제가 없었다.

'살초를 좀 줄이긴 해야겠지만.'

청룡학관의 학생들은 대부분 가문, 문파의 상승무공을 익히고 있었다. 때문에 특별한 경우를 제외하면 그들에게 새로운 무공을 가르칠 필요가 없었다. 하지만 백수룡이 앞으로 빈민가를 접수해 만들 문파는 다르다.

'내 머릿속에 있는 수많은 무공 중 쓸 만한 걸 골라서 가르칠 수 있어.'

청룡학관 학생들만큼의 재능은 아니겠지만, 그 숫자와 마음껏 부릴 수 있게 된다는 장점은 어마어마한 것이었다.

물론, 이 모든 것은 한동안은 철저하게 비밀리에 진행되어야 한다. 그리고 이 계획에서 백수룡이 대리인으로 점찍은 인물이 바로 철두였다.

백수룡은 하오문의 노파가 해 준 말을 떠올렸다.

-철두 그놈. 의리가 깊고, 보기와는 달리 아무나 쉽게 죽이진 않는다. 상납금도 다른 세력의 절반만 받지. 형편이 정말 어려운 자들은 면제해 주기도 하고. 그래서 그 녀석들은 지금도 가난해.

살기충천한 모습과 달리, 철두는 이곳 빈민가에서 그나마 괜찮은 녀석이었다.

"내가 할 얘기는 다 했다. 선택은 이제 네 몫이야."

"……."

"날이 밝을 때까지, 더럽게 맛없는 소면을 파는 객잔에서 기다리고 있으마."

할 말을 다 마친 백수룡은 미련 없이 돌아섰다.

골목길을 돌아선 그의 모습이 사라지자마자, 온몸에 힘이 풀린 철두는 바닥에 대자로 드러누웠다.

털썩.

"하. 내가 귀신에 홀렸나……."

철두는 멍한 얼굴로 새카만 하늘을 올려봤다. 쏟아질 것처럼 많은 별들이 반짝이고 있었는데, 마침 별똥별 하나가 긴 꼬리를 남기며 떨어졌다. 아주 어릴 땐, 저 별똥별을 보며 소원을 빌기도 했었다. 제발 이 거지 같은 인생에서 벗어나게 해 달라고…….

"씨벌. 이제 와서 무슨…….'"

철두는 크크 웃으며 계속 하늘을 바라봤다.

온몸에 힘이 빠져서 손 하나 까딱할 수 없었다.

얼마나 더 그러고 있었을까. 걸걸한 목소리가 그를 불러 깨웠다.

"이놈아. 그러다 얼어 뒤지겄다."

"할매?"

소면이 더럽게 맛없기로 유명한 객잔의 노파였다.

벙어리로 알려진 그녀가 다가오며 말을 걸었지만, 철두는 그것 때문에 놀란 게 아니었다.

"할매가 여긴 웬일이야?"

그는 노파가 벙어리가 아니란 사실을 아는 몇 안 되는 사람이었다.

또한, 하오문도라는 사실도 알고 있었다.

"널 쥐어팬 놈 말이다. 백수룡이라는 녀석이다."

"……유명한 놈이야?"

"청룡학관의 신입 강사지. 최근 떠들썩한 일을 여럿 저지르고 다니는 놈이다."

"잘난 놈이었네. 역시."

청룡학관이라면 많이 들어보았다. 그곳에서 무공을 배우면 하늘을 날고 바위를 맨주먹으로 부순다고 들었다.

배운 무공이 미천한 철두에겐 다른 세상의 이야기였다.

"……할매. 그놈이 말이야. 나한테 상승무공을 가르쳐 주겠다고 했어."

철두는 청룡학관에 입관하고 싶어도 입관할 수 없었다.

빈민가 출신이라는 낙인, 그리고 어린 시절부터 관아를 들락날락했던 과거가 발목을 잡은 탓이었다. 청룡학관뿐만 아니라, 이름이 좀 알려진 무관은 모두 그를 거절했다.

―……자네에겐 무공을 가르칠 수 없네.
―너 같은 놈이 무공을? 훗날 마두가 될 것이 뻔한데?
―갈! 네놈의 눈빛에 살기가 가득하구나!
―여기가 어디라고 들어와! 썩 꺼지지 못해!

이제는 씁쓸하지도 않은 과거를 떠올린 철두가 히죽 웃었다.
"나 같은 놈이 상승무공을 배우면 무림공적이 될지도 몰라."
"말 같지도 않은 소리 말고 일어나, 이놈아."
노파는 지팡이로 철두를 쿡쿡 찔러 일어나게 했다. 철두가 끙끙대며 겨우 몸을 일으키자, 노파가 그를 물끄러미 바라보며 말했다.
"어찌할 게냐? 백수룡과 손을 잡을 게야?"
"…솔직히 어디까지 믿어야 할지 모르겠어."
혼란스러워하는 철두를 보고, 노파는 약간의 조언을 해 주기로 했다.
"그 녀석이 그러더군. 자신을 믿지 말고, 청천을 믿어 보라고 말이다."
"……청천? 포두?"
"둘이 친해 보이더구나."
청천이라면 빈민가에서 모르는 사람이 없었다. 이곳 출신으로 자수성가한 몇 안 되는 인물이자, 문제가 생길 때마다 발 벗고 나서 주는 고마운 사람이었다.
"그 청천이……."
"헌데 말이다. 나는 청천이 아니라 백수룡 그자를 믿어 보고 싶다."
"왜?"

그답지 않게 순진한 표정으로 쳐다보는 철두의 질문에, 노파가 흘흘 웃었다.

"백수룡을 만나고 나서부터 청천의 표정이 밝아졌거든. 그거면 충분하지 않을까?"

"……."

잠시 고민하던 철두가 말했다.

"할매. 나 배고파. 밥 줘."

"오냐. 객잔에 가서 소면 한 그릇 말아 주마."

두 사람은 함께 객잔으로 향했다.

객잔 안으로 들어섰을 때, 백수룡은 하오문에서 건네준 서류를 읽고 있었다.

"왔어?"

"……그냥 밥 먹으려고 온 거다."

"그러시든가."

피식 코웃음을 친 백수룡은 서류를 마저 읽었다. 그 사이 철두는 노파가 말아 준 맛없는 소면을 꾸역꾸역 먹었다.

소면을 배 터지게 먹은 후에야, 철두는 백수룡을 향해 걸어가서 맞은편에 앉았다.

"알려 줘. 내가 어떻게 하면 되는데?"

129화
갱생문(更生門)

 백수룡과 철두, 두 사람은 객잔에서 밤새 많은 이야기를 나눴다. 어느새 창밖으로 날이 밝아 오고 있었다. 그 모습을 보던 철두가 갑자기 자리에서 벌떡 일어났다.
 "맞다! 애들한테 아침까지 내가 안 돌아가면 해체하라고 했는데……."
 지난밤 아삼에게 창고 열쇠를 주면서, 아침까지 돌아오지 않으면 그 안에 든 재물을 모두에게 똑같이 나눠 주라고 말한 철두였다. 그런데 해가 떴는데도 그가 돌아가지 않았으니, 어쩌면 지금쯤 철두파의 본거지에는 아무도 남아 있지 않을 수도 있었다.
 그 이야기에 백수룡도 자리에서 벌떡 일어났다.
 "이런 돌대가리 새끼. 그런 걸 까먹고 있으면 어떡해?"
 "다 엿들었다면서? 그럼 당신이라도 기억했어야 하는 거 아니야?"
 "뭐? 이게 어디서 책임 전가를……."
 "썩을 놈들아! 싸울 시간이 있으면 얼른 뛰어가!"
 노파의 걸걸한 고함에 정신을 차린 두 사람은 객잔을 나와 철두파의 낡은 장원으로 달려갔다.

백수룡은 점점 가까워지는 장원의 모습에 혀를 찼다.

"이건 무슨……."

아까 밤에 볼 때는 좀 덜했는데, 낮에 보니 언제 무너질지 모르는 폐가나 마찬가지였다.

"이러다 귀신 나오겠네. 상납금 받아서 대체 어디다 썼냐?"

"술 사 먹고, 밥 먹고, 애들 다치면 약값으로 쓰고……."

뒤따라 달려오던 철두가 궁색한 변명을 늘어놓았다. 그 모습에 백수룡은 고개를 절레절레 저었다.

"하루살이들이 다 그렇지. 다행히 안에 기척은 있는 것 같다."

역천신공에 의해 확장된 기감에, 철두파의 장원 안에 인기척이 여럿 느껴졌다. 속도를 줄인 백수룡은 철두의 옆에 나란히 서서 그의 어깨를 툭 쳤다.

"네 친구들이 무식하긴 해도 의리는 있는 모양이다."

"……."

철두의 입가에 조용하지만 흐뭇한 미소가 지어질 때였다. 갑자기 장원 안에서 요란스러운 소음이 들려오더니, 울분에 가득 찬 외침이 장원 안에서 터져 나왔다.

"애들아!"

"아삼?"

장원 안에서 들려온 목소리의 주인은 아삼이었다. 철두파의 총관이자, 죽은 장삼과 함께 철두의 불알친구 중 한 명. 아삼이 장원에 사람들을 모아놓고 일장연설을 하고 있는 것 같았다.

"철두 이 새끼가 아직도 안 온 걸 보면 뒈졌거나 적호방에 잡힌 게 분명하다! 그러니까 이제 창고에 있는 재물은 전부 우리 거다!"

"……아니 저 새끼가?"

장원을 향해 다가가는 철두의 표정이 일그러졌다.

아삼의 이야기는 계속됐다.

"그런데 씨발. 저런 푼돈으로 여길 떠 봤자 우리가 갈 데나 있겠냐?"

"없지!"

"밑바닥 인생이 가 봤자 거기서 거기지."

"으하하하!"

장원 안에서 다른 놈들의 목소리도 들려왔다.

"새끼들이 손님 데려가는데 쪽팔리게……."

철두는 백수룡의 눈치를 보며 작게 중얼거렸다. 콩가루 같은 철두파의 모습을 보고, 그가 행여나 마음을 달리 먹을지도 모른다는 걱정에서였다. 그런데 정작 백수룡은 웃고 있는 것이 아닌가?

"철두야. 뭔가 이상하다는 생각 안 드냐?"

"……뭐가?"

철두가 멍청한 표정으로 묻자, 백수룡은 못 참고 웃음을 터트렸다.

"해체할 거면 그냥 재물이나 나눠 주고 각자 갈 길 가라고 하면 될 텐데. 아삼이란 네 친구는 왜 애들을 모아서 저런 말을 할까?"

"그거야……."

그제야 철두도 이상하다는 생각이 들었다. 아삼은 왜 저런 말을 하는 거며, 대답하는 목소리들은 왜 저렇게 힘차고 유쾌한 걸까?

'어제까지 다 죽어가던 놈들이 말이야.'

곧 그 이유가 밝혀졌다.

"흐흐. 우리가 누구냐? 서로 불알을 보며 살아온 놈들 아니냐."

아삼의 말에 호응하듯 '옳소!', '그렇지!', '냄새나!' 따위의 맞장구치는 목소리들이 들려왔다. 병장기를 부딪치는 쨍그랑, 하는 소리도 들렸다. 다들 흥분해 있었다. 전쟁터에 나가기 직전의 병사들처럼.

"혼자 죽겠다고? 철두 이 새끼가 우리를 아주 그냥 등신으로 봤어. 안 그러냐!"

아삼의 외침에 뒤이어 장원 전체가 떠나갈 듯한 함성이 터져 나왔다. 무기를 부딪쳐 쇳소리를 내고, 자기들끼리 괴성을 지르고, 난리도 아니었다.

"아니 저 새끼들이 왜……."

철두가 당황하는 가운데, 다시 아삼의 목소리가 들려왔다. 그 목소리는 조금 전과 비교할 수 없이 진지했다.

"철두 그 꼴통 새끼를 구하러 가자. 아니, 같이 뒈지러 가자. 나랑 같이 적호방 문 앞에 똥오줌을 갈기러 갈 놈은 따라와!"

"우오오오오!"

사기가 하늘을 찔렀다. 폐가나 다름없는 장원의 대문이 쓰러질 듯 흔들렸다.

"얘들아 연장 챙겨라! 전쟁이다!"

"전쟁이다!"

잠시 후, 안 그래도 경첩이 덜렁거리던 철두파의 대문이 박살 났다.

콰아앙! 문을 부수고 부서진 문 안쪽에서 약 스무 명의 사내가 살기등등한 모습으로 뛰어나왔다. 그 선두에는 살기등등한 모습의 아삼이 있었다. 아삼이 하나뿐인 손에 든 낫을 번쩍 들어 올리며 힘껏 외쳤다.

"가자! 우리의 꼴통 대장을 구하러…… 철두야?"

귀신이라도 본 듯한 표정으로 눈을 끔뻑이는 아삼에게, 철두는 냉큼 달려가 반가움 가득한 인사를 건넸다.

"반갑다 이 새끼야!"

빠악!

"컥!"

철두의 박치기에 나가떨어진 아삼이 그대로 기절했다.

"새끼가 쪽팔리게 진짜."

기절한 친구 앞에서 손바닥을 툭툭 턴 철두는, 엉거주춤하게 서 있는 철두파의 사내들을 돌아보며 말했다.
"나 돌아왔다. 그러니까 꼴값 떨지 말고 들어가, 새끼들아."
"……."
그대로 슬금슬금 뒷걸음질 쳐서 안으로 들어가는 녀석들에게, 철두가 한 번 더 고함을 질렀다.
"문 부순 건 고쳐 놓고!"
뻥 뚫린 장원의 대문으로 찬바람이 휑하게 들이닥쳤다.

• ◈ •

"끄응. 살아 있었으면 빨리 돌아올 것이지……."
아삼은 여전히 골이 울리는지 이마를 부여잡으며 말했다. 그의 앞에는 평소보다 인상이 더 사나운 철두와, 생전 처음 보는 잘생긴 사내가 함께 있었다.
"그래서 옆엔 누군데?"
백수룡은 말없이 빙긋 웃었고, 철두가 대신 그를 소개했다.
"철두파의 새로운 대장이다."
"뭐?"
"뭐어?"
"아니, 문주님이라고 해야 하나……."
철두의 폭탄선언에 아삼은 물론이고 모두가 놀라서 눈을 부릅떴다.
새로운 대장? 문주? 적호방주에게 고개 숙이기 싫어서 죽이러 가겠다고 한 놈이, 아침에 돌아와서 한다는 소리가 새로운 대장을 데려왔단다.
철두가 조금 떨떠름한 표정으로 말을 이었다.
"나보다 훨씬 고수다. 앞으로 우리 조직 이름도 바꿀 거고, 우리한테 무공도 가르쳐 줄 거다. 문……주님. 한마디 하시죠."

아직은 부르기 어색한 호칭인지 철두가 머리를 긁적이곤 옆으로 물러났다.

"반갑다."

그리고 앞으로 나선 백수룡이 자신을 소개하려 할 때.

"대체 뭔 개소리야?"

아삼이었다. 눈을 부리부리하게 뜬 그가 백수룡과 철두를 번갈아 노려봤다.

"철두 너. 박치기를 하도 해서 진짜 머리가 어떻게 된 거 아니냐? 닭 한 마리도 못 잡게 생긴 샌님한테 문주님이라고?"

아삼만이 아니었다. 갑자기 바뀐 두목에 불만을 가진 사내들이 험악한 표정을 지으며 한마디씩 했다.

"이런 기생오라비가 우리 대장이라고?"

"너 이 새끼 뭐야? 철두한테 엉덩이라도 대 줬냐?"

"반반하게 생긴 게 딱 그런 쪽인데?"

몇몇은 건들거리면서 백수룡에게 시비를 걸었다. 그 모습에 철두의 안색이 하얗게 질렸다. 잠자는 호랑이의 수염을 잡아당겨도 정도가 있지!

"이, 이 미친놈들아. 죽기 싫으면 그만해!"

"놔둬. 내가 직접 믿게 해 줄 테니까."

백수룡이 소매를 걷으며 앞으로 나섰다. 인생이 꼬일 대로 꼬인 막장인생의 시정잡배들이 모인 곳이 아닌가. 말보다 주먹으로 설득하는 게 더 빠르고 확실했다. 백수룡이 씩 웃었다.

"대신 그 과정이 좀 아플 거야."

백수룡의 모습이 모두의 시야에서 사라졌고.

빠악! 빠바바박!

그가 자신의 실력을 증명하는 데는 일각이면 충분했다.

일각 후.

"큰형님! 인사드리겠습니다!"

눈탱이가 밤탱이가 된 아삼이 허리를 반으로 접었다. 처세 하나는 빠른 녀석이었다. 그 뒤로 철두파의 다른 녀석들도 공시에 허리를 숙였다.

"큰형님! 인사드리겠습니다!"

지나치게 사파, 아니 시정잡배다운 저렴한 인사와 호칭에 백수룡은 헛웃음을 지었다.

'이것들을 데리고 문파답게 만들려면 고생 좀 하겠군.'

그렇게 철두파의 새로운 서열 정리가 끝난 후, 백수룡은 철두, 아삼과 본격적인 이야기를 나눴다.

"이 바닥을 접수하시겠다고요?"

"말하자면 그런 셈이지."

"큰형님. 그럼 저희는 뭘 할까요? 애들한테 연장 챙기라고 할까요?"

아삼이 눈을 빛내며 물었다. 백수룡은 그가 살면서 본 최고의 고수였다. 눈앞에서 순식간에 모습이 사라지는 경공 하며, 손짓 한 번에 추풍낙엽처럼 쓰러지던 동료들. 이야기 속에나 나오는 무림고수가 철두파의 새로운 두목이 된 것이다.

"명령만 내리십쇼! 지금 당장이라도 적호방을 피바다로……."

따악! 백수룡은 의욕이 과하게 앞선 아삼의 머리통을 후려친 다음 말했다.

"너희는 한동안 아무것도 하지 마. 싸울 생각도 하지 마라."

"……예?"

"웬만하면 밖에 나가지도 마. 괜히 휘말리기 싫으면."

적호방, 대웅방과 싸울 이들은 따로 있었다. 바로 내일부터 빈민가 순찰을 하게 될 청룡학관 학생들의 몫이었다. 청룡학관 학생들이 두 문파와 싸우며 실전 경험을 치르는 동안, 철두파는 백수룡에 의해 새롭게 거듭날 것이다.

"일단 이 폐가 같은 장원부터 어떻게 하자. 수리는 어림도 없고, 무너뜨리고 다시 지어야겠어."

"예? 무슨 돈으로……."

"아침에 연락해 놨으니까 곧 견적 뽑으러 사람 하나 올 거야."

"대체 무슨 말을……."

그리고 오래지 않아, 백수룡에게 반가운 얼굴이 그곳을 찾아왔다.

"백 선생님!"

과거에 비해 신수가 훤해진, 동시에 날이 갈수록 뱃살이 늘어가는 백룡상단의 총관. 복만춘이 사람 좋게 웃으며 들어왔다.

"복 총관님. 신수가 더 훤해지셨네요."

"어이쿠! 선생님이야말로 점점 잘생겨지시는 것 같습니다. 제 딸이 조금만 더 나이가 찼어도 혼사를 추진했을 텐데 아쉽습니다!"

"……딸이 올해 다섯 살 아닙니까?"

"열 살만 되었어도 시도해 볼 만하지 않았겠습니까? 하하하!"

복만춘은 오자마자 농을 던지며 너스레를 떨었다. 그는 백수룡이 허천이라는 사실은 아직도 모르고 있었다. 대신 허천이 서찰을 보내어 죽마고우인 백수룡을 소개한 것으로 알고 있었다.

"헌데 백 선생님. 요즘 저희 공자님과는 얼굴을 좀 보십니까? 요즘 통 뵙질 못해서……."

"그 녀석 꽤나 바쁜가 보더라고요."

"허허. 신출귀몰한 분이니까요. 언제 한번 두 분을 함께 모시고 뱃놀이라도 가면 좋겠습니다."

"언젠가 날이 있겠죠."

잠시 사담을 나눈 후, 복만춘은 다 쓰러져 가는 장원을 둘러봤다.

"허. 아예 허물고 다시 짓는 게 낫겠군요."

복만춘의 하나뿐인 눈이 날카롭게 빛났다. 그의 시선이 닿은 곳에는 철두파의 사내들이 어깨를 움츠리고 있었다.
"이야기는 전해 들었습니다. 이곳에 문파를 세울 계획이시라고요. 빈민가 정화 계획……. 참으로 뜻깊은 일이라고 생각합니다."
"백룡상단의 상권 개척에도 큰 도움이 될 겁니다."
"예. 저희 공자님께서도 적극적으로 지원하라고 말씀하셨습니다."
겉으로 보기에 복만춘은 사람 좋은 중년이지만, 그 속은 이십 년 이상 낭인으로 활동한 능구렁이였다.
"그런데 저 새끼들 사람 만들려면 시간 좀 걸릴 텐데요?"
"생각보다 오래 안 걸릴 겁니다."
"예. 그건 백 선생님 전문 분야이시니 믿겠습니다."
복만춘이 고개를 끄덕이더니 말을 이었다.
"이곳에 문파를 만드는 데 필요한 자금, 인력, 그 외 모든 지원을 백룡상단에서 지원하겠습니다."
그 말에 철두와 아삼, 철두파의 사내들이 눈을 부릅떴다. 한눈에 봐도 엄청난 부자로 보이는 사람이 자신들에게 돈을 대주겠다니! 놀라지 않은 사람은 백수룡뿐이었다.
'결국 다 내 돈으로 하는 건데 뭐.'
복만춘이 생색내 봤자, 결국 그게 다 백수룡의 돈이었다.
"그런데, 문파의 이름은 정하셨습니까?"
"문파 이름은…….'"
복만춘의 질문에 백수룡은 주변을 슥 둘러봤다. 가난하고 못 배운 빈민가의 청년들. 잘 풀려봤자 표국의 쟁자수, 나쁘면 마적이나 되었을 놈들이 불안한 얼굴로 자신만 바라보고 있었다.
'너희가 지금까지 지은 죄는 어쩔 수 없지만, 최소한 더 이상의 죄는 짓지 않고 살게 해 주마.'
그 순간, 그런 뜻에 어울리는 이름이 하나 떠올랐다.

"갱생문(更生門)이라고 지었습니다."
백수룡이 웃으며 말했다.

130화
학생회장과 망나니(1)

"젠장. 너 같은 범생이와 같은 조라니……."
"내가 하고 싶은 말이다. 너 같은 문제아와 같은 조라니……."
 헌원강과 독고준은 서로를 향해 떨떠름한 표정을 지었다. 둘은 같은 해에 입학한 동기이자 나이도 같았지만, 머리부터 발끝까지 그들에게 비슷한 점이라고는 찾아볼 수 없었다. 유일하게 오늘, 그들은 같은 생각을 하는 중이기는 했다.
 '이 자식이랑 같이 다니기 싫다.'
 한 명은 청룡학관의 모든 학생을 대표하는 학생회장. 한 명은 불과 얼마 전까지 학관에서 두 손 두 발 다 들고 포기했던 망나니. 당연히 물과 기름처럼 어울리지 않는 조합이었다. 옷차림부터 표정, 언행까지 완전히 다른 두 사람은 사사건건 부딪쳤다.
 "쯧쯧. 벽창호 같은 놈."
 "단순무식하기 이를 데 없는 놈."
 문제의 발단은 오늘 아침. 〈사파 무공의 이해와 실전 대비〉 두 번째 수업이 시작되면서부터였다.

―오늘부터 본격적으로 범죄 우발 구역을 순찰한다. 둘 혹은 셋씩 한 조를 이뤄서 움직이는 걸 기본으로 한다.

그때까지만 해도 두 사람은 몰랐다. 백수룡이 왜 그렇게 음흉한 표정으로 자신들을 바라보는지.

―그럼 지금부터 조를 발표하지. 1조 독고준, 헌원강.

가장 먼저 두 사람의 이름이 나란히 불리고, 그 외의 이름이 불리지 않자 당사자들은 물론이고 모든 학생들이 당황해서 눈을 끔뻑였다.

―……선생님. 다시 말씀해 주시겠습니까?
―아 싫어요! 왜 저 새끼랑 같은 조야!

예상대로 엄청난 반발이 뒤따랐지만, 백수룡은 코웃음을 치며 두 사람을 한 조로 묶었다.

―저, 선생님.

둘이 충돌할 것이 걱정됐는지, 수강생 중 유일한 4학년인 거상웅이 조심스럽게 손을 들고 말했다.

―1조에 한 명 정도는 더 넣는 게 좋지 않겠습니까? 지원자가 없다면 제가…….

거상웅은 선배로서 살신성인의 모범을 보이려 했으나, 백수룡은 그것조차 거절했다.

―너희는 고학년이라서 둘만 한 조로 묶은 거다. 아니면 뭐야. 빈민가에 있는 사파 애들이 무서워서 그래? 선생님이 같이 가 줘?

자존심을 긁는 백수룡의 말에, 자존심 강하기로는 청룡학관에서 제일을 다투는 두 소년은 발끈하지 않을 수 없었다.

―……둘이면 충분합니다.
―뭔 소리야! 그깟 순찰 나 혼자서도 할 수 있다고!

그리고 현재. 두 사람은 아침에 자신들이 한 말을 뼈저리게 후회하고 있었다.
"여기선 왼쪽이다."
"뭔 소리야? 느낌이 딱 오른쪽이구만."
둘뿐이라서 다수결이 성립되지 않는다는 게 가장 큰 문제였다. 한번 의견이 어긋나면 둘 다 웬만해서는 자존심을 굽히지 않았다. 그게 겨우 갈림길에서 왼쪽이냐 오른쪽이냐를 결정하는 것이라고 해도…….
"왼쪽이야."
"오른쪽이다."
"왼쪽."
"오른쪽."
"……한번 붙어? 이긴 사람이 하자는 대로 해?"
"자신 있나? 후회할 텐데?"
그래서 몇 번이나 으르렁대며 싸울 뻔했지만, 그때마다 떠오른 백수룡의 경고가 간신히 이성의 끈을 붙잡았다.

-순찰 나가서 싸우는 놈들은 돌아와서 첫날 수업을 반복할 거니까 알아둬라. 특히 고학년들. 밖에 나가서 학관 망신시키지 마. 학생 주임 선생님도 이 수업에 관심이 정말 많으시거든? 사고 치면 바로 개인 면담이라고 전해 달라고 하시더라.

 -…….

백수룡에게 당할 보복도 두려운데 매극렴과의 개인 면담까지! 아무리 그들이 학생회장과 망나니라도, 건드릴 수 있는 상대들이 아니었다. 결국, 둘은 오전 내내 신경전만 벌이다가 정작 순찰에서는 별다른 성과를 내지 못하고 지쳐 버렸다.

꼬르륵.

"크, 크흠!"

솔직하기 그지없는 본인의 생체 시계에 헌원강이 민망한 듯 헛기침을 했다. 그러나 독고준은 무안할 정도로 아무 반응도 없었다.

"야. 독고. 밥이나 먹고 하자."

"……그러지."

한숨을 내쉰 독고준이 고개를 끄덕였다. 처음으로 두 사람의 의견이 일치한 순간이었다. 마침 멀지 않은 곳에 객잔 하나가 보였다. 다 무너져갈 듯 허름한 객잔이었지만, 주변이 빈민가인 만큼 그것조차 감지덕지했다. 안으로 들어서자 허리가 굽고 주름이 자글자글한 노파가 멍하니 앉아 있었다.

"어르신. 여기 주문 좀 하겠습니다. 혹시 차림표가…….".

독고준의 공손한 말투에, 노파는 자신의 귀를 가리키더니 고개를 저었다. 독고준이 눈을 동그랗게 떴다.

"예? 무슨 말씀이신지 잘…….".

"귀가 잘 안 들린다는 것 같은데. 할멈! 내 말 들려?"

그제야 노파가 웃으며 고개를 아주 천천히 끄덕였다. 헌원강이 씨익 웃으며 독고준을 돌아봤다.
"그렇다네. 대충 앉자고."
"……."
헌원강은 독고준을 지나쳐 창가 자리로 걸어가 앉았다. 잠시 후 독고준도 그 맞은편에 앉았다.
허름한 객잔인지라 차림표조차 없었고, 벽에는 달랑 '소면'이라고만 적혀 있었다. 작게 한숨을 내쉰 독고준이 손가락 두 개를 펼치며 말했다.
"……소면 두 개 주십시오."
손가락을 보고 고개를 끄덕인 노파가 마른행주를 들고 천천히 탁자로 걸어왔다. 그 답답할 정도로 느린 걸음에, 헌원강이 자리에서 벌떡 일어났다.
"어이 할멈!"
헌원강의 예의 없는 말투와 갑작스러운 행동에, 독고준은 긴장한 표정으로 그를 바라봤다.
'이 녀석이 설마. 아무리 신경질이 났어도 힘없는 노파에게 화풀이를 하려고…….'
만약 그렇다면 결코 용서하지 않을 생각이었다. 독고준은 은밀히 내공을 끌어올리며, 언제든지 헌원강의 행동을 제지할 수 있도록 준비했다.
"그거 이리 내놔!"
벌떡 일어난 헌원강은 노파에게 다가가더니, 그녀가 들고 있던 마른행주를 빼앗았다.
휘익! 기가 막힌 금나수의 수법이라 노파는 눈만 끔뻑였다.
"탁자 닦는 건 우리가 알아서 할 테니까 소면이나 빨리 말아 와."
"……."
자리로 돌아온 헌원강이 탁자를 마른행주로 벅벅 닦으며 투덜거렸다.

"배고파 죽겠는데 언제 이걸 다 닦고 요리를 하려고 말이야. 젠장. 이 얼룩은 왜 이렇게 안 지워져?"

내친김에 내공까지 담아 탁자를 반질반질하게 닦아 놓은 후에야 헌원강은 자리에 다시 앉았다.

"왜? 뭐?"

독고준이 멍한 표정으로 그를 바라보고 있었다.

"……이상한 놈. 정말 이상한 놈이야."

"앙? 이 새낀 왜 또 시비지?"

험악하게 표정을 일그러뜨리는 헌원강의 모습에, 독고준은 피식 웃음을 터트렸다. 그가 고개를 절레절레 저었다.

"아무것도 아니다."

둘은 물과 기름처럼 어울리지 않는다. 똑같이 명문세가에서 자랐지만 독고준은 가문의 기대를 어깨에 짊어진 촉망받는 후기지수인 반면, 헌원강은 몰락한 명문가의 제멋대로인 망나니였다. 그래서 어울릴 생각조차 해 본 적 없었다.

'이 녀석 얼굴을 이렇게 가까이서 보는 건 처음이로군.'

잠시 후, 노파가 대야나 다름없는 커다란 그릇에 소면을 가져왔다.

"오, 맛있겠네!"

어지간히 배가 고팠는지 헌원강은 허겁지겁 젓가락질을 하기 시작했다. 반면 독고준은 몇 입 먹다가 도저히 입맛에 맞지 않아 젓가락을 내려놓았다. 대신 시간이 남아 헌원강을 바라봤다.

'헌원세가의 망나니.'

지난 삼 년 동안 이름보다 그렇게 많이 불린 녀석. 헌원강이 사고를 쳤다는 소리를 들었을 때마다, 독고준은 항상 혀를 차거나 한숨을 쉬었다. 한심하다고 생각했다. 그러다 얼마 전에 팽사혁과 싸웠다고 들었을 땐, 드디어 퇴학당하거나 자존심 때문에라도 자퇴할 줄 알았다.

'둘 다 아니었지. 이 녀석은 변했다.'

헌원강은 며칠 굶은 거지처럼 소면을 먹어 치우고 있었다. 인상이 사납게 생긴 이 녀석은 예의가 부족하고, 아주 안하무인이며, 주변 사람의 눈치를 보지 않는다.

'얼마 전까지만 해도 싸우면 쉽게 이길 수 있다고 생각했는데…….'

지금 싸우면 어떨까? 질 거라고는 조금도 생각하지 않지만, 쉽게 이길 자신도 없었다. 독고준은 그렇게 생각하는 자신이 어이가 없었다.

'말도 안 되는 일이야.'

청룡학관 학생들 중 최고수인 자신이 헌원강에게 쉽게 승부를 장담할 수 없다니. 사실 그 이유가 궁금해서 미칠 지경이었다.

"물어볼 게 있는데."

독고준은 헌원강이 변한, 그리고 강해진 이유에 대해 짐작은 하고 있었다.

"백수룡 선생님 말이야."

"……콜록! 콜록!"

갑자기 사레가 들린 헌원강이 한동안 기침을 하다가 독고준을 홱 노려봤다.

"밥 먹는데 갑자기 소화 안 되는 이름을 꺼내고 지랄이야? 체하면 네가 책임질 거야?"

"……같은 집에 사는 사이인데. 이름 좀 들었다고 체해?"

"인마. 맞을 걸 알고 맞는 거랑 방심하고 있다가 처맞는 거랑 같아?"

"무슨 소리인지 대체……."

독고준의 이해할 수 없다는 표정에, 헌원강은 쯧쯧 혀를 찼다. 설명해 줘 봤자 모를 것이다. 이건 백수룡 그 인간한테 직접 당해 본 놈들만 아는 거니까.

"아무튼 선생님이 뭐?"

"……어떤 방법으로 가르치나 궁금해서. 말하기 싫으면 안 해도 된다. 굳이 캐물으려는 것이 아니라……."

독고준은 꽤나 조심스럽게 물었지만, 헌원강은 대수롭지 않다는 듯 대답했다.

"별건 없어. 죽어라 굴리고, 자세 좀 봐 주고, 가끔 한마디씩 던져 주고……. 무공도 하나 가르쳐 주긴 하는데."

"무공을?"

헌원강이 씩 웃으며 고개를 끄덕였다.

"새로 배우는 도법이 있거든. 아직 초반부이긴 한데, 이게 아주 그냥 끝내줘."

최근 헌원강은 백수룡에게 수라혈천도의 초반부를 배우고 있었다. 분명 처음 익히는 무공인데도 불구하고, 마치 과거에 익혔던 무공처럼 수라혈천도의 구결이며 초식이 몸에 착착 붙었다. 그 속도에 백수룡도 가끔 놀랄 정도였다.

헌원강이 씨익 웃으며 말했다.

"올해 천무제. 이 도법으로 팽사혁 그 자식을 박살 내고 용봉비무에서 우승할 거다."

"……."

"뭐야. 반응이 왜 이래? 재수 없다든가 잘난 척하지 말라든가 해야 하는 거 아냐?"

잠시 멍한 표정이던 독고준이 이내 피식 웃으며 말했다.

"다른 사람도 아니고 네 입에서 천무제 우승이라는 말이 나오는 게 신기해서."

"뭐 대수라고."

헌원강은 대야 그릇에 남아 있는 소면 국물을 후루룩 마셨다. 그리고 손등으로 입을 닦으며 말했다.

"누가 하도 닦달을 해서 말이야. 까짓 거 나가서 우승시켜 주지 뭐. 사부님 소원이라는데."

"……네가 팽사혁을 이길 수 있게 된다면, **청룡학관의 천무세 종합 우승**도 꿈은 아니겠지."

"그래? 그럼 됐네."

헌원강의 자신만만한 미소에 독고준은 고개를 절레절레 저었다.

'백룡장에서 지내더니, 저 자신감도 선생님을 닮아가는군.'

한편으로는 부럽기도 했다. 하루하루 놀라운 속도로 강해지는 헌원강에 비하면, 자신의 무공은 답보상태나 다름이 없었으니까. 독고준의 표정이 어두워졌다.

'몇 달째 독고구검에 진전이 없다.'

사람들은 독고준을 청룡학관 최고의 기재라고 불렀다. 가문에서도 지난 수십 년간 최고의 자질을 가지고 태어난 천재라며 칭송받아 왔다. 하지만 독고준은 자신이 어느 정도 수준인지 냉정하게 파악하고 있었다.

'천무학관이었다면 상위권에 겨우 드는 수준.'

그 수준을 뛰어넘기 위해 하루를 일각 단위로 쪼개가며 수련에 매진한 적도 있었지만, 몇 달째 독고구검의 성취는 거의 그대로였다.

'이대로는…….'

독고준은 탁자 아래로 내린 주먹을 꽉 움켜쥐었다. 이번 학기에 〈사파 무공의 이해와 실전 대비〉를 신청한 것도 그래서였다. 뭔가 변화가 생기면, 답보상태인 무공에 진전이 있을까 싶어서.

'조급해하지 말자. 깨달음이 쉽게 올 리 없으니까.'

마음을 다잡은 독고준이 말했다.

"생각해 봤는데 말이야. 오후에는 돌아가면서 한 시진씩 조장을 맡고, 그 시간 동안 다른 사람은 군말 없이 따르는 게 어떤가?"

"좋아. 진작 그럴 것이지."

독고준의 제안에 헌원강도 흔쾌히 고개를 끄덕였다. 드디어 순찰 임무의 합의를 끌어낸 두 사람이 자리에서 일어났다. 그리고, 문가에 앉아 있던 노파에게 계산을 하러 갔을 때였다.
 와장창! 객잔의 문이 부서지고, 피투성이가 된 사람이 안으로 굴러들어왔다.
 "커헉! 컥……."
 피투성이가 된 사내가 객잔 바닥을 기었다. 그리고 그 밖에서 사내를 조롱하는 목소리가 들려왔다.
 "새끼가 뒈질려고! 뭐? 상납금을 못 내겠어?"
 "적호방에 대들면 어떻게 되는지 보여 주자고."
 "못 도망치게 뒷문 막아. 니들은 저 새끼 마누라 잡아 오고."
 팔뚝에 호랑이 문신을 한 사내들이 객잔 안으로 들어오며 대화를 나눴다. 표정이 딱딱하게 굳은 독고준이 그들에게 따져 물었다.
 "백주대낮에 이런 짓을……."
 "야."
 "!"
 솜털이 곤두서는 살기에 놀란 독고준이 옆을 돌아보자, 헌원강이 이를 드러내며 사납게 웃고 있었다.
 "내가 먼저 한다."
 "……뭘?"
 "한 시진 동안 조장하는 거. 그러니까 막지 말라고."
 휘익! 말릴 새도 없이, 헌원강은 곧장 적호방 패거리에게 달려들었다.

131화
학생회장과 망나니(2)

객잔 앞. 팔뚝과 어깨에 시뻘건 호랑이 문신을 한 사내들 대여섯이 흉흉한 분위기를 조성하고 있었다.

"하. 이 새끼들이 간덩이가 부었나. 뭐? 상납금을 못 내겠다고?"

무리의 대장으로 보이는 대머리 거한이 목을 좌우로 꺾었다. 그의 앞에는 남루한 차림의 사람들이 무릎을 꿇고 있었다.

"못 내는 것이 아니라, 다음 달까지만 시일을 미뤄 주시면……."

"나으리! 저희 애가 아픈데 약값도 못 내고 있어요."

"사, 살려 주십시오!"

애원하는 사람들의 얼굴과 몸에는 이미 폭행의 흔적들이 보였다. 대머리 거한은 자신의 반질반질한 머리를 벅벅 긁으며 짜증 가득한 한숨을 쉬었다.

"너희가 이 동네에서 마음 편하게 장사하는 게 다 누구 덕분이냐? 우리 적호방에서 편의를 봐주니까 감히 다른 놈들이 안 꼬이는 거 아니야? 내 말이 틀려?"

"마, 맞습니다."

"알지요……. 잘 알지요……."

거한의 험악한 인상 앞에 사람들은 고개를 조아렸지만, 속으로는 울화가 치밀어 소리라도 지르고 싶은 심정이었다.

'니들이 편의를 봐줬다고?'

'정작 필요할 땐 보이지도 않는 놈들이!'

'네놈들이 가져가는 돈이 버는 것의 절반이 넘어!'

보호비라는 명목으로 적호방에서 돈을 가져가면, 상인들의 수중에 남은 돈은 하루를 겨우 버틸 정도였다. 그 탓에 안 그래도 형편이 어려운데, 최근 적호방은 보호비를 올리겠다고 일방적으로 통보했다. 빈민가의 사정이 날로 악화되고, 악순환이 계속되는 이유였다.

"안다니까 다행이네. 난 또 모르는 줄 알았지. 우리가 밤낮으로 순찰을 돌면서 치안을 지키니까 이 동네가 그나마 살 만한 거야."

"……."

"……."

상납을 하지 못해 본보기로 잡혀 온 상인들은 고개를 푹 숙였다. 지나가던 사람들은 모른 척 고개를 돌리고 빠르게 걸었다.

거한이 히죽 웃으며 말했다.

"얼마 전에 포두 새끼한테 찌른 놈이 있더라고. 누군지 몰라서 안 잡는 거 아니야. 한 번만 더 걸리면 토막 내서 개밥으로 줄 거니까 그렇게 알아."

아무렇지도 않게 내뱉는 협박에 상인들이 바들바들 떨었다. 거한과 그의 부하들은 상인들이 공포에 질린 모습을 보며 히죽거렸다.

"밀린 상납금은 내일까지 내라."

"내, 내일까지는 도저히……."

"어떻게든 갖고 와. 부모를 팔든 자식새끼를 팔든 마련하라고. 뒤지기 싫으면."

그때였다. 모여 있던 상인들 중 한 사내가 자리에서 벌떡 일어나더니 거한에게 삿대질을 했다.

"씨발놈들아! 나는 더 이상 못 내겠다! 죽이려면 죽여!"

그러더니 냅다 몸을 돌려서 도망치기 시작했다. 거한이 옆에 있는 부하들에게 명령했다.

"……저 새끼 잡아 와."

"잡아!"

적호방의 똘마니들이 도망치는 사내를 잡기 위해 뛰었다. 사내는 얼마 도망가지 못해 붙잡혔고, 모두가 보는 앞에서 폭행을 당했다.

"끄악, 끄아아악! 이런 죽일 놈들!"

사내는 맞으면서도 저항했다. 상인들은 눈을 돌렸다. 거한과 그 부하들은 킥킥 웃었다. 사내를 때리는 자들은 일부러 그를 놓아주고 쫓아가면서 계속 때렸다.

콰지직! 누군가의 발차기에 얻어맞은 사내가 낡은 객잔의 문을 부수고 안으로 들어갔다. 벙어리 노파가 운영하는 객잔이었다.

"다들 잘 봐둬. 적호방에 반항한 새끼가 어떻게 되는지."

거한이 무릎을 꿇고 있는 상인들을 돌아보며 말했다. 상인들은 두려움에 몸을 바들바들 떨었다.

"그 새끼 이리 데려오고, 내 칼 가져와."

모두 앞에서 본보기를 보이기 위해, 거한은 사람들이 많이 보는 곳에서 사내의 팔을 자를 생각이었다. 부하 두 명이 객잔 안으로 들어가는 모습을 확인한 거한은 남아 있는 상인들을 죽 둘러보며 히죽 웃었다.

"아까 그 새끼 끌고 나오면 손모가지를 자르고, 그다음엔……."

퍼억! 퍼억! 퍼버버벅! 그때, 객잔 안에서 타격음이 들려오자 거한은 말하다 말고 한숨을 푹 내쉬었다. 부하들이 사내를 데리고 나오기 전에 때리고 있다고 생각한 것이다.

"새끼들아! 적당히 하고 데려와! 그러다 뒈지면……."

"뒈지지는 않았으니까 걱정하지 마. 선생님이 뒈지기 직전까지만 패렸거든."

"음?"

낯선 목소리에 거한이 미간을 찌푸렸다. 그리고 잠시 후, 객잔 안에서 피투성이가 된 그의 부하들이 기절한 채로 굴러 나왔다.

"미친……."

거한의 시선은 부하들을 지나, 객잔에서 걸어 나오는 웬 어린놈을 바라봤다.

"저건 또 뭐 하는 새끼야?"

사나운 인상에 체격도 상당히 건장했다. 게다가 피부가 찌릿해질 정도로 매서운 살기라니……. 거한은 고개를 갸웃거렸다.

"대웅방 놈인가? 못 보던 얼굴인데……."

"어이 대머리. 앞으로는 자주 보게 될 거다."

'대머리'라는 말에 거한의 표정이 굳었다. 그가 제일 싫어하는 말이었기 때문이다. 적호방주의 제자 중 하나인 거한에게 대머리라고 놀릴 수 있는 사람은 적호방 내에서도 거의 없었다.

눈에 살기를 띤 거한이 부하들에게 명령했다.

"데려와. 반 죽여서."

거한의 부하들이 우르르 앞으로 나서자, 헌원강은 픽 웃더니 도를 들어 올렸다.

"데리러 안 와도 내가 갈 거야."

그 순간 헌원강의 신형이 벼락처럼 쏘아졌다. 순식간에 적호방 무리 속으로 파고든 그가 도를 휘둘렀다.

퍼억! 퍼억! 퍼버버벅! 헌원강은 도를 뽑지 않았다. 이곳에 오기 전에 들은 백수룡의 충고 때문이었다.

─싸움이 벌어져도 웬만하면 상대를 죽이지는 마라. 관아에 처넣는 쪽이 뒤처리하기가 쉬워.
─그럼 팔다리는 잘라도 돼요?

헌원강의 대꾸에 백수룡이 작게 한숨을 쉬었다.

─니들이 치울 거 아니면 하지 마. 뼈마디만 잘게 부수고 적당히 끝내. 평생 병신으로 살게 만들면 충분하지 않겠냐?
─죽이는 것보다 그게 더 나쁜 것 같은데…….

스승의 충고를 떠올리며, 헌원강은 도갑의 넓은 면으로 적호방 패거리를 먼지 나게 두들겨 팼다.
"선생님 덕분에 안 뒈진 줄 알아!"
빠악! 빠바바박!
인정사정없는 매타작에, 당하는 자들은 물론이고 대머리 거한의 표정까지 창백하게 질렸다.
"이, 이런 미친…….."
대머리 거한은 그제야, 상대가 무림의 고수라는 것을 깨달았다. 적호방주에게 고작 일 년 정도 무공을 배운 자신은 절대 못 이길 상대라는 것을 말이다.
'도, 도망쳐야…….'
거한이 슬금슬금 뒤로 물러나려는 순간, 헌원강이 고개를 돌려 그를 바라봤다.
"거기 얌전히 서 있어라. 도망치다 잡히면 두 배로 처맞는다."
"……."
헌원강은 거한이 독 안에 든 쥐나 마찬가지라고 생각해서 여유를 부렸다. 무림 경험이 일천한 것은 어쩔 수 없는 일이었다.
"빌어먹을 놈이! 누구한테 명령질이야!"
거한은 품에서 주먹만 한 검은 구슬을 꺼내 바닥에 던졌다.
퍼어엉! 구체가 폭발하며 매캐한 연기가 터져 나왔다. 연기가 바람을 타고 사방으로 퍼져 나가며 시야를 가렸다. 하지만 연기 속에서 헌원강은 코웃음을 쳤다.
"어디서 개수작이야. 이딴 걸로 내가 기척을 놓칠 것 같아?"
헌원강이 연기 속으로 숨으려는 거한을 쫓아가려는 찰나, 헌원강을 뒤따라 나온 독고준이 뒤에서 소리쳤다.
"멈춰라, 원강! 독탄이다! 모두 숨을 멈추십시오!"
독고준은 그렇게 외치고 자신은 오히려 연기 속으로 뛰어들었다. 연기 주변에 있던 상인들, 기절한 적호방 패거리들을 구하기 위해서였다. 순식간에 경공을 펼친 독고준은 사람들을 연기 밖으로 빼냈다. 헌원강도 거한을 추격하는 것을 멈추고 그를 도왔다.
"헌원강. 너는 괜찮나?"
"콜록! 콜록! 좀 매운 거 빼면 괜찮아."
내공을 익힌 둘에겐 거의 영향이 없을 정도로 조잡한 독이었다. 문제는 다른 사람들이었다.
"콜록, 콜록!"
"도, 도와줘······."
"눈이 따가워! 물, 물 좀······."
고통스러워하는 사람들의 모습에 헌원강과 독고준의 표정이 굳었다.
"다들 움직이지 말고 가만히 있어!"
"내공으로 독을 몰아내 드리겠습니다. 가부좌를 틀고 앉으십시오!"
두 사람은 독을 들이마신 사람들에게 내공을 주입해 독을 몰아내도록 도왔다.

다행히 저급한 독이라 죽거나 크게 다친 사람은 없었지만, 모두 치료하고 나니 거의 한 시진 가까이 지나 있었다. 그 사이 독탄을 터트린 거한은 사라지고 없었다.

"이 새끼가……."

헌원강은 놓친 거한을 떠올리며 이를 갈았다. 그 사이 독고준은 겨우 정신을 차린 상인들에게 물었다.

"다들 괜찮으십니까?"

내심 감사 인사를 받을 줄 알았는데, 상인들은 공포에 질려 있었다.

"우린 이제 다 죽었어……."

"분명히 우리한테 보복하러 올 텐데."

"젠장. 저 사람들은 왜 일을 크게 만들어서……."

심지어 헌원강과 독고준을 원망 어린 시선으로 바라보기까지 했다. 두 사람은 사람들이 왜 그러는지 영문을 알 수가 없었다.

헌원강이 표정을 험악하게 굳히며 물었다.

"뭔데? 위험에 처해있는 걸 우리가 기껏……."

"도와줬다고요?"

한 중년의 여인이 체념한 목소리로 말했다.

"당신들은 대단한 무공을 뽐내고 돌아가면 그만이지만, 저놈들은 내일 또 올 거예요. 당신들한테 당한 걸 우리에게 분풀이를 하겠죠. 그땐 당신들은 여기 없을 테고요. 그럼 우린 어떻게 해야 하죠?"

"아니, 그렇다고 저런 짓을 하는 놈들을 그냥 내버려 둬?"

그 말에 여인이 아랫입술을 꽉 깨물었다.

"나도 놈들이 죽이고 싶도록 미워요. 하지만 어차피 다 없애지 못할 거라면 그냥 내버려 두는 게 나아요. 결국엔 우리만 더 힘들어지니까."

"……."

헌원강은 순간 할 말을 잃었다. 중년 여인은 처연한 표정으로 한숨을 쉬었다.

"고맙지 않다는 건 아니에요. 소협. 구해 줘서 정말 고마워요."

"어, 음……. 끄응."

헌원강이 난감함에 머리를 긁적이는 가운데, 독고준이 단호한 표정으로 말했다.

"앞으로 저희가 매일 이곳에 오겠습니다. 적호방이 여러분에게 해를 끼치지 못하도록 계속 순찰을 할 계획입니다."

그 말에, 여인은 독고준에게 착하고 순진한 청년이라며 웃었다.

"놈들이 당장 오늘 밤에라도 우리 집에 불을 지르러 오면요? 밤새도록 지켜보고 있을 건가요?"

"그건……."

독고준은 대답할 말을 찾지 못하고 침묵했다. 이런 상황에서 어떻게 대처해야 할지, 세가와 학관에서 무공만 익혀 온 소년은 배우지 못했다. 독고준이 곰곰이 생각에 잠겨 있을 때였다.

"거 쫑알쫑알 불만도 많네."

조용히 듣고만 있던 헌원강이 자신의 머리를 거칠게 쓸어 올리며 신경질적으로 말했다.

"적호방이 어딘데?"

"……예?"

"나도 찝찝한 건 싫거든. 보복이 두렵다며? 그럼 보복 안 당하도록 해 주면 될 거 아냐."

그 태연한 말에 상인들과 독고준이 눈을 동그랗게 떴다. 헌원강이 적호방의 위치를 묻는 이유는 하나밖에 없을 테니까.

"……설마 적호방에 쳐들어가겠다는 거야?"

헌원강은 대답 대신 의미심장한 미소를 지어 보였다. 독고준은 단호한 표정으로 고개를 저었다.

"백수룡 선생님이 했던 말 기억 안 나? 적호방과 정면충돌은 피하라고……."

"흐흐. 내가 말을 그렇게 잘 들었으면 그동안 망나니 소리를 들었겠냐? 아줌마! 적호방이 어디냐니까?"

헌원강은 진심으로 적호방에 쳐들어갈 생각인 모양이었다. 여인이 머뭇거리며 적호방이 있는 방향을 가르쳐 주자, 헌원강은 망설임 없이 그쪽으로 몸을 틀었다.

"……잠깐."

그 순간, 독고준의 검이 헌원강의 앞을 가로막았다. 헌원강이 눈썹을 꿈틀거리며 나직이 말했다.

"이거 안 치워?"

"보내 줄 수 없다."

그 순간 헌원강의 몸에서 맹렬한 투기가 끓어올랐다. 그가 독고준을 노려보며 말했다.

"그럼 그놈들이 돌아와서 저 사람들한테 보복하도록 내버려 두자고?"

"아니."

독고준은 공포에 질린 상인들을 둘러보더니 고개를 저었다. 애초에 끼어들지 않았으면 모르되, 자신들 때문에 다른 사람들이 피해를 입게 할 수는 없었다.

"나한테 다른 방법이 있다."

"……다른 방법?"

헌원강의 기세가 수그러들자, 독고준이 설명을 이어 나갔다.

"일단 적호방 근처로 간다. 하지만 안으로 쳐들어가지는 않는다."

"그럼 어쩌자고?"

"유격전. 놈들을 끌어내서 하나씩 팔다리를 끊어내는 전술을 쓴다."

독고준이 눈이 뜨겁게 타오르고 있었다. 어릴 때부터 가문에서 무공과 학문, 여러 병법서도 읽으며 자란 반듯한 소년. 감정적이고 즉흥적인 헌원강과는 생각하는 방식이 달랐다. 하지만 느낀 감정은 같았다.

"헌원강. 너만 불의를 보면 못 참는 무인이라고 생각하지 마. 나 역시 적호방 놈들이 한 짓을 용서할 수 없어."

지금껏 평온하던 독고준의 목소리에 뜨거운 감정이 실리고 있었다.

"어……. 어어?"

오히려 당황한 것은 헌원강이었다.

'이 범생이가 갑자기 왜 이래?'

정작 본인 때문이라는 생각은 못 하는 헌원강이었다. 그가 적호방 패거리와 싸우는 모습이, 독고준의 의협심과 경쟁심을 자극한 것이다. 그걸 모르는 헌원강은 독고준의 감정적인 변화에 소심해질 수밖에 없었다.

"저기? 독고? 우리 조금만 더 고민해 볼까? 선생님한테 서찰이라도 하나 남기고……."

"어림도 없는 소리! 선생님이 허락할 리가 없어. 그러니 우리끼리 강행한다."

'학생회장이란 놈이 그래도 되는 거냐고!'

헌원강은 그렇게 소리치고 싶었지만, 독고준은 그럴 틈조차 주지 않았다. 시간을 확인한 독고준이 씩 웃었다.

"마침 한 시진이 지났군."

"뭐?"

독고준의 입가에 맺힌 웃음이 더 짙어졌다. 그가 놀리듯 말했다.

"이제부터 한 시진 동안은 내가 대장이다. 그러니 잔말 말고 따라와."

"어? 야!"

독고준은 헌원강의 대답도 듣지 않고 몸을 돌려 휘적휘적 걸어가기 시작했다.

"……에라 모르겠다. 같이 가!"
현원강은 잠시 고민하다가, 결국 독고준을 뒤쫓아갔다.

132화
학생회장과 망나니(3)

"헌원강과 독고준이 적호방으로 향했습니다."
"예상한 대로 되었구나."
보고를 받은 노파의 주름진 얼굴에 미소가 번졌다. 노파는 항상 앉는 자리에 앉아 차를 홀짝이고 있었는데, 그녀 앞에는 중년의 남녀가 마주 앉아 있었다.
노파가 두 사람에게 물었다.
"직접 얘기를 나눠 보니 어떻더냐?"
"착한 아이들 같더군요."
"……둘 다 강했습니다."
여자와 남자가 순서대로 대답했다. 만약 헌원강과 독고준이 그들을 보았다면 깜짝 놀랐을 것이다.

-나도 놈들이 죽이고 싶도록 미워요. 하지만 어차피 다 없애지 못할 거라면 그냥 내버려 두는 게 나아요. 결국엔 우리만 더 힘들어지니까.

여자는 처연한 얼굴로 둘에게 빈민가의 현실을 말해 준 여인이었고,

−끄아아악! 이런 죽일 놈들!

남자는 적호방 패거리로부터 도망치다가 객잔 문을 부수고 들어간 남자였다.

노파가 그들을 보며 흘흘 웃었다.

"너희가 고생이 많았다."

두 사람은 하오문도였다. 처음부터 헌원강과 독고준에 대해서 알고 있었고, 의도적으로 접근해 적호방과 접촉하도록 유도했다. 둘 중 지위가 조금 더 높은 여자가 말했다.

"헌원강이 막무가내로 적호방에 쳐들어가려 하자, 독고준이 그를 막아서며 다른 방법을 제안하더군요. 상당히 인상 깊은 모습이었습니다."

"흐음. 처음에는 둘의 조합이 어울리지 않을 거라고 생각했는데……. 의외로 잘 맞는지도 모르겠구나."

고개를 주억거린 노파가 옆을 힐끗 보며 말했다.

"너는 어찌 생각하느냐?"

노파의 옆자리에는, 백수룡이 다리를 꼬고 앉아서 무언가를 종이에 적어 내려가고 있었다.

그가 대충 고개를 끄덕이며 대답했다.

"뭐, 예상한 대로 됐지."

백수룡은 시큰둥한 대답에 노파가 미간을 찌푸렸다.

"보고받을 때 같이 듣겠다고 해서 기껏 불렀더니……. 그리고 아까부터 뭘 자꾸 적는 게야?"

"계속 듣고 있어. 내가 지금 본업에 부업까지 하느라 몸이 두 개라도 모자란 상황이라서."

잠시 말을 멈춘 백수룡은 글을 적고 있던 책자를 들어서 팔랑팔랑 흔들었다.

 "그리고 이게 뭐냐면."

 아직 먹이 마르지 않은 서책에서 먹물 냄새가 풍겼다.

 백수룡이 씩 웃으며 말했다.

 "갱생문 애들한테 가르칠 무공 비급이야. 내가 매일 가르치러 갈 수는 없으니까 정리 좀 해서 주려고. 다행히 애들이 다 까막눈은 아니더라고."

 "무공 비급?"

 노파와 두 남녀는 황당하다는 표정으로 백수룡이 팔랑팔랑 흔드는 책자를 바라봤다.

 대체 누가 앉은 자리에서 무공 비급을 획획 갈겨 적는단 말인가? 다른 사람이 저런 행동을 했으면 어쭙잖은 거짓말이라고 치부했겠지만, 노파가 본 백수룡은 이런 것으로 거짓말을 할 사람이 아니었다.

 그럼 저게 진짜 비급이란 말인데……. 세 사람의 표정에 똑같은 의문이 어렸다.

 '이거 대체 뭐 하는 놈이야?'

 그 시선을 느꼈는지, 백수룡이 어깨를 으쓱였다.

 "내가 만든 건 아니고, 원래 있던 무공을 좀 고친 거야."

 정확히는 과거 혈교의 대표 무력 단체였던 혈랑대의 무공을 뜯어고친 것이다.

 '지나치게 살기 짙은 초식은 없애고, 불안정한 구결은 안정적으로 다듬고, 정종무학처럼 오래 수련할수록 심신이 깨끗해지도록 구결을 추가하면…….'

 결과적으로 과거 혈랑대가 익히던 무공보다 더 수준 높은 무공이 완성되었다.

 백수룡이 만족스럽게 웃으며 말했다.

"갱생신공(更生神功)이라고 부를 거야. 계세의 마두도 갱생시킬 수 있는 무공이라 이거지."

"허……."

노파와 두 남녀는 허탈한 표정으로 백수룡과 갱생신공을 번갈아 바라 봤다. 노파가 어렵게 입을 열었다.

"다 적는 데 한 시진도 안 걸린 것 같은데. 무학의 대종사나 할 수 있는 일 아니냐?"

"무슨 대종사까지나. 이쪽 종사자들은 다 할 수 있어."

"허……."

절대 그럴 리 없다는 걸 알고 있었지만, 더 이상 따지는 것도 지쳐서 노파는 고개를 절레절레 저었다. 노파의 맞은편에 앉아 있던 남녀가 자리에서 일어났다.

"지부장님. 저희는 이만 가 보겠습니다."

"또 보고 드릴 내용이 있으면 찾아뵙겠습니다."

두 사람이 객잔에서 나간 후, 노파는 몸을 돌려 백수룡을 똑바로 바라 보았다. 백수룡도 완성한 갱생신공을 품에 넣고 그녀를 마주 봤다.

"네가 요구한 대로 두 녀석을 적호방과 접촉하게 했다만, 일이 이렇게 흘러갈 줄 알았더냐?"

"정확히는 아니지만, 어느 정도는."

백수룡은 두 학생의 성격을 파악하고 있었다. 때문에 적호방 놈들의 패악질을 눈앞에서 보면 그들이 어떻게 반응할지도 충분히 예상할 수 있었다.

'마지막에 헌원강이 아니라 독고준이 적극적으로 나선 건 좀 의외였지만…….'

독고준의 반응은 예상을 뛰어넘는 변수였다. 하지만 백수룡의 입가에는 오히려 미소가 맺혔다.

독고준에게 기대한 것이 바로 그런 모습이었으니까.

"그 범생이가 나한테 보고도 안 하고 적호방을 치러 갔다 이거지?"

헌원강과 독고준. 둘이 물과 기름처럼 어울리지 않는다는 사실은 처음부터 알고 있었다. 그렇기에 더, 서로에게 긍정적인 영향을 줄 수 있을지도 모른다고 기대했다.

객잔에서 둘이 나눈 대화를 떠올린 노파가 눈을 가늘게 뜨며 물었다.

"독고준이 헌원강에게 자극을 많이 받은 모양이던데. 그걸 노린 게냐?"

"맞아."

백수룡이 씩 웃었다. 그가 생각하기에 독고준의 가장 큰 문제는 그 지나친 반듯함이었다. 일찍부터 명문세가의 엄격한 규칙과 규범, 예절을 지키며 반듯하게 커 온 독고준은 무공마저 그런 성향을 지니고 있었다.

백수룡이 손가락으로 탁자를 탁탁 두드리며 말했다.

"재능도 나쁘지 않고, 성실한 데다 가문의 지원까지 집중적으로 받았으니 빠르게 성장할 수 있었겠지. 하지만 답답할 정도로 반듯한 성격이…… 그 녀석의 검법과 안 맞거든."

"독고세가의 검법. 독고구검 말이지?"

백수룡은 고개를 끄덕였다. 그의 입에서 독고구검에 얽힌 이야기가 흘러나왔다.

"과거 독고세가를 세운 독고패는 낭인이었어."

독고패. 독고세가를 세운 사내는 중원을 떠돌며 자신의 검법을 완성한 낭인이었다. 천하제일인이 된 후, 독고패가 자신을 추종하는 무리를 모아서 세운 것이 지금의 독고세가가 되었다.

"한때는 남궁세가로부터 천하제일세가 자리를 빼앗는 게 아니냐는 소리를 들을 정도로 강성했던 곳이지."

"흘흘. 백 년쯤 된 옛이야기를 하는구나."

"……."

 노파에게도 까마득한 옛이야기지만, 백수룡에게는 그리 멀지 않게 느껴지는 시절의 이야기였다.

 '오십 년 전만 해도 오대세가와 나란히, 아니 윗줄로 평가받던 독고세가였다.'

 당시 혈교는 독고세가의 전력을 남궁세가보다 살짝 윗줄에 놓았다. 하지만 지금은 그렇지 않았다.

 백수룡은 세월의 무상함을 느끼며 말했다.

 "한때 천하제일 세가 소리를 듣던 독고세가였지만, 지금은 고작해야 자기네 지역에서 어깨에 힘 좀 주고 다니는 수준으로 전락했어. 왜일 것 같아?"

 "전락이라니……."

 그 신랄한 평가에 노파는 황당하다는 표정을 지었지만, 백수룡은 자신의 사견을 말하는 데 거침이 없었다.

 "기본적으로 독고구검은 전장에서 태어난 검법이기 때문이야. 필사적이고 절실하기 때문에 초식 하나하나가 강맹해. 하지만 내가 본 독고준의 검법은……."

 백수룡은 첫 수업 때 직접 맞대 본 독고준의 검을 떠올렸다. 힘의 낭비가 거의 없고, 깔끔하며, 지나칠 정도로 깔끔한 독고구검을.

 "그건 중검(重劍)도 아니고 강검(强劍)도 아니야. 그냥 잘 다듬어진, 적당히 수준 높은 검법이지. 그 정도는 무림에 널렸어."

 만약 독고세가의 고수가 그의 말을 들었다면 당장 검을 뽑아 백수룡에게 생사결을 신청해도 할 말이 없을 정도로 모욕적인 언사였다.

 노파가 고개를 갸웃거리며 물었다.

 "네가 몇 번 보고 아는 것을 독고세가의 고수들이 모른단 말이냐?"

 "원래 중이 제 머리 못 깎는 법이야. 딴에는 잘 다듬었다고 생각하겠지. 아니면 알면서도 고치지 못하거나. 지금의 무림은…… 태평성대니까."

지금처럼 무림이 평화로운 시기에, 명문세가의 자식들이 검법을 수련하겠다며 낭인이 되어 전장을 떠도는 것도 우스운 일이었다.

"아니나 다를까, 독고준은 몇 달째 무공에 진전이 없다고 하더라고. 그래서 헌원강이랑 붙여 놓은 거야."

헌원강은 독고준과 반대의 성격을 가지고 있다. 규범에 얽매이지 않고, 주변 눈치를 보지 않으며, 불같은 성격에, 무공을 펼칠 때 임기응변이 뛰어나다.

'그런 부분이 약점이 될 때도 있지만…… 그래서 이 둘이 어울리는 조합인 거지.'

두 녀석이 함께 다니며 서로의 단점을 보완하고 서로에게 영향을 준다면, 서로 얻는 것이 많을 거라고 기대했다.

백수룡이 눈을 빛냈다.

'독고준은 지금보다 훨씬 강해져야 한다.'

독고준은 학생회장이자 청룡학관을 대표하는 후기지수였다. 현 청룡학관의 상징과도 같은 존재. 천무제에서 독고준이 보여 줄 모습이, 다른 학생들의 사기에 미칠 영향은 막대했다. 천무제 종합 우승을 위해서는 독고준의 성장이 꼭 필요했다.

'3학년은 헌원강, 독고준을 중심으로 대회를 준비한다. 팽사혁까지 남아 있었다면 더할 나위가 없었겠지만…….'

백수룡은 이내 고개를 저었다. 천무학관으로 떠나 버린 녀석을 생각하며 아쉬워해 봤자 아무런 의미도 없었다.

"다시 만났을 때 후회하게 해 주면 그만이지. 할멈. 다음 계획은?"

"……준비는 다 끝났다."

노파는 대답하면서도 질린다는 표정으로 백수룡을 바라봤다.

'뭐 이런 녀석이 다 있는지…….'

하오문의 정보망을 다 동원해도 백수룡에 대해서는 별다른 것이 나오지 않았다. 이만한 무공에, 치밀한 심계에, 지금까지 해낸 일만 봐도 보통 녀석이 아니거늘. 그야말로 하늘에서 뚝 떨어진 것이 아닐까 싶었다.

'어쩌면 이 녀석에 의해 청룡학관과 이 도시뿐만 아니라…… 무림 전체가 요동칠지도 모르겠구나.'

스스로 생각해도 과대망상에 가까운 예감이었지만, 노파는 자신의 감을 무척 신뢰하는 편이었다.

'하오문이 빨리 손을 잡길 잘했어.'

마치 그 생각을 읽은 것처럼, 백수룡이 씩 웃으며 말했다.

"다른 조들은?"

"반 시진마다 조별로 보고하러 올 게다. 위험한 일이 생기면 폭죽을 쏘라고 명령해 두었다. 청천도 대기하고 있고."

"그 정도면 충분해."

백수룡은 고개를 끄덕였다. 실전에서는 언제 무슨 변수가 생길지 모른다. 그래서 하오문을 통해, 학생들에게 무슨 일이 생기면 바로 알 수 있도록 최소한의 안전장치를 걸어 두었다.

'다들 어디 가서 쉽게 당할 녀석들은 아니지만.'

돌다리도 두들겨 보고 건너야 하는 법. 실전을 통해 제자들의 실력을 향상시킨다는 계획을 완성하려면, 그 과정에서 누군가가 죽거나 심하게 다쳐서는 곤란했다. 이곳에서 하오문의 협조가 필수적인 이유였다. 노파의 말대로, 하오문도들이 주기적으로 은밀히 객잔에 들락거리며 보고를 했다.

"이조는 서쪽 거리를 순찰 중입니다. 별다른 일은 없습니다."

"삼조가 곧 대웅방의 영역에 들어설 것 같습니다."

"사조에 협잡꾼 놈들이 접촉했습니다. 어쩔까요?"

하오문의 협조 덕분에, 백수룡은 앉은 자리에서 빈민가에서 일어나는 모든 일을 한눈에 파악하며 지시를 내릴 수 있었다. 전장의 지도를 완벽하게 숙지한 상태에서, 꾸준히 갱신되는 정보를 전달받으며 하는 싸움.

"흐음……."

눈을 감은 백수룡의 머릿속에서 학생들이 동선이 그려지고, 적호방과 대웅방의 움직임 또한 선명하게 그려졌다.

"이러면 지고 싶어도 질 수가 없지."

여유롭게 차를 마시며, 백수룡은 머릿속의 말들을 하나씩 움직였다.

133화
학생회장과 망나니(4)

"형님! 벌써 며칠째입니까! 그 어린놈들이 우리 애들을 만나는 족족 팔다리를 부러뜨리고 있단 말입니다!"

대머리에 굵은 핏줄이 선 거한의 외침에, 수염을 덥수룩하게 기른 사내가 "끄응." 하고 앓는 소리를 냈다. 수염 사내는 적호방의 부방주로, 대머리 거한과는 오래전부터 호형호제하는 사이이기도 했다.

"새끼야. 부방주님이라고 몇 번을 말해야 알아듣겠냐?"

"지금 호칭이 중요한 게 아니지 않습니까? 대책을 세워야 한단 말입니다. 이러다 우리 애들 다 병신 되게 생겼습니다."

대머리 거한의 말에, 수염 사내는 팔짱을 끼고 이를 갈았다.

"빌어먹을. 갑자기 어디서 이상한 놈들이 튀어나와서……."

적호방은 현재 대웅방, 철두파와 빈민가 통합을 놓고 전쟁 중이었다. 그런데 며칠 전부터 웬 어린놈들이 적호방도들을 기습해 팔다리를 부러뜨리고 있었다.

'처음에는 대웅방에서 낭인 놈들에게 의뢰라도 한 줄 알았는데…….'

알고 보니 최근 대웅방도 비슷한 일로 곤란을 겪고 있다고 한다. 수염 사내가 자신의 수염을 신경질적으로 쓸어내리며 물었다.

"그 어린놈들. 어디서 온 놈들인지는 알아냈냐?"

"청룡학관 학생들이랍니다. 한 놈은 독고준이라고 학생회장이고, 한 놈은 헌원강이라고 청룡학관에서 알아주는 망나니랍니다."

어딘가 말이 안 되는 조합에 수염 사내가 황당하다는 표정을 지었다.

"뭐? 학생회장? 망나니? 왜 그런 놈들이 같이 다녀?"

"젠장. 알게 뭡니까. 문제는 놈들이 청룡학관에서 익힌 잘난 무공으로 협객 놀이를 하고 있다는 겁니다."

"씨벌……."

처음에는 며칠 그러다 말겠거니 생각했다. 영웅심에 취한 정파 애송이들이 재미 삼아 빈민가에 들락거리는 일이 처음도 아니었으니까. 이럴 때는 며칠 몸을 사리면, 결국 이곳에서 할 수 있는 일이 아무것도 없다는 사실을 깨닫고 좌절해서 돌아가기 마련이었다. 그런데 이번 놈들은 끈질겼다.

부방주가 한숨을 내쉬며 말했다.

"그래 봤자 둘인데 애들한테 적당히 피해 다니라고 해라. 이 동네 하루 이틀 다니는 것도 아니고……."

"안 그래도 그게 이상합니다. 애들이 수금하러 가는 곳마다 놈들이 나타난답니다. 마치 누가 미리 알려 준 것처럼……."

"씨벌. 돌겠군."

수염 사내가 수염을 벅벅 긁었다. 가장 큰 문제는 그 어린놈들의 무공이 일류 이상이라는 것이었다. 적호방에서 일류 이상의 고수는 방주를 제외하곤 부방주 자신뿐이었다. 물론 그는 본인이 직접 나서서 위험을 감수하고 싶은 생각은 없었다.

"니들은 뭐 의견 없냐?"

자리에는 적호방의 간부들이 모여 있었다. 배운 것 없고, 어깨에 힘만 주고 다니는 놈들이지만, 그래도 나름 간부이기에 약간의 기대를 했다.
 마침 한 놈이 손을 들고 말했다.
 "관아에 놈들을 신고하면 어떨까요?"
 부방주는 멍청한 소리를 하는 놈의 이마에 문진을 던졌다. 놈은 문진에 맞기 전에 황급히 옆으로 피했다.
 "이 병신 같은 새끼야! 관아에 무슨 명목으로 신고를 해!"
 "여, 영업 방해로……."
 "우리도 명색이 문파인데 애들 좀 다쳤다고 신고를 해? 지금까지 관무불가침이라는 이유로 대웅방, 철두파 놈들을 조져 놓고? 어디 뚫린 입으로 계속 지껄여 봐. 아주 쫙 찢어 놓게."
 "죄, 죄송합니다."
 이런 것들도 문도라고. 부방주가 움츠러든 간부들을 도끼눈을 뜨고 노려봤다.
 그때, 대머리 거한이 조심스럽게 질문했다.
 "형님, 아니 부방주님. 스승님은 어디에 계십니까?"
 "스승님은 아직 폐관 수련 중이시다."
 그들이 말하는 스승이란 적호방주였다.
 일 년 전, 일류고수였던 전임 적호방주를 세 합 만에 반으로 갈라 죽이고 새로운 적호방주가 된 사내.
 얼마나 강한지 짐작도 할 수 없는 고수. 적호방주가 나선다면, 청룡학관의 애송이들 따위는 단숨에 도륙할 수 있을 터였다.
 "스승님께 한번 말씀드려 보면……."
 "네가 직접 가서 말씀드려 볼 테냐? 별거 아닌 일로 수련을 방해했다고 손수 찢어 죽이실 거다."
 부방주의 으스스한 목소리에, 거한이 꿀꺽 마른 침을 삼켰다.
 "아, 아닙니다."

적호방주는 충분히 그럴 수 있는 사람이었다. 자신의 마음에 들지 않으면 벌레를 눌러 죽이듯 사람을 죽인다. 여기에 모인 적호방 간부들 중에 살인을 안 해 본 자가 없었지만, 그들은 최소한 아무 이유 없이 사람을 죽이지는 않았다. 하지만 적호방주는 단순히 자기 기분이 나쁘다는 이유만으로도 사람을 죽이고, 고문하고, 그 앞에서 아무렇지도 않게 밥을 먹을 수 있는 괴물이었다.

"그, 그냥 해 본 소리였습니다. 이런 일을 스승님까지 아실 필요 없죠."

"이 일은 우리끼리 처리해야 한다. 나중에라도 스승님께서 아시면…… 우리 중 몇 명은 죽을지도 모른다."

부방주의 말에 간부들이 몸을 부르르 떨었다. 죽게 될 몇 명이 누가 될지는 아무도 모른다. 적호방주의 기분에 따라 죽고 사는 운명이 갈릴 것이다. 설령 마음에 든다고 제자로 들인 부방주와 대머리 거한이라고 해도 예외는 아니었다.

"제대로 무공을 배운 놈들이라 이거지?"

부방주는 손에 든 비수를 만지작거리며 중얼거렸다. 그도 한때는 잘나가는 후기지수였다. 한 번의 실수로 죽여선 안 될 사람을 죽였고, 도망다니가 이런 곳까지 흘러들어오게 되었다. 수염을 기른 것도 정체를 숨기기 위해서였다. 인생이 더럽게 꼬였지만, 적호방은 꽤나 괜찮은 은신처였다. 하지만 그것도 작년까지였다.

'방주 그 괴물의 심기를 거슬렸다간…….'

최근 방주는 무공에 깨달음을 얻었다며 폐관에 들어갔다. 문제는 그 깨달음을 소화하는 데 영약이 필요하다는 점이다. 최근 적호방이 상납금을 올린 것도 그래서였다. 만약 방주의 영약 수급에 문제가 생긴다면, 방주가 자신을 호출할 것이다. 그 후에 일어날 일은 상상하기도 싫었다. 결국 부방주는 나직이 욕을 하며 자리에서 일어났다.

"빌어먹을. 안 나서려고 했는데……."

"형님이 직접 나서시게요?"

대충 고개를 끄덕인 부방주가 간부들을 둘러보며 말했다.

"나 혼자 할 생각은 없다. 니들도 다 같이 나선다."

기껏해야 학관에 다니는 핏덩이들. 무공이 강하다고 해 봤자, 경험은 미천할 것이 뻔했다. 준비만 철저히 한다면 못 잡을 것도 없다.

"함정을 파서 놈들을 끌어들여야겠다. 핏덩이들한테 세상의 쓴맛을 보여 줘야겠어."

부방주가 혀로 비수를 핥으며 말했다.

우드득!

"꺼어억!"

고통에 눈이 까뒤집힌 사내가 기절했다. 그의 부러진 팔뚝에 새겨진 호랑이가 기괴하게 뒤틀려 있었다.

"이걸로 네 놈."

헌원강은 손을 탁탁 털며 기절한 사내를 바닥에 던졌다. 그때 헌원강의 뒤편에서도 섬뜩한 소리가 들렸다.

우드드득!

"꾸에에엑!"

입에 거품을 문 적호방도가 바닥에 쓰러졌다. 독고준은 상대가 기절한 것을 확인하고는 슥 헌원강을 돌아봤다. 그리고 대수롭지 않다는 듯 말했다.

"다섯 놈."

"……이거 봐라?"

헌원강의 눈썹이 꿈틀거렸다. 의도한 것이든 아니든, 방금 독고준의 말이 그의 경쟁심에 불을 붙였다.

"어이 독고. 쓰레기들을 누가 더 많이 치우나 나랑 내기하자 이거야?"

"굳이 그럴 생각은 없었지만……."

한쪽 입꼬리를 말아 올리며 말하는 독고준의 표정은, 묘하게 헌원강과 닮아 있었다. 며칠 동안 독고준에게서 달라진 것은 표정만이 아니었다. 항상 깔끔하게 입던 의복도 조금 헐렁해졌고, 단단하게 묶고 다니던 머리도 다소 헝클어져 있었다. 무엇보다 딱딱하던 표정에 부드러운 여유가 생겼다.

"그쪽에서 도전하겠다면 받아 주지."

"뭐? 도저어어언?"

헌원강의 눈썹이 씰룩이더니, 이내 그의 입가에도 악동 같은 미소가 맺혔다.

헌원강이 말했다.

"그럼 진 놈이 이긴 분한테 내일 하루 동안 형님으로 부르기, 어때?"

"그렇게 하지. 동생."

"이 새끼 봐라?"

두 사람은 빈민가를 순찰하며 팔뚝에 호랑이 문신을 한 놈들을 만나는 족족 두들겨 패고 다녔다.

"열둘 조졌다!"

"나도 열둘이다."

어느새 늦은 밤이었다. 순찰 시간은 이미 끝났지만, 승부를 내지 못한 두 소년은 아쉬운 마음에 발걸음이 느려졌다.

"마지막으로 그때 만난 상인들 집 근처나 순찰하고 가자."

"쳇. 승부는 다음에 내야겠군."

두 사람이 어깨를 나란히 하고 두런두런 대화를 하며 걸어갈 때였다.

"도와주세요!"

멀리서 찢어질 듯한 비명이 들려온 순간, 두 사람은 동시에 같은 방향으로 고개를 돌리고 경공을 펼쳤다.

휘이익! 배경이 순식간에 휙휙 뒤로 밀렸다. 두 사람은 금방 비명이 들려온 곳에 도착했다. 멍투성이가 된 여인이 바닥에 웅크려 울고 있었다. 독고준이 장포를 벗어 그녀에게 덮어 주며 말했다.

"괜찮으십니까?"

"흑, 흑흑……. 죄송해요. 정말 죄송해요."

"걱정하실 것 없습니다. 저희가 왔으니 이제 안전……."

고개를 든 여인이 울음 가득한 목소리로 말했다. 그녀는 공포에 잔뜩 질려 있었다.

"어, 어쩔 수가 없었어요. 협조하지 않으면 우리 아이들을 죽인다고 해서……."

"예?"

"무슨?"

두 사람이 고개를 갸웃하는 순간, 그녀는 품 안에 숨겨 두었던 암기를 발사했다.

파바바밧! 강침 수십 개가 지근거리에서 두 사람에게 쏟아졌다. 둘은 빠르게 반응했지만, 어둠 속에서 예상치 못하게 날아온 암기를 다 피하지는 못했다.

"큭!"

"으윽……."

간신히 주요 부위는 보호했지만, 팔다리에 강침 몇 개가 박혔다. 여인이 그들 앞에 납작 엎드려 빌었다.

"죄, 죄송해요. 정말 죄송해요. 목숨만은 제발 살려 주세요. 아니, 저는 죽이셔도 돼요. 제 아이들만……."

"빌어먹을. 일단 자고 있어."

헌원강이 손을 뻗어 여인의 혼혈을 짚었다. 그 사이 독고준은 검을 뽑아 뒤편의 어둠을 겨눴다.

독고준이 거칠어진 숨으로 씹어 내뱉듯이 말했다.

"이 여인에게 이런 짓을 사주한 것이 너희들이냐?"

"크크크."

그 순간, 어둠 속에서 적호방의 간부들과 방도들이 걸어 나왔다. 전면에 나선 부방주가 혀로 비수를 할짝거리며 말했다.

"이런 멍청한 놈들에게 그동안 그렇게 당했단 말이냐?"

"……멍청하긴 해도 둘 다 무공이 보통이 아닙니다."

헌원강의 무공에 당했던 거한이 말했다. 그의 표정에 희미한 불안감이 어렸다.

"그래 봤자 애송이들이지. 여자 비명에 의심할 생각도 안 하고 허겁지겁 달려오는 애송이 협객님들."

비웃음을 짓는 부방주에게, 헌원강이 도를 뽑아 겨누며 말했다.

"꽤 강해 보이는데. 네가 적호방주냐?"

"크크크……. 이 상황에서도 배짱을 부리는 걸 보니 젊긴 젊구나."

부방주는 부하들에게 눈짓해 헌원강과 독고준을 포위하게 했다. 적호방도들이 쇠 그물과 포승줄 따위를 꺼내 허공에 빙빙 돌렸다.

부방주가 여유롭게 말했다.

"너희가 맞은 강침에는 독이 있다. 쓸데없이 저항해 봤자 독만 더 빨리 퍼질 거다."

"젠장. 어쩐지 몸이……."

헌원강이 비틀거렸다. 내공으로 독을 태우려 했지만, 며칠 전에 당했던 잡스러운 독과는 달리 이번에는 쉽지 않았다.

부방주가 히죽 웃으며 말했다.

"죽일 생각은 없으니 순순히 잡혀라. 청룡학관에 적당한 몸값을 받고 넘겨줄 생각이니까. 먼저 싸움을 건 것은 너희들이니 청룡학관도 받아들일 수밖에 없겠지."

부방주의 입가에 맺힌 미소가 짐짐 가학적으로 변했다.

"그리고 너희는 삼류 시정잡배들에게 당한 후기지수들로 유명해질 거다. 청룡학관에 전설로 남게 해 주지. 흐흐흐흐!"

부방주는 즐거운 듯이 어깨를 들썩이며 웃었다. 앞길이 창창한 두 후기지수의 앞날에 오물을 뿌렸다는 생각에 그는 희열을 느꼈다. 하지만 부방주가 한 가지 계산하지 못한 것이 있었다.

"……그럼 그전에."

헌원강을 옆으로 밀치고 독고준이 앞으로 나섰다. 소년의 두 눈에서 맹렬한 분노가 활활 타올랐다. 아무 상관 없는 여인을 겁박해 함정을 파고, 그걸 자랑스럽게 떠드는 자들. 살면서 한 번도 느껴 본 적 없었던 살심이 무럭무럭 자라났다.

"모두 죽이면 되겠군."

독고준이 스산하게 중얼거리며 한 걸음 내디뎠다. 평소보다 헐렁한 의복이 내공에 의해 미친 듯이 펄럭이고, 묶였던 머리가 풀리며 위로 솟구쳤다. 그리고 정면을 향해 뻗은 그의 검에, 선명한 검기가 맺혔다.

"저, 절정 고수라고?"

경악에 찬 부방주가 입을 벌린 순간, 독고준의 검은 이미 그의 지척에 있었다.

촤아아악! 그리고 그런 독고준의 모습을, 멀리 지붕 위에서 지켜보는 시선이 있었다.

"그래. 저게 독고구검이지."

뒷짐을 진 백수룡이 웃으며 중얼거렸다.

134화
학생회장과 망나니(5)

촤아아악! 날카로운 검기에, 부방주의 덥수룩한 수염이 절반 이상 잘려나갔다.

"크윽!"

날카로운 예기가 목을 스쳤다. 주르륵 흘러내린 핏방울이 남아 있던 수염을 붉게 물들였다. 부방주는 고함을 지르며 전력으로 뒤로 물러났다.

"놈을 막아!"

도망자 생활을 오래 한 탓에 신법 훈련만은 게을리하지 않은 부방주였다. 방금 전에도 그 덕을 보았다.

"그물을 던져!"

수십 개가 넘는 쇠 그물과 끝을 올가미처럼 묶은 포승줄이 독고준을 향해 날아갔다. 독고준의 눈에는, 일순간 하늘이 새카맣게 뒤덮인 것처럼 보였다.

"너희는……."

하지만 독고준의 눈에 맺힌 맹렬한 분노는 조금도 수그러들지 않았다.

자신을 향해 쏟아지는 수많은 그물과 올가미를 향해, 그는 오히려 한 걸음 더 내디뎠다.

독고준은 조용히 이를 악물며 읊조렸다.

"살아 있을 가치가 없는 놈들이야."

며칠 동안 빈민가를 순찰하며 많은 것을 보았다. 지저분하고 냄새나는 거리. 하루하루 힘겹게 살아가는 사람들이 이렇게 많다는 것을, 머리로는 알고 있었지만 눈으로 본 것은 처음이었다.

"왜 사람들을 괴롭히지 못해 안달이지?"

적호방이 저지르는 패악질을 목격할 때마다, 억울한 사람들의 눈물 어린 호소를 들을 때마다, 거리로 나앉아 멍하니 하늘을 올려다보는 아이들의 얼굴을 볼 때마다. 독고준은 놈들을 죽이고 싶다는 살심을 몇 번이나 꾹 억눌러야만 했다.

―무인은 항상 냉정해야 한다.

―너는 무림의 기대를 받는 후기지수다. 몸가짐을 단정하게 하고, 흠 잡힐 일이 없도록 조심해야 한다.

―방종하게 굴어 세가의 이름에 먹칠을 해선 안 될 것이야!

가문의 어른들이 늘 하던 말씀. 독고세가의 후기지수는 늘 냉정해야 하며, 이성적이고 차분하게 사리를 분별하고 말과 행동거지를 조심해야 한다고 가르쳤다. 특히 독고준의 아버지는 이 부분에 강박적이었다.

―준아. 독고세가가 낭인이 세운 가문이라고 하여 우리가 천하다고, 우리의 무공이 단순무식하다고 얕보는 자들이 있다. 그런 놈들에게 절대로 얕보여선 안 된다.

―네. 아버님.

―그래. 너를 믿는다. 지금은 우리가 잠시 부침을 겪고 있지만, 네 대에서는 다시 천하제일세가로 일어설 것이야.
―네. 아버님.
―허허. 너는 반듯한 아이라서 마음이 놓이는구나!
―…….

독고준의 아버지는 장로들과 함께 독고구검을 개량하고 다듬었다. 독고준은 그렇게 다듬어진 독고구검을 익혔다. 언젠가 그 진의(眞義)를 깨달을 수 있을 거라 믿으며 부단히 수련했다. 하지만 지금, 그는 여태껏 익혀 온 검법에 답답함을 느꼈다.
'답답해.'
걸어 다닐 때부터 검을 가지고 놀았지만, 지금처럼 답답한 건 처음이었다. 이런 식으로 휘두르고 싶지 않다. 온 힘을 다해, 모든 심력을 일검에 쏟아내고 싶다! 충동적인 생각과 가문의 가르침이 충돌했다. 어느새 쇠 그물과 올가미가 그의 지척까지 다가와 있었다. 입술을 깨문 독고준은 결정을 내렸다.
"더는 못 참겠습니다."
단 한 번의 참격에, 독고준은 참아 왔던 분노를 담아 힘껏 휘둘렀다.
촤아아아악! 하늘을 뒤덮으며 날아오던 수십 개의 그물이 일검에 모두 반으로 찢어졌다.
마치 하늘이 열린 듯한 장면에, 그물을 던진 자들도 일순간 입을 쩍 벌렸다.
"하, 하하."
그 한가운데, 독고준은 제자리에 멍하니 선 채로 자신의 검을 내려다보았다.
"이게 독고구검……."

불현듯 찾아온 깨달음. 하지만 아직은 작은 실마리에 불과했다. 조금 더, 조금만 더 검을 휘둘러 보면 알 수 있을 것 같았다. 다행히 검을 휘두를 적은 눈앞에 넘치도록 있었다.

"한 번 더."

중얼거린 독고준은 창백하게 질린 적들을 향해 달려들었다.

촤아아악! 단숨에 두 명의 목이 잘려나갔다. 옆에서 찔러오는 창을 피하고, 몸을 반 바퀴 돌리며 검을 휘둘러 상대의 허리를 끊어냈다.

푸화아악! 핏물이 무복을 흠뻑 적셨다. 뜨거운 피가 뺨에도 튀었다. 첫 살인이었다. 평소의 독고준이었다면 그 충격에 몸이 굳어 버렸겠지만, 지금의 그는 무아지경에 빠져 있었다. 얼음처럼 차가운 눈으로 다음 적을 찾았다. 등 뒤에서 달려드는 적의 기척을 느낀 독고준이 돌아섰다.

"죽어어!"

상대는 적호방의 간부였다. 그는 독고준의 검보다 몇 배는 커다란 대도를 휘둘렀다. 초식은 형편없지만 실린 힘이 묵직했다. 굳이 정면으로 상대할 필요가 없는 공격. 하지만 독고준은 검로를 옆으로 틀거나 피한 후에 반격하지 않았다. 그대로 강하게 검을 휘둘렀다.

쩌어엉! 상대의 대도가 반으로 부러졌다. 당황한 적이 도를 놓고 물러났다. 독고준은 그 틈을 놓치지 않고 품으로 파고들었다.

푸욱! 심장이 꿰뚫린 적이 무너진다. 그 모습을 일별한 독고준은 빠르게 검을 회수해 다른 적에게 휘둘렀다.

쩌정! 쩌저저정! 독고준이 신들린 듯이 검을 휘둘렀다. 그의 검에 부딪히는 족족 상대의 무기가 깨져 나갔다.

"더. 조금만 더."

독고준은 갈증이 난 표정으로 적을 찾아 검을 휘둘렀다. 몇 달 동안 진전이 없었다고 해서, 그간의 고된 수련의 시간이 아무런 의미가 없었던 것은 아니다. 그동안 독고준이 해 온 수련의 시간들이, 깨달음을 빠르게 몸으로 체화시키고 있었다. 독고준은 양 떼 속에 뛰어든 늑대처럼 날뛰었다.

"뭐야 저 새끼! 독에 당한 거 맞아?"

"저, 저런 놈이랑 어떻게 싸워!"

"으아아아! 내 팔!"

처음에는 열심히 싸우던 적호방도들도 겁에 질려 물러나기 시작했다. 그러자 부하들의 뒤에서 부방주가 악다구니를 썼다.

"놈은 독에 당했다! 어차피 얼마 못 버티니까 시간을 끌어! 도망치는 놈은 내 손에 죽는다!"

부방주의 예상은 틀리지 않았다. 시간이 지날수록 독고준의 신형이 비틀거리기 시작했다.

"크윽……."

어릴 때부터 쌓아 온 정순한 내공으로 몸 안에 독이 퍼지는 것을 막고 있었지만, 움직임이 격렬해지자 독이 퍼지는 속도도 빨라지고 있었다. 시야가 흐릿해지고, 검을 든 팔이 덜덜 떨려 왔다.

까앙! 처음으로, 상대의 무기를 부수지 못하고 튕겨내는 데 그쳤다. 독고준이 미간을 찌푸렸다.

"이런 빌어먹을……."

평생 거의 해 본 적 없는 욕이 자연스럽게 입에서 흘러나왔다. 아마도 최근에 헌원강과 같이 다녀서일 것이다.

'녀석은 어떻게 됐지?'

독고준은 뒤에 남겨진 헌원강이 걱정되어 뒤를 돌아봤다.

헌원강은 자신보다 내공이 부족하다. 때문에 이 독을 견디는 것도 더 힘들 텐데……. 다행히 헌원강은 기절한 여인 옆에 멀쩡하게 서 있었다.

'옆에 있는 사람은 누구지?'

헌원강 옆에 웬 낯선 사내가 뒷짐을 지고 서 있었는데, 밤인 데다 독 때문에 시야가 흐릿해져 얼굴은 분간할 수 없었다. 그때 헌원강이 놀란 얼굴로 소리쳤다.

"멍청아! 어딜 보는 거야!"

동시에 뒤에서 살기 어린 목소리가 들려왔다.

"우리가 어지간히 얕보였나 보군."

"!"

까아앙! 기습적인 일격을 겨우 쳐 낸 독고준이 휘청거리며 몇 걸음 뒤로 물러났다.

"끄윽……"

지금까지 상대한 자들과는 수준이 다른, 적지 않은 내력이 실린 공격이었다. 적호방의 부방주와 대머리 거한이 앞으로 나선 것이다.

부방주가 혀로 비도를 핥으며 말했다.

"우리 애들을 이 꼴로 만들어? 적어도 네 팔 하나는 잘라야 수지가 맞겠어."

"형님. 그냥 죽여 버리죠?"

"지금이라도 무릎을 꿇으면 죽이진 않으마. 그 상태로 우리한테 이길 수 있다고 생각하는 건 아니겠지?"

독고준의 몰골은 말이 아니었다. 독에 당한 몸으로 수십 명과 싸우느라 숨이 거칠어져 있었고, 심각한 상처는 없지만 온몸에 자상도 여럿이었다. 하지만 독고준에겐 타협하거나 물러날 생각이 조금도 없었다. 여기서 물러나는 것은, 청룡학관의 이름을 어깨에 짊어진 자로서 해선 안 될 태도였다.

"나는 애송이가 아니다."

독고준이 뺨에 묻은 피를 닦아 내며, 지친 표정으로 말했다.

"청룡학관의 학생회장이자……."

제자리에 우뚝 선 독고준이 검을 들어, 적호방 부방주의 미간을 똑바로 겨눴다. 더 이상 그의 검은 흔들리지 않았다.

꿀꺽.

'다 죽어가던 놈이 어디서 저런 박력을…….'

부방주에게는 그 검이 그 어떤 대검보다도 거대하게 보였다. 잠시 숨을 고른 독고준이 말을 이었다.

"검룡 독고준이다."

검룡의 검이 다시 춤을 추기 시작했다.

"미친……."

헌원강은 멍하니 입을 벌리고 독고준이 싸우는 모습을 바라봤다. 몸 안에 침투한 독 때문에, 그는 독고준처럼 싸울 수는 없었다. 물론 억지로 싸우려고 하면 싸울 수야 있겠지만, 지금 몸 상태로는 녀석에게 방해만 될 게 뻔했다.

"빌어먹을……."

인정하기 싫지만 인정할 수밖에 없었다. 지금의 독고준은 자신보다 훨씬 강하다는 사실을. 내공의 양뿐만이 아니라, 검법, 보법, 단련을 게을리하지 않은 외공까지. 모든 부분에서 독고준은 헌원강보다 높은 수준을 보여 주고 있었다.

'많이 따라잡았다고 생각했는데.'

헌원강은 이를 악물고, 주먹이 하얘지도록 꽉 움켜쥐었다. 하지만 독고준을 바라보는 헌원강의 눈은, 좌절하거나 실망한 사람의 눈이 아니었다.

'나보다 강한 사람이라면 얼마든지 있어.'

이미 팽사혁에게 무참히 패배했고, 위지천에게 매일 깨지고 있으며,

괴물 같은 백수룡 선생님은 아직 옷깃조차 건드려 보지 못했다. 독고준도 그중 하나일 뿐이었다. 언젠가 넘어설 벽.

'기다려라. 언젠가는 내가 이긴다.'

헌원강은 그런 마음으로 독고준의 싸움을 지켜보았다. 자신이라면 저 무식하게 강한 검을 어떻게 막을지, 혹은 피하거나 반격할지 머릿속으로 상상해 보았다. 그것만으로도 큰 도움이 되었다. 그러다 독고준이 걱정스러운 표정으로 이쪽을 돌아보는 것을 보았다. 헌원강이 깜짝 놀라서 소리쳤다.

"멍청아! 어딜 보는 거야!"

독고준이 지칠 때만을 기다렸던 부방주와 대머리 거한이 뒤에서 달려드는 게 보였다.

까아앙! 독고준이 겨우 그 공격을 막으며 뒷걸음질 쳤다. 처음에 비해 확연히 느린 반응이었다.

"이런 비겁한 자식들이!"

헌원강은 도를 뽑아 들었다. 독 때문에 몸을 제대로 가누기도 힘들었지만, 이 상황에서 가만히 지켜보고만 있을 수는 없었다. 옆에서 목소리가 들려오지 않았다면, 그는 곧장 싸움에 뛰어들었을 것이다.

"조금만 더 놔둬라."

"!"

바로 옆에서 들려온 목소리에 헌원강이 고개를 홱 돌렸다. 언제 왔는지, 백수룡이 뒷짐을 진 채 독고준을 바라보고 있었다.

"선생님? 언제부터 있었어요?"

"처음부터."

그 태연한 대답에 헌원강은 황당하다는 듯 입을 벌렸다.

백수룡은 그에게 시선도 주지 않고 말했다.

"나서지 마. 저 녀석은 아직 더 할 수 있으니까."

독고준은 부방주와 대머리 거한을 상대로 힘겨운 싸움을 이어 나가고 있었다. 그의 몸에 상처가 하나둘 늘어나는 모습에, 헌원강의 표정이 초조해졌다.

"저, 저러다 저 자식이 죽기라도 하면 어쩌려고요? 선생님이 돼서 너무 무책임한……."

헌원강은 말을 끝까지 잇지 못했다. 백수룡이 발끝으로 바닥을 툭툭 두드리고 있는 모습을 보았기 때문이었다.

"죽게 내버려 둘 것 같아?"

겉으로는 여유롭게 뒷짐을 지고 있는 것처럼 보이지만, 백수룡은 독고준이 위기에 처하면 언제라도 끼어들 수 있도록 지켜보고 있었다.

"깨달음의 순간은 쉽게 오는 게 아니다. 저 싸움이 끝나면 독고준의 무공은 크게 성장할 거야."

"……."

"잘 봐둬라. 너한테도 큰 도움이 될 테니까."

"……예."

얌전히 대답한 헌원강은 다시 고개를 돌려 독고준의 싸움을 지켜봤다.

따악!

"악! 갑자기 왜 때려요!"

"답지 않게 얌전히 대답하니까 이상해서."

"나 보고 어쩌라고 진짜."

스승과 제자는 투덜거리며 함께 독고준의 싸움을 지켜보았다. 마침 싸움이 거의 끝나가고 있었다.

그런데…… 독고준의 상태가 어딘가 이상했다.

135화
학생회장과 망나니(6)

 적호방의 부방주와 대머리 거한은 독고준과의 싸움에 질려 버리고 말았다.
 "뭐 이런 미친놈이 다 있어!"
 "같이 죽고 싶어 환장했냐!"
 스스로를 검룡이라고 소개한 저 어린놈은, 독에 중독되고 온몸이 상처투성이가 되고도 악귀처럼 검을 휘둘러댔다.
 후우웅! 후우웅! 한 번 한 번의 공격이 모두 목숨을 걸고 휘두르는 것 같았다. 부방주와 대머리 거한은 독고준의 공격을 피하면서 몇 번이나 모골이 송연한 느낌을 받았다.
 '저 검에 부딪히면 끝장이다!'
 '놈이 지쳤기에 망정이지…….'
 두 사람은 독고준와 달리 몸을 사리면서 싸웠다. 아니, 사람이라면 누구나 그럴 것이다. 아무리 언제 목숨을 건 싸움을 하게 될지 모르는 무림인이라고 해도, 제 몸을 돌보지 않고 싸우는 사람은 없다. 하지만 독고준은 마치 싸우다 죽어도 상관없다는 듯, 방어를 도외시한 채 공격일

변도로 검을 휘두르고 있었다. 부방주의 표정이 창백하게 질릴 수밖에 없었다.

'저렇게 무식하게 싸우는 놈은 철두 그놈 말고는 본 적이 없어.'

배운 것도, 변변한 내공도 없는, 가진 것은 부랄 두 쪽과 깡밖에 없는 철두는 그럴 수 있다고 치자. 하지만 일류, 아니 절정의 경지로 보이는 무림의 후기지수가 왜 빈민가에서 저렇게 싸우느냔 말이다!

"허억…… 허억……."

독고준의 숨이 거칠어졌다. 적들이 싸움을 피하고 계속 물러나기만 하자, 그도 잠시 제자리에 멈춰 섰다.

카악, 퉤. 피가 섞인 침을 바닥에 뱉은 독고준이 손등으로 입가를 슥 닦았다. 평소의 독고준을 아는 사람들은 상상할 수도 없는 거친 모습이었다.

"왜 제대로 덤비지 않는 거지?"

상대를 노려보는 독고준의 눈에 살기가 가득했다. 반드시 죽이고야 말겠다는 그 집요한 의지에, 부방주는 자기도 모르게 몸이 떨려오는 것을 느꼈다.

"빌어먹을 애송이가……!"

"그 애송이한테 도망치는 너희는 뭐라고 불러야 할까. 쓰레기? 해충?"

독고준은 산발이 된 머리로 피식피식 웃었다. 반쯤 풀린 눈에서는 끈적끈적한 살기가 흘러나왔다.

"너희는 이곳에서 모두 죽는다. 아니면 내가 죽거나."

마치 죽음을 선고하듯 말한 독고준이 다시 검을 들었다.

결국, 부방주는 그 기백에 밀려 싸움을 포기했다.

"……퇴각해라! 각자 알아서 방으로 돌아가!"

휘익! 등을 돌린 부방주는 부하들이 많이 뭉쳐 있는 곳으로 경공을 펼치더니, 부하들과 뒤섞였다. 대머리 거한이 허겁지겁 그 뒤를 따라갔다.

"혀, 형님! 같이 가요!"

부방주의 계획은, 뒤에 남은 부하들에게 시간을 끌게 하고 그 틈에 이곳에서 도망치는 것이었다.

'잠깐 시간 정도는 벌 수 있겠지.'

제 안전만 챙기는 영악하고 교활한 판단이었지만, 지금의 독고준에게는 통하지 않는 방법이었다.

"도망칠 수 있을 것 같나?"

스산하게 중얼거린 독고준은 순식간에 적호방도들이 뭉쳐 있는 곳으로 짓쳐들었다. 그리고 검을 횡으로 크게 휘둘렀다.

푸화아아악! 앞을 가로막고 있던 적호방도들이 반으로 갈라졌다. 허공으로 비산하는 피. 끊어진 팔다리가 바닥에 뒹굴었다.

"이, 이런 미친!"

뒤를 돌아본 대머리 거한은 눈을 부릅떴다. 어느새 독고준이 그의 뒤에 바짝 다가와 있었다. 유리알처럼 투명한 눈. 거한은 그 눈을 보며 절망을 느꼈다.

"사, 살려……."

거한의 목이 잘려나갔다. 독고준은 쓰러지는 그를 쳐다보지도 않고 곧장 부방주에게 쇄도했다.

쩌엉!

"빌어먹을! 불구대천의 원수도 아닌데 어째서 이리 지독하게 쫓아온단 말이냐!"

독고준의 검을 쳐 낸 부방주의 손바닥이 찢어져 피가 흐르고 있었다.

"너희가 세상에 아무도 도움도 안 되는 해충이기 때문이다."

"네놈은 뭐가 그렇게 잘났는데!"

부방주는 도저히 도망칠 수 없겠다고 판단되자 몸을 돌려 전력으로 덤벼들었다.

까가가강! 독고준의 몸에 몇 군데 상처를 입히는 데 성공했지만, 부방주의 표정은 조금도 밝아지지 않았다.

'이놈. 처음보다 더 강해졌어…….'

보고도 믿을 수 없는 일이었다. 독에 중독되고, 피까지 저렇게 흘리고 있는데, 검은 오히려 더 무거워지다니!

쩌엉! 결국 부방주의 비도가 허공으로 튕겨 날아가고, 휘청인 그가 털썩 무릎을 꿇었다.

"자, 잠깐만! 나는 방주가 시키는 대로 했을……."

"변명은 지옥에 가서 해."

서걱. 잘린 부방주의 목이 바닥을 굴렀다. 그 얼굴에는 공포와 원망이 남아 있었다. 부방주까지 죽자, 남아 있던 적호방도들이 사방으로 뿔뿔이 흩어져 도망치기 시작했다.

"도, 도망쳐라!"

"으아아아!"

그 혼란의 현장 한가운데서, 독고준은 거친 숨을 몰아쉬었다.

"후우…… 후우……."

독고준은 머리가 뜨거워지는 것을 느꼈다. 사람의 살을 가를 때 느낀 감촉, 뼈를 부술 때 느낀 묵직한 감각이 여전히 손안에 생생하게 남아 있었다. 바닥에 흥건한 피. 전부 자신이 만들어 낸 광경이었다.

'내, 내가 사람을…….'

비명을 지르며 도망치는 적들의 뒷모습을 보자, 뒤늦게 첫 살인에 대한 충격이 밀려왔다. 검을 쥔 손이 덜덜덜 떨리기 시작했다. 독고준은 억지로 주먹을 꽉 쥐었다.

'아냐. 저것들은 사람은 아니다.'

독고준은 이를 악물며 그 감정을 부정했다. 오히려 적들을 핏발 선 눈으로 바라보며 중얼거렸다.

"난 잘못하지 않았어. 잘못한 건 너희다."

머리가 점점 뜨거워진다. 독 때문일까. 몸 안의 화기(火氣)가 감당하기 힘들 정도로 끓어올랐다. 독고준이 나직한 목소리로 으르렁거렸다.

"너희를 살려 두면, 사람들을, 계속 괴롭히겠지."

시야가 어지럽게 돌고, 말이 뚝뚝 끊긴다. 하지만 도망치는 적들의 모습만은 또렷하게 보인다. 독고준은 가장 가까운 적에게 달려가 그 등을 베었다.

촤아아악! 흩뿌려진 피가 얼굴에 튀었다. 비릿한 냄새. 끈적끈적한 감각. 뜨거운 피가 몸을 더욱, 더욱 뜨겁게 만든다.

피식. 어느새 입가에 미소를 띤 독고준이 도망치는 적들을 쫓으며 중얼거렸다.

"너희 같은 해충들은, 박멸해야 돼."

그 순간 독고준의 세상이 핏빛으로 물들었다.

"……선생님. 쟤 상태가 좀 이상하지 않아요?"

헌원강은 딱딱하게 굳은 표정으로 독고준이 싸우는 모습을 바라보았다.

촤아아악! 촤아악! 적호방의 부방주와 간부들은 이미 다 죽었고, 남은 것은 잔챙이들뿐이었다. 그런데도 독고준은 조금의 사정도 봐주지 않고 닥치는 대로 그들을 베었다.

"끄아아악!"

"사, 살려 줘……."

비명과 고함, 피가 난무하는 상황 속에서, 헌원강은 이해할 수 없다는 표정으로 독고준을 바라봤다.

"왜 저렇게까지······."

독고준의 손속은 지나치게 잔인하고 거칠었다. 마치 분풀이라도 하듯이 적들을 베고, 또 베고, 이미 죽은 시체에까지 난도질을 했다. 결국 참지 못한 헌원강이 소리쳤다.

"야! 독고! 적당히 해 새끼야!"

헌원강이 소리쳐 불렀지만, 독고준은 그 소리가 들리지 않는 듯했다.

조용히 지켜보던 백수룡이 미간을 찌푸리며 중얼거렸다.

"첫 살인이었나."

"예?"

백수룡은 어렵지 않게 독고준의 상태를 알아보았다. 과거 혈교에서도 종종 비슷한 증상을 본 적이 있었다. 혈교의 지독한 훈련을 받는 아이들 중에서도 종종 있는 일이었으니, 명문정파 출신인 독고준이 받은 충격은 훨씬 더 컸을 것이다. 살인에 대해서 듣는 것과 경험해 보는 것은 차원이 다른 문제니까.

"깨달음을 얻는 도중, 살인에 대한 죄책감이 불쑥 끼어든 거다. 그 사실을 잊기 위해서 더 검에 몰입한 거지. 지금 저 녀석 귀엔 아무 말도 안 들릴 거야."

"그럴 수가······. 그럼 어떻게 해요?"

"말려야지."

백수룡은 표정을 굳히며 앞으로 나섰다. 깨달음을 얻고 무아지경에 빠져 검을 휘두르는 것은 더할 나위 없이 환영할 일이다. 하지만 저런 모습은 무공에 심취한 것이 아니다. 살인을 충격을 잊기 위해, 혹은 외면하기 위해 무공으로 도피한 것밖에 되지 않는다.

"내버려 두면 탈진할 때까지 검을 휘두를 거다. 최악의 경우엔 주화입마(走火入魔)에 빠져 폐인이 돼."

"야! 독고! 정신 차리라고 이 새끼야!"

헌원강이 버럭버럭 소리를 질렀다. 그러자 처음으로 독고준이 이쪽을 바라보며 반응했다.

"이 해충들……."

하지만 독고준은 두 사람을 알아보지 못했다. 세상 모두가 악으로 보였고, 박멸해야 할 해충으로 보였다. 주화입마의 초기증상이었다.

"저 자식. 완전히 맛이 갔잖아."

헌원강은 이를 악물며 앞으로 걸어 나갔다. 어떻게든 독고준을 원래대로 돌아오게 할 생각이었다.

"정신 차려 새끼야! 그깟 쓰레기들 좀 죽였다고 정신줄을 놔? 학생회장이란 놈이 쪽팔린 줄도 모르……."

서걱! 헌원강의 앞머리 몇 가닥이 독고준이 휘두른 검에 잘려나갔다. 벼락처럼 달려들어 검을 휘두른 것이다.

"!"

백수룡이 제때 어깨를 잡아 뒤로 당기지 않았다면, 헌원강은 그대로 목이 잘렸을 것이다.

헌원강을 뒤로 보낸 백수룡이 독고준을 빤히 보며 말했다.

"대화가 통할 상황은 이미 지난 것 같은데."

어느새 독고준은 뒤로 훌쩍 물러나 백수룡을 경계하고 있었다. 본능과 광기만 남은 상태에서도, 상대가 만만치 않다는 것을 느낀 것이다.

"선생님. 그 자식……."

"걱정하지 마라."

백수룡은 헌원강이 무슨 걱정을 하는지 눈치채곤 씩 웃었다.

"내가 망나니 갱생 전문, 주화입마 치료 전문 아니냐. 원래대로 돌려놓을 테니까 걱정할 것 없어."

그런데 헌원강은 그건 당연하지 않냐며, 뚱한 목소리로 대꾸했다.

"그것도 그건데. 너무 많이 패지 말라고요. 피를 너무 흘려서, 몇 대

더 팼다간 골로 갈지도 몰라요."

"나도 알아 인마."

혀를 차며 대꾸한 백수룡이 다시 고개를 돌려 독고준을 돌아봤다.

"독고준."

"크으……."

백수룡의 푸른 장포가 바람에 펄럭이기 시작했다. 독고준은 상처 입은 짐승처럼 몸을 잔뜩 움츠렸다. 그의 눈이 쉴 새 없이 움직이며 백수룡의 빈틈을 찾았다. 그래서 백수룡은 일부러 빈틈을 드러냈다.

"어디 한번, 네가 오늘 뭘 깨달았는지 내게 보여 봐라."

마치 그 말을 기다렸던 것처럼, 몸을 튕긴 독고준이 고함을 지르며 달려들었다.

"죽어라 해충!"

일검 일검에 온 힘을 다해 펼치는 검법. 그것은 백수룡이 알고 있던 독고구검과 '그나마 비슷한' 검법이었다.

휘이익 첫 일격을 가볍게 피해낸 백수룡은 독고준의 옆으로 돌아서며 말했다.

"비록 마무리가 깔끔하지 않았지만, 네가 오늘 펼친 독고구검은 제법이었다."

"으아아아! 죽어어!"

독고준이 휘두른 두 번째 검도, 세 번째 공격도 백수룡에게 전혀 닿지 못했다.

"하지만 아직 미숙해. 일검에 최선을 다하라는 것이, 상대의 반격을 생각하지 말라는 뜻은 아니다."

당연한 일이었다. 독고준은 중독된 상태로 이미 수십 명과 싸웠다. 내공도 얼마 남지 않았고, 초식은 흔들리고 있었다. 그런 공격이 백수룡에게 닿는 건 천운이 따라도 힘든 일이었다.

백수룡은 개인 속성 과외를 계속했다.

"오늘 얻은 실마리를 놓지 말고 부단히 수련해라. 독고구검의 수련 방향은 이쪽이 맞다."

"크아아아! 죽어! 죽으란 말이다 해충!"

독고준은 아무것도 들리지 않는 것처럼 미친 듯이 검을 휘둘렀다.

휘익! 획획획! 백수룡은 그 모든 공격을 가볍게 피하고, 흘리고, 문제점을 파악하며 독고준의 새로운 독고구검을 파악했다.

'나쁘지 않아.'

백수룡의 입가에 웃음이 맺혔다. 처음 독고준을 봤을 때는 큰 기대를 하지 않았다. 학생회장이고 제법 강하긴 해도, 별다른 가능성이 느껴지지 않았다. 하지만 지금의 독고준은, 왠지 모를 기대감을 느끼게 하는 학생이었다.

'저 녀석의 영향인가?'

멍하니 이쪽을 바라보는 헌원강의 얼굴이 보였다. 학생회장과 망나니. 역시 이 둘을 붙여 놓길 잘했다는 생각이 들었다.

쩌엉! 처음으로 검을 쳐 내자 독고준이 비틀거리며 뒤로 물러났다. 백수룡은 그를 향해 저벅저벅 걸어갔다. 이제, 수업을 끝낼 시간이었다.

"목표는 용봉비무 팔강 이상. 천재까진 아니지만 네가 가진 재능도 나쁘지 않으니까."

"으아아아아!"

독고준이 괴성을 지르며 달려들었다. 남은 내공을 모조리 쥐어 짜낸 일검. 피하면 간단하게 제압할 수 있었지만, 백수룡은 그러지 않았다.

그가 씩 웃으며 말했다.

"용봉 안에는 충분히 들 수 있을 거다."

피하는 대신, 독고구검에 비견될 만한 강검으로 맞섰다.

쩌어어어엉! 두 개의 검이 부딪친 순간, 천둥과도 같은 소리가 울려 퍼졌다. 그리고 독고준의 검이 두 조각으로 부러졌다.
"!"
그 찰나의 순간 독고준의 눈이 잠시 정상으로 돌아왔다. 자신의 생각했던 독고구검의 극의를 보았기 때문이었다.
"그, 그 검……."
"앞으로 궁금한 게 있으면 찾아오도록. 언제든지 조언해 줄 테니까."
독고준은 무어라 말하려 했으나, 결국 아무런 말도 못 하고 정신을 잃었다.
털썩. 백수룡은 쓰러지려는 독고준을 부축했다. 그리고 피투성이가 된 뺨을 툭툭 쳤다.
"고생했다."
"……."
독고준은 그 말을 듣지 못하고 정신을 잃었지만, 그 와중에도 부러진 검은 손에서 놓지 않았다.
"웃차."
백수룡은 기절한 독고준을 어깨에 둘러메고 헌원강을 힐끗 돌아봤다.
"원강아. 가자."
"……아, 네!"
헌원강은 멍한 표정으로 백수룡을 바라보다, 뒤늦게 대답을 하고는 허겁지겁 백수룡을 따라갔다.
독고준과 헌원강. 두 사람에겐 어느 때보다 길었던 하루가 끝났다.

136화
학생회장과 망나니(7)

"으윽……."

독고준은 힘겹게 눈을 떴다. 머리가 깨질 듯 아프고 목이 몹시 말랐다.

"정신 좀 차렸냐?"

익숙한 목소리에 독고준이 고개를 돌리자, 그의 이마 위에 올려져 있던 물수건이 옆으로 흘러내렸다.

"새끼가 기껏 덮어 줬더니 흘리고 지랄이야."

"헌원…… 강?"

헌원강은 떨어진 물수건을 들어 독고준의 얼굴에 덮었다. 독고준은 그것을 옆으로 휙 치우고 다시 헌원강을 바라봤다.

"흐아암."

헌원강은 의자에 다리를 꼬고 앉아 길게 하품을 했다. 무척이나 피곤해 보이는 얼굴. 잠을 거의 자지 못한 탓이었다.

독고준은 그 얼굴을 멍청히 바라보다가 물었다.

"여기가 어디지?"

독고준이 힘겹게 상체를 일으키자 낡은 침상이 삐걱거렸다. 낡은 것은 침상만이 아니었다. 벽이며 침구, 모든 것이 낡고 해지고 지저분했다. 의원이 아닌 것만은 확실했다.

헌원강이 입이 찢어져라 하품을 한 후에 말했다.

"소면이 더럽게 맛없는 그 객잔이야. 선생님이 의원으로 데려가는 것보단 독부터 빨리 몰아내야 한다고 해서 여기로 데려와서 치료했다. 상처도 생각보다 심한 건 없어서 대충 금창약 바른 다음 붕대 감아 놨고."

"……."

일의 전말을 들었으나, 그중 독고준이 이해할 수 있는 부분은 얼마 되지 않았다. 헐렁한 옷 사이로 온몸에 붕대가 감겨 있는 것은 눈으로 보아서 알 수 있었다. 하지만 그 외에는…….

"선생님?"

"뭐야. 너 기억 하나도 안 나? 백수룡 선생님이 너 기절시켜서 여기로 데려왔잖아."

"대체 언제…… 아!"

기억이 서서히 되살아나기 시작했다. 적호방 부방주와 싸우던 장면, 그를 죽이고, 도망치는 적호방도들을 잔인하게 베어 넘기던 장면 등이 하나하나 떠올랐다. 그리고…….

"내, 내가 무슨 짓을!"

하마터면 자신을 말리려던 헌원강까지 죽일 뻔한 기억이 떠오른 순간, 독고준의 얼굴이 새하얗게 질렸다.

"미, 미안하다."

독고준은 헌원강을 차마 똑바로 바라보지 못하고 고개를 숙였다. 대체 무슨 짓을 저지른 것인가.

심마에 빠져서 하마터면…… 제 손으로 친우를 죽일 뻔했다.

'만약 그 검에 헌원강이 베였다면…….'

독고준은 상상하는 것만으로도 몸이 덜덜 떨려 왔다.

"저, 정말 고의가 아니었다. 뭔가에 씌었는지 사람을 알아보지 못했어. 검에 작은 깨달음이 있어서 그걸 붙잡으려다가…… 머리가 뜨거워졌다. 사실, 사람을 죽인 게 처음이었어. 혼란스러웠다. 하지만 죽여 마땅한 악인들이니 괜찮다고 생각했어. 그래서 검을…… 아니, 무슨 말을 해도 다 변명이겠지. 정말 미안하다. 이 일은 두고두고 사죄하겠어. 하마터면 너에게 씻을 수 없는 죄를 지을 뻔…….”

"됐어, 새끼야.”

헌원강이 횡설수설하는 독고준의 말을 중간에 끊었다.

"……됐다니?”

독고준이 고개를 들어 멍한 얼굴로 헌원강을 바라봤다. 헌원강은 심드렁한 표정으로 하품을 하고 있었다.

"정 미안하면 나중에 술, 아니 밥이나 거하게 한번 사라. 젠장. 술은 끊었거든.”

"그럴 순 없다.”

헌원강은 아무렇지 않다는 듯 넘겼지만, 독고준 입장에서는 절대 그럴 수 없었다.

독고준이 고개를 절레절레 저으며 말했다.

"난 너에게 큰 실수를 저질렀다. 대충 넘어갈 순 없어. 가문에서도 항상 은원관계는 분명히 하라고 가르침을…….”

"이야. 이거 오랜만에 범생이로 돌아왔네.”

낄낄거린 헌원강이 짓궂은 표정을 짓더니, 독고준을 놀리기 시작했다.

"근데 너, 아까 네가 했던 말도 다 기억나냐? 이렇게 검 휘두르면서, 죽어라 해충! 이랬던 거 기억나?”

"뭐, 뭐?”

기억하고 싶지 않았는데, 헌원강 때문에 전부 기억이 났다. 하지만 독고준은 어색하게 표정을 굳히며 거짓말을 했다.

"내가 그랬나? 기억…… 안 나는데."

그러나 눈치가 백 단인 헌원강을 어설픈 연기로 속일 수는 없었다.

"흐흐. 기억이 안 나긴. 쥐구멍에라도 숨고 싶은 얼굴이구만. 죽어라 해충! 죽어! 죽으란 말이다!"

헌원강의 우스꽝스러운 표정까지 지으며 자신을 흉내 내자, 독고준의 얼굴은 그야말로 터지기 직전까지 붉어졌다.

"그, 그만해라."

"이래도 기억이 안 나? 죽어라! 너희들을 죽여서 이 검룡 님이 무림의 정의를 바로 세우겠다!"

그 말에 기어이 독고준이 발끈했다.

"내가 언제 그랬다고! 맹세코 그런 말은 한 적 없……."

"흐흐. 기억이 안 난다더니?"

"……젠장."

히죽 웃는 헌원강을 보며, 독고준은 자신이 속았음을 깨달았다. 독고준이 한숨을 푹 내쉬며 말했다.

"그래. 다 기억난다. 그러니까 이제 그만해."

"더러운 해충! 죽어라아앗!"

"그만하라고 이 자식아!"

발끈한 독고준이 헌원강에게 목침을 던졌다. 헌원강은 얄미울 정도로 냉큼 옆으로 피하더니 살살 그를 약 올렸다.

"새끼, 팔팔한 거 보니 다 나았네."

"이 자식이……."

울컥 화를 내려던 독고준은 이내 허탈하게 웃었다. 그리고 왜 모르겠는가. 헌원강이 자신의 죄책감을 덜어 주기 위해, 일부러 짓궂은 장난을 치고 있다는 사실을 말이다.

독고준이 작게 한숨을 내쉬며 말했다.

"……고맙다."

"뭐래. 낯간지러운 소리 그만하고 약이나 처먹어. 선생님이 직접 의원에 가서 지어온 거야."

"선생님이……."

헌원강은 내공으로 덥힌 탕약을 독고준에게 내밀었다. 독고준은 얌전히 그것을 받아 마셨다.

"크…… 쓰군. 당과는 없나?"

"너 당과로 맞아 볼래?"

백수룡이 갖다 줬다는 탕약을 마시며, 독고준은 기절하기 전 백수룡과의 싸움을 복기했다.

'말도 안 되게 강했지.'

신체도 정신도 만전은 아니었지만, 그때 독고준은 진심으로 백수룡을 죽이려고 했다.

'독에 당해 있었지만……. 마지막 일검은 지금껏 내가 펼쳐 본 검 중에 가장 강했는데.'

백수룡은 그 일검을 피하지 않고 정면에서 부딪쳤다. 그리고 보란 듯이 독고준의 검을 부러뜨렸다. 그 충격에 잠시 제정신을 차린 독고준의 귀로, 백수룡의 나직한 목소리가 들려왔었다.

-앞으로 궁금한 게 있으면 찾아오도록. 언제든지 조언해 줄 테니까.

탕약 그릇을 침상 옆 협탁에 내려놓은 독고준이 말했다.

"선생님은 어디 계시지?"

"다른 방에 있어. 무슨 무공비급을 만든다고 바쁘던데."

"……비급을 만들어?"

"그 양반 하는 일에 너무 신경 쓸 것 없어. 어차피 우린 이해 못 하니까. 근데 왜?"

"사실은……."

독고준은 어떻게 말을 꺼내야 할까 하다가, 그냥 솔직하게 말하기로 했다. 이상하게 헌원강 앞에서는 남들에게 말하기 힘든 이야기도 쉽게 꺼낼 수 있었다.

"……무공이 몇 달이 넘도록 정체돼 있었다. 아무리 수련을 해도 나아진다는 느낌이 없었지."

"그래서?"

헌원강은 귀를 후비며 시큰둥하게 되물었다. 예의 없는 행동이었지만, 독고준은 그런 모습에 더 이상 개의치 않았다. 겉으로 보기엔 아닌 것 같아도, 헌원강이 남의 이야기를 유심히 들어주는 녀석이라는 걸 며칠 동안 함께 다니게 알게 되었기 때문이었다.

"적호방과 싸우던 도중에, 정체돼 있던 무공에 갑자기 변화가 찾아왔다. 작은 실마리라고 해야 할까……."

"그럼 잘된 거 아냐?"

독고준의 표정이 미묘하게 일그러졌다.

"하지만 그 깨달음은 지금까지 익혔던 가문의 검법과 맞지 않았어. 거칠고, 사납고, 단순하고……. 그런 걸 병적으로 싫어하는 집안이거든. 독고세가는."

독고준은 씁쓸하게 웃었다. 낭인 출신 천하제일인이 세운 독고세가는, 이제 그 과거를 부정하듯 체면과 위신을 중시하는 명문세가가 되었다.

'나도 의식하지 못했었지. 이곳에 오기 전까지는.'

빈민가를 순찰하면서 이곳의 현실을 보지 않았다면, 악인들을 보고 분노하지 않았다면, 그들의 함정에 빠져 적을 죽여야만 하는 상황이 아니었다면. 독고준의 독고구검은 여전히 예전 그대로였을 것이다.

"혼란스러웠다."

독고준은 굳은살이 단단히 박인 자신의 손바닥을 내려다봤다. 어릴 때부터 검을 쥐어온 손은 돌처럼 딱딱했다.

"이렇게 거칠고 투박한 검이라니. 지금까지 내가 배워 온 건 이런 게 아닌데……. 과연 이렇게 하는 것이 맞을까?"

평생 익혀 온 검에 대한 의심. 여기에 뒤늦게 찾아온 첫 살인에 대한 충격이 더해져, 주화입마의 초기 증상이 찾아온 것이었다.

"도무지 갈피를 잡을 수 없었는데…… 선생님이 그러더군."

-오늘 얻은 실마리를 놓지 말고 부단히 수련해라. 독고구검의 수련 방향은 이쪽이 맞다.

정신이 혼미한 상황에서도, 그 말에 안도감을 느꼈던 것 같다.

"선생님에게 다시 물어보고 싶어. 내가 가려고 하는 방향이 정말 맞는지, 그렇다면 어떤 방식으로 수련해야 하는지, 혹시 폐가 될지도 모르지만……."

"가자."

헌원강이 자리에서 일어났다. 독고준이 눈을 동그랗게 뜨고 그를 올려봤다.

"지금 바로?"

"궁금할 때 바로 물어봐야지. 그 인간이 지금 자고 있을 리도 없고."

헌원강은 독고준을 강제로 일으켜 백수룡이 있는 방으로 데려갔다.

예상대로 백수룡은 잠들지 않고 일하고 있었다.

"무슨 일이야? 아직 움직이기엔 이를 텐데."

돌아보며 묻는 백수룡의 앞에는 두툼한 서류가 쌓여 있었고, 한쪽에는 무언가를 적을 수 있도록 먹과 종이가 준비돼 있었다.

헌원강은 그런 모습을 질린다는 표정으로 바라봤다.

'도대체 잠을 자긴 하는 건가?'

백룡장에서도 가장 먼저 일어나고, 가장 늦게 자는 사람이 백수룡이었다. 그가 자는 모습을 본 사람이 아무도 없을 정도였다.

"얘가 물어볼 게 있다고 해서요."

헌원강이 독고준의 등을 툭 밀었다. 독고준이 쭈뼛거리며 앞으로 튀어나왔다.

"저, 검에 관해서 여쭤보고 싶은 게 있어서……. 바쁘시면 다음에 오겠습니다."

백수룡은 들고 있던 서류를 덮으며 씩 웃었다.

"그런 거라면 언제든 환영이지. 앉아라. 뭐가 궁금한데?"

"……앞으로 수련의 방향성에 대해서 여쭤보고 싶습니다."

어느새 독고준의 표정도 진지해졌다. 검에 관해서라면 누구보다 진지한 모습. 백수룡은 흐뭇한 표정으로 고개를 끄덕였다.

"이야기가 길어질 것 같으니 천천히 대화를 나눠 보자고. 용봉비무에서 팔강 이상. 기억하지?"

"예? 그건……."

백수룡은 헌원강을 힐긋 보더니, 다시 독고준을 바라보며 말했다.

"자신 없어? 3학년 중엔 너 아니면 가능성 있는 녀석이 없는데."

"……자신이 없지는 않습니다."

독고준의 당돌한 대답에 백수룡은 만족스러운 듯 웃었다. 그리고 그때, 독고준 뒤에서 팔짱을 끼고 있던 헌원강이 하품을 하며 말했다.

"흐암. 전 나가 볼게요. 한숨도 못 잤더니 좀 자야겠어요."

헌원강이 밖으로 나가고 잠시 후, 백수룡은 짓궂게 웃으며 독고준만 들리도록 작게 말했다.

"방금 저 녀석 표정 봤냐?"

"……예?"

"원강이 놈. 아마 며칠은 잠을 제대로 못 잘 거다. 오늘 너한테 자극을 엄청 받았거든."

방금 전, 백수룡이 "3학년 중엔 너 아니면 용봉에 들 만한 녀석이 없는데."라고 말한 것도 일부러 그런 것이었다.

독고준이 황당하다는 표정으로 물었다.

"이런 식으로 학생들 간에 경쟁심을 자극하시는 겁니까?"

"할 수 있는 건 다 해야지. 천무제에서 우승하려면. 안 그래?"

"……학생회장으로서는 공감할 수밖에 없군요."

"그래서. 뭐가 궁금한데?"

백수룡의 진지한 눈빛에 독고준도 자세를 바로 하고 앉았다. 두 사람은 꽤 긴 시간 동안 대화를 나누었다. 날이 밝아서야 밖으로 나온 독고준의 표정은 무척 피곤해 보였지만, 동시에 앓던 이가 빠진 것처럼 개운해 보였다.

"천무제 우승이라……."

독고준은 창밖으로 동이 터오는 하늘을 바라보며 중얼거렸다. 감히 생각도 해 보지 못한 목표. 학생회의 현실적인 목표는 올해에는 꼴찌에서 벗어나는 것이었다. 하지만 지금, 독고준의 생각에 큰 변화가 생겼다.

"정말 가능할지도."

주먹을 꽉 쥔 독고준은 자신의 방으로 향했다. 다시 검을 휘두르고 싶어 벌써부터 몸이 근질근질했다.

137화
어부지리

노파가 마른 논처럼 갈라진 목소리로 말했다.
"적호방주가 가만히 있지 않을 게다."
"음?"
방에서 일하고 있던 백수룡이 고개를 들어 노파를 바라봤다. 백수룡은 최근 객잔에서 거의 모든 숙식을 해결하고 있었다. 노파가 그의 앞에 방금 말아온 소면을 내려놓고 반대편에 앉았다.
"하룻밤 사이에 부방주와 간부들 대부분이 떼 몰살을 당했으니 말이다. 그중에는 적호방주에게 무공을 배운 제자들도 있었다. 바빠도 밥은 챙겨 먹어라."
소면을 한 입 먹은 백수룡은 젓가락을 얌전히 내려놓았다.
"여전히 난감한 맛이군……."
그 모습을 본 노파가 눈을 가늘게 떴다.
"이놈이? 출출할 것 같아서 기껏 챙겨 줬더니. 먹기 싫으면 처먹지 말든가."
노파가 소면 그릇을 빼앗아 가려 하자 백수룡은 손을 들어 말렸다.

"두고 가. 졸릴 때마다 한 입씩 먹을 테니까. 소면이 잠 깨는 데 효과가 아주 좋네."

"얄미운 놈."

투덜거리던 노파는 이내 한숨을 푹 내쉬었다. 그리고 걱정스러운 표정으로 물었다.

"그래서 이다음엔 어쩔 거냐? 적호방을 그렇게 들쑤셔 놨으니, 곧 적호방주가 폐관을 깨고 나올 게다."

"혹시 적호방주가 제자를 끔찍이 아끼는 성격인가? 제자를 죽인 상대를 찾아서 당장 복수에 나설 만큼?"

"그런 성격은 아니다. 다만."

적호방주에 대해서 이야기하는 노파의 목소리에, 희미한 두려움이 섞여 나왔다.

"제 마음에 안 들면 가차 없이 죽이고, 힘으로 굴복시켜서 부하로 삼고, 당연하다는 듯이 약자들의 것을 빼앗는 놈이다."

"그냥 평범한 마두란 소리네."

"펴, 평범한 마두?"

백수룡은 별것 아니라는 듯 고개를 끄덕였다. 피에 미친 마두라면 혈교에 있을 때 질리도록 보았다. 적호방주가 얼마나 극악한 놈이건 그를 놀라게 할 수는 없었다.

'그래도 무공은 궁금하네.'

청천도, 그리고 노파도. 적호방주를 직접 본 것은 몇 번 되지 않는다고 했다. 하지만 그 무공만은 대단하다고 입을 모아 이야기했다.

노파가 말했다.

"일 년 전, 갑자기 적호방에 쳐들어가서 전임 문주를 세 합 만에 죽이고 방주가 된 놈이다. 아무리 사파라도 무작정 방주 자리를 차지하면 불협화음이 있을 법한데……. 압도적인 무공으로 모든 불만을 한 번에 찍어 눌렀지."

"세 합?"

백수룡은 진심으로 조금 놀랐다.

'독고준에게 죽은 부방주도 일류는 넘었는데.'

그렇다면 현 방주에게 죽은 전임 방주는 최소 그보다 강하다는 얘기인데, 그런 놈을 세 합 만에 죽였다?

'절정고수 중에서도 꽤 강한 편일 수도 있겠어.'

물론 어떤 무공을 익혔느냐에 따라 다르고, 당시 상황이 어땠느냐에 따라 다르겠지만, 이럴 때는 최악의 상황을 가정하는 것이 안전했다.

"그 후로는 거의 두문불출하고 있다. 듣기로는 여자는커녕 술에도 별 관심이 없고 무공에만 미쳐 있다더군. 부하들을 시켜서 닥치는 대로 영약을 사 모은다고 들었다."

"그쯤 되면 놈한테도 뭔가 사연이 있을 것 같은데. 하오문에서 따로 알아낸 정보는 없고?"

노파는 한숨을 내쉬며 고개를 저었다.

"인상착의를 수소문해 봤지만 아무것도 나온 게 없다. 산에서 내려온 놈이거나, 일 년 내내 인피면구를 썼다는 거겠지."

"최소한 일 년 동안 누군가랑 접촉하긴 했을 것 아냐? 스님도 아닌데 주루에서 술 정도는 마셨을 텐데."

"그랬지. 정보를 알아내려다가 일하는 아이들 몇이 크게 다쳤다."

노파의 표정에 분노가 어렸다. 적호방주에게 당한 하오문도 중에는 불구가 된 사람도 있다고 했다. 그만큼 성정이 잔혹한 자였다.

"잔인하면서도 교활한 놈이야. 직접 손을 쓴 것은 손에 꼽고, 죽거나 다친 녀석들도 전부 빈민가 출신이다. 관아나 무림맹에 신고를 해도 뒤탈이 없는 자들 말이야."

"흐음……."

청룡학관의 학생들이 들었다면 분개할 이야기였다. 하지만 백수룡의 표정은 차분한 가운데 미간만 살짝 좁혀져 있었다. 그는 분개할 시간에 적호방주를 상대할 방법을 생각했다.

"들을수록 뒤가 구린 놈인 건 확실한데……. 그 정도 무공을 가지고 이런 곳에 숨어 있다 이거지?"

"더 이상 학생들은 적호방 주변에 접근시키지 않는 게 좋을 게야. 정말로 큰 해를 당할 수도 있으니."

"일단 그 주변에선 철수시킬게."

백수룡은 순순히 고개를 끄덕였다. 하오문과 손을 잡기로 한 이상, 노파의 조언을 흘려들을 생각은 없었다. 다만, 다른 방법을 강구해 볼 생각이었다.

'빈민가에서 정리할 게 적호방 하나만 있는 것도 아니고 말이지.'

백수룡은 생각난 김에 물었다.

"대웅방 쪽은 어때?"

"흥. 그놈들은 청룡학관 학생들이 오고 나서는 거의 문밖으로 나가지도 않는다더라."

적호방을 말할 땐 두려움을 내비치던 노파가, 대웅방을 말할 때는 코웃음을 치며 경멸의 표정을 지었다.

"박쥐 새끼들처럼 이리저리 눈치나 보면서 콩고물이나 떨어지길 바라는 놈들이 무슨 곰이란 말이냐. 그 세 놈에겐 여우나 쥐새끼가 어울려."

"세 놈?"

"거력삼웅 말이다. 거력도. 거력창. 거력곤. 우습지도 않은 별호를 가진 놈들이지."

퉁명스레 말한 노파는 대웅방의 공동방주인 삼 형제에 대해서 말했다.

"놈들은 너희가 적호방을 처리해 주길 기다리고 있다. 아니, 최소한 전력이라도 줄여 주길 바라는 게야. 너희가 빈민가를 떠난 후에 어부지리를 취하려고 말이다."

"흐음."

대웅방은 적호방, 철두파와는 성격이 또 다른 집단이었다. 그들은 은퇴한 낭인들이 주축이었지만 정작 그 숫자는 여덟 명에 불과했다.

"하지만 여덟 낭인이 제자라는 이름의 똘마니들을 각자 서넛씩 데리고 있지."

실제로 빈민가에서 상납금을 받아가는 자들은 낭인들이 거둔 똘마니들이고, 여덟 낭인은 대웅방에서 거의 나오지 않거나 기루나 들락거리는 것이 일이었다.

노파가 한숨을 내쉬며 말했다.

"똘마니 몇이 너희 학생들에게 당한 후로는, 낭인 놈들도 사태를 파악하더니 더더욱 밖에 나오질 않고 있다."

"어쩐지 다른 조는 별다른 보고가 없더라니……."

백수룡은 손가락으로 탁자를 툭툭 두드리며 중얼거렸다. 최근 독고준에게 집중하기는 했지만, 다른 학생들의 동향에도 당연히 신경을 쓰고 있었다. 하지만 대웅방 쪽을 순찰하는 학생들에겐 별다른 일이 없었다.

'뭘 만나야 싸움을 하고 경험을 쌓지.'

낭인들 심부름이나 하는 똘마니들과의 싸움은, 청룡학관 학생들의 성장에 도움이 되지 않는다.

적어도 대웅방의 주축이라는 여덟 낭인들과는 직접 싸우게 해야 하는데…….

백수룡이 생각을 정리하면서 물었다.

"거력삼웅이라는 놈들. 빈민가 통일에는 욕심이 별로 없나? 지금 정도에 만족하는 거야?"

"욕심이 없기는. 적호방주만 아니었으면 진작 이곳을 집어삼키려고 했을 게다. 누구 하나라도 죽을까 봐 몸을 사리는 게지."

적호방주만 아니었으면. 백수룡은 불어터진 소면을 바라보며 그 말을 곱씹었다.

노파가 한숨을 내쉬며 말했다.

"대웅방에 직접 쳐들어가지 않는 한, 놈들을 만나기는 힘들 게다. 싸움에 이길 수 있다는 확신이 없으면 엉덩이를 움직이지 않을 놈들이야."

"즉, 확신이 들면 그땐 움직일 거라 이거지?"

"뭐, 그럴 테지."

그 순간 백수룡의 머릿속을 스치는 계획이 있었다.

"할멈. 어제 적호방 부방주랑 간부들이 사망한 거, 대웅방에도 알려졌을까?"

"지금쯤이면 슬슬 알게 됐을 게다. 빈민가는 이런 소문이 빠른 편이니. 헌데 왜 그러느냐?"

"그렇다면……."

백수룡의 입가에 사악한 미소가 맺혔다. 뭔가 나쁜 계획을 꾸밀 때 짓는 표정이었다.

"대웅방이 어부지리를 노린다며? 그럼 그렇게 해 주면 되잖아."

"뭘 어떻게 하려고?"

"어젯밤 일어난 사실에 소문 하나만 덧붙여서 흘리자고."

하오문은 무림에서 가장 유명한 정보단체 중 하나다. 달리 말하면, 정보를 조작하는 데도 일가견이 있다는 소리였다. 백수룡의 말을 알아들은 노파가 몸을 백수룡 쪽으로 몸을 기울였다.

"자세히 말해 보거라."

"일단은……."

백수룡이 목소리를 낮추더니, 노파만 들리도록 작게 속삭였.

그의 이야기가 다 끝났을 때, 노파의 입은 멍하니 벌어져 있었다.

"뭐라고?"

"정말로 못 들어서 되물은 건 아니지?"

"……일이 잘못되면 뒷감당은 어찌하려고?"

노파의 우려 섞인 질문에, 백수룡은 씩 웃으며 말했다.

"어차피 빈민가를 뒤집어엎을 거잖아? 그럼 제대로 해야지."

"으음……."

잠시 고민하던 노파는 이내 한숨을 내쉬며 자리에서 벌떡 일어났다.

"내가 너 때문에 제명에 못 죽을 것 같구나."

"……거절이야?"

그 순간, 주름이 자글자글한 노파의 얼굴에 장난기 어린 미소가 번지기 시작했다.

"헌데 재미있게 살다가 죽을 것 같긴 하단 말이지. 네가 말한 소문, 오늘 안에 거력삼웅의 귀에 들어가게 하마."

"형님들!"

거력삼웅의 첫째, 거력도는 뱃살을 출렁이며 달려오는 동생을 보며 혀를 찼다.

"쯧쯧. 나이가 마흔을 넘긴 놈이 체통도 없이 헐레벌떡 뛰어다닌단 말이냐."

"저놈은 어릴 때나 지금이나 달라진 게 없다니까요."

맞은편에서 술잔을 기울이고 있던 거력삼웅의 둘째, 거력창도 혀를 차며 맞장구를 쳤다.

"형님들! 지금 체통이 문제가 아닙니다!"

헐레벌떡 그들 앞에 도착한 거한은 거력삼웅의 막내, 거력곤이었다. 잠시 호흡을 고른 거력곤이 말을 이었다.

"어젯밤에 적호방 부방주 놈이 죽었다는 거 들으셨습니까?"

"아까 다 들었다. 그거 때문에 이리 호들갑을 떤 거냐?"

"한심한 놈. 혼사 소식이 이리 느려서야……."

"그게 다가 아니랍니다!"

거력곤이 형들의 말을 끊고 버럭 소리쳤다. 놀란 눈을 한 형님들에게, 그가 목소리를 낮추며 말했다.

"부방주가 누구한테 죽었는지도 들으셨습니까?"

"……청룡학관에서 나온 애송이라고 하던데."

"설마 다른 놈이냐? 이 일대에서는 그럴 만한 실력을 갖춘 놈이 없을 텐데."

평상에 비스듬히 누워 있던 두 거한이 자세를 바로 했다. 막내가 괜히 이런 이야기를 꺼낼 리가 없다고 생각한 것이다.

"제가 믿을 만한 정보통을 통해서 들은 이야기인데……."

잠시 뜸을 들인 거력곤이 진지한 표정으로 말을 이었다.

"정체를 알 수 없는 신비고수랍니다."

"뭔 말 같지도 않은 소리야?"

"새끼가 대낮부터 술주정이구나."

코웃음을 치며 상대도 안 하려는 형님들에게, 거력곤은 답답하다는 듯 자신의 가슴을 퍽퍽 때렸다.

"답답하기는! 형님들. 청룡학관에서 왜 갑자기 이곳을 들쑤신다고 생각하는 겁니까?"

"그거야……."

"정파 놈들 심심할 때 가끔씩 그러지 않냐."

거력곤은 생각이라는 것을 아예 안 하는 형들이 한심하다는 듯 한숨을 쉬었다.

"신비고수의 요청이 있었답니다. 빈민가를 들쑤셔 달라고요. 적호방

놈들을 밖으로 끌어내려고 말입니다."

"왜 그런 짓을 해? 이유가 없잖아, 이유가."

"적호방주를 죽이려고요. 그 자리에 적호방주도 있었답니다."

"!"

거력곤의 한마디에 두 거한의 표정이 딱딱하게 굳었다.

맏형인 거력도가 날카로운 목소리로 물었다.

"그거 확실한 얘기냐?"

지금이야 은퇴하고 방만한 삶을 살고 있다지만, 낭인으로 잔뼈가 굵은 그들이었다. 돌아가는 상황이 심상치 않음에 표정부터 달라졌다.

"확실한 정보입니다. 하오문에 심어 둔 끄나풀을 통해서 전해 들은 겁니다."

정보의 출처를 듣자 더 신빙성이 생겼다. 거력곤이 설명을 이었다.

"신비고수와 방주가 겨루다가, 패색이 짙어지자 신비고수가 먼저 도망쳤답니다. 방주 또한 크게 내상을 입어서 추격하지 못하고 방으로 돌아갔고요."

"적호방주가 내상을 입었다고? 그 괴물 놈이?"

"예. 내상이 제법 위중하답니다."

"흐음……."

거력도는 잠시 고민하더니, 곧 넓은 장원이 쩌렁쩌렁하게 울리도록 소리를 질렀다.

"형님들! 아우들! 이리 모여 보시게!"

그의 내공이 범상치 않음을 보여 주는 장면이었다. 잠시 후 넓은 장원 안에 다섯 명의 낭인이 어슬렁거리며 나타났다.

"갑자기 무슨 일이야?"

"한창 재미 보고 있는데……."

과거에는 다들 한가락 했지만, 지금은 무공보다 술과 도박, 여자에 더 관심이 많은 자들. 하지만 닳고 닳은 낭인들답게 그 눈빛은 여전히 사나웠다. 거력도가 그들을 돌아보며 히죽 웃었다.

"적호방을 접수할 기회가 왔는데 말이야. 나들 한 손씩 보태 줬으면 해서."

138화
위지천입니다

 적호방주를 죽이고 적호방을 접수할 기회가 왔다는 말에, 낭인들은 다들 반색했다.
 "방주가 내상을 입었다고? 흐흐. 드디어 놈을 죽일 기회가 왔구나."
 허리에 사슬낫을 칭칭 감은 사내가 혀로 입술을 핥았다. 그의 한쪽 눈에는 싯누런 구슬이 박혀 있었다.
 거력도가 큭큭 웃으며 사내에게 말했다.
 "사겸. 아직도 적호방주한테 뚫린 눈구멍이 아픈가?"
 "말도 마. 밤만 되면 쑤셔 죽겠으니까."
 적호방주가 방주가 된 지 얼마 안 되었을 때, 우연히 같은 주루에서 술을 마시고 있던 사겸과 시비가 붙은 적이 있었다.
 술에 만취한 사겸은 적호방주에게 방주가 된 것을 축하한다며 술잔을 건넸고, 방주는 그 자리에서 사겸의 한쪽 눈을 파냈다.

 -끄아아악! 내 눈! 내 누우운!

방주는 파낸 눈알을 사겸이 건넨 술잔에 담아 입에 털어 넣었다. 으적으적 눈알을 씹으며, 적호방주가 웃었다.

-안주와 함께 먹으니 나쁘지 않군.
-끄아아악! 이런 미친 새끼가!

근처에 포두가 있었던 탓에 그 이상의 일은 벌어지지 않았지만, 그날 이후 사겸은 적호방주를 불구대천의 원수로 여기고 있었다.
"놈은 내 손으로 죽여 버릴 거야. 우선 두 눈알을 파내고, 다리를 잘라 벌레처럼 기어다니게 한 다음에, 피부를 벗기고 소금에 절여서 죽여 달라고 할 때까지 살려 둘 거라고."
"알았다. 방주의 처리는 사겸 네게 맡기지."
사겸의 어깨를 두드린 거력도는 다른 낭인들을 돌아봤다. 오랜만에 피를 볼 생각으로 다들 흥분한 얼굴이었다.
"흐흐. 다들 말은 안 했어도 몸이 근질근질했나 보군."
애초에 한곳에 얌전히 머무르지 못하는 역마살 낀 놈들이 낭인이었다.
그래서 가끔씩 밖에 나가서 풀고 왔는데, 최근에는 청룡학관 애송이들 때문에 장원에만 머물러 불만이 쌓인 상황.
"술 마시고 도박하는 것도 하루 이틀이지."
"흐흐. 오랜만에 내 애검이 피 맛을 보겠구나."
"그래서 언제 갈 건데?"
"제자들도 데려갈 거지? 늙어서 옆에서 수발들 놈들이 필요하다고."
낭인들은 오랜만의 외출에 피 냄새를 맡은 들개떼처럼 흥분해서 떠들어댔다. 그때 거력삼웅의 둘째, 거력창이 물었다. 그는 삼 형제 중에서 그나마 신중한 성격이었다.
"형님. 그런데 청룡학관 꼬마들은 어떻게 합니까? 요즘 밤낮으로 눈을 벌겋게 뜨고 순찰을 돌던데요. 우리 움직임을 주시하고 있을 겁니다."

"흠……."

거력도는 장원 안을 둘러봤다. 여덟 명의 낭인에, 그들의 제자들까지 포함하면 대웅방의 총원은 대략 오십 명 정도.

'이 중 절반은 데려가야겠지.'

적호방을 효율적으로 야습하려면 낭인들만 움직이는 것이 가장 좋지만, 그만큼 위험부담이 커진다. 함정이 있을 것 같으면 먼저 밀어 넣어 보고, 도망칠 일이 생기면 시간을 끌어줄 놈들이 필요하니까.

"스승님! 저희도 데려가 주십시오!"

"저희가 선두에서 적호방 놈들을 도륙하겠습니다!"

"스승님께 배운 무공으로 공을 세우겠습니다!"

대웅방의 제자라는 놈들이 와서 자신들도 데려가 달라고 부탁했다. 거력도는 실소가 흘러나오려는 것을 간신히 참았다. 여덟 낭인들 중에, 여기 있는 시정잡배들을 정말로 제자라 여기는 자는 아무도 없었다. 그저 편하게 부려먹을 수 있는 놈들에게 무공을 가르쳐 준다고 구슬려서 데려온 것일 뿐.

"물론 너희들도 데려갈 것이다. 내일 새벽에 은밀하게 움직일 것이니 준비해라."

"예!"

거력도의 말에 사기충천한 제자들이 한목소리로 대답하곤 자리를 떴다. 낭인들은 그 모습을 피식피식 웃으며 바라봤다.

"하루살이 같은 놈들. 내일 저놈들 중에 절반은 뒈질 거다."

"이참에 새로 뽑지 뭐."

제자들을 돌려보낸 후, 거력도는 아까 질문한 둘째 동생을 바라봤다.

"청룡학관 꼬마들이 붙으면 귀찮아질 거다. 그러니 미리 인원을 나눠서 조금씩 움직인다."

많은 인원이 한 번에 움직이면 행적이 노출될 확률이 높아진다. 하지만 숫자를 나눠서 조금씩 밖으로 나간다면, 청룡학관 애송이들을 속여 넘기는 것쯤은 간단했다.

"주루와 객잔으로 각자 제자들을 데리고 나간다. 오늘은 사고 치지 말고 다들 얌전히 놀아. 명색이 정파라는 놈들이 먼저 시비를 걸진 않을 테니까. 막내야, 지도 좀 갖고 와라. 위치를 정해 주지."

지도를 펼친 거력도는 계획을 짜고 낭인들에게 지시를 내렸다.

"둘씩 움직인다. 둘째와 셋째는 이곳. 사검과 독랑은 이쪽. 참마도와 철권은 이곳에서 묵으면 되겠군."

이십 년 이상 낭인으로 굴러먹은 연륜이 느껴지는 모습. 거력도가 손가락으로 짚은 지점들의 중심부에, 적호방이 있었다.

거력도가 눈을 빛내며 말했다.

"술에 만취해서 일찍 잠자리에 든 것으로 위장해라. 그리고 인시(寅時)가 되면 창문을 넘어 이곳에서 모인다. 되도록 은밀하게. 알겠나?"

거력도의 질문에, 낭인들이 히죽거리며 고개를 끄덕였다.

"장사 하루 이틀 하나."

"새벽에 일어나려면 일찍 자야겠구만."

"흐흐. 옛날 생각나네."

더 많은 말은 필요 없었다. 여기 있는 여덟 명은, 모두 십 년 이상 낭인 생활을 하고도 살아남은 독종들이었다.

"날이 밝기 전에 적호방을 접수한다. 방해하는 놈은 모두 죽여도 상관없다."

거력도의 사나운 웃음에, 일곱 낭인 모두가 살기가 번들거리는 눈빛으로 화답했다.

약속한 인시(寅時)가 되었다.

휘익! 담벼락을 넘은 거력도는 제자들이 빠져나오길 기다렸다.

잠시 후, 제자들이 위에서 쿵! 하고 떨어지며 적지 않은 소음을 냈다.

"죄, 죄송합니다. 스승님."

황급히 무릎을 꿇고 사죄하는 제자들에게, 거력도는 살기 어린 시선을 보냈다.

'멍청한 놈들⋯⋯.'

비록 제대로 된 무공을 가르쳐 준 적은 없다지만, 이 정도 담은 평소에 몸을 단련했다면 충분히 넘을 수 있어야 한다. 녀석들이 평소에 어떻게 수련했는지 알 수 있는 대목이었다.

'하긴. 이런 쓰레기들이니 내 밑에서 심부름이나 하는 것이지.'

짧게 혀를 찬 거력도가 돌아서며 말했다.

"가자."

"예! 스승님!"

"⋯⋯한 번만 더 목소리를 크게 내면 목을 비틀어 버리겠다."

"죄, 죄송합니다."

다행히 빈민가의 거리는 조용했다. 최근 며칠 밤낮을 가리지 않고 거리를 순찰하던 청룡학관 꼬마들의 기척도 오늘은 느껴지지 않았다.

'적호방주 때문인가? 하긴 적호방을 그렇게 들쑤셔 놨으니, 놈들도 보복이 두려울 테지.'

거력도는 나름의 추리를 하며, 인적이 드문 길로 움직이면서 목적지로 향했다.

잠시 후, 거력도와 그의 제자들은 미리 약속한 장소에 도착했다.

"아직 아무도 안 왔네요."

"스승님. 저희가 제일 가까워서 먼저 도착한 것 같습니다."

당연한 소리를 하는 멍청한 제자들의 말을 무시하며, 거력도는 자신의 도를 뽑아 서늘한 달빛에 비춰 보았다.

스르릉. 커다랗지만 투박한 대도는 미리 숯가루를 발라서 빛을 거의 반사하지 않았다. 칼날의 예기가 조금 줄어들겠지만, 어차피 그의 도법은 상대를 베는 것보다 부수는 것에 더 가까웠다.

'오랜만이구나.'

잠시 후 피를 볼 생각에 거력도의 입꼬리가 씰룩이며 올라갔다.

이십 년쯤 사람 죽이는 일을 업으로 하다가 은퇴를 하면, 어쩔 수 없이 가끔은 피가 그리울 때가 있는 법이다.

"손맛이 있는 놈이 있어야 할 텐데."

거력도가 입맛을 다시며 중얼거릴 때, 제자 중 한 놈이 물었다.

"스승님. 적호방을 접수하고 나면 철두파는 어떻게 하실 겁니까?"

"철두파?"

철두파, 정확히는 철두를 떠올린 거력도는 미간을 좁혔다.

'철두 정도면 꽤 쓸 만한 놈이지.'

만약 정식으로 제자를 들인다면 그 정도는 되어야 한다. 악과 깡. 그리고 타고난 살기. 거력도는 개인적으로 철두가 마음에 들었다. 이미 여러 번, 밑으로 들어오라고 제안하기도 했다. 하지만 번번이 거절만 당했다.

'철두는 죽으면 죽었지, 절대 누구 밑으로 들어갈 놈이 아니다.'

생각을 정리한 거력도가 말했다.

"돌아오는 길에 철두파도 친다. 이참에 싹 쓸어버려야겠군."

"저, 전부 죽입니까?"

제자의 질문에 거력도가 씨익 웃으며 대답했다.

"어차피 내 말을 안 들을 놈들이다. 우환을 남길 바에야 싹 죽여 버려야지."

지금까지 철두파를 내버려 둔 건, 놈들이 사사건건 적호방과 시비가 붙어 치고받았기 때문이었다.

덕분에 대웅방은 지금까지 편했다. 하지만 적호방이 없어진다면, 철두파가 존재할 이유도 없었다.

'조만간 이 거리가 내 것이 되겠군.'

빈민가의 왕이 될 생각에 거력도는 기분이 좋아졌다. 큰 문파들이 보기엔 보잘것없는 곳이겠지만, 은퇴한 낭인 출신인 자신에게 이곳은 분에 넘칠 정도로 좋은 곳이었다.

"시간이 제법 지났는데…… 왜 아무도 안 오는 거야?"

"설마 자고 있는 건 아니겠지?"

불안한 표정으로 수군거리는 제자들에게, 거력도가 혀를 찼다.

"인내심을 가지고 기다려라. 인적이 드문 길로 움직이는 게 쉬운 것 같으냐?"

"예, 예."

"죄송합니다……."

하지만 일각을 더 기다려도 약속 장소에 도착한 낭인은 여전히 아무도 없었다.

"설마……."

뭔가 문제가 생겼다는 것을 직감한 거력도의 표정이 굳었다. 정체를 알 수 없는 불안감이 스멀스멀 등줄기를 타고 올라왔다.

제자들을 돌아본 거력도가 심각한 표정으로 말했다.

"지금 당장 방으로 돌아간다."

하지만 그들은 대웅방으로 돌아갈 수 없었다.

"가긴 어딜 가?"

"누구냐!"

어둠 속에서 들려온 건들거리는 목소리에, 거력도와 제자들이 일제히 무기를 뽑아 들었다. 잠시 후, 어둠 속에서 철두와 철두파의 조직원들이 나타나 거력도와 제자들을 포위했다.

철두의 얼굴을 확인한 거력도의 표정에 당혹스러운 감정이 드러났다.

"철두 너 이 새끼. 네가 여긴 어떻게 알고 왔어?"

양손에 도끼를 나눠 든 철두가 히죽 웃으며 대답했다.

"오랜만이다, 대웅방 첫째 돼지. 그새 배가 더 나왔네. 애라도 뱄냐?"

철두의 지저분한 도발에, 거력도의 전신에서 사나운 살기가 줄기줄기 흘러나왔다.

"크흐흐……. 오냐. 그 단단한 대가리를 오늘 반으로 쪼개 주마."

당장이라도 두 세력 간에 싸움이 시작될 찰나였다.

"잠깐만요!"

철두파의 덩치들에 가려진 뒤쪽에서 앳된 목소리가 들려왔다. 그리고 잠시 후, 어린 소년 하나가 자기보다 훨씬 큰 사내들을 헤치고 앞으로 나섰다.

"저건 또 뭐야?"

열다섯이나 되었을까 싶은 작은 체구에 커다란 눈망울. 유약해 보이는 외모에 잔뜩 움츠러든 표정. 허리춤에 매단 한 자루 검은 무기라기보다는 장식품에 가까워 보였다.

"아, 안녕하세요."

앳된 얼굴의 소년이 거력도에게 포권을 취하며 고개를 살짝 숙였다.

"저는 청룡학관 1학년, 위지천이라고 합니다."

"뭐?"

소년의 예의 바른 자기소개에, 거력도가 황당하다는 표정으로 되물었다. 공손하게 예를 취한 위지천이 고개를 들었다.

"〈사파 무공의 이해와 실전 대비〉 수업의 일환으로……."

잠시 말을 멈춘 위지천이 검을 뽑았다.

"!"

그 순간 거력도의 표정이 딱딱하게 굳으며 자기도 모르게 뒷걸음질 쳤다. 한 번의 발검만으로도, 위지천이 보통내기가 아니라는 것을 알아챈 것이다.

"당신에게 비무를 신청하겠습니다."

유약하게만 보였던 소년의 표정이, 검을 든 것만으로 다른 사람처럼 변했다.

139화
해 볼게요

거력도는 애써 침착함을 유지하려고 애썼다.
"이거…… 누가 꾸민 짓이냐?"
그는 앞에 있는 위지천을 경계하는 동시에, 그 뒤쪽에 있는 철두에게 시선을 던지며 물었다.
"철두야. 청룡학관 꼬마랑 네놈이 왜 같은 편인 것처럼 보이냐? 응? 아무리 생각해도 말이 안 되잖아, 이건."
빈민가에서도 가장 못 배우고 무식한 놈들이 모인 철두파. 최하위라고는 하나 무림 오대학관으로 명성이 드높은 청룡학관의 학생. 세상에서 가장 어울리지 않는 조합이 함께 자신들을 포위하고 있었다. 당황스럽다 못해 어이가 없을 지경이었다.
"싸울 때 싸우더라도 설명은 좀 해 줘야지, 안 그래? 너무 궁금해서, 뒈져서도 눈을 못 감을 것 같단 말이다."
거력도는 느물거리며 철두와 위지천을 번갈아 바라봤다. 그러나 그 눈빛에는 살기가 가득했다.
"청룡학관에서 꾸민 짓이냐? 철두 네놈 대가리에서 이런 생각이 나왔을 리는 없고……. 적호방주가 다쳤다는 것도 헛소문이겠군. 처음부터 우릴 끌어내려고 한 거야. 맞지? 응?"

"……."

"대답을 해, 이 새끼들아! 내가 지금 묻잖아!"

거력도의 전신에서 사나운 살기가 터져 나왔다. 그를 포위한 이들은 솜털이 곤두서는 느낌을 받았다.

"어이. 첫째 돼지."

철두가 앞으로 나서서 위지천과 나란히 섰다. 그는 거력도의 살기에 전혀 눌리지 않은 모습이었다.

"한 가지만 말해 주지. 우린 더 이상 철두파가 아니다."

"……설마 적호방주 밑으로 들어간 거냐? 아니. 말이 안 되는데. 네놈이 그 뻣뻣한 대가리를 남한테 숙일 리가……."

"우린 이제부터 갱생문이다."

철두의 그 선언에, 거력도와 그 곁의 제자들은 멍한 표정을 지었다.

"갱생……문? 그 웃기지도 않은 이름은 뭐냐. 날 놀리는 거냐?"

그러나 철두의 표정은 더없이 진지했다.

"앞으로는 손 씻고 깨끗하게 살기로 맹세했다. 상납금도 안 받고, 명분도 없이 함부로 싸우지도 않을 거다. 제대로 무공을 배워서 당당한 무인이 될 거다."

철두는 가슴을 펴고 당당하게 말했다. 외부에서 갱생문이라는 이름을 사용한 것은 이번이 처음이었다. 즉, 지금 한 말이 개파 선언이나 마찬가지였다.

'진짜 문주는 자리에 없지만…….'

갱생문의 진짜 문주는 백수룡이지만, 외부에는 철두가 문주인 것으로 알려질 것이다.

"크흐흐. 아주 지랄을 하는구나."

철두의 개파 선언에 거력도가 어깨를 들썩이며 웃었다. 그가 불쌍하다는 시선으로 철두를 바라봤다.

"갱생분? 철누야……. 시궁창에서 태어난 쥐가 깨끗한 곳으로 가면 어떻게 되는지 아냐? 더럽다는 이유로 밟혀 죽는다. 누가 너한테 헛바람을 넣었는지 모르겠는데, 헛지랄하지 말고 분수대로 살아라."

"……."

거력도가 고개를 돌려 이번에는 위지천에게 말했다.

"꼬마야. 내가 장가를 갔으면 너만 한 자식이 다섯은 있을 거다. 무공에 자신이 있는 모양인데, 그러다가 단명하는 수가 있다."

거력도가 서서히 기세를 끌어올리기 시작했다.

콰콰콰콰! 그의 장포가 거세게 펄럭이고, 칼날에 희미하게나마 묵빛 도기가 흐르기 시작했다. 철두는 침을 꼴깍 삼키며 그 광경을 바라봤다.

'미친……. 거력도가 이 정도였다고?'

거력삼웅의 첫째이자 대웅방의 실질적인 방주인 거력도. 그는 적호방주보다 몇 수는 아래로 취급받고 있었다. 하지만 철두는 지금까지 거력도가 자신의 실력을 숨겼음을, 그리고 사람들이 그의 실력을 과소평가했음을 알게 되었다.

'어쩌면 적호방주와 크게 차이 나지 않을지도…….'

긴장한 철두가 양손에 도끼를 꽉 움켜쥐는 가운데, 거력도가 살기로 번들거리는 눈으로 말했다.

"당장 내 눈앞에서 꺼지면 살려 주마. 내가 지금 마음이 급해. 못난 동생들한테 무슨 일이 일어났는지 확인해야 하거든? 그러니 썩 비켜라. 마지막 경고다."

거력도가 앞으로 한 걸음 내딛자, 위지천과 철두가 동시에 막아섰다.

"그렇게는 안 됩니다."

"……넌 오늘 여기서 뒈지는 거야."

"흐흐. 이 새끼들이 나를 얼마나 우습게 봤으면…….."
실실 웃던 거력도가 갑자기 왼발로 강한 진각을 밟았다.
쾅!
"고작 두 놈이 나를 막겠다고 나섰단 말이냐!"
거력도는 진각을 밟은 반동을 이용해, 정면을 향해 포탄처럼 쇄도했다. 순식간에 두 사람에게 달려든 그가 대도를 위에서 아래로 크게 내리그었다.

후우웅-! 거력도의 무기는 무식할 정도로 커다란 대도였다. 웬만한 장정도 드는 것이 불가능한 흉기를 거력도는 가볍게 휘둘렀다. 공간을 둘로 찢어 버리는 듯한 착각에 위지천과 철두가 양옆으로 흩어졌다.

쾅아아앙! 대도가 바닥을 찍자 반경 몇 장의 땅이 들썩였다. 먼지가 피어올라 두 사람의 시야를 가렸다. 뿌연 먼지 속에서 거력도의 목소리가 들려왔다.

"흥. 쥐새끼 같은 놈들."
중얼거린 거력도는 왼쪽으로 몸을 틀어 철두를 먼저 노렸다. 약한 놈부터 죽일 작정이었다.

좌아아악! 공간을 찢어발기며 날아오는 무시무시한 도격. 피하기에는 늦었다고 판단한 철두는 이를 악물고 도끼를 교차해 막았다.

쾅아앙! 폭음이 터져 나오고, 철두의 몸이 십여 장 이상 날아가 바닥을 뒹굴었다.

"끄윽……."
단 일격이었다. 도낏자루가 반쯤 부러지고, 팔의 뼈에도 금이 간 것 같았다. 하지만 놀란 쪽은 철두가 아니라 거력도였다. 방금 일격으로 철두를 반으로 쪼갤 수 있을 거라 확신했던 것이다.

"그걸 막아? 어디서 무공이라도 배웠냐?"
"……."

대답할 기운도 없었다. 철두는 식은땀을 흘리며 자리에서 일어났다.

'문주에게 배운 무공이 아니었다면…… 난 조금 전에 죽었다.'

철두는 얼마 전부터 백수룡에게 굉천부를 배우기 시작했다. 고작 며칠에 불과했지만, 그 며칠의 차이가 조금 전 철두의 목숨을 살렸다.

"오냐. 곱게 죽여 주겠다는데 그게 싫다면 아예 고깃덩어리로 만들어 주지."

거력도는 철두가 자신의 일격을 막은 것이 못마땅한 듯, 표정을 구기며 성큼성큼 걸어갔다.

그때였다.

"착각하지 마세요."

등 뒤에서 들려온 서늘한 목소리에 거력도가 황급히 돌아서며 도를 휘둘렀다.

까앙! 넓은 도면에 검극이 부딪쳐 불꽃이 튀었다. 거력도는 그대로 도를 휘둘러 상대를 밀어내려 했으나, 그 순간 도면에 닿은 검극이 뱀처럼 미끄러지며 도를 타고 올라오더니 섬광처럼 그를 찔렀다.

피잇! 거력도는 간발의 차로 얼굴을 젖혀 옆으로 피했다. 검이 스친 뺨에서 핏방울이 흘러내렸다.

"당신의 상대는 저니까요."

"……."

어느새 철두의 앞을 가로막은 위지천이 검을 들어 거력도를 겨눴다. 그 눈빛은 처음보다 더 차갑게 가라앉아 있었다.

뿌드득. 이를 간 거력도가 상처에서 흘러내리는 피를 손등으로 대충 훔쳐냈다.

"이젠 이런 핏덩이까지 날 열 받게 하는군. 오냐. 전부 쳐 죽이고 가주마!"

전력으로 내공을 끌어올린 거력도가 성난 곰처럼 달려들어 도를 휘둘렀다. 자세를 낮춘 위지천은 그에 맞서 검을 찔러 넣었다.

까가가강! 검과 도가 맹렬히 부딪치며 불꽃을 튀었다.

몇 시진 전. 백수룡은 학생들을 전부 모아 놓고 말했다.

"내일 새벽이 되면 대웅방의 낭인들이 적호방을 기습하기 위해 움직일 거다. 너희는 기다렸다가 놈들을 기습한다."

"예에?"

갑작스러운 말에 학생들이 당황하자, 백수룡은 현 상황을 간략하게 요약해서 설명해 주었다.

지난밤 적호방의 부방주와 간부들이 죽었고, 그 사실을 알게 된 대웅방이 기회를 놓치지 않고 적호방을 접수하기 위해 움직일 거라고.

백수룡이 진지한 표정으로 말했다.

"놈들을 내버려 두면 빈민가는 더 큰 혼란에 빠질 거야. 두 문파의 전쟁으로 가장 큰 고통을 받는 건 힘없는 백성들이겠지."

정작 본인이 설계한 함정으로 대웅방을 유인한 것이었지만, 백수룡은 그 부분을 쏙 빼고 이야기했다.

정파의 소년, 소녀 들의 의협심을 자극하기 위해서는 필요 없는 부분이었으니까.

'내가 없는 말을 한 것도 아니고.'

대웅방과 적호방은 빈민가에서 도려내야 하는 썩은 부분이다. 백수룡은 그 과정에서 학생들의 수련에 도움이 될 만한 상황을 만들어 이용할 뿐이었다. 예상대로 학생들은 분개했다.

"나쁜 놈들! 얼마나 더 힘없는 사람들을 괴롭히려고……."

"놈들 본거지로 직접 쳐들어가고 싶었던 적이 한두 번이 아닙니다."

"저희가 놈들을 저지하겠습니다!"

짧은 기간이었지만, 학생들은 빈민가를 순찰하며 직접 보고 듣고 깨달은 것이 많았다. 꼭 무공에 대한 깨달음이 아니더라도, 이런 다양한 경험과 정신적인 성장도 언젠가는 무공을 익히는 데 도움이 될 터였다. 백수룡은 흐뭇하게 웃으며 조금씩은 성장한 병아리들을 둘러봤다.

"너희가 각자 상대해야 할 낭인들에 대해서 알려 주마."

백수룡은 대웅방의 주축인 여덟 낭인에 대해서 설명하며, 학생들에게 싸울 상대까지 정해 주었다.

"거력삼웅의 둘째와 셋째는 함께 움직일 거다. 야수혁, 거상웅이 이 둘을 맡는다."

"예!"

"참마도, 철권은 이쪽으로 움직일 거다. 청룡쌍걸이 맡는다."

"알겠습니다."

"사겸, 독랑. 이쪽도 주의해야 할 놈들이다. 여민. 너는 청천과 함께 움직인다."

"알겠어요."

"한 놈은 대웅방에 남을 텐데……. 헌원강. 할 수 있겠냐?"

"맡겨 주세요."

백수룡은 마치 적진을 눈으로 보고 있는 것처럼 막힘없이 지시를 내리고 있었다.

"놈들은 흩어져서 움직일 거다. 우리 눈도 신경이 쓰일 테고, 적호방에도 기습이 알려지면 안 되니까. 지금이 바로 놈들을 각개격파할 절호의 기회다."

빈민가의 모든 정보를 쥐고 있는 하오문의 도움과 낭인 쪽으로 인맥이 풍부한 복만춘에게 얻은 여덟 낭인에 대한 정보. 무엇보다 백수룡의 통찰력이 더해진 결과였다. 하지만 그의 마지막 선택만은 다들 의아해하지 않을 수 없었다.

"위지천. 거력도는 너 혼자 상대한다."

"네?"

"선생님!"

다들 놀란 표정으로 백수룡과 위지천을 번갈아 바라봤다. 거력도는 대웅방의 실질적인 방주였다. 삼 형제를 묶어서 '거력삼웅'이라고 부르긴 하지만, 첫째인 거력도의 실력이 동생들을 합친 것보다 강하다는 것은 빈민가에서 하루만 소문에 귀를 기울여도 알 수 있는 정보였다.

'그런 고수를 1학년 한 명에게 맡기다니…….'

'위지천이 아무리 올해 수석이고 천재라지만…….'

선배들이 걱정스러운 눈으로 위지천을 바라보는 가운데, 이어진 백수룡의 말은 그들을 경악시키기에 충분했다.

"천아. 웬만하면 놈을 죽이지 말고 제압해라."

"선생님! 그건 너무 무리한 요구인 것 같습니다."

말을 꺼낸 것은 독고준이었다. 생사가 오가는 실전에서 상대를 죽이지 않고 제압하는 것이 얼마나 어려운지, 불과 얼마 전에 경험한 그였으니까. 실력이 몇 수 이상 차이가 나도 쉽지 않은 일이다. 상대를 죽이지 않으려고 신경 쓰다간, 오히려 위지천이 당할 수도 있었다.

"위지천 후배의 실력이 뛰어난 것은 알지만, 거력도는 사정을 봐주면서 이길 수 있는 상대가 아닙니다."

"어려운 건 나도 알아."

백수룡은 위지천을 똑바로 보며 말했다.

"천아. 네 적은 세상에 없는 게 더 나은 쓰레기다. 알아보니 낭인 생활 중에 온갖 더러운 짓은 다 하고 다녀서, 실력이 뛰어난데도 더는 불러 주는 곳이 없어 은퇴했다고 하더라."

"……."

"그런 놈이지만 죽이지 말고 제압만 해야 한다. 내가 왜 이런 요구를 하는지 알겠냐?"

잠시 생각하던 위지천은 고개를 끄덕였다.

"검의 목소리에 휘둘리지 말라는 말씀이시죠?"

"맞아."

위지천은 가짜 무극검을 익히며 얻은 주화입마를 대부분 극복했지만, 그 후유증으로 종종 검이 말을 걸어올 때가 있었다.

검이 하는 말은 항상 거의 비슷했다.

'죽여라!'

검이 하는 말에 따를 때 위지천은 커다란 해방감을 느꼈고, 그의 검술은 평소보다 일취월장했다. 백수룡은 그 사실을 우려했다.

'위지천은 살검에 눈을 뜨고 있다.'

물론, 백수룡은 살검이 반드시 나쁘다고 생각하지는 않았다. 살검은 주화입마와는 다르다. 그는 살검을 하나의 경지로 보았다. 살검을 깨우친 고수는 실전에서 본인 실력보다 강한 상대와도 싸워서도 이길 확률이 높았다. 문제는 스스로가 살검에 마음을 빼앗겨, 결국에는 피에 미친 살귀가 되어 버리는 것이었다.

"천아. 넌 살기를 조절하는 훈련이 필요해. 정말 쓰레기 같은, 죽여 마땅한 악적을 두고도 검을 멈출 수 있어야 한다."

옆에서 아무리 조언해 준다고 해도, 결국엔 스스로 극복해야 할 문제였다. 결국 검을 휘두르는 것은 위지천의 의지이니 말이다. 백수룡의 진지한 조언에, 위지천도 진지한 표정으로 고개를 끄덕였다.

"해 볼게요. 죽이지 않는 거."

그리고 지금.

"하아……. 하아……. 생각보다 강하네요."

위지천은 후들거리는 다리로 간신히 서 있었다. 옷 여기저기 베인 상처가 가득했고, 핏물이 배어 있었다. 맞은편에 서 있는 거력도의 몰골도 크게 다르지 않았다. 다른 것은, 거력도는 화가 머리끝까지 치밀어 얼굴이 시뻘게져 있다는 것이었다.

"이 핏덩이 놈이! 지금 나랑 장난하자는 거냐!"

"아, 봐드린 게 티가 났나 보네요."

위지천은 맥없이 웃더니 검을 들지 않은 손으로 머리를 긁적였다.

"죽이지 않기로 선생님이랑 약속했거든요."

"무슨 개소리냐! 죽여 버린다, 너 이 새끼!"

후우웅! 다시 달려든 거력도가 대도를 휘둘렀다. 맹렬한 힘이 담긴 공격. 처음에는 상대하는 것이 버거웠지만, 눈에 익숙해지자 초식의 투로가 훤히 보였다.

'죽여라!'

'죽여라!'

'죽여라!'

귓가에 들려오는 검의 목소리. 달콤한 속삭임에 몇 번이나 넘어갈 뻔했지만, 그때마다 위지천은 참아 냈다.

"아뇨. 죽이지 않을 거예요."

고개를 저은 위지천은 싱긋 웃었다. 웃음 속에 들끓는 살기를 숨겼다.

"으아아아아!"

"저런 인간 따위…… 제 손으로 죽일 가치도 없으니까."

빛살처럼 찌른 검은 거력도의 심장을 노리다가, 중간에 급격히 검로를 틀었다.

촤아악! 두 사람의 신형이 순식간에 교차했다.

"너, 너 이 새끼……!"

위지천을 돌아보는 거력도의 눈이 분노로 이글거렸다. 하지만 그는 더 이상 대도를 휘두르지 못했다.

쩔그렁! 커다란 대도가 바닥에 떨어지며 묵직한 소리를 냈다.

털썩. 어깨에서부터 팔이 통째로 잘려 나간 거력도가 바닥에 무릎을 꿇었다.

140화
적호방주(1)

"흐, 흐흐, 흐흐흐."

거력도는 실성한 사람처럼 웃으며 바닥에 떨어진 자신의 대도와 팔을 바라봤다. 이십 년 넘게 낭인 생활을 하면서 단 한 번도 놓지 않았던 무기를 이런 식으로 놓게 될 줄이야. 고통보다는 짙은 허무함이 몰려왔다.

"이 거력도가 저런 핏덩이에게 쓰러지다니."

이어진 감정은 분노였다. 거력도는 핏발선 눈으로 위지천을 노려봤다. 마음 같아선 당장에 놈을 찢어 죽이고 싶었지만, 현실은 목숨을 구걸해야 하는 상황이었다. 하지만 거력도는 목숨을 구걸할 생각이 없었다.

'저 애새끼는 날 못 죽인다. 사람을 죽일 용기가 없는 놈이야. 그러니 살초를 펼치려고 할 때마다 검로를 틀었던 거겠지.'

한참 잘못된 판단이었지만, 거력도는 자기 생각만 믿고 당당하게 굴었다.

"내 동생들은 어디 있지? 설마 이미 죽이고 온 거냐?"

"다른 선배님들과 싸우고 있을 거예요. 선생님이 웬만하면 죽이지 말라고 하셨으니까…… 살아 있을 수도 있어요."

납검을 한 위지천은 다시 평소의 소심해 보이는 모습으로 돌아왔다. 거력도는 방금 위지천이 한 말에서 한 단어를 곱씹었다.

"선생님? 혹시 그놈이 이 모든 일을 꾸민 거냐?"

위지천은 대답 대신 질문을 했다.

"당신들은 왜 그렇게까지 다른 사람들을 괴롭히는 거죠? 하루에 버는 돈의 절반을 넘게 빼앗고, 폭행하고, 함부로 죽이고……."

위지천의 눈에 희미한 살기가 일렁였다. 소년은 빈민가를 순찰하면서 이곳 사람들이 얼마나 힘들게 살아가는지 보았다. 그 사실을 알면서, 거력도를 상대로 살검을 자제하는 것은 생각 이상으로 힘든 일이었다. 지금도 소년의 귓가에서는 살검이 속삭이고 있었다.

'죽여라.'

때문에, 위지천은 이런 질문을 하는 것이었다.

"무공도 강하고, 신체도 건강하잖아요. 일이 없다면 농사라도 지으면 될 텐데……."

위지천은 어려서부터 할아버지와 도망자 생활을 했다. 그들은 대부분 산으로, 산속 화전 마을로 숨어다녔다. 어디서든 오래 머물지는 못했지만, 잠시나마 한곳에 머물며 사귀었던 친구들이 있었다. 꾀죄죄하지만 순박하고 착했던 아이들. 그리고 주어진 것에 만족하며 행복해할 줄 알았던 아이들. 빈민가를 순찰하면서, 이곳에서도 비슷한 아이들을 보았다. 하지만 이곳에 있는 아이들의 얼굴 어디에서도 행복해하는 모습을 찾을 수 없었다.

'죽여라.'

위지천은 주먹을 꽉 쥐었다. 싸움에서는 이미 이겼지만 살검의 목소리는 사라지지 않고 있었다.

그것도 모르고, 거력도는 낄낄거리며 웃고 있었다.

"농사? 세상 물정 모르는 핏덩이가 날 놀리는 거냐? 꼬마야. 똑똑히 잘 들어라."

거력도는 힘겹게 몸을 일으키더니, 위지천의 앞으로 걸어와서는 이죽 거렸다.

"세상은 원래 이렇게 돌아가는 거다. 강자가 약자를 억누르고, 빼앗고, 잡아먹는 것이 자연의 순리다. 네놈도 그 잘난 검으로 날 병신으로 만들지 않았더냐?"

낄낄거리는 거력도의 입에서 역겨운 입냄새가 흘러나왔다. 그는 위지천이 자신을 절대로 죽이지 못하리라는 걸 확신했다. 그래서 싸움에서 졌는데도 불구하고, 이런 식으로 분풀이를 하며 위지천의 마음을 흔들고 있었다.

벌겋게 충혈된 눈으로 거력도가 말을 이었다.

"결국 네놈도 나랑 똑같이 될 거다. 아니, 정파의 위선자들이 한술 더 뜨더군. 앞에서는 협객 놀이를 하면서, 뒤에서는 온갖 지저분한 일에 다 엮여 있거든. 너는 상상도 못 할 거다."

"……."

위지천은 말없이 거력도를 올려다보았다. 일검이면 저 두꺼운 목을 베어 버릴 수도 있고, 심장을 찔러서 터트릴 수도 있었다. 아니면 일부러 얕게 베서, 아주 오랫동안 고통에 몸부림치다가 서서히 죽게 만들 수도 있었다.

'죽여라!'

살검의 목소리가 다시금 들려오기 시작했다. 검을 맞대고 싸울 때보다 오히려 더 강한 유혹. 상대는 세상에 아무 도움이 안 되는 쓰레기였다.

'그렇다면, 죽이는 것이 세상을 위해서도 옳은 일이지 않을까?'

위지천의 마음이 흔들리는 줄도 모르고, 거력도는 말을 이었다.

"너도 역겨운 협객 놀이는 빨리 관둘수록 좋을 거다. 참으면 참을수록 나중에 더 뒤틀리기 마련이거든. 흐흐. 뭐, 그것도 나쁘진 않지만."

"그만……."

위지천이 고통스러워하며 고개를 절레절레 저었다. 그 모습을 본 거력도는 짜릿한 희열을 느꼈다. 그의 눈앞에 있는 핏덩이는 무공의 천재였다. 고작해야 열다섯 정도로 보이는 나이에, 이미 절정의 경지를 넘보는 천재라니. 하지만 그래 봤자 약관도 안 된 애송이에 불과했다.

'잘하면 이대로 심마에 빠뜨릴 수도 있겠군.'

혀로 입술을 할짝인 거력도가 뱀처럼 차갑게 눈을 빛냈다. 무공으로는 이기지 못했지만, 혓바닥으로는 충분히 농락할 자신이 있었다.

"흐흐. 눈빛이 볼 만하구나. 날 죽이고 싶냐? 하지만 날 죽이면 너도 똑같은 놈이 될 텐데?"

"그마안……."

앞길이 창창한 후기지수를 자신의 손으로 더럽히고, 타락시킬 수 있다는 생각에 거력도는 솜털이 곤두서는 기분을 느꼈다.

그때였다.

"닥쳐, 이 새끼야!"

어디선가 짱돌이 날아와 거력도의 머리를 노렸다. 거력도는 고개를 젖혀 돌을 피했다.

"어디 계속 씨불여 봐. 아가리를 쫙 찢어 줄 테니까."

다쳐서 나가떨어진 줄 알았던 철두가 성큼성큼 걸어와 위지천 옆에 버티고 섰다.

그 모습을 본 거력도는 어이가 없다는 듯 혀를 찼다.

"하. 철두 이 새끼, 많이 컸네. 내가 팔 한 짝 없다고 너한테 당할 것 같으냐?"

거력도는 철두는 노려보며 으르렁거렸다. 동시에 힐긋 위지천을 바라봤다.

위지천은 눈을 감고 있었다. 마음속에 스며든 심마와 싸우는 듯, 혼잣

말로 "그만⋯⋯."을 계속 중얼거렸다.

'지금이라면⋯⋯.'

거력도는 도망칠 빈틈이 있을지도 모른다고 생각했다. 비록 한쪽 팔이 잘려서 싸울 수 없는 상태가 되어 버렸지만, 신법이라면 지금도 충분히 펼칠 수 있었다. 기습적으로 장풍을 날린 후에 바로 몸을 돌려 도주한다면⋯⋯. 주변을 포위한 철두파 놈들 따위로는 자신을 막을 수 없을 것이다. 계산을 끝낸 거력도가 손가락을 꼼지락거릴 때였다.

"후우⋯⋯."

위지천이 감았던 눈을 천천히 떴다. 귓가에서는 여전히 살검의 목소리가 울리고 있었지만, 소년은 한결 차분해진 모습이었다.

"거력도. 전 당신을 죽이지 않을 거예요."

그럴 줄 알았다는 듯, 거력도의 입가에 비웃음이 맺혔다.

"역시 정파 애송이답군. 그럴 줄 알았다. 네놈들이 하는 짓이라는 게 항상⋯⋯."

"하지만."

상대의 말을 끊은 위지천이 씩 웃었다. 옆에 있던 철두가 흠칫 놀랄 정도로, 백수룡의 것과 닮은 미소였다. 백수룡이 제자들을 패기 직전의 표정 말이다.

"죽이진 않더라도, 다른 건 해도 상관없다고 하셨어요."

"⋯⋯뭐? 무슨 소리야?"

"저희 선생님이요."

위지천은 허리춤의 검을 검집째로 끌러 냈다. 그리고 바닥에 툭툭 두드리며 거력도에게 걸어갔다. 눈이 반쯤 돌아간 위지천이 스산한 목소리로 중얼거렸다.

"뒈져도 정신 못 차릴 새끼들은, 차라리 뒈지는 게 낫겠다 싶을 정도로 패 놓으라고 가르쳐 주셨거든요."

"자, 자, 잠깐만! 뭐 그딴 선생이······."

위험을 느낀 거력도가 뒷걸음질 쳤으나, 그보다 먼저 위지천이 득달같이 달려들었다.

"히히."

붉게 상기된 표정으로 위지천이 작게 웃었다. 어느새 거력도의 품 안으로 파고든 위지천이 아래에서 위로 검집을 휘둘렀다. 턱주가리에 정확히 작렬하는 일격!

빠아아악! 단 한 번의 공격에 거력도의 거구가 허공에 붕 떴으나, 그건 시작에 불과했다. 위지천은 거력도의 머리부터 발끝까지 한 곳도 빼놓지 않고 두들겼다.

빠바바바바박!

"죽어! 죽어! 죽어! 아니, 죽지는 마! 죽지 말고 죽어어!"

그 순간 머릿속의 살검도 놀란 듯 속삭임을 멈췄다.

'······.'

약 일각 후, 완전히 걸레짝이 되어 널브러진 거력도 앞에 위지천이 멈춰 서서 씩씩댔다.

"후우······ 후우······."

"저기, 괜찮나?"

철두가 곁에 와서 조심스럽게 물었다. 그 순간, 위지천이 천천히 옆을 돌아보았다.

오싹. 한순간 느껴진 살기에, 철두는 팔뚝에 오스스 소름이 돋는 것을 느꼈다.

'무슨 살기가······.'

웬만한 살기에는 놀라지 않는 철두가 마른 침을 삼킬 정도였다. 그만큼 억눌리고······ 터지기 직전의 살기였다.

위지천이 간신히 말했다.

"……거의 죽일 뻔했어요. 아니, 실은 때리는 와중에도 계속 죽이고 싶었어요."

"……."

위지천은 아직도 주먹을 꽉 쥐고 있었다. 백수룡이 해 준 조언을 떠올리며 간신히 참고 있었지만, 정말로 살기를 억누르기가 힘들었다. 하지만 조금씩, 조금씩 나아지고 있었다.

"어…… 잘했다."

철두가 어색하게 소년의 머리를 쓰다듬어 주었다. 자신보다 훨씬 강한 무인이었지만, 어쨌든 어린애니까 형으로서 위로해 주었다.

"잘 참았어. 새꺄. 앞으로 더 잘할 수 있을 거야."

"헤헤. 감사합니다."

어느새 순박한 얼굴로 돌아온 위지천이 뒷머리를 긁적였다. 철두가 쓰러진 거력도의 다리를 잡아 질질 끌며 말했다.

"슬슬 돌아갈까?"

"네!"

철두파, 아니 갱생문이 자리를 정리했다. 거력도가 데려온 제자들은 진작 항복했고, 싸움의 흔적만 치우면 되었다.

"그런데 청룡학관 애들은 다 너처럼 강하냐? 너 1학년이라며?"

철두의 질문에 위지천이 고개를 끄덕였다.

"그럼요. 선배님들은 다 저보다 강하세요."

"너, 너보다 강하다고?"

위지천이 겸손을 떨었지만, 그 사실을 모르는 철두는 입을 떡 벌릴 수밖에 없었다.

'청룡학관 애들은 모두 괴물이구나…….'

돌아가면 갱생신공, 그리고 굉천부를 죽어라 익혀야겠다고 다짐하는 철두였다. 그때 아삼이 다가와 철두에게 보고했다.

"철두야. 정리 다 끝났다."

"오냐. 돌아가자."

그들이 자리를 정리하고 떠나려 할 때였다.

"재미있구나."

크지 않은 목소리였다. 하지만 그 순간, 위지천은 온몸의 솜털이 곤두서는 기분을 느끼며 돌아섰다.

채앵! 자기도 모르게 뽑아 든 검이 목소리가 들려온 방향을 향했다. 온몸에서 식은땀이 나고, 심장이 벌렁벌렁 뛰었다.

"흐흐흐. 반응 좋고."

"……."

봉두난발의 사내가 건물 위에서 그들을 내려다보고 있었다. 달빛 아래에 역광을 받은 사내는 검은 인영처럼 보였지만, 두 눈만은 샛노랗게 빛나고 있었다. 사내가 아래로 휙 뛰어내리더니 위지천을 향해 걸어왔다.

"근처에서 왜 이렇게 시끄러운가 해서 나와 봤더니, 재미있는 일이 벌어지고 있었구나."

"적호방주……."

사내의 얼굴을 확인한 철두가 나직이 신음했다.

"폐관 수련 중이라고 들었는데."

"음. 네 이름이…… 철두였나? 폐관 수련은 방금 끝났다. 작은 깨달음이 있었지."

뿌듯한 표정으로 웃은 적호방주는 다시 고개를 돌려 위지천을 가만히 바라봤다.

그가 이해할 수 없다는 표정으로 물었다.

"아이야. 살검을 익혔더구나."

"……."

"그런데 왜 억누르는 거냐? 억지로 참으니 검초가 흔들리고, 그로 인해 마음이 불편하니 심마가 생기는 것이다."

"……."

"벙어리는 아닌 것으로 아는데. 여기 있는 것들을 몇 놈 죽이면 입을 열 테냐?"

적호방주가 피식 웃으며 주위를 둘러보자, 위지천이 굳은 표정으로 대답했다.

"살검을 제 의지로 조절할 수 있도록 훈련해야 한다고 배웠습니다."

"틀렸다."

적호방주는 단호하게 고개를 저었다.

"살검은 억눌러 조절하는 것이 아니다. 몸을 맡기고 하나가 되어야 다음 경지에 이를 수 있는 것이다."

"……."

"에잉. 잘못 배웠구나. 잘못 배웠어. 누가 가르쳤는지 엉터리다. 엉터리야."

같은 말을 반복하던 적호방주가, 누런 이를 드러내며 히히 웃었다.

"아이야. 내가 제대로 된 살검을 가르쳐 주마. 내 제자가 되거라."

"싫습니다. 제 스승님은……."

"네 생각은 상관없다."

그 순간, 시뻘겋게 물든 손톱이 위지천을 덮쳤다.

141화
적호방주(2)

그 시각, 대웅방에서는 곡소리가 울려 퍼지고 있었다.
"제, 제발 그만! 살려만 주십시오."
"저희가 잘못했습니다! 다시는 안 그러겠습니다!"
거구의 두 사내가 몸을 웅크린 채 쏟아지는 주먹과 발길질을 받아내고 있었다. 둘 다 눈두덩이를 비롯한 온몸에 시퍼렇게 멍이 들었고, 부러진 코에서는 쌍코피가 줄줄 흘렀다. 그들은 대웅방의 거력삼웅, 그중 둘째와 셋째인 거력창, 거력곤이었다.
"잘못했다는 걸 아는 새끼들이 지금까지 그랬단 말이지?"
"사과는 니들한테 죽거나 병신이 된 사람들에게 해야지."
한때 빈민가에서 왕 노릇을 하던 두 사내의 앞에는, 두 형제보다 머리가 한 개씩은 더 큰 거인들이 부리부리한 눈으로 그들을 내려다보고 있었다. 바로 거상웅과 야수혁이었다.
"저, 정말 잘못했습니다."
"앞으로는 개과천선해서 살겠습니다. 한 번만 용서해 주십시오⋯⋯."
자존심이고 뭐고 없었다. 거력창과 거력곤은 맞아 죽지 않기 위해, 자신들의 반도 살지 않은 어린 무인들의 바짓가랑이를 붙들고 늘어졌다. 하지만 거상웅과 야수혁은 눈썹 하나 꿈틀하지 않았다.

"힘만 믿고 패악 부릴 때는 평생 그렇게 살 수 있을 줄 알았지?"

"너희 같은 새끼들 때문에 우리까지 싸잡혀서 욕을 먹는 거야. 사지 멀쩡하면 차라리 산으로 올라가서 영업을 뛰든가. 우리도 없는 사람들은 그냥 보내 줘, 이 말종 새끼들아!"

"산으로 올라가서 영업……?"

"이 새끼들은 더 맞아야 해!"

둘째인 거력창이 의아하다는 표정으로 돌아보자, 야수혁은 거력삼웅 형제의 턱주가리를 주먹으로 냅다 갈겼다.

빡! 빡! 야수혁이 쓰러진 두 형제를 밟아 대기 시작했다. 처음에는 말리는 시늉을 하던 거상웅도 함께 발길질을 해댔다. 아무리 생각해도 이 새끼들이 빈민가에서 한 짓은 쉽게 용서할 수 없었던 것이다.

"아악! 그, 그만! 제발 그만!"

"살려만 주십시오! 살려만…….'

거력창과 거력곤이 얼마나 곤죽이 되도록 얻어터지는지, 청룡학관의 다른 학생들조차 고개를 절레절레 저을 정도였다. 동시에 그들은 경외감 어린 시선으로 거상웅과 야수혁을 바라봤다.

'무기도 없이 맨몸으로…….'

'그것도 압도적으로 꺾어 버리다니.'

적호방을 야습하기 위해 나선 거력창과 거력곤을 막아선 게 거상웅과 야수혁이었다. 그들은 각각 거력창과 거력곤과 붙어서 수십 합 만에 제압했다. 그리고 지금, 두 낭인들을 다시 대응방으로 데려와 모두가 보는 앞에서 죗값을 치르게 하는 중이었다.

"지금까지 한 짓을 이자까지 쳐서 갚는다고 생각해라."

"아무리 생각해도 니들은 용서가 안 돼!"

빠악! 빠바바박! 둘의 인정사정없는 매질에, 학생들 중 누군가가 질린 표정으로 중얼거렸다.

"저러다 죽이는 거 아냐? 선생님이 어쩔 수 없는 상황이 아니면 죽이면 안 된다고 하셨는데……."

"아냐. 잘 봐. 저놈들 뼈도 멀쩡하고 피도 별로 안 흘렸어."

"……어? 진짜네?"

"그만큼 기가 막히게 잘 때리고 있다는 거지."

거상웅과 야수혁. 둘 다 외공을 전문적으로 익히는 만큼, 신체에 대해서 무척 해박했다. 즉, 어디를 맞으면 아프고 어디를 맞으면 죽는지 누구보다 잘 알고 있었다. 덕분에 거력창과 거력곤은 죽지도, 기절하지도 못하고 두들겨 맞는 중이었다.

"그런데 저 둘, 묘하게 합이 잘 맞네. 마치 한 쌍의 곰 같단 말이지."

"호오. 그러게."

학생들은 거상웅과 야수혁이 함께 있는 모습을 보며 수군거렸다. 그리고 누군가가 장난스럽게 그들에게 별호를 지었다.

"흑백쌍웅…… 어때?"

피부가 검은 편인 야수혁. 그리고 피부가 흰 편인 거상웅. 두 사람은 함께 다니면 서로의 피부색이 더욱 대비되어 보였다. 때문에 둘을 묶어서 장난삼아 그렇게 부른 것이다.

"흑백쌍웅? 잘 어울리는데?"

"둘이 매일 붙어 다니니 딱이로군."

"앞으로 그렇게 부르자고!"

그때까지만 해도 누구도 몰랐다.

빈민가에서 장난스럽게 불리기 시작한 이 별호가, 훗날 무림을 진동시키는 별호 중 하나가 될 것이라고는. 심지어 당사자들은 낭인들을 흠씬 두들겨 패느라 자신들에게 생긴 별호를 듣지도 못했다. 지나가던 헌원강이 초죽음이 된 두 낭인을 보고 혀를 찼다.
"적당히들 패. 골병들게 해서 죽일 셈이야?"
"하. 다른 놈도 아니고 네가 그런 말을 해?"
"선배?"
거상웅과 야수혁이 황당하다는 표정으로 헌원강을 돌아봤다. 헌원강에게 걸린 낭인은 평생 혼자서 죽도 못 먹는 신세가 되었던 것이다. 물론, 그건 그 낭인이 어린아이들을 납치해 몹쓸 짓을 한 놈이었기 때문이었다.
"다들 빨리 왔네?"
잠시 후, 여민도 대웅방에 도착했다. 그녀는 기절한 낭인의 다리를 질질 끌고 와 대웅방 대연무장 한가운데에 던졌다. 그곳에는 이미 잡혀 온 대웅방의 낭인들이 널브러져 있었다.
"으으……."
"사, 살려 줘……."
"니들이 이러고도 무사할 것 같아? 내가 아는 형님이……!"
낭인들은 학생들에게 빌거나, 애원하거나, 혹은 협박을 했다. 하지만 청룡학관 학생들은 눈 하나 깜짝하지 않았다. 그동안 빈민가를 순찰하며 대웅방의 낭인들이 저지른 짓을 숱하게 보았기 때문이었다.
"어이 쓰레기들. 지금 즉시 냄새나는 입을 닫는다. 아니면 싹 모아서 태워 버리는 수가 있어."
헌원강이 인상을 쓰며 협박하자, 낭인들이 움찔하며 어깨를 움츠렸다.
'망나니 새끼…….'
'저 새끼가 제일 악질이야.'
'저거 사파 아니야? 진짜 청룡학관 학생 맞아?'
낭인들은 하나같이 만신창이가 된 반면, 청룡학관 학생들은 조금씩 다치기는 했어도 중상자는 단 한 명도 없었다. 청룡학관의 완벽한 승리였다.

"다 잡아 온 것 같은데."

"거력도? 그 두목 놈만 잡아 오면 돼."

백룡장 제자들은 당연하다는 듯이 한자리에 모였다. 독고준도 이제 슬그머니 그 자리에 끼었다.

"위지천이 갔으니 그쪽도 곧 끝나겠군."

"……설마 지진 않겠지?"

여민의 걱정스러운 말에, 야수혁이 황당하다는 표정으로 대꾸했다.

"그 자식이 진다고? 말도 안 돼."

"아암. 말도 안 되지. 위지천이 우리 중에 제일 강하지 않나."

거상웅도 고개를 끄덕였다. 그 말에 헌원강은 못마땅한 듯 입술을 삐죽거렸다.

"쳇. 아직은 그렇지. 아직은. 언제까지 제일 강한지 보자고."

투덜거리는 헌원강을 향해, 거상웅이 씩 웃으며 말했다.

"따라잡으려면 아직 멀었지. 특히 눈이 돌아간 위지천은 여기 있는 학생회장도 못 이길걸?"

"……선배. 그 말은 그냥 넘기기 힘들군요."

독고준의 눈썹이 꿈틀거렸다. 그는 아직 부상이 다 낫지 않아, 붕대를 한 모습이었다.

대웅방을 정리하는 이번 싸움에서도 독고준은 지켜보기만 했다.

'얼마 되지 않는 시간 동안…… 다들 강해지고 단단해졌구나.'

독고준은 감회가 새로운 표정으로 대웅방에 모인 청룡학관 학생들을 둘러봤다. 자신처럼 깨달음을 얻거나 무공이 일취월장한 경우는 없었다. 하지만 학생들의 태도, 각오가 달라졌음을 피부로 느낄 수 있었다. 무공을 익히는 이유, 약자에 대한 생각, 그런 것들이 학생들에게 고민을 안겨 주고, 보다 넓어진 시야와 생각이 앞으로 그들의 성장의 밑거름이 될 것이다.

"야, 독고. 이 자식들 창고 봤어? 돈이랑 패물이 엄청나게 쌓여 있더라고! 이거 우리가 좀 챙겨도 되는 거 아니냐?"

……모두가 그런 것 같지는 않지만.

어느새 창고를 보고 온 헌원강의 눈이 초롱초롱하게 빛나고 있었다.

"얘들아! 오늘은 잔치다! 고기랑 술……은 나는 안 먹지만 가서 잔뜩 사 와!"

"어림도 없다."

청천이었다. 포졸들을 데리고 온 그가 찔러도 피 한 방울 안 나올 것 같은 표정으로 말했다.

"대웅방이 불법으로 축적한 재산은 관아에서 몰수할 것이다."

그 말에 헌원강이 울상을 지었다.

"포두님. 딱딱하게 이러실 거예요? 며칠 동안 빌어먹게 맛없는 소면만 먹었더니 똥도 소면처럼 나온다고요. 회식 정도는……."

"불가."

세상에 이보다 더 꽉 막힌 사람이 있을까 싶은 단호한 대답. 하지만 헌원강도 쉽게 포기하지 않았다.

"거 너무 깐깐하게 굴지 마시고……."

"불가."

승리에 취한 분위기로 대웅방이 떠들썩할 때였다.

콰앙! 대웅방의 정문이 부서질 듯 열리고, 피투성이가 된 사내가 비칠거리며 안으로 들어왔다.

"뭐야?"

"누구야?"

그 사내는 철두였다. 철두는 피를 줄줄 흘리며 대웅방 안을 둘러봤다.

"……백수룡, 백수룡은 어디 있지?"

심상치 않은 일이 벌어졌음을 느낀 청천, 그리고 백룡장의 제자들이 철두에게 빠르게 다가갔다.
　청천이 굳은 표정으로 물었다.
　"무슨 일이 일이지? 백 선생은 왜 찾나?"
　"위, 위지천이…… 적호방주가…….."
　"위지천이 뭐! 빨리 말해!"
　헌원강이 철두의 멱살을 홱 잡아당기며 외쳤다. 그의 표정이 딱딱하게 굳어 있었다.
　철두가 힘겹게 말을 이었다.
　"적호방주가…… 위지천을…… 데려갔다."
　"데려가다니? 그게 무슨 소리야? 적호방주? 놈이 갑자기 왜 나와!"
　철두의 멱살을 잡고 흔들던 헌원강의 팔을, 거상웅의 두꺼운 손이 움켜쥐었다.
　"원강. 침착해라. 너 때문에 이 사람이 말을 하고 싶어도 못 하겠다."
　"빌어먹을……."
　헌원강이 멱살을 놓고 물러나고, 철두는 자신이 보고 겪은 일을 설명했다.
　"……그때 갑자기 적호방주가 나타났다. 위지천에게 살검을 가르쳐 주겠다며, 제자로 삼겠다고 했다. 위지천이 거절하자, 갑자기 달려들어서 싸움이 벌어졌다. 그건…….."
　적호방주를 떠올리자 오한이 드는 듯 철두가 몸을 덜덜 떨었다. 빈민가에 서 평생 싸움을 했지만, 이제까지 살면서 그토록 살기가 짙은 무공은 처음 보았다.
　손톱에서 줄기줄기 뿜어지던 검기. 바람에 미친 듯이 날리던 봉두난발의 머리카락과 샛노란 눈동자. 정신을 혼란스럽게 만드는 괴소를 흘리며 위지천을 농락하던 모습. 싸움의 혼란을 틈타 도망치려던 거력도는 거치적거린다는 이유로, 수십 조각으로 찢겨 죽었다.

"……."

철두의 설명에 장내가 침묵에 휩싸였다. 독고준이 힘겹게 물었다.

"결국 위지천이 졌습니까?"

"확연하게 밀리긴 했지만, 쉽게 질 싸움은 아니었어. 그런데 적호방주가……."

철두가 고개를 푹 숙였다. 분한지 이를 악물며 말을 덧붙였다.

"위지천에게 검을 버리지 않으면 우릴 하나씩 죽이겠다고 협박했다. 위지천은 바로 검을 버렸고."

"바보 같은 자식이……."

"어휴."

"그 녀석답긴 하네."

간혹 검을 휘두르다가 눈이 돌아가긴 해도, 위지천은 본래 성정이 착하고 순한 소년이었다.

"위지천이 검을 버리자마자 적호방주가 달려들어 마혈을 짚었다. 어떻게든 막아 보려고 했지만……."

철두는 자신의 몸을 내려다봤다. 온몸에 할퀴고 찢긴 상처가 가득했다. 적호방주의 손톱에 당한 부상이었다. 살아서 여기까지 온 것이 용할 지경이었다.

철두가 창백한 안색으로 말했다.

"놈은 적호방으로 돌아갔다. 빨리 구해야 해. 제자로 삼겠다고 했으니 당장 죽일 생각은 아니겠지만, 그 미친놈이 무슨 짓을 저지를지……."

"알았으니 쉬어라. 의원에 데려가 치료하도록."

청천은 포졸들을 시켜 철두를 의원에 데려가게 했다. 그리고 고개를 돌려 학생들을 바라봤다.

"들었다시피 상황은 이렇다. 너희들의 동료가 적의 수괴에게 납치됐다. 나는 관아에 연락해 지원 병력을 더 부르겠다. 백수룡은 지금 어디 있지?"
 청천이 학생들을 바라봤으나 모두 고개를 저었다.
 "모르겠어요. 보통은 그 객잔에 계실 텐데……."
 "어쩌면 벌써 소식을 듣고 구하러 가셨을지도 몰라요. 항상 저희보다 한발 먼저 움직이시니까."
 "그렇다면 다행이지만……."
 학생들이 불안한 표정으로 서로를 바라봤다.
 대웅방을 상대로 압도적인 승리를 거뒀지만, 예상치 못한 상황이 벌어지자 다들 혼란스러워하고 있었다.
 "여기서 기다리고 있으면 선생님이 해결해 주지 않을까?"
 "학관에 빨리 연락하자. 큰일이잖아."
 "선생님들이 와서 구해 주실 거야. 괜히 우리가 나섰다가 무슨 일이라도 생기면……."
 "맞아. 우리보다 훨씬 강한 위지천도 못 당한 상대인데……."
 콰앙!
 무언가가 박살 나는 소리에 모두의 고개가 일제히 돌아갔다.
 정문을 걷어찬 헌원강이 학생들을 돌아보며 말했다.
 "야 이 새끼들아. 후배가 납치됐는데 여기서 선생님이나 기다리자고? 니들이 그러고도 선배냐? 아니 그 전에 무인이냐?"
 "……."
 수군거리던 학생들이 헌원강의 시선을 피했다. 실제로 이곳에 있는 대부분의 학생은 위지천보다 선배였다. 헌원강이 그 모습을 둘러보며 혀를 찼다.
 "한심한 새끼들. 나는 선생님이 오든 말든 내 후배를 구하러 갈 거다."
 "나도 간다."
 독고준이 따라나섰다. 거상웅, 야수혁, 여민도 마찬가지였다.

"구하러 가야지. 우리 귀여운 후배인데."

"하여튼 멍청한 자식."

"우리 중에선 위지천이 밥을 제일 잘한단 말이야."

그렇게 헌원강을 필두로 백룡장의 제자들, 독고준과 청룡쌍걸이 대웅방의 정문을 나섰을 때였다.

"불이야!"

저 멀리, 적호방이 있는 방향에서 커다란 불길이 치솟아 올랐다.

142화
악인곡으로 (1)

화르르륵!

사방에서 거센 불길이 치솟았다. 불꽃이 사납게 혀를 날름거리며 온갖 기물을 닥치는 대로 집어삼켰다.

"불이야!"

빈민가에 어울리지 않는 거대한 장원. 적호방의 본거지에서 치솟은 불길이 순식간에 건물 전체를 휘감았다. 시뻘건 불길이 새벽을 밝히고, 매캐한 연기가 거리로 퍼져 나가자 잠에서 깬 사람들이 집 밖으로 나왔다. 다들 놀란 표정으로 불길에 휩싸인 적호방을 바라봤다.

"저, 저긴 적호방이잖아?"

"세상에. 어쩌다가 저렇게 불이……."

"천벌을 받은 게야. 고얀 놈들! 다 불에 타서 죽어 버리라지."

다행히 적호방의 장원은 빈민가의 외진 곳에 자리해서, 다른 건물까지 퍼질 염려는 없었다.

그때 다급한 목소리가 들려왔다.

"비켜!"

경공을 펼쳐 날듯이 내달린 인영들이 사람들을 지나쳐 적호방으로 향했다. 바로 청룡학관의 학생들이었다.

"정문은 우리가 부수마!"

거상웅과 야수혁이 선두로 나섰다. 그들은 닫혀 있는 적호방의 정문을 동시에 어깨로 들이받았다.

콰아아앙! 천둥소리에 비견되는 굉음과 함께, 장정 열 명은 동시에 들어갈 수 있는 커다란 문이 뒤로 넘어갔다. 그러나 장원 안쪽은 이미 불길과 매캐한 연기로 가득해 시야를 확보하는 것조차 쉽지 않았다.

"옆으로 나와! 으랴아아앗!"

헌원강이 맹렬하게 도를 휘두르자, 도풍이 불길을 흩어 버리며 잠시 장원 안쪽이 모습을 드러냈다.

그 순간 모두의 표정이 굳었다.

"시체들이……."

"대체 무슨 일이 있었던 거야?"

불꽃 아래에 잔인하게 난자된 시체들이 쓰러져 있었다. 적어도 수십 구. 팔에 문신이 새겨진 걸 보니, 전부 적호방의 방도들이었다.

"왜 이놈들이 죽어 있는 거야?"

"불에 타 죽은 게 아니야. 전부 찔리거나 베여 죽었어."

"……위지천이 한 걸까?"

"설마……."

학생들의 머릿속에 불길한 상상이 피어올랐다. 헌원강이 맹수처럼 으르렁거렸다.

"어떤 새끼건 우리 막내를 건드리면 죽여 버릴 거야."

위지천이 자신보다 강하다는 사실은 중요하지 않았다. 청룡학관의 1학년 후배이자, 여리고 소심해서 식당에서 바가지를 써도 따지지도 못하는 어리바리한 녀석.

형제가 없는 헌원강에게, 위지천은 친동생이나 다름없었다.
"저쪽에서 기척이 느껴진다. 따라와."
"잠깐. 잠시 진정해라."
독고준이 헌원강의 어깨를 붙들었다. 아직 부상이 낫지 않은 몸으로 무리해서 따라오느라 창백한 표정이었다.
"상대는 위지천보다 강한 사파의 고수다. 흥분해서 달려들면 우리뿐 아니라 위지천까지 위험해질 수 있다."
"알고 있어. 상황을 봐서 기습할 거야."
"……생각보다 냉철하군."
그 말에 헌원강이 독고준을 돌아보더니 피식 웃었다.
"얼마 전에 누구한테 배웠거든."
"……."
일행은 기척을 죽이고 화재의 중심으로 향했다.
쿵! 쿠우웅! 장원 곳곳에 세워져 있던 기둥이 넘어가고 천장이 무너졌다. 매캐한 연기, 폐가 익어 버릴 것 같은 열기가 호흡을 곤란하게 했다. 그들이 무공을 익힌 무인들이 아니었다면, 진작 질식하거나 끔찍한 화상을 입었을 것이다.

[조금만 더 가면 방주의 처소야. 준비해.]

모두에게 전음을 보낸 헌원강이 앞으로 나섰다.
잠시 후, 일렁이는 불꽃 너머로 사람의 모습이 보였다. 조금 더 접근하자 아주 익숙한 얼굴이 보였다.
"……어?"
상대의 정체를 확인한 헌원강이 당황한 목소리로 중얼거렸다.
"선생님?"

"왔냐."

그는 백수룡이었다. 학생들보다 한발 먼저 도착한 그는, 방주의 처소에 남아 있는 흔적들을 살피고 있었다.

거상웅이 앞으로 나서며 물었다.

"위지천은요? 그리고 적호방주는 어디 있습니까?"

"한발 늦었다. 내가 왔을 땐 이미 이 상태였어."

혀를 찬 백수룡은 그제야 고개를 돌려 학생들을 바라봤다.

독고준이 굳은 표정으로 조심스럽게 물었다. 불타는 장원, 그리고 쓰러진 시체들을 보고 불현듯 어떤 생각이 떠오른 것이다.

"오면서 적호방도들의 시체들을 봤습니다. 혹시 선생님이 하신……."

"내가 아니라 적호방주가 한 짓이다."

"예?"

백수룡은 처소 주변에 쓰러져 있는 시체 중 하나를 가리키며 말했다.

"잘 봐라. 이건 검흔이 아니라 손톱에 뜯기고 베인 흔적이야. 조법(爪法)에 당한 거지."

"조법이라면……."

적호방주의 독문무공이 바로 조법이었다. 그의 손가락이 붉게 물들면, 두꺼운 쇠도 찢어 버릴 수 있다고 했다.

백수룡이 중얼거리듯 말을 이었다.

"놈은 부하들을 모두 죽이고 장원에 불을 지른 후 도망쳤어. 그런데 위지천은 데려갔다. 왜지? 단순히 미친놈이라서?"

"세상에……. 자기 부하들을 도륙했다고요?"

"완전 미친놈이로군."

경악한 학생들이 장원을 둘러봤다. 잔혹하게 살해당한 적호방도들의 시체만 수십 구가 넘었다. 저들 대부분이 동정할 가치도 없는 구제 불능의 악인들이었지만, 그래도 섬기던 주군에게 살해당했다는 사실을 알게 되자 조금은 불쌍한 마음도 들었다.

그때 헌원강이 다급한 표정으로 말했다.

"그런 미친놈이 위지천을 데려갔다는 거잖아. 선생님! 빨리 쫓아가야 해요!"

"그래. 안 그래도 그럴 생각이다."

백수룡이 심각한 표정으로 고개를 끄덕였다.

'설마 적호방주가 그렇게 소리 소문 없이 폐관을 깨고 나올 줄이야.'

설상가상으로, 조용히 적호방에서 빠져나온 적호방주는 그 주변에서 감시하고 있던 하오문도를 발견하고 죽였다.

때문에 백수룡은 위지천이 납치당했다는 소식을 한발 늦게 들었다.

'아직 멀리 가진 못했다.'

이 주변 시체들의 상태를 보면, 적호방주가 이곳을 떠난 지 얼마 되지 않았음을 알 수 있었다. 여기에 하오문의 정보력을 동원하면, 놈이 어느 방향으로 갔는지도 금방 알 수 있을 터였다. 학생들을 돌아보는 백수룡의 눈이 차갑게 빛났다.

"난 곧바로 놈을 쫓을 거다. 너희는 학관으로 돌아가서 사정을 설명해. 길어지면 며칠 걸릴 거야. 돌아와서 확인할 테니까 아침저녁으로 수련 빼먹지 말고."

그런데 백수룡을 막아서는 제자들의 눈빛이 심상치 않았다.

"선생님. 저희도 함께 갈게요."

"이런 상황에서 수련이 될 리가 없잖아요."

"산길은 제가 잘 알아요."

제자들의 격렬한 반응에, 백수룡은 피식 웃더니 고개를 저었다.

"너희들 마음은 알겠다. 하지만 나 혼자 쫓는 쪽이 훨씬 효율적······."

"방해 안 할게요!"

"죽어라 쫓아갈게요!"

"못 쫓아가면 버리고 가셔도 돼요!"

"……."

잠시 말을 멈춘 백수룡은 제자들의 얼굴을 하나하나 살폈다. 단호한 눈빛과 굳은 결의가 느껴지는 표정들.

'데려간다고 추적에 큰 도움은 안 되겠지만…….'

잠시 고민을 한 백수룡을 다시 입을 열었다.

"단, 조건이 있다. 너희 중 한 명이라도 추종술을 익힌 사람이 있다면……."

"제가 익혔어요. 그럼 된 거죠?"

여민이 조용히 손을 들었다. 추종술을 익혔다니 다소 의외였지만, 백수룡은 자세히 캐묻지 않았다.

"……알았다. 그럼 따라오는 걸 허락하마."

"아싸아아!"

주먹을 불끈 쥐는 제자들에게, 백수룡이 단호한 표정으로 말했다.

"좋아할 것 없어. 죽도록 힘들 테니까. 낙오하는 녀석은 중간에 놓고 갈 거다. 너희 챙기느라 천이를 놓칠 생각은 추호도 없으니까."

"예!"

"하여간 대답은 잘해."

혀를 찬 백수룡은 품에서 무언가를 꺼내더니 여민에게 던졌다.

"추종향이다. 내 옷에 뿌려 놨으니까, 만약 날 놓치면 이걸로 쫓아오면 된다."

"네."

여민이 고개를 끄덕였다. 추종향까지 주었으니 중간에 놓고 가더라도 길을 잃을 걱정은 없을 것이다.

'이것도 경험이 되겠지.'

원래도 외부 수업을 핑계로 강호로 나갈 계획이 있었다. 하지만 그건 빈민가의 정리가 다 끝난 이후, 그리고 이 병아리들이 조금 더 성장한 이후였다.

'생각보다 빠르지만…….'

아무리 철저한 계획을 세워도, 인생은 계획한 대로만 흘러가지는 않는다. 살다 보면 여러 변수가 발생하고, 거기에 맞춰 임기응변을 발휘해야 할 때가 온다. 백수룡은 지금이 그때라고 생각했다.

"일단 이곳에서 나가자."

일행은 화재로 무너져가는 적호방에서 빠져나왔다. 그들이 빠져나오고 얼마 되지 않아 장원 전체가 무너져 내렸다.

추적조는 백수룡, 거상웅, 헌원강, 여민, 야수혁 다섯 명으로 꾸려졌다. 독고준도 함께 가고 싶어 했으나, 부상이 낫지 않아 무리라고 판단한 백수룡이 제외했다. 그에겐 다른 학생들을 데리고 먼저 돌아가도록 말해 두었다.

"잠깐만. 그런데 니들, 다른 수업은 어떡하려고?"

청룡학관의 학생들은 하나의 수업만 듣지 않는다. 일반적으로 세 개에서 네 개, 많으면 여섯 개까지도 들었다. 적호방주를 추적하게 되면, 자연스럽게 다른 수업은 못 듣게 된다.

"네? 그게 왜요?"

"왜냐니?"

하지만 제자들은 그게 뭐가 문제냐는 듯 어깨를 으쓱였다.

헌원강이 대표로 씩 웃으며 말했다.

"모르셨어요? 저희는 원래 학점 신경 안 써요."

"자랑이다. 이 망나니들아…….."

머리를 짚은 백수룡이 작게 한숨을 쉬었다. 돌아와서 매극렴에게 깨질 생각을 하니 벌써부터 머리가 아팠다.

"뭐 그땐 그때고……. 출발할 테니 알아서 잘 따라와라."

"네!"

잠시 후, 하오문의 보고를 받은 그들은 추적을 시작했다.

• ◈ •

타닥, 타닥. 두 사람을 사이에 두고 작은 모닥불이 타오르고 있었다.

"먹어라."

"싫습니다."

위지천은 적호방주가 건넨 음식을 거절했다. 적호방주는 피식 웃더니 두 번 권하지 않고 음식을 먹기 시작했다.

"……."

무거운 침묵이 감돌았다. 혈도가 제압당한 위지천은 조용히 적호방주를 노려보았다.

"어떻게……."

말을 걸자 적호방주가 고개를 들어 소년을 바라보았다.

"할 말이라도 있나?"

가까이에서 본 그는 늙수그레한 중년의 사내였다. 봉두난발에 흰자위가 누렇긴 했지만, 사람을 죽일 때가 아니면 꽤 얌전했다. 솔직히 별로 미친 것 같지 않았다. 그래서 위지천은 더 이해할 수 없었다.

"당신은 어떻게 그리 쉽게 사람을 죽일 수 있죠?"

"별것도 아닌 질문이로군."

턱을 긁적거린 적호방주가 대답했다.

"죽이고 싶으니까 죽인다. 다른 이유가 더 필요한가?"

"……."

위지천은 자신의 생각이 틀렸음을 인정했다. 이 남자는 미쳤다. 미쳐 보이지 않는 것은, 그의 사고방식이 그에게 너무나 자연스럽기 때문이었다. 적호방주가 투명한 눈동자로 위지천을 바라봤다.

"너는 왜 살검을 억누르려고 하지?"

"저는 당신처럼 쉽게 사람을 죽이지 않기 때문입니다."

"흐흐. 어린놈이 누굴 속이려고 드느냐. 살검은 살인을 하면서 익히는 검이다. 네가 죽인 사람만 오십이 넘는다는 데 내 평생의 무공을 걸지."

"……."

위지천은 입술에서 피가 나도록 꽉 깨물었다. 사실이었다. 거의 기억나지 않지만, 가짜 무극검을 익혔을 당시 소년이 죽인 낭인의 숫자만 수십이 넘었다.

'죽여라.'

살검이 또다시 말을 걸어왔다. 머릿속에서, 그리고 눈앞에서도.

"아이야. 살검에 몸을 맡겨라. 그 해방감을 만끽하란 말이다. 그럼 네 무공도 일취월장할 것이다. 네 자질이나 나이를 볼 때…… 십 년 안에 능히 백대고수가 되겠지. 아니, 어쩌면 그 이상."

적호방주는 진심으로 위지천의 재능을 부러워했다. 평범한 사람의 사고방식으로는 그를 이해할 수 없었다.

식사를 마친 그가 혀로 입술을 핥으며 말했다.

"마침 이 아래에 화전 마을이 하나 있더군. 나와 함께 그곳에 가자. 혈도도 풀어주마. 살검에 몸을 맡기고 함께 흠뻑 피에 취하자꾸나. 너도 한번 그 쾌감을 맛보면 다시 잊지 못해서……."

"그런 짓을 할 바엔!"

버럭 소리친 위지천이 눈을 부릅떴다. 가공할 살기가 소년의 몸에서 흘러나왔다.

"그런 짓을 할 바엔 혀를 깨물고 자결하겠습니다. 혈도를 짚어도 소용없어요. 언제든 혈도가 풀리면, 그 즉시 혀 깨물고 죽어 버릴 테니까요!"

"……이해할 수 없군. 어째서 그렇게까지 거부하는 거지?"

위지천은 백수룡의 가르침을 떠올리며 말했다.

"선생님의 가르침이기 때문이에요. 전 절대로 살검의 유혹에 넘어가지 않을 거예요."

"돌팔이 선생 하나가 천하제일고수가 될지도 모르는 천재를 망쳤군."

"선생님을 모욕하지 마세요. 당신보다 훨씬 훌륭한 분이니까."

백수룡이 비난하는 말에 위지천이 적호방주를 노려봤다. 물론 적호방주는 코웃음을 칠뿐이었다.

"네 스승이 그렇게 잘났단 말이지? 천하제일고수라도 되는 것처럼 말하는구나."

"천하제일고수는 아니지만 당신 따위는 능히 이길 수 있는 분이에요."

"호오. 그럼 백대고수 정도는 되나 본데."

낄낄 웃은 적호방주가 자리에서 일어났다. 발로 모닥불을 짓밟아 끈 그가 위지천을 어깨에 둘러멨다.

"그런데 말이다. 과연 네 스승이, 우리가 찾아가는 곳이 어딘지 알고도 쫓아올 수 있을까?"

적호방주가 누런 이를 드러내며 히죽 웃었다.

위지천이 입을 다물고 대꾸하지 않자, 그가 도발하듯이 다시 물었다.

"나랑 내기할 테냐? 네 스승이 우리를 쫓아올지 안 올지 말이다. 만약 끝까지 쫓아오면 너에게 다시는 살검을 익히라고 하지 않겠다."

"……어디로 가는데요?"

적호방주는 모닥불을 꺼뜨린 자리에 발로 슥슥 글자를 적으며 즐겁게 웃었다.

"우리는 악인곡으로 간다. 십대악인이 있는 곳으로 말이다."

잠시 후, 두 사람이 있던 모닥불가에는 '악인곡(惡人谷)'이라는 세 글자만 불길하게 남겨졌다.

143화
악인곡으로(2)

"악인곡이라……."

백수룡은 잿더미 위에 남겨진 글자를 손으로 더듬었다. 아주 희미한 온기가 남겨져 있었다. 떠난 후로 시간이 제법 지났다는 뜻이었다.

"그래도 방향은 제대로 잡았군. 목적지도 친절하게 적어 놨고."

악인곡(惡人谷). 적호방주는 추적자들에게 자신이 향할 곳을 남겨 놓았다. 물론 이 전언을 그대로 믿을 생각은 없었다. 이런 놈들이 얼마나 교활한지, 백수룡은 누구보다도 잘 알았다.

'추격자들에게 혼란을 주기 위한 것일 수도 있다. 참고는 하되, 철저하게 흔적을 쫓아서 추적해야 한다.'

백수룡이 잠시 생각에 잠겨 있는 동안, 죽어라 경공을 펼쳐 그를 쫓아온 제자들이 하나둘 그곳에 도착했다.

"허억. 허억……."

"무, 물 있는 사람?"

"선생님. 무슨 경공이 이렇게 빨라요……."

백수룡은 숨을 헐떡이는 제자들에게 물통을 던져 주고 물었다.

"악인곡이라는 곳, 들어 본 녀석 있냐?"

백수룡은 처음 들어 보는 이름이었다. 즉, 오십 년 전에는 없었던 장소라는 뜻. 간신히 호흡을 정리한 거상웅이 손을 들고 말했다.

"제가 압니다."

천하십대상단으로 꼽히는 금룡상단의 후계자답게, 거상웅은 무림의 이런저런 소문과 이야기에 밝은 편이었다.

"악인곡(惡人谷). 말 그대로 악인들이 모여 사는 깊은 협곡입니다. 한 삼십 년 전부터 마두들, 무림공적들이 하나둘 숨어들어 살기 시작한 곳인데……. 서, 설마 천이가 그곳으로 갔습니까?"

말을 하다 말고 거상웅이 놀란 표정으로 물었다.

"이걸 봐라."

백수룡은 자신의 옆에 있는 잿더미를 가리켰다. 제자들이 다가와 그곳에 적힌 글자를 보았다. 거상웅의 하얀 얼굴이 더 하얗게 질렸다.

"크, 큰일입니다! 놈이 악인곡으로 들어가면 영영 천이를 못 찾게 될 수도 있습니다!"

"선배. 왜 그런 재수 없는 소릴 하고 그래. 그래 봤자 도망친 마두 놈들 몇이 숨어 있는 계곡이잖아."

헌원강의 말에 거상웅은 답답한 듯 자신의 가슴을 퍽퍽 쳤다.

"이 자식아. 그렇게 태평한 소릴 할 때가 아니란 말이다. 악인곡에는 십대악인이 두 명이나 있다고!"

"……십대악인?"

백수룡이 미간을 찌푸리며 되물었다. 현 무림에 대한 정보는 다소 부족한 그였지만, 십대악인에 대해서만은 어느 정도 알고 있었다.

정파의 세상이나 다름없는 현 무림에서, 사파 출신으로 당당히 무림을 활보하는 열 명의 강자.

그중 가장 강한 세 명은 따로 '삼흉(三凶)'이라 불리며, 천하십대고수에도 당당히 이름을 올리고 있었다.

백수룡이 표정을 굳히며 물었다.

"혹시 악인곡에 있는 놈들이 삼흉이냐?"

"……다행인진 모르겠지만 삼흉은 아닙니다. 악인곡에 있는 십대악인은 혈수귀옹(血手鬼翁), 그리고 구음마녀(九陰魔女)입니다."

삼흉이 아니라고 해도, 둘 다 대적할 고수를 찾기 힘든 고수임은 틀림이 없었다.

혈수귀옹은 강철도 두부처럼 자르는 조법으로 수십 년 전부터 이름을 날린 고수였고, 구음마녀 또한 십 년 이상 강호를 활보하다 악인곡에 정착한 빙공의 대가였다. 지금까지 두 악인의 손에 죽어 나간 정파의 무인들만 백 명이 훌쩍 넘는다고 했다.

"이런 빌어먹을……."

상황을 심각성을 깨달은 일행의 표정이 굳었다.

헌원강이 적호방주가 남기고 간 잿더미를 발로 퍽퍽 차며 말했다.

"무림맹은 지금까지 그런 놈들을 토벌 안 하고 뭐 했대?"

"몇 번 토벌하러 갔었지. 하지만 매번 허탕만 쳤다. 수십 명이 죽고 다쳐가며 협곡 안으로 들어갔더니, 정작 그 안에는 아무도 없었더라는 이야기도 있으니까."

"……."

일행의 분위기가 침울해졌다. 백수룡은 굳어 있는 표정의 제자들을 돌아보며 한숨을 쉬었다.

"안 되겠군. 너희는 지금이라도 학관으로 돌아가라. 역시 나 혼자 가는 게 낫겠어."

"예? 이제 와서 무슨 소리예요?"

"겨우 여기까지 오면서 우는소리를 하는 녀석들이 계속 따라올 수나 있겠어? 이제 저 산을 넘어야 하는데?"

백수룡은 손가락을 들어 앞쪽의 깎아지를 듯이 높은 산봉우리를 가리켰다.

"놈의 흔적은 저곳으로 이어져 있다. 추격을 계속하려면 저 산을 넘어야 하는데, 나와 너희의 실력 차이를 생각하면 두 시진도 못 가서 나가떨어질 게 뻔해."

"……."

제자들은 분한지 입술을 꽉 깨물었다. 하지만 다 맞는 말이라 따질 수도 없었다. 백수룡도 그들의 심정을 모르는 바가 아니었기에 부드럽게 말했다.

"곧 청룡학관에서도 추격대가 편성될 거다. 너희는 천천히 쫓아오다가 그쪽에 합류해."

"하지만……!"

"헌원강. 억지를 부릴 때가 아니다."

백수룡에게 따지려 드는 헌원강의 어깨를 거상웅이 잡아챘다. 분하지만, 지금으로서는 백수룡의 말대로 하는 것이 가장 나은 방법이었다. 무엇보다 위지천을 구하는 것이 최우선이니까. 자신들이 백수룡의 발목을 잡는다면, 차라리 따라가지 않는 것이 맞다. 그 사실을 깨닫고 체념한 제자들이 고개를 푹 숙일 때였다.

"선생님."

선배들 사이에서 조용히 있던 야수혁이 입을 열었다. 그는 일행이 넘어야 하는 산을 눈으로 가늠해 보더니 말했다.

"산을 넘는 지름길을 찾을 수 있을 것 같은데요."

"……뭐?"

"지름길로 가면 거리를 반은 줄일 수 있을 거예요."

"그걸 대충 눈으로 보기만 했는데 안다고?"

백수룡의 믿기 힘들다는 눈빛에, 야수혁이 뒤통수를 긁적이며 말했다.

"어릴 때부터 산을 자주 탔거든요. 그리고 정확히는 지름길을 아는 친구들을 찾을 수 있다는 말인데……."

결국 그게 그거니까, 라고 중얼거리는 야수혁에게 백수룡이 진지한 표정으로 물었다.

"뭐가 됐든 확실히 찾을 수 있는 거냐? 지금은 시간을 허투루 낭비할 상황이 아니다."

"이 각만 주시면 찾을 수 있어요."

야수혁의 확신이 담긴 눈빛에, 백수룡은 결국 고개를 끄덕였다.

"알겠다. 딱 이 각 주지. 그 안에 못 찾으면 나는 먼저 간다."

"그럼 다들 이쪽으로 오세요. 이쪽 길은 딱 봐도 영업하기 좋은 곳이 아니라서."

"영업……?"

씩 웃은 야수혁이 선두에서 일행을 안내했다.

잠시 후, 일행은 야수혁이 말한 '길을 아는 친구들'이 누구인지 알게 되었다.

콰아앙! 나무로 얼기설기 엮은 정문이 박살 나고, 백두채의 산채로 낯선 침입자들이 들어왔다.

"누, 누구냐!"

도란도란 모여서 노루고기를 굽고 있던 백두채의 산적들은 날벼락을 맞았다. 열 명이 조금 넘는 사내들이 도끼며 낫, 녹슨 칼 등을 허겁지겁 들었다. 이루 말할 수 없이 허접한 대처였다.

"형씨들이 이쪽 산에서 영업하는 사람들 맞지?"

야수혁이 성큼성큼 그들에게로 걸어가며 말했다. 그 무지막지한 덩치와 근육질의 몸을 본 순간, 백두채의 산적들은 이미 전의를 상실했다.

"혀, 형님. 아무래도 잘못 걸린 것 같은데요……?"

"이런 씨벌……. 무림인들이냐? 보초 새끼들은 보고 안 하고 대체 뭐 한 거야……."

백두채의 두목 백두의 눈동자가 사정없이 흔들렸다. 야수혁이 성큼성큼 걸어와 그의 앞에 서더니 친근하게 어깨에 손을 툭 얹었다.

"식사 시간에 미안한데. 우리가 지금 많이 급해서 그래."

"뭐, 뭐, 뭐…… 뭡니까요?"

자신보다 스무 살은 어려 보이는 야수혁을 상대로, 백두채의 두목은 차마 반말을 할 용기를 내지 못했다. 야수혁이 하얀 이를 드러내며 씩 웃었다.

"잠깐 따로 얘기 좀 나눌까? 잠깐이면 돼."

"사, 사, 살려 주십시오……."

야수혁은 울먹이는 백두채의 두목을 으슥한 곳으로 데려갔다.

그 모습을 뒤에서 지켜보던 헌원강이 황당하다는 표정으로 말했다.

"저 자식은 바빠 죽겠는데 산채는 왜 쳐들어가고 지랄이야?"

"기다려 보자. 다 생각이 있으니 온 걸 테니까. 그나저나……."

거상웅은 백두채 안을 둘러봤다. 열 명이 조금 넘는 백두채의 산적들이 그들을 보며 오들오들 떨고 있었다. 상인의 아들답게, 거상웅은 사람 좋게 웃으며 말했다.

"하하. 방해하러 온 거 아니니 마저 식사들 하십시오."

"참나. 선배 같으면 밥이 넘어가겠어? 곰처럼 생긴 인간이 쳐들어와서 웃는 얼굴로 협박을 하는데?"

"원강아. 저 사람들이 겁먹은 건 네 얼굴이 심히 사납게 생겨서인 것 같은데?"

"뭐? 이 곰탱이가……."

"해 보자 이거냐?"

"둘 다 거기서 거기니까 그만해라."

"……."

산적들에게는 다행스럽게도, 야수혁과 백두채의 두목은 금방 돌아왔다. 어째선지 백두채의 두목은 표정이 한결 밝아진 모습이었다.

"허허! 소형제! 그런 거였으면 진작 말을 하지. 다들 이쪽으로 오슈! 내 이 길에서 영업한 지 올해로 십 년이요! 지름길은 빠꼼이지!"

"……."

"아, 바쁘다면서? 빨리 따라오라니까!"

일행은 백두채의 두목의 안내를 받아 지름길로 향했다. 야수혁이 백수룡에게 다가오더니 가슴을 당당히 펴며 말했다.

"선생님. 됐죠?"

"……그래. 잘했다."

백수룡의 칭찬에 야수혁이 씩 웃었다. 그러곤 다시 백두채의 두목에게 가서 두런두런 이야기를 나눴다.

"저건 이상한 곳에서 쓸모가 있네."

그 모습을 보고 백수룡은 고개를 절레절레 저었다. 어쨌든, 일행은 산적들이 이용하는 지름길을 이용해서 예상보다 훨씬 빠르게 산을 넘을 수 있었다.

산을 넘은 이후에는 적호방주가 남긴 흔적을 쫓아 하루를 꼬박 달렸다. 식사는 움직이면서 하고, 중간에 볼일 보는 시간도 아꼈다. 제자들이 탈진하기 직전의 상태가 되었을 때쯤에서야, 백수룡은 그들을 멈춰 세웠다.

"여기서 잠깐 휴식한다."

"허억…… 허억……."

"아, 아직 더 갈 수 있는데……."

"조금만 더 가서 쉬는 게……."

따악! 따다닥! 고집을 부리는 헌원강, 거상웅, 야수혁의 이마를 흑룡편으로 연달아 후려치자 세 명이 그대로 풀썩 바닥에 쓰러졌다.

"쉬라고 할 때 쉬어. 그 꼴로 적을 만나면 잘도 싸우겠다."

그제야 제자들이 바닥에 대자로 드러누웠다.

"후우……."

백수룡도 뭉친 근육을 천천히 풀었다. 최근 이틀은 그에게도 상당한 강행군이었다.

'덕분에 거리는 많이 좁혔다.'

백수룡은 적호방주가 남기고 간 흔적을 찾았다. 추적 자체는 어렵지 않았다. 애초에 상대가 흔적을 감출 생각이 없었기 때문이었다. 심지어 가끔씩 놈은 일부러 바닥에 표식을 남겨 놓기까지 했다.

'우릴 일부러 유인하는 건가? 미친놈이라 그런지 도통 생각을 알 수가 없군.'

중요한 것은 이런 때일수록 냉정함을 유지해야 한다는 것이다. 가까워졌다고 해서 흥분하면 오히려 이쪽이 당할 수도 있다.

백수룡은 제자들에게 쉬면서 들으라며 말했다.

"거리는 확실하게 좁혀지고 있다. 천이도 아직 무사한 것 같고."

바닥에 남겨진 적호방주의 족적을 보면 알 수 있었다. 왼발과 오른발의 깊이가 묘하게 달랐다. 즉, 위지천을 어깨에 둘러메고 이동하고 있다는 이야기였다. 그 외에도 몇 가지 정보를 더 얻을 수 있었다.

'생각보다 무공이 강해. 경공이 전혀 흔들리질 않았어.'

여기까지 상당한 강행군이었다. 그건 상대도 마찬가지일 것이다. 게다가 어깨에 사람 하나를 메고 움직인다는 걸 감안하면……. 백수룡은 적호방주의 예상 무공 수위를 한 단계 상향 조정했다.

"이곳에서 두 시신 동안 쉰다. 각사 운기행공을 하고 근육을 충분히 풀어 두도록."

백수룡은 그렇게 말하고 자리에서 일어났다. 처음 출발할 때 챙겨 온 육포는 낮에 다 먹었다. 산에서 간단히 요기를 할 짐승을 잡거나, 짐승이 안 보이면 열매라도 따올 생각이었다.

"도와드릴게요."

따라나선 사람은 여민이었다. 사내 녀석들이 모두 앓아누운 것에 비해, 여민은 상대적으로 멀쩡해 보였다.

"넌 괜찮냐?"

"그럭저럭 견딜 만해요. 경공 수련이라면 누구 덕분에 이골이 날 정도로 매일 하고 있으니까."

여민이 피식 웃으며 대답했다. 다른 제자들과 달리, 여민은 무공 전반이 아닌 경공 위주로 수련하고 있었다. 천무제에서 열릴 경공 대회를 준비하기 위해서였다. 그 덕에 넷 중에서는 체력적으로 가장 여유가 있는 여민이었다.

"다른 애들 경공은 좀 어때? 난 앞에서 달리느라 거의 보질 못했는데."

"바보들이죠, 뭐. 발바닥에 물집이 잡히고 피가 나는데도 모르고 있더라고요."

여민은 투덜거리면서도 조용히 선후배들을 챙겼다. 종일 경공을 펼치느라 물집이 잡힌 선후배들에게 약도 챙겨 주고, 맨 뒤에서 따라오며 뒤로 처지는 사람의 등을 밀어주기도 했다.

"수련에 힘든 점은 없고?"

"맨날 힘들어요. 아, 전에 알려 주신 경공에서 한 가지 이해 안 되는 게 있었는데……."

"말해 봐."

두 사람은 주변 산을 돌아다니며 산새 몇 마리를 잡아 함께 저녁을 준비했다. 완전히 뻗은 사내놈들은 세상모르고 자고 있었다. 나무 꼬치에 꿰여 지글지글 익는 산새를 바라보며, 여민이 낮은 목소리로 물었다.

"……적호방주라는 인간. 원래는 뭐 하는 작자였을까요?"

"아마 혈수귀옹과 관련된 놈일 거다."

"네?"

갑자기 십대악인의 이름이 나오자 여민이 눈을 동그랗게 떴다.

"물론 당사자는 아닐 테고…… 제자이거나 사형제간이겠지."

철두에게 듣기로, 적호방주는 손톱을 붉게 물들인 채 휘두르는 조법을 사용한다고 했다. 혈수귀옹의 조법과 그 특징이 거의 일치했다.

"서, 선생님은 겁도 안 나요? 잘못하면 십대악인과 싸워야 할 수도 있는데요."

"글쎄……."

상대가 삼흉이라면 모를까, 혈수귀옹 정도는 그리 위협적으로 느껴지지 않았다. 하지만 백수룡은 그렇게 말하는 대신 어깨를 한번 으쓱하며 말했다.

"악인곡에 들어가기 전에 잡으면 되지."

굳이 악인곡까지 따라 들어가서 혈수귀옹과 싸울 생각은 없었다. 그 전에 적호방주를 따라잡고, 위지천을 구한다. 그 자신만만한 대답에 여민은 작게 감탄했다.

"선생님은 매사에 자신감이 넘치시네요."

"능력 있는 사람들의 특징이지."

"뭔 말을 못 해……."

한숨을 푹 내쉰 여민은 무릎을 모으고 웅크려 앉아 멍하니 모닥불을 바라봤다. 다른 녀석들보다 조금 나을 뿐, 여민도 무척이나 피곤할 것이다.

백수룡은 그 모습을 조용히 바라보다 입을 열었다.

"그런데 너."

"네?"

백수룡은 불빛에 비친 여민의 머리카락, 그중에서 드문드문 보이는 하얀 새치에 시선을 두었다.

"전부터 물어보고 싶었는데, 매일 먹는 약은 뭐냐?"

그 순간, 몸을 웅크리고 있던 여민이 어깨를 파르르 떨었다.

144화
악인곡으로(3)

"언제부터 알고 있었어요?"

여민의 목소리가 갑자기 싸늘하게 변했다. 마치 가시를 잔뜩 세운 고슴도치처럼, 몸을 웅크리며 백수룡을 노려봤다.

그러나 백수룡은 제자의 날 선 반응에도 덤덤하게 대답했다.

"좀 됐지. 하루 두 번, 아침저녁으로 환(丸)으로 된 약을 몰래 먹던데."

"……."

여민도 조심한다고 조심했겠지만, 백룡장 안에서 백수룡의 눈을 속일 수는 없었다.

"병이 있는 거냐? 체질의 문제라거나. 평소에 수련하는 걸 보면 크게 아픈 곳은 없어 보이던데."

"그건……."

누구나 감추고 싶은 일이 있기 마련이고, 백수룡도 굳이 그런 걸 먼저 캐묻는 성격은 아니다. 하지만 그 상대가 무공을 가르치는 학생이고, 몸에 관련된 일이라면 묻지 않을 수 없었다.

'그러고 보니, 이 녀석하고는 제대로 이야기해 본 일이 없었지.'

단순한 사내놈들과 달리, 여민과는 따로 긴 이야기를 나눠 본 적이 없었다. 여자이기에 불편해서는 아니었다. 단지, 여민이 먼저 거리를 두며 이런 사리를 피해 왔기 때문이었다.

"때가 좀 그렇지만, 오늘이 아니라면 또 언제 너한테 이런 걸 물어볼 수 있을지 몰라서 말이다."

"……."

"비밀이라면 지켜 줄 테니 말해 봐. 내가 도와줄 수 있을지도 모르잖아? 알다시피 내가 주화입마 치료 및 망나니 갱생 전문……."

"……선생님이 신경 쓰실 일은 아니에요."

여민은 단호하게 고개를 저었다. 백수룡이 물끄러미 바라보자, 그녀는 애써 웃음을 지었다. 누가 봐도 억지웃음이었다.

"어차피 저희는 돈으로 엮인 고용 관계잖아요? 고용주가 피고용인에 대해서 너무 자세히 알려고 하면 부담스럽다고요."

"……."

다른 제자들과 달리, 여민이 무공을 익히는 이유는 오로지 '돈' 때문이었다. 백수룡은 금룡객잔에서 무희로 일하고 있던 그녀에게 더 많은 월봉을 제안해 백룡장으로 데려왔다.

'돈에 집착하는 것도 혹시 먹는 약과 관련이 있는 건가.'

여민의 머리카락 사이로 드문드문 보이는 하얀 새치를 보며 백수룡은 그런 생각을 했지만, 여민에게 직접 묻지는 않았다. 아무것도 묻지 말라는 듯한 그녀의 표정이, 어쩐지 너무나 절박해 보여서였다.

"천무제 경공 대회에 나가서 우승해 볼게요. 솔직히 자신은 없지만, 돈을 받았으니까 죽어라 노력할 거예요. 우승하면 선생님이 성과급도 많이 주기로 했으니까. 그럼 아무 상관 없잖아요?"

잠시 대답을 고민하던 백수룡은 짧게 고개를 끄덕였다.

"그래. 그럼 상관없지."

"……."

백수룡의 대답에 순간 여민의 표정이 살짝 굳었다. 하지만 이내 평소대로 돌아왔다.

"휴. 다행이다. 계속 알려 달라고 질척대면 어쩌나 싶었는데."

"넌 내가 그런 사람으로 보였냐?"

"아니면 말고요."

혀를 내민 여민이 자리에서 일어났다. 백수룡이 의아한 표정으로 그녀를 바라봤다.

"어디 가려고?"

"좀 씻고 오려고요. 아까 이 앞에 냇가가 있는 걸 봤거든요. 이틀이나 달렸더니 몸에서 얼마나 냄새가 나는지……. 설마 따라와서 훔쳐볼 생각은 아니죠?"

"어린애한테는 관심 없다."

"몇 살이나 차이 난다고."

입술을 삐죽거린 여민은 경공을 펼쳐 순식간에 멀어졌다. 잠시 멀어지는 여민의 뒷모습을 보던 백수룡은 두 팔로 머리를 받치고 바닥에 누웠다. 새카만 밤하늘에 별이 쏟아질 듯 가득했다.

"단순한 고용 관계라……. 그런 것치곤 후배를 구하려는 모습은 진심이던데."

백룡장에 온 녀석들. 어떻게 이리도 사연 없는 녀석 하나가 없을까.

작게 한숨을 내쉰 백수룡은 잠시 눈을 붙였다.

그로부터 이틀이 더 지난 후. 일행은 적호방주의 흔적을 거의 따라잡았다.

"일각 안에 따라잡을 수 있겠어."

중얼거린 백수룡은 제자들을 돌아보며 물었다.

"다들 몸 상태는?"

"괜찮습니다."

"충분히 싸울 수 있어요."

"얼마든지요."

다들 나흘 만에 뺨이 홀쭉해졌다. 그동안 쉬지 않고 산을 타며 경공을 펼쳤다. 그 과정에서 몇 번이나 한계를 경험하고, 쓰러질 뻔했다. 끝이 보이지 않는 자기 자신과의 싸움이었다.

'절반은 낙오할 줄 알았는데.'

백수룡은 뒤따라오는 제자들의 사정을 봐주지 않았다. 위지천을 구하는 것이 최선이었다. 그래서 뒤도 돌아보지 않고 달렸다. 그럼에도 제자들은 끝까지 그를 따라왔다. 서로의 등을 밀어주고, 때론 부축하며, 이를 악물고 서로를 독려하면서 여기까지 왔다.

'눈빛들이 전보다 훨씬 좋아졌군.'

무공을 수련함에 있어서, 기간이 절대적으로 중요한 것은 아니다. 가장 중요한 것은 얼마나 절실한 마음을 가지고 집중하느냐. 그 기준에서 봤을 때 지난 나흘의 시간은, 네 명의 학생이 최고의 집중력을 끌어낸 시간이었다.

'다들 잘했다.'

말로 하는 칭찬은 위지천을 구한 이후에 해도 늦지 않을 것이다. 백수룡은 모두에게 긴장하라는 의미에서, 더 사무적인 목소리로 말했다.

"적이 눈치챌 수도 있으니 여기서부터는 속도를 조금 늦춘다. 언제든 싸울 수 있도록 준비해."

"예."

잠시 후, 드디어 적호방주와 그의 어깨에 짐짝처럼 얹힌 위지천의 모습이 시야에 들어왔다.

"따라잡았다."

백수룡이 스산한 목소리로 중얼거렸다. 학생들의 눈빛 또한 그에 못지않게 날카롭게 빛났다. 일행은 적당한 거리를 두고 조용히 적호방주 뒤로 따라붙었다.

"다들 오면서 이야기한 것 기억하지? 계획대로 간다."

모두 말없이 고개를 끄덕였다.

속도를 늦추는 대신 몸을 최적의 상태로 만들기 위해 근육을 풀고, 몸 안에 기를 돌렸다. 만약 적호방주가 위지천을 붙잡고 인질극을 벌이면 상황이 곤란해진다. 그래서 일행은 계획을 세웠다.

"시작해."

백수룡의 말이 떨어지자마자 헌원강, 거상웅, 야수혁이 세 방향으로 나뉘어 달려나갔다.

타닷!

백수룡과 눈빛을 주고받은 여민은 나무 위로 뛰어올랐다. 가볍고 탄력적인 몸이 나뭇가지를 타고 순식간에 높이 올라갔다.

그리고 잠시 후, 쩌렁쩌렁한 목소리가 산천초목을 흔들었다.

"멈춰라, 이 개새끼야!"

"호오?"

적호방주는 자신을 가로막은 청년을 보며 눈을 동그랗게 떴다. 헌원강이 흉신악살처럼 얼굴을 일그러뜨리며 성큼성큼 다가왔다. 위지천이 그 목소리를 듣고 고개를 핵 돌렸다.

"서, 선배님!"

"위지천. 괜찮냐?"

헌원강뿐만이 아니었다. 좌우에서 나타난 거상웅과 야수혁이 한껏 기세를 피워 올리며 적호방주를 포위하듯 다가왔다.

"막내야. 구하러 왔다."

"새끼. 잘난 척은 혼자 다 하더니 납치나 당하고."

세 사람에게 포위당한 적호방주가 자리에 우뚝 멈춰 섰다. 그가 고개를 갸웃거렸다.

"슬슬 추격대가 붙을 거라고 생각은 했는데……. 설마 이런 어린애들이 가장 먼저 올 줄은 몰랐군."

"어이. 뒈지기 싫으면 우리 후배 거기 얌전히 내려놔라!"

헌원강이 도를 들어 적호방주를 겨눴다. 찌를 듯한 살기가 뚝뚝 묻어나는 말투였다.

"그러지. 안 그래도 잠깐 쉬려고 했으니."

적호방주는 피식 웃더니 위지천을 짐짝 내려놓듯 바닥에 내려놓았.

털썩. 마혈이 짚인 위지천은 힘없이 바닥에 쓰러졌다.

위지천은 고개를 돌려 소리쳤다.

"도, 도망치세요! 선배님들만으로는 절대 이자를 이길 수 없어요!"

"……막내야. 선배들도 자존심이 있다."

"까불지 마. 우리 셋으로 차고 넘치니까."

헌원강, 거상웅, 야수혁 세 명이 서서히 포위망을 좁히며 다가왔다. 적호방주는 여유롭게 웃으며 그 모습을 바라봤다.

"정말로 너희들뿐이냐? 아니면 뭐가 더 있으려나?"

적호방주가 느물거리며 웃는 순간, 헌원강이 고함을 지르며 적호방주를 향해 달려들었다.

"죽여!"

"으라아앗!"

"하아압!"

좌우에서 거상웅, 야수혁도 동시에 달려들었다. 그 움직임을 본 적호방주가 나직이 감탄했다.

"다들 나이에 비해 움직임이 좋구나. 하지만……."
히죽 웃은 적호방주의 손톱이 피처럼 붉게 물들었다.
"오늘 내 손에 죽을 테니 더 이상 좋아지진 못하겠구나."
적호방주가 정면에서 덤벼드는 헌원강을 향해 손톱을 휘두르는 순간이었다.
"죽엇!" 하늘 위에서 무수히 많은 암기가 쏟아졌다. 나무 위로 이동한 여민이 일제히 던진 것이었다.
"하하하! 내 이럴 줄 알았다! 이 앙큼한 녀석들!"
까가가강! 적호방주는 머리 위에서 날아온 암기들을 오른손으로 쳐 내고, 왼손으로는 헌원강의 도를 쳐 냈다. 그 순간 좌우에서 달려든 거상웅과 야수혁이 동시에 주먹을 휘둘렀다.
후우웅! 바람을 찢으며 날아온 두 개의 주먹이 시야를 가득 채웠다. 적호방주는 몸을 젖혀 공격을 피했다. 그는 동시에 네 명을 상대하면서도 여유가 있어 보였다.
"제법이구나!"
하지만, 적호방주는 한 명이 더 숨어 있을 거라는 생각은 하지 못했다. 그것도 상대가 이 정도 거리까지 기척을 숨기고 다가올 수준의 고수일 거라고는.
"웃기냐? 난 안 웃긴데."
"……!"
등 뒤에서 들려온 목소리에 적호방주가 전력으로 몸을 틀었다. 그의 손톱에서 열 개나 되는 검기가 쏟아지며 바닥에 깊은 상흔을 남겼다.
촤아아아악! 하지만 백수룡은 이미 적호방주의 간격으로 파고든 이후였다. 두 사내의 눈이 마주치고, 백수룡이 씩 웃었다.
"넌 쉽게 안 죽인다."
"……씨발."

월영이 허공에 은빛 궤적을 그렸다.

푸화아악! 적호방주의 왼쪽 어깨에서 오른쪽 하복부에 붉은 선이 그어지더니 그곳에서 핏물이 터져 나왔다.

"커헉……."

"아직 안 끝났어."

비틀거리며 뒤로 물러나는 적호방주를 향해 백수룡이 성큼 다가갔다. 어느새 월영을 집어넣은 그는 흑룡편을 꺼내 적호방주의 전신 혈도를 짚었다.

파바바박! 점혈에 당한 적호방주는 풍 맞은 사람처럼 몸을 부르르 떨더니 털썩 무릎을 꿇었다. 백수룡은 비로소 몸을 돌려 위지천에게 다가갔다.

"서, 선생님……."

"잠깐만 가만히 있어라."

백수룡은 위지천의 점혈을 풀고, 일으켜 앉혀서 몸 상태를 살폈다.

"크게 다친 곳은 없어 보이는데. 괜찮냐?"

"……."

위지천은 말없이 창백한 표정으로 그를 올려다봤다. 백수룡이 무언가 이상하다는 것을 느낀 순간, 뒤에 있던 헌원강이 비명을 질렀다.

"선생님! 저 자식!"

"크ㅎㅎㅎ……."

점혈에 당해 쓰러진 줄 알았던 적호방주가 몸을 일으키고 있었다. 그의 가슴에 난 커다란 자상에서 흐르던 피가 스르륵 멎고, 상처마저 빠르게 아물었다. 그것만으로도 충분히 기괴한 일인데, 봉두난발의 머리가 순식간에 백발로 물들며 두 눈의 흰자위가 모조리 검게 변했다.

"네가 그 녀석이 말한 선생인 모양이지? 과연 강하구나. 강해."

귀신처럼 변한 적호방주가 킬킬 웃었다. 목소리가 갈라져 듣기 싫은

소리가 났다. 이전과는 비교할 수 없이 강렬한 기파를 뿜어내는 상대를 보며, 백수룡은 어이가 없다는 듯 혀를 찼다.

"평화로운 무림? 개나 소나 다 마공을 익히는 세상이 아주 퍽도 평화롭겠군."

전혀 예상치 못한 것은 아니었다. 사람 한 명을 업은 채 나흘 동안 거의 쉬지도 않고 달리는 일은 '보통' 사람의 체력으로 불가능에 가까웠으니까.

"너희는 천이를 데리고 물러나 있어."

백수룡은 위지천을 제자들에게 맡기고 다시 앞으로 나섰다. 백발괴인으로 변한 적호방주가 활짝 웃으며 말했다.

"싸우기 전에 한 가지 알려주마. 아까 네 제자에게 독을 먹였다."

"뭐?"

백수룡의 걸음이 우뚝 멈춰 섰다. 그 모습을 본 적호방주가 더욱 사악하게 웃었다.

"해독제 같은 건 없다. 오직 악인곡에 있는 마의(魔醫)만이 해독할 수 있는 독이지."

"……."

위지천의 창백한 표정이 그 말이 사실임을 증명했다. 백수룡과 제자들의 표정이 굳어지는 가운데, 적호방주가 어깨를 들썩이며 낄낄 웃었다. 잠시 후 백수룡이 입을 열었다. 그 목소리가 착 가라앉아 있었다.

"너한테는 해독제가 없다고? 정말이냐?"

"그래. 날 죽여 봤자 해독제 따위는 나오지 않는다. 그 녀석을 살리려면 악인곡에 데려가는 수밖에 없지."

"……."

"자, 다시 그 녀석을 내게 넘겨라. 십 년 안에 무림의 사흉(四凶)으로 만들어서 돌려보내 주마."

적호방주는 지독할 정도로 위지천에게 집착했다. 그 광기에 학생들이 몸을 부르르 떨었다. 하지만 백수룡은 아니었다.

그가 싸늘한 목소리로 말했다.

"그럼 널 죽이고 악인곡으로 가서 그 마의라는 놈을 족쳐야겠군."

"크흐흐…… 뭐?"

적호방주의 웃음이 뚝 멈췄다. 잘못 들었다고 생각한 것이다.

그러다 문득 바라본 백수룡의 눈동자.

'무슨 눈이…….'

그 시리도록 투명한 눈동자를 본 순간, 적호방주는 온몸의 솜털이 곤두서는 것을 느꼈다.

"이 쓰레기들이…… 감히 누구 제자를 건드려."

백수룡의 눈동자가 서서히 붉게 물들었다.

145화
악인곡으로(4)

"악인곡에 쳐들어가겠다고? 푸흐…… 푸하하하!"

한순간이지만 백수룡의 기세에 압도당했다는 사실을 인정하고 싶지 않았기에, 적호방주는 일부러 더 커다랗게 광소를 터트렸다.

"주제를 모르는 놈이구나. 악인곡이 아무나 드나들 수 있는 곳인 줄 아느냐?"

그는 백수룡을 비웃으려 했으나, 안타깝게도 상대는 말로는 절대 이길 수 없는 자였다.

입가에 조소를 머금은 백수룡이 받은 것의 몇 배로 받아쳤다.

"아무나 못 가는 게 아니라 아무도 안 가는 거겠지. 냄새 나는 쓰레기장에 누가 제 발로 가려고 하겠어?"

"건방진 놈이……."

완전히 백발로 변한 적호방주의 머리칼이 허공으로 치솟고, 무복이 미친 듯이 펄럭였다. 흰자위까지 전부 검게 물든 안구는 그가 어디를 보는지 알 수 없게 만들었다. 그가 내뿜는 가공할 기세에, 학생들의 안색이 창백해졌다.

"저자는 설마…… 선생님! 그자는 백발마수입니다!"

거상웅이 방금 머릿속에 떠오른 별호를 외쳤다.

살기에 놀란 헌원강이 팔뚝의 소름을 쓸어내리며 물었다.

"백발마수가 누군데?"

"무림공적 중 하나다. 저자의 손에 죽어 나간 무림맹의 무사만 수십이 넘고, 죄 없는 백성들까지 수백 명을 넘게 살해한 마두지. 또한 십대악인 중 하나인 혈수귀옹의 사제이기도 하고……."

거상웅의 설명이 이어질수록, 다른 네 명의 표정이 창백하게 변했다.

"……십대악인의 바로 아랫줄로 평가받는 고수다."

"세상에……."

"그런 놈이 왜 적호방 같은 곳에 숨어 있었던 건데?"

다들 불안한 표정으로 백발마수를, 그리고 그와 맞선 백수룡의 등을 바라봤다.

'선생님…….'

백발마수는 초절정의 벽을 바라보고 있는 고수라고 알려져 있었다. 그들의 스승인 백수룡이 말도 안 되게 강하다지만, 강호에 악명이 드높은 사파의 마두를 상대로 이길 수 있을까?

학생들의 불안한 표정을 본 백발마수의 입가에 미소가 맺혔다.

"흐흐. 내 명성이 아직 남아 있나 보군. 네 제자들이 놀라는 걸 보면 말이다."

"쯧쯧. 그건 명성이 아니라 악명이라고 하는 거다. 인간이라면 저런 말에 부끄러운 줄 알아야지."

"……네놈의 잘난 주둥이는 잠시라도 가만히 두면 가시가 돋는 모양이구나."

순간 백발마수의 신형이 흐릿해지더니, 어느샌가 백수룡의 바로 앞에 있었다.

"그 주둥이부터 찢어 주마."

시뻘겋게 물든 백발마수의 손톱이 백수룡의 얼굴을 찢으려고 날아들었다. 백수룡은 급히 월영을 뽑아 공격을 막았다.

까아앙! 단 한 번의 충돌에 백수룡의 몸이 삼 장 이상 뒤로 밀려났다. 반면 백발마수는 그 자리에 그대로 서서 웃고 있었다.

"바, 방금 제대로 보이지도 않았어."

"아주 희미하게……."

학생들은 질린 표정으로 조금 전의 움직임을 다시 떠올렸다. 방금 백발마수가 보여 준 속도는, 마공을 사용하기 전과는 비교할 수 없을 정도였다. 백발마수가 백수룡을 향해 걸어가며 말했다.

"이봐 선생. 기습 한 번 성공했다고 네가 나보다 강하다고 생각했나? 애초에 기습은 하수가 고수에게 하는 짓이지. 강자는 그따위 짓을 하지 않는다."

"……."

백수룡은 말없이 손등으로 입가에 흐르는 피를 훔쳤다. 첫 공격에 약간이지만 내상을 입은 것이다.

그의 표정이 신중해졌다.

'평범한 조법이 아니다. 내가중수법이 섞여 있어.'

그 사이, 백발마수는 번들거리는 검은 눈으로 학생들을 돌아보며 천천히 말했다.

"너희는 이 자리에서 모두 죽이고, 내 제자만 악인곡으로 데려갈 것이다. 원망하려면 너희를 이곳까지 데려온 스승을 원망해라."

그의 가공할 살기에 노출된 학생들은 이를 악물었다. 하지만 겁먹고 물러나는 사람은 없었다. 모두 백발마수와 싸울 준비를 했다. 그 모습이 의외인 듯 백발마수가 작게 감탄했다.

"그래도 다들 기개는 있구나. 내 살기에 기절하지 않은 것만으로도 칭찬밥을 일이거늘."

뱀처럼 투명하고 번들거리는 검은 눈이 학생들을 한 명씩 훑었다. 그때마다 다들 몸을 움찔했다.

백발마수가 혀로 입술을 핥으며 말했다.

"생각이 바뀌었다. 너희 중 한 명 정도는 더 제자로 삼아 주마. 가장 먼저 무릎을 꿇는 녀석에게 기회를 주겠다."

백발마수는 이 한마디로 백수룡의 제자들이 유혹에 빠질 거라고 생각했다. 남들의 시선 때문에 바로 무릎은 꿇지 못해도, 최소한 눈치를 볼 거라고 예상했다. 하지만 그의 예상은 완전히 빗나갔다.

"미친놈."

"닥치고 덤벼."

"네놈 제자가 되느니 혀 깨물고 죽는다."

"못생긴 게 어디서 개수작이야?"

하나같이 당돌하게 눈을 치켜뜨고 자신의 제안을 거부하다니.

"이것들이 감히……!"

백발마수의 몸에서 흘러나오는 흉악한 살기가 더욱 짙어지는 가운데, 백수룡이 다시 그 앞을 가로막았다. 그의 입가에 숨기기 힘든 흐뭇한 미소가 맺혔다.

"들었냐? 우리 망나니들이 죽어도 네놈 제자 되기는 싫다는데?"

"눈알이 뽑히고 팔다리가 하나씩 끊어져도 똑같이 말할 수 있을까?"

"불가능한 일을 가정하는 것만큼 쓸데없는 짓도 없지."

백수룡의 전신에서도 강렬한 기세가 피어오르기 시작했다. 역천신공을 끌어올린 그의 눈동자가 완전히 붉게 변했다. 하지만 머리카락은 아직 적발로 변하지 않았다. 백수룡은 뒤를 돌아보지 않으며 제자들에게 말했다.

"너희는 좀 멀리 물러나 있어라. 잘못하면 휘말릴 수도 있으니까."

"흐흐. 지금 누가 누구 걱정을 하지?"

스윽. 유령처럼 움직인 백발마수의 신형이 순식간에 백수룡 앞에 도착해 있었다. 그가 히죽 웃으며 말했다.

"당장 네 목숨을 부지할 방법부터 생각해야 할 텐데 말이다."

까가가강! 손톱과 검이 연달아 부딪쳤다. 이번에도 백수룡의 신형이 연신 뒤로 밀렸다.

그에게 바짝 따라붙은 백발마수가 거친 숨결을 내뱉으며 속삭였다.

"제자들이 보는 앞에서 가장 잔인하게 죽여주마."

"너 평소에 이빨 안 닦지?"

"언제까지 그 혀를 놀릴지 지켜보는 것도 재미있겠군."

검이 손톱과 부딪칠 때마다, 백수룡은 몸 내부가 진탕되는 느낌을 받았다. 그의 미간이 통증으로 살짝 찌푸려졌다.

"큭……"

지금까지 만난 두 명의 십대고수를 제외하면, 백발마수는 그가 만나본 가장 강한 고수임이 틀림없었다.

'역천신공을 전력으로 끌어올려야 하나?'

하지만 문제가 있었다. 이미 눈동자가 붉게 변한 상황에서, 역천신공을 전력으로 끌어올리면 머리 색까지 적발로 물든다.

그리고 백수룡이 알기로, 적발적안으로 동시에 변하는 무공은 천하에 역천신공이 유일했다.

'역천신공이 7성에 이르면 적발적안조차 자유자재로 조절할 수 있지만……'

아쉽게도, 백수룡은 아직 그 경지에 이르지 못했다. 때문에 다른 사람들이 보는 앞에서는 전력을 다해 역천신공을 사용할 수 없었다. 설령 그게 제자들이라고 해도 말이다. 백발마수가 백수룡의 붉은 눈동자를 살피며 물었다.

"흐. 피처럼 붉은 적안이군. 너도 마공을 익힌 게냐?"

"마공은 너처럼 못생겨지는 부작용이 있는 게 마공이고, 내가 익힌 건 신공이지."

"그 주둥이만은 반드시 찢어 주마!"

백발마수의 기세가 폭발하더니, 그의 손톱이 더욱 맹렬하게 휘둘러졌다. 열 개나 되는 검기가 일대의 땅을 사납게 할퀴었다.

촤촤촤촤촤! 쏟아지는 검기에 백수룡의 무복 곳곳이 찢어지고, 핏물이 사방에 튀었다.

"선생님!"

"저 자식이!"

놀란 학생들이 달려왔다. 헌원강은 백발마수에게 냅다 도기를 뿌렸고, 거상웅과 야수혁도 권풍을 날리며 달려왔다. 여민은 입술을 질끈 깨물며 품 안에 가장 깊숙이 넣어 둔 암기를 반쯤 꺼냈다.

그때, 백수룡이 그들에게 등을 보인 채로 차분한 목소리로 말했다.

"가까이 오지 마라."

"하지만……."

"너희들. 날 못 믿냐?"

그 한마디에, 싸움에 끼어들려던 제자들이 멈춰 섰다.

찢긴 무복 사이로 보이는 상처에서 핏물이 뚝뚝 흐르고 있었지만, 백수룡은 여전히 굳건하게 서 있었다.

"크하하! 그걸 막다니 제법이구나. 허나 현실을 깨달았겠지. 네 조잡한 무공으로는 천하제일의 수공인 혈옥수(血玉手)를 깰 수 없다는 것을!"

백발마수는 전체가 붉게 물든 자신의 팔을 위로 들어 올리며 상기된 표정으로 말했다. 그 끝의 손톱이 길게 자라나 있었다.

혈옥수(血玉手)를 익힌 그의 손은 바위를 두부처럼 으깨고, 강철을 종이처럼 찢어발길 수 있었다.

"내 무공이 조잡하다고?"

백수룡의 눈썹을 꿈틀거렸다. 그가 익힌 역천신공은 천하에서 가장 파괴적인 무공이었다. 지금이라도 전력으로 역천신공을 끌어올리면, 어렵지 않게 백발마수를 죽일 자신이 있었다. 저 손톱을 단숨에 뽑아 버리고, 팔을 부수고, 웃고 있는 면상을 짓이길 수 있었다.

"너 같은 건……."

"크하하하하!"

스스로의 힘에 취한 백발마수가 하늘을 바라보며 광소를 터트렸다. 그의 목소리가 쩌렁쩌렁하게 울려퍼졌다.

"혈옥수야말로 천하제일의 무공이다! 내 제자를 천하제일고수로 만들어 그 사실을 증명할 것이다!"

그 모습을 본 순간, 백수룡은 자신이 지금 무슨 실수를 하고 있는지 깨달았다.

강한 무공을 익힌 상대를 만나자, 마음속에서 더 강한 무공으로 단숨에 찍어 누르고 싶다는 욕망이 생겼다. 심지어 그는 천하에서 가장 패도적인 무공을 익히고 있었다.

백수룡은 고개를 절레절레 저었다.

"내가 언제부터 그랬다고."

단전을 다쳐 내공을 쓸 수 없던 시절, 항상 남보다 불리한 상황에서 위기를 타개해 나왔다. 힘에만 의존하는 것은 그의 방식이 아니었다.

"심지어 지금은 전혀 불리하지도 않은데."

백수룡은 역천신공 외에도, 네 명의 사부가 남긴 절세의 무공들이 있었다. 위지천이 독에 당했다는 사실에 화가 나서 잠시 그것을 잊고 있었다.

스스스슷…….

적발로 변해 가던 머리카락이 제 색을 되찾고, 피처럼 붉던 적안도 원래 색을 되찾았다. 그 모습을 본 백발마수가 혀를 찼다.

"벌써 포기한 거냐? 실망이로군."

"실망할 것 없어. 이제부터 시작이니까."

백수룡은 가볍게 웃었다. 동시에 기세가 바뀌었다. 훨씬 여유롭고 부드러워진 모습으로, 그는 고개를 돌려 자신을 걱정스레 바라보는 제자들에게 말했다.

"잘 봐라. 너희가 익힌 무공을 실전에서 어떻게 사용하는지, 지금부터 보여 줄 테니까."

곧 백수룡의 몸에서, 수십 년 전에 잊혀진 네 명의 절대고수의 무공이 하나씩 펼쳐지기 시작했다.

거상웅과 야수혁은 멍하니 입을 벌린 채 백수룡의 신체 움직임을 지켜봤다.

"단단하다……."

"그런데 부드러워."

녹림십팔식으로 단련된 백수룡의 근육은 차돌처럼 단단했고, 동시에 놀라울 정도로 부드러웠다.

그는 상황에 따라서 근육에 폭발적으로 힘을 쏟았다가, 또 어느 때는 부드럽게 이완시키며 상대의 공격을 흘렸다.

"어떻게 저런 게 가능하지?"

"우리도 할 수 있을까요?"

신체의 모든 부위를 정밀하게 제어하는 모습은, 외공을 익히는 무인으로서 감탄을 넘어 소름이 돋을 지경이었다.

그 옆에서는 헌원강이 눈을 부릅뜨고 있었다.

"수라혈천도……."

백수룡은 도가 아닌 검으로 펼치고 있었으니, 완전한 수라혈천도라고 부를 수는 없었다.

하지만 그 안에 담긴 묘리는 분명 수라혈천도였다. 같은 무공을 익힌 헌원강은 분명하게 느낄 수 있었다.

"저게 진짜 수라혈천도……."

제대로 배우고 있다고 생각했던 스스로가 초라해졌다. 지금까지 익힌 것은 형(形)에 불과했다. 그 안에 담긴 오의는 제대로 담아내지 못했다. 헌원강은 이를 악물고 주먹을 움켜쥐며 백수룡을 바라봤다.

"언젠가는 나도."

수라혈천도가 번뜩인 순간, 어깨를 한 움큼 베인 백발마수가 비명을 질렀다.

"끄아아아악! 저리 꺼져라!"

백발마수의 양손에서 열 개의 검기가 폭발하듯 쏟아져 나왔다. 그 순간, 백수룡은 빙월신녀의 독문보법인 설영보를 밟았다. 여민은 무언가에 홀린 사람처럼 중얼거렸다.

"아름다워."

공간을 가득 채운 수많은 검기의 그물을, 백수룡은 그림자조차 남기지 않으며 빠져나왔다.

"끄아아악! 이 쥐새끼 같은 놈이!"

백발마수가 괴성을 지르며 마구 두 손을 휘둘렀다. 쏟아져 나온 검기가 사방을 할퀴고, 찢고, 모조리 파괴했다. 하지만 그중 백수룡의 몸에 닿는 공격은 하나도 없었다. 제자리에 멈춰선 백수룡이 검을 중단에 세웠다.

"저……건……."

독 기운이 퍼진 탓에 시야가 몽롱한 와중에도, 위지천은 그 검에 담긴 힘을 느낄 수 있었다.

"무극……검……."

제자들이 지금까지 배워 온 무공들이, 백수룡에 의해 완벽하게 재현되고 있었다.

146화
옥면음랑 백무룡

'대체 어디서 이런 놈이!'

백발마수는 정신을 차릴 수가 없었다. 처음에는 분명히 자신이 압도하고 있었다. 그런데 어느 순간 백수룡의 기도가 바뀌더니 전혀 다른 사람이 되었다.

까앙! 백수룡의 검을 겨우 튕겨 낸 백발마수가 질렸다는 표정으로 중얼거렸다.

"이렇게 많은 무공을 한 번에……."

백수룡은 외공의 달인처럼 싸우다가, 사납기 짝이 없는 도법으로 덤벼들었다가, 신묘한 보법으로 공격을 피하고, 다시 섬뜩한 검법을 펼쳤다. 보통 여러 가지 무공을 익히면 그 깊이가 얕기 마련이다. 그런데 백수룡이 펼친 모든 초식은 그 연결이 자연스러웠다. 마치 이 모든 무공에 통달한 사람처럼.

"크윽……!"

상대하는 입장에서는 마치 한 번에 여러 명의 고수와 싸우는 기분을 느낄 수밖에 없었다. 언제 어디서 예상치 못한 공격이 날아올지 모르니,

백발마수의 손발이 점점 어지러워졌다.

'말도 안 돼. 이건 불가능한 일이다.'

무림백대고수에는 이름을 올리지 못했지만, 백발마수는 그들과 자웅을 겨룰 수 있다고 자부할 만큼 자신의 무공에 자부심이 있었다. 그는 백수룡이 지금 펼치는 무공 하나하나가 전부 신공절학이라는 것을 알아보았다.

'저 나이에 이 모든 무공을 전부 익혔다고?'

상식적으로 불가능한 일.

……아니, 불가능한 것은 아니다.

선택받은, 압도적인 재능을 가진 천재라면 저런 성취를 이룰 수 있을 것이다. 천하제일고수가 될 수 있는 자질을 가졌다면…….

"갈!"

그 순간 찾아온 열등감, 박탈감, 분노에 백발마수의 표정이 흉신악살처럼 일그러졌다. 백발마수가 내공을 가득 담아 소리치자 학생들이 귀를 막고 고통스러워했다.

"놈! 쥐새끼처럼 도망만 다니지 말고 제대로 덤비란 말이다!"

백발마수의 전신에서 퍼져 나온 흉포한 기운이 맹렬하게 날뛰었다. 백수룡을 노려보는 그의 눈에서 살기가 활활 끓어올랐다.

"지금 어느 때보다 제대로 싸우고 있는데?"

반면 백수룡의 입가에는 은은한 미소가 맺혔다. 역천신공에 연연하지 않고 네 사부의 무공을 연계해 펼치면서, 그는 싸움 중에 새로운 깨달음을 얻고 있었다.

'네 가지 무공이 조화를 이룰 수 있어. 어쩌면…… 하나로 합칠 수 있을지도.'

남들이 보기엔 어떨지 모르지만, 그는 네 사부의 무공을 절반도 제대로 소화해 내지 못하고 있었다. 하나라도 제대로 익히려면 평생을 바쳐야 하는 절세신공들. 하지만 방금 백발마수와 싸우면서, 그는 네 가지 무공을 하나로 만들 수 있는 작은 실마리를 발견했다. 물론 아직은 아주 작은 실마리일 뿐이었다. 잡을 수 있을지 확신조차 할 수 없는.

'이름은…… 나중에 붙여야겠군.'

당장은 길길이 날뛰는 백발마수를 처리하는 게 급선무였다. 백수룡은 씩 웃으며 백발마수를 도발했다.

"덕분에 기연 아닌 기연을 얻었군."

"날 기만할 셈이냐!"

휘익! 백발마수는 백발을 휘날리며 백수룡에게 달려들었다. 본래 백발마수는 굉장한 무공광이었다. 평소에는 정상인 것처럼 보이지만, 무공과 관련된 일이라면 곧장 흥분하는 성격이었다. 그의 광증이 지금 폭발했다.

"혈옥수는 최강의 무공이다! 그러니 네놈도 정면으로 승부하지 못하고 쥐새끼처럼 피하기 급급한 것이 아니냐!"

"감사의 의미로 보여 주지. 조잡한 무공으로 어떻게 이기는지."

백수룡은 백발마수의 벼락같은 공격을 옆으로 피했다. 동시에 검을 휘둘러 그의 손등을 때렸다.

까앙! 검기가 깃든 검과 맨손이 부딪쳤지만, 혈옥수를 익힌 백발마수의 손은 멀쩡했다. 백발마수는 핏물에 담갔다 뺀 것처럼 시뻘건 손을 백수룡에게 보이며 광소를 터트렸다.

"크하하! 봐라! 멀쩡하지 않느냐! 너의 조잡한 무공으로는 혈옥수를 깨뜨릴 수 없다!"

"깨뜨릴 거야."

"뭐라?"

"지금부터 깨뜨릴 거라고. 잘 봐둬."

차갑게 내뱉은 백수룡이 검을 휘두르기 시작했다.

까앙! 까앙! 까가가강! 백수룡은 집요하게 백발마수의 손만 노렸다. 머리나 심장, 다른 요혈을 노릴 기회가 얼마든지 있었음에도 불구하고, 그는 백발마수의 손만 노렸다.

"그, 그만, 그만해라."

백발마수가 자랑하는 혈옥수에 서서히 금이 가기 시작했다. 하지만 백수룡은 계속해서 같은 부분을 공격했고, 기어이 혈옥수에 금이 가게 했다.

쩌적, 쩌적……

수십 년 동안 사람의 피에 담가오며 단련한 혈옥수가 부서져 나가는 것을 보며, 백발마수는 이루 말할 수 없는 공포를 느꼈다.

"아, 안 돼, 안 된다. 그만해라! 제발 그만해!"

백발마수와 찢어질 듯한 비명과 동시에 혈옥수가 떨어뜨린 유리처럼 깨져 나가고, 넋을 잃은 백발마수가 털썩 무릎을 꿇었다.

"혀, 혈옥수가……"

백발마수의 눈동자가 빛을 잃었다. 광인이 될 만큼 무공을 향한 집착이 강했기에, 자신의 무공이 깨져 나간 것을 본 순간 그대로 반쯤 정신이 나갔다.

"후우……"

납검을 하며 호흡을 정리한 백수룡이 뒤를 돌아봤다. 제자들이 멍한 표정으로 그를 바라보고 있었다.

"무공 시범은 이 정도면 충분했지?"

"……."

"……."

제자들이 멍청한 얼굴로 그를 바라보고 있다가, 뒤늦게 정신을 차리고 고개를 끄덕였다.

"네, 네!"

"멋졌습니다!"

"조, 존경합니다 선생님!"

"선생님! 그 보법 다시 알려줘요!"

우르르 몰려온 학생들이 백수룡을 둘러싸고 일제히 환호했다.

"뭐야. 망나니들답지 않게 왜 이런 반응이야?"

백수룡은 존경심 가득한 제자들의 눈빛이 부담스럽다는 듯 미간을 찌푸렸다. 하지만 그의 입은 부드럽게 웃고 있었다.

"일단 천이부터 챙겨라."

"아, 네!"

거상웅이 얼굴이 창백한 위지천을 업었다. 위지천의 입술은 파랗게 변해 있었고, 이마에 식은땀이 가득했다.

백수룡은 위지천의 맥을 살피며 제자들에게 물었다.

"비상약 가진 사람?"

"상단에서 쓰는 게 있습니다. 몸을 보호해 주는 환약인데……."

일단 거상웅이 가지고 있는 약으로 응급처치를 했다. 독으로부터 몸을 보호하는 정도겠지만, 안 먹는 것보다는 훨씬 나을 것이다. 다행히도 빠르게 퍼지는 독은 아니었는지, 위지천의 안색이 조금 나아졌다. 위지천의 맥을 놓은 백수룡이 다른 제자들에게 말했다.

"너희는 천이 데리고 잠깐 물러나 있어. 나는 저 자식하고 따로 할 얘기가 있으니까."

백발마수에게 악인곡에 대한 정보를 얻을 생각이었다. 제자들의 기척이 완전히 멀어진 후, 백수룡은 백발마수에게 다가갔다. 그는 넋이 나간 표정으로 백수룡을 바라봤다.

"흐흐흐……. 날 고문한다고 대답을 들을 수 있을 것 같으냐? 그냥 죽여라."

처음 볼 때는 중년의 사내였는데, 지금의 백발마수는 머리가 하얗게 센 쇠약한 노인처럼 보였다. 익히고 있던 마공이 깨진 후유증이었다. 백수룡은 그의 산발한 머리를 덥석 움켜쥐었다.

"죽일 거다. 너에게 악인곡에 대한 이야기를 다 듣고 나서."

"흐흐흐. 내가 왜? 죽음으로도 나를 협박할 수 없는데, 대체 네가 무슨 수로……."

"그건 해 봐야 알지. 날 똑바로 봐라."

순간 백수룡의 두 눈과 머리카락이 붉게 물들었다. 피가 뚝뚝 떨어질 것 같은 혈마안이 백발마수의 심령을 파고들었다.

"백발마수. 날 봐라."

백수룡은 앞으로 역천신공에 연연하지 않을 생각이었지만, 가진 것을 활용하지 않을 생각도 없었다.

"뭐, 뭐, 뭐……."

혈마안과 마주한 백발마수가 풍에 맞은 듯 몸을 덜덜 떨었다. 무공에 대해서 집착이 강했던 만큼, 그는 수많은 마공에 대해서 알고 있었다.

"설마, 설마…… 당신은……."

그중 내공을 일으킬 때 적발적안으로 변하는 무공은 무림에 하나뿐이었다. 지금도 언급조차 되지 않는 그 이름. 사형인 혈수귀옹에게서 그 공포스러운 이름을 들은 기억이 있었다.

"혈, 마…… 킥!"

백수룡이 백발마수의 목을 움켜쥐었다. 그의 두 눈에서 살기가 줄기줄기 뿜어졌다.

"네 조법. 마뇌의 흑살조법과 닮아 있더군."

마뇌. 지금 떠올려도 이가 갈리는 놈의 별호를 말하며, 백수룡은 스산한 목소리로 물었다.

"너는 혈교와 무슨 관계냐? 악인곡 자체가 혈교 놈들이 만든 건가? 아니면 그중 일부만 관계돼 있는 건가?"

"으, 으, 으으……. 저는 혈교와 아무 관계도……."

백발마수의 눈이 게게 풀리고, 입에서는 침이 질질 흘렸다. 어느새 바지가 축축하게 젖어 들었다.

목을 놓아준 백수룡이 그를 내려 보며 나직이 말했다.

"악인곡에 대해서 전부 말해라. 그럼 마지막 자비를 베풀어 편하게 죽여 주마."

"예……."

백발마수는 바닥에 납작 엎드려, 자신이 아는 모든 것을 낱낱이 고했다.

· ◈ ·

"……."

"선생님. 표정이 왜 그러세요?"

백발마수에게 악인곡에 대한 정보를 캐내고 왔지만, 백수룡의 표정은 썩 좋지 않았다. 잠시 생각하던 그가 입을 열었다.

"악인곡. 생각보다 방비가 튼튼한 모양이다."

백발마수는 악인곡이 틈이 없는 천혜의 요새이자 난공불락의 성이라고 설명했다.

―예전에도 쉽게 들어올 수 없었지만…… 지난번 무림맹의 토벌 이후로 대대적인 보강을 했습니다. 협곡 주변에 절진을 둘러 몰래 침입은 불가능하고, 고수들이 돌아가면서 순찰을 돕니다. 문지기들도 하나같이 절정고수라서…… 이제는 초절정고수가 와도 쉽게 뚫을 수 없을 겁니다…….

혈마안에 당한 자가 거짓말을 할 리는 없으니, 전부 사실이라고 봐야 했다. 위지천의 해약을 구하기 위해 악인곡에 침입할 생각이었던 백수룡의 머리가 복잡해질 수밖에 없었다.

"몰래 들어가서 일단 마의라는 놈만 납치해올 생각이었는데……. 끄응."

침입이 불가능하다고 하니, 이렇게 되면 정면 돌파를 해야만 한다.

'가능할지도 모르겠고……. 시간도 부족한데.'

백발마수는 사흘이면 독이 완전히 퍼질 거라고 했다. 금룡상단의 약을 먹었다고 해도, 거기서 하루 이틀 정도 더 버티는 게 한계일 것이다. 백수룡의 미간이 깊어지는 가운데, 헌원강이 그를 불렀다.

"선생님."

백수룡으로서는 상상하기 힘든, 실로 망나니다운 발상의 전환이었다.

"침입이 어려우면, 당당하게 정면으로 들어가는 건 어때요?"

"뭐?"

"악인곡이니까. 우리가 악인으로 변장하면 들여보내 주지 않겠어요?"

"무슨…….."

백수룡은 잠시 말을 멈추고 제자들을 슥 둘러봤다. 하나같이 인상이 험악하고 차갑기 짝이 없었다. 특히 헌원강과 야수혁은 얼굴은, 과거 수많은 악인들을 봐 온 백수룡의 입장에서도 절로 고개가 끄덕여졌다.

"왜 그렇게 봐요?"

자신을 보며 고개를 끄덕이자, 헌원강은 눈살을 찌푸렸다. 백수룡이 만족스럽게 웃으며 대답했다.

"합격."

"예?"

이 정도면 손을 많이 볼 필요도 없을 것 같았다.

• ◈ •

"흐아암."

악인곡으로 들어가는 입구. 바위 위에 앉은 세 명의 고수가 하품을 하면서 시간을 때우고 있었다. 그중 어깨에 커다란 도끼를 멘 텁석부리 거한이 입을 열었다.

"심심하군. 요즘은 영 쓸 만한 신입도 안 들어오고."

"이봐 나무꾼. 심심할 시간이 있으면 가서 나무나 해 오지 그래."

빈정거린 이는 눈이 쫙 찢어진 얄팍한 인상의 사내였다. 그의 허리춤에는 톱니가 돋아난 도가 매달려 있었다.

"뭣이? 이 인간 백정 놈이 뒈지고 싶나."

"흐. 몸도 찌뿌드드한데 간만에 몸 한번 풀어?"

두 사내가 바위 아래로 내려가 무기를 뽑아 들 때였다.

"둘 다 조용히 해라. 명상에 방해된다."

바위 위에 가부좌를 틀고 앉아있던 사내의 말에, 두 사내가 나직이 욕을 하더니 다시 바위 위로 올라왔다.

염라부. 낭아도. 벽안귀. 악인곡의 문지기로 유명한 세 명으로, 모두 절정의 고수였다.

"……누가 오는군."

조용히 명상 중이던 벽안귀가 눈을 뜨며 바위에서 일어났다. 그의 새파란 눈동자가 한순간 서늘한 빛을 뿜어냈다.

잠시 후, 다섯 인영이 그들이 있는 곳에 도착했다.

하나같이 '나 못된 놈이오.' 하는 얼굴이었는데, 특히 앞에 두 놈은 문지기들이 봐도 인상이 살벌했다.

염라부가 앞으로 나서며 물었다.

"니들은 뭐냐?"

"흐흐. 형제들 안녕하시오?"

어깨에 도를 둘러멘 인상이 매우 험악한 놈이 앞으로 나섰다.

"우리는 절강오마라고 하오. 악인곡의 명성을 듣고, 몸을 숨길 곳이 필요해서 찾아왔소이다."

인상이 험악한 사내가 뒤를 돌아보더니 자칭 절강오마에게 말했다.

"자자. 형제들. 일단 인사부터 하자고. 일단 나는 수라광마 혁원강이라 하오."

그에 이어서 절강오마가 한 명씩 자기소개를 했다.

"폭렬철권마 야혁수다."

"……냉혈비마 여곡."

"나찰검마……. 위지호……입…… 이다."

유치찬란한 그들의 별호에 세 문지기의 입술이 씰룩였다.

"큽…… 응?"

웃음을 참던 염라부가 맨 뒤에서 천천히 걸어온 사내를 보며 말했다. 그는 악인치고는 상당히 멀쩡한, 아니 너무 잘생긴 사내였다.

"그쪽은 왜 소개를 안 하나? 허여멀건 형씨."

"나는……."

사내가 자기소개를 하려는 순간, 수라광마 혁원강이 그의 등을 펑펑 치며 말했다.

"으하하! 이분은 우리 대형으로 옥면음랑 백무룡 대협이오! 방중술과 색공의 대가이시지!"

"아하. 색공……."

"어쩐지 기생오라비같이 생긴 것이……."

"잘하게 생겼군."

혁원강의 소개와 그에 쉽게 납득해 버리는 문지기들의 모습에, 옥면음랑으로 변장한 백수룡의 표정이 똥 씹은 듯 구겨졌다.

147화
누가 보여 준대?

'새끼가 소개를 해도…….'

백수룡은 겉으로는 웃으면서 헌원강의 뒤통수를 노려봤다.

옥면음랑(玉面淫郎)이라니. 오기 전에 합의한 별호이긴 했지만, 소개를 해도 저렇게 한단 말인가.

하기야 헌원강만의 문제가 아니었다. 다른 놈들도 다 똑같은 놈들이었다.

이곳에 오기 전에…….

-선생님 얼굴로 할 수 있는 역할은 색마밖에 없다니까요? 다들 동의하지?

-그래도 색마는 너무 노골적이니까 별호는 좀 바꾸자.

-음마로 할까? 음적? 쾌락마? 아니면 교접왕?

-……적당히 해라, 이것들아.

-호, 혹시 음랑은 어때요? 선생님 잘생겼으니까 옥면을 붙여서, 옥면음랑…….

―좋은데?

―괜찮은데?

―위, 위지천 너까지……. 내가 너 때문에 이 고생을 하는데…….

백수룡은 고개를 저어 좋지 않은 기억을 털어 버렸다. 어쨌든 여기까지 왔으니, 악인곡에 들어가려면 옥면음랑의 역할에 충실해야 했다. 일단 이 앞에 있는 악인곡 문지기 삼인방을 통과하는 것이 과제였다.

"절강오마? 난 처음 들어 보는데……. 너희는 들어 본 적 있냐?"

염라부가 수염을 벅벅 긁으며 낭아도와 벽안귀를 돌아보자, 두 사람도 고개를 저었다. 낭아도가 피식 웃으며 절강오마를 바라봤다.

"어디 촌구석에서 온 놈들인 모양인데."

건들건들 앞으로 나선 수라광마 혁원강이 인상을 구기며 말했다.

"어허. 촌구석이라니. 우리도 절강성에서 악명 꽤나 떨치던 놈들이오. 우리 손이 뒈진 놈들이 몇인지나 아쇼?"

"몇이나 되는데?"

……숫자가 중요한 건가?

헌원강은 잠시 당황했지만, 티를 내지 않으며 히죽 웃었다.

"글쎄. 백을 넘긴 이후론 귀찮아서 안 세 봤는데."

"흐음……."

악인곡의 문지기들은 절강오마라며 나타난 자들을 훑었다. 뒤에서 조용히 있던 벽안귀가 한마디를 했다.

"몸은 괜찮군. 단련을 꾸준히 한 몸이다."

특히 수라광마와 폭렬철권마, 두 놈은 신체가 상당히 발달해 있었다. 벽안귀의 말에 염라부와 낭아도도 고개를 끄덕였다.

"유치찬란한 별호를 단 놈들은 대부분 시답잖은데 말이지."

"단칼에 찢어 죽일 정도는 아닌 것 같군."

"시험 정도는 치르게 하지."

벽안귀가 고개를 끄덕이며 말하자, 바로 염라부가 앞으로 나서며 씨익 웃었다.

"축하한다. 너희는 방금 시험을 치를 자격을 획득했다."

"시험?"

"처음 왔으니 일단 설명해 주마. 악인곡 안으로 들어가는 규칙은 하나다. 우리 문지기들의 마음에 들어서 출입을 허락받거나, 아니면 문지기를 죽이고 들어가면 된다."

염라부가 누런 이를 드러내더니 어깨에 걸친 커다란 도끼를 바닥에 내려놓았다.

쿵! 묵직한 소리에 도끼를 바라보자, 전체가 쇳덩이로 된 무식한 물건이 눈에 들어왔다.

그 모습에 살짝 기가 질린 헌원강이 물었다.

"지금까지 문지기를 죽이고 안으로 들어간 경우가 있긴 한가?"

"십 년 전에 내가 마지막이었지. 이 둘은 나보다 먼저 왔고."

"……."

즉, 최소 십 년 동안에는 문지기에게 도전해서 이긴 사례가 없다는 말이었다.

'굳이 죽일 필요는 없다.'

절정고수를 죽였다가는 악인곡 전체의 주목을 받게 되고, 그럼 목적을 이루기가 곤란해진다.

백수룡이 앞으로 나서며 말했다.

"악인곡에 들어가는데 꼭 무공이 강할 필요는 없다고 들었다."

"쓸 만한 재주를 뭐라도 보이면 된다. 혓바닥을 놀려서 우릴 설득해도 되고, 독으로 중독시켜도 되고, 뭐 재주가 없으면 뇌물이라도 제대로 찔러 주든가."

염라부가 히죽 웃으며 말했다. 무공이 강하지 않아도 악인곡에 들어갈 수 있다. 어떤 의미에서는 정파보다 훨씬 사고가 자유로운 자들이었다.

"그럼 재주를 하나씩 보여 주는 쪽으로 하시."

백수룡이 고개를 끄덕이자, 절강오마 중 폭렬철권마 야혁수가 맨 먼저 앞으로 나섰다.

"나는 완력에 자신이 있다. 거기 도끼쟁이. 팔씨름 한판 어때?"

"나 말이냐?"

염라부는 지목을 당하자 눈썹을 꿈틀댔다. 한눈에 보아도 자신의 반 토막도 살지 않았을 애송이가 그를 도발하고 있었으니까.

"힘 좀 쓸 것 같은데. 내가 이기면 안에 들여보내 주는 게 어때?"

"크흐흐. 맹랑한 놈이군. 좋다. 이쪽으로 오려무나."

염라부는 폭렬철권마라는 애송이의 대담한 점이 마음에 들었다. 잠시 후, 두 사내는 널찍한 나무 밑동을 가운데에 두고 서로의 손을 잡았다.

꽈악……. 한눈에 서로의 힘을 알아본 두 사내의 눈이 빛났다. 염라부가 혀로 입술을 핥으며 말했다.

"애송아. 내가 네 제안을 받아줬으니 나도 한 가지 조건을 걸겠다."

"뭔데?"

"내가 이기면 이 자리에서 네 팔을 자를 거다. 이래도 할 테냐?"

야혁수는 잠시도 대답을 머뭇거리지 않았다. 그가 하얀 이를 드러내며 활짝 웃었다.

"내가 지면 내가 직접 잘라서 주지."

"푸하! 좋구나!"

그 말이 시작이었다. 두 사내는 동시에 팔에 힘을 주었고, 결과는 생각보다 빠르게 나왔다.

콰아앙! 나무 밑동에 커다란 흔적이 남았다. 자리에서 일어난 폭렬철권마가 히죽 웃었다.

"내가 이겼지?"

"끄응……."

둘 다 내공은 사용하지 않았다. 오로지 완력만으로 펼친 대결이었다. 비틀거리면서 일어난 염라부가 자신의 팔을 바라보며 미간을 찌푸렸다.

"빌어먹을. 뼈에 금이 간 것 같군."

자리에서 일어나 염라부의 두 눈이 잠시 살기가 번들거렸다가, 이내 피식 웃었다.

"합격. 너는 들어가도 좋다."

팔씨름에서 지고 팔뼈에도 금이 갔지만, 염라부의 표정은 즐거워 보였다. 오히려 그는 폭렬철권마가 마음에 든다는 듯 바라봤다.

"새끼. 안에서 만나면 술 한잔하자고."

"형씨가 사는 거지?"

"크하하! 알았다! 내가 사지!"

염라부가 멀쩡한 손으로 폭렬철권마의 등을 퍽퍽 두드렸다.

"두 번째는 내가 하지."

두 번째로 나선 이는 수라광마 혁원강이었다. 도를 뽑아 든 그가 팔짱을 끼고 있는 낭아도를 도발했다.

"거기 칼잽이. 내가 당신한테 십 초식을 버티면 들여보내 줘. 어때?"

"십 초?"

낭아도가 코웃음을 치자, 혁원강이 고개를 끄덕이며 진지한 표정으로 말했다.

"당신이 나보다 훨씬 수준이 높은 고수니까. 악인곡 안에도 당신한테 십 초를 버틸 고수는 별로 없을 것 같은데. 아닌가?"

은근히 추켜세우는 칭찬에, 낭아도의 입가에 은은한 웃음이 맺혔다.

"물론 차고 넘치는 수준이지. 십 초라……. 그래, 재미있겠군."

시큰둥해 보이던 낭아도가 도를 뽑아 들며 앞으로 나섰다. 그의 입가에 비릿한 미소가 맺혔다.

"십 초면 너를 고깃덩어리로 만들고도 남지. 그 상태로도 살아있다면 들여보내 주도록 하마."

낭아도가 뽑아 든 도는 톱니처럼 날이 삐죽삐죽 돋아나 있었다. 그의 별호이자 성명절기인 낭아도(狼牙刀)였다. 한 번이라도 스치면 살점이 뜯겨 나가는 흉악한 무기였다. 수라광마 혁원강이 미간을 찌푸리며 상대의 도를 바라봤다.

"여기까지 피 냄새가 진동을 하네."

"곧 못 맡게 될 거다. 네 피 냄새에 가려질 테니까."

히죽 웃은 낭아도가 순식간에 달려들어 도를 휘둘렀다.

까앙!

"크윽!"

헉원강은 그야말로 혼신의 힘을 다해 상대의 공격을 막고, 피하고, 몸을 굴려서라도 간격을 벌렸다. 반격은 꿈도 꾸지 않았다. 오기 전에 백수룡이 당부한 대로 수비에만 치중했다.

'내 실력으로 이기는 건 역부족이야.'

혁원강은 이를 악물었다. 고작 십 초를 버티는 것에 목숨을 걸어야 할 만큼 상대는 강했다. 하지만 점점 상대의 초식이 보이고 투로가 눈에 들어왔다. 잠깐 사이에도 혁원강은 조금씩 성장하고 있었다.

"조금만 더 보면……."

"뭐냐, 그 눈빛은!"

공격이 읽히는 게 불쾌한 듯 눈살을 찌푸린 낭아도가 힘껏 도를 휘둘렀다.

까앙! 혁원강의 도가 위로 튕겨 올라가고, 가슴이 활짝 열렸다. 그 빈틈을 향해 낭아도가 짓쳐들었다.

쐐애액! 혁원강의 두 눈에 절망이, 낭아도의 두 눈에 열띤 희열이 깃들 때였다.

"그만."

나직한 목소리에 낭아도가 도를 멈춰 세웠다. 그리고 짜증 가득한 표정으로 뒤를 돌아봤다.

"왜?"

"십 초가 넘었다. 그 녀석은 합격이다."

말을 한 것은 벽안귀였다. 새파란 눈동자로 노려보는 그의 한마디에, 낭아도는 작게 욕설을 내뱉은 후 칼을 집어넣었다.

세 명의 문지기 중 누가 대장인지 보여 주는 장면이었다.

낭아도는 몸을 돌리는 헌원강에게 물었다.

"애송아. 네 도법 이름이 뭐냐?"

"지랄. 알면 뭐 하게?"

"하? 너는 저 안에서 나랑 마주치지 않는 게 좋을 거다."

"……"

"저 새끼가!"

헌원강은 대답조차 하지 않았다. 머릿속으로 방금 낭아도와의 싸움을 복기하느라 아무 말도 들리지 않았던 탓이었다.

그렇게 야수혁에 이어 헌원강도 합격했다. 지켜보고 있던 백수룡은 속으로 안도의 한숨을 쉬었다.

'여기까진 계획대로다.'

백발마수에게 미리 문지기들의 성격에 대한 정보를 들어둔 것이 큰 도움이 되었다.

'남은 사람은 여민과 위지천.'

백수룡의 눈빛을 받은 여민이 먼저 앞으로 나섰다.

그녀는 남장을 하고 있었는데, 마르고 팔다리가 길어서 남장이 제법 잘 어울렸다.

여민이 목소리를 낮게 깔며 말했다.

"냉혈비마 여곡. 나는 보법과 경공에 자신이 있다."

"이번엔 내가 하지."

처음으로 벽안귀가 앞으로 나섰다. 그는 바닥에서 돌멩이를 주워 모으더니 여곡에게 말했다.

"열 개를 던지겠다. 반경 십 장에서 벗어나지 않는 조건으로, 전부 피하면 안으로 들여보내 주지."

"좋아."

휘익!

기습적으로 던진 돌멩이 하나가 여곡의 뺨을 아슬아슬하게 스쳤다.

"!"

깜짝 놀라서 자신을 바라보는 여곡에게, 벽안귀가 비릿하게 웃으며 말했다.

"방금 것은 인사였다. 지금부터는 못 피하면 병신이 되거나 죽을 수도 있다. 전력을 다해 살아남아 보도록."

"……좋아. 시작해."

여민은 침을 꼴깍 삼키며 온 신경을 집중했다. 그 모습을 본 벽안귀가 피식 웃더니 돌멩이를 던지기 시작했다.

휘익! 날아오는 돌멩이 하나하나가 웬만한 암기보다 훨씬 빨랐다. 여민은 전력을 다해 경공을 펼쳤지만, 시간이 갈수록 궁지에 몰렸다.

옷깃이 찢어지고, 돌멩이가 바로 눈앞을 스쳐가기도 했다. 그러다 보니 어느새, 여민은 자기도 모르게 백수룡이 보여 주었던 설영보를 밟고 있었다.

벽안귀가 푸른 눈에 이채를 띠었다.

"제법이군. 진심으로 맞히고 싶어져."

중얼거린 그는 품에서 돌멩이가 아닌 작은 단검을 꺼냈다.

우우웅! 벽안귀는 새파란 검기가 맺힌 단검을 들어 여곡의 심장을 겨냥했다. 단검이 파르르 떨었다.

"이것도 피한다면……."

"그만하지? 이미 열 개가 넘었는데."

옆에서 들려온 싸늘한 목소리에 벽안귀가 고개를 돌렸다.

옥면음랑이라고 했나? 절강오마의 대형이라는 자가 무표정한 얼굴로 그를 바라보고 있었다.

"……내가 흥이 과했나 보군."

벽안귀가 피식 웃더니 들고 있던 단검을 내려놨다.

"좋다. 저 녀석도 합격이다."

다리에 힘이 풀린 여곡이 바닥에 털썩 주저앉았다.

그 모습을 힐긋 본 벽안귀가 백수룡에게 말을 걸었다.

"옥면음랑이라고 했나? 이번엔 네가 나설 차례인가?"

"아니. 난 마지막 차례다."

그가 옆으로 비켜서자, 창백한 인상의 위지천이 앞으로 나섰다.

"나찰검마입니다. 이번엔 제가…… 아니 내가……."

창백한 인상에 새파란 입술, 그 모습을 본 벽안귀가 혀를 찼다.

"몸이 안 좋아 보이는데."

"이곳에 마의라고 실력 좋은 의원이 있다고 들었다. 치료를 받고 싶은데, 안에 있나?"

백수룡의 물음에 벽안귀는 고개를 끄덕였지만, 이어서 나온 대답은 썩 희망적이지 않았다.

"마의는 안에 있다. 하지만 환자를 봐주는 것은 그놈 마음이야."

"안에만 있으면 돼."

"다들 그렇게 말하지."

백수룡을 향해 피식 웃어준 벽안귀는 다시 고개를 돌려 위지천을 바라봤다.

"너는 뭘 보여 줄 거지?"

"검술을 펼쳐 보이겠습니다."

"고작 검술? 비무도 아니고?"

"……제 검이 마음에 드신다면 들여보내 주세요."

위지천은 힘겹게 말하며 검을 들어 올렸다. 벽안귀는 별다른 대답 없이 그 모습을 바라봤다.

"후우……."

힘겹게 숨을 내쉰 위지천이 눈을 감았다. 그리고 다시 반쯤 뜨며, 빠르지도 느리지도 않은 속도로 검을 휘둘렀다.

사악. 일검이 허공을 베고 지나간 후에도, 한동안 아무도 입을 열지 않았다.

"……."

"……."

"……."

잠시 무거운 침묵이 지나간 후에, 세 명의 문지기가 거의 동시에 입을 열었다.

"합격이다."

"……합격."

"들어가라."

만장일치였다. 세 명 모두 멍한 표정으로 위지천을 보았다. 백수룡은 그 모습을 보며 씩 웃었다.

'통할 줄 알았다.'

악인들이라고 해도, 여기 있는 문지기들 모두 뛰어난 무인이다.

백발마수가 탐낼 만한 재능을 가진 위지천의 검을 보고, 아무런 감흥도 느끼지 못할 리가 없었다.

'이제 나만 합격하면 되는군.'

제자들은 모두 합격했다. 겨우 한숨 돌린 백수룡이 드디어 앞으로 나섰다. 합격할 자신? 그 어떤 종목으로 해도 떨어질 자신이 없었다.

"마지막으로 나는······."

"통과."

벽안귀가 그의 말을 끊고 말했다.

"뭐?"

"넌 그냥 통과다."

"어째서? 나도 보여 주려고 준비했는데?"

"볼 필요도 없다."

백수룡이 의아한 표정으로 바라보자, 벽안귀가 한 걸음 뒤로 물러나며 말했다.

"옥면음랑. 너는 색공과 방중술이 특기라고 했지?"

"······그랬지. 그게 왜?"

벽안귀가 아주 단호한, 동시에 경계하는 표정으로 말했다.

"우리는 네놈 거시기 따위 보고 싶지 않다는 말이다."

"······누가 보여 준대?"

이것들을 그냥 다 여기서 죽여 버릴까, 백수룡은 잠시 고민했다.

148화
혈수귀옹 (1)

"흐흐. 재미있는 놈들이었어."

염라부가 금이 간 뼈에 부목을 대며 말했다. 새파랗게 어린 후배에게 패배했는데도 불구하고, 그는 기분이 무척 좋아 보였다. 무료함을 달랠 수 있었기 때문이다. 그가 악인곡의 문지기 역할을 하고 있는 이유이기도 했다. 게다가 무공으로 패배한 것이 아니었기 때문에, 무인으로서의 자존심에는 아무런 상처도 없었다.

"조금 아쉽긴 하단 말이지. 내가 십 년만 젊었어도…… 하여튼. 이 염라부를 팔씨름으로 꺾다니, 아주 크게 될 놈이야."

"흥. 마음에 들었나 보군."

반면 낭아도는 못마땅한 표정이 역력했다. 자신의 십 초를 받아 낸 수라광마라는 어린 도객. 녀석은 죽을 각오로 자신의 도를 받아내면서도, 면밀하게 관찰했다. 그 눈빛을 떠올리자 다시 그 불쾌감이 떠올라 팔에 소름이 돋았다.

'다음에 만났을 때도 오늘처럼 압도할 수 있을까?'

그런 생각이 든다는 것 자체가 불쾌했다.

때문에 낭아도는 못마땅한 표정으로 중얼거렸다.

"수상한 구석이 있는 놈들이야. 우리랑 같은 부류라고 하기엔 내공이 정순했어. 도법은 사납긴 했는데……. 뭔가 다른 목적이 있는 게 틀림없다고."

"뭐, 목적을 가지고 들어오는 놈들이 한둘도 아니잖아."

"……그건 그렇지만."

대수롭지 않게 말하는 염라부의 말에 낭아도는 혀를 차더니 고개를 끄덕였다. 그들은 악인곡의 문지기였지만, 상대가 의심된다고 해서 반드시 쫓아내거나 죽일 의무는 없었다.

무림맹이 쳐들어온다면 모를까. 그 정도 일이 아닌 한, 그저 이곳에서 가끔 찾아오는 놈들을 상대로 유희를 즐기는 것이 목적이었다.

"그런데."

부목을 다 댄 염라부가 벽안귀를 돌아보며 말했다. 벽안귀는 절강오마가 들어간 악인곡의 입구를 바라보며 묘한 미소를 짓고 있었다.

"아까 그 색마 놈 말이야. 왜 그냥 들여보낸 거야?"

"색마가 아니라 옥면음랑."

"그게 그거지. 아무튼 그 기생오라비같이 생긴 놈 말이야. 왜 시험도 안 치르고 들여보낸 거냐니까?"

"……."

"응? 말해 봐. 나 궁금한 건 못 참는 거 알잖아. 벽안귀 네가 이유도 없이 그럴 놈이 아닌데 말이지."

염라부의 계속된 채근에, 벽안귀가 피식 웃더니 말했다.

"시험할 필요가 없었다."

"필요가 없다니?"

벽안귀는 옥면음랑이 자신을 바라보던 눈빛을 떠올리며 말했다.

"강한 놈이었다. 다른 놈들이 시험을 보는 동안, 계속 우리를 주시하고 있더군. 언제든지 출수할 수 있도록 말이야."

"뭐, 그야 의형제들이 다칠 것 같으면 바로 끼어들어서 말리기라도 할 생각이었겠지."

"그런 수준이 아니었다. 놈은 일이 틀어지는 순간 우리를 죽일 생각이었을 거다."

"……."

벽안귀의 눈동자가 새파란 색인 이유. 바로 특별한 안법을 익혔기 때문이었다. 그 안법 덕분에 벽안귀는 남들이 볼 수 없는 것을 볼 수 있었고, 악인곡 문지기들의 수장이 될 수 있었다. 물론 무공도 셋 중에서 벽안귀가 가장 고강했다.

낭아도가 짜증이 가득한 표정으로 물었다.

"불쾌하군. 놈이 우릴 죽일 만한 능력은 되나?"

"그거야 싸워 봐야 알겠지. 그거까진 내 눈으로도 읽을 수 없거든."

벽안귀가 피식 웃으며 대답하자, 염라부는 맹수가 으르렁거리는 듯한 목소리로 중얼거렸다.

"젠장. 미리 알았으면 폭렬철권마 놈의 팔을 아까 잘라 보는 건데."

염라부의 몸에서 흉포한 살기가 피어올랐다. 이곳은 악인곡(惡人谷). 보통 인간은 상상도 못 할 수라장을 거쳐 온 살귀들이 마지막에 도착하는 곳이었다.

"이미 들여보냈으니 다시 가서 시비 거는 것도 우습고……. 신입은 첫날에 건드리지 않는다는 규칙도 있으니 말이야."

악인곡에도 나름의 규칙이 있었다. 만약 아무런 규칙과 질서도 없었다면, 저 안은 진작에 지옥도가 되었을 것이다.

"뭐, 며칠 더 살아남는다면 그때 다시 볼 일이 있겠지."

문지기 삼 인은 절강오마가 들어간 악인곡 안쪽을 잠시 바라봤다.

그때 문득 떠올랐다는 듯, 낭아도가 킬킬거리며 말했다.

"그 색마 놈. 구음마녀한테 걸리면 뼈도 못 추릴 텐데."

"그러고 보니 구음마녀가 제일 싫어하는 놈이 바로 채음보양하는 놈이었지?"

"그년은 사내라면 다 싫어해. 치를 떤다고."

"크크. 하긴 그렇지."

구음마녀는 혈수귀옹과 함께 악인곡에서 가장 유명한 악인이었다. 그녀를 십대악인으로 만든 빙공은, 단숨에 반경 수십 장을 통째로 얼려 버릴 정도로 강력했다. 하지만 악인곡에서 가장 큰 세력을 이루고 있는 혈수귀옹과 달리, 구음마녀는 혼자 조용히 은거해서 살고 있었다.

"이거, 운이 좋아야 다시 만나겠는걸?"

"혹시 또 몰라. 저놈이라면 구음마녀를 홀릴 수 있을지도. 얼굴 반반한 거 봤잖아? 아랫도리가 그 반만 해 주면……."

"낄낄낄!"

두 사내는 대화 주제를 음담패설로 바꿨다. 하지만 그것도 금세 흥미를 잃고 시들어졌다.

"……젠장. 따분하군."

"악인곡이 그렇지, 뭐."

염라부는 바위 위에 누워서 늘어지게 하품을 했고, 낭아도는 칼에 짐승의 피라도 먹여야겠다며 칼을 뽑아 들고 숲속으로 들어갔다.

"……."

벽안귀만이 계속 악인곡 안쪽을 바라보고 있었다.

할짝. 혀로 입술을 핥은 벽안귀는 악인곡 안쪽을 지그시 바라보며 낮게 웃었다.

"조만간 아주 재미있는 일이 벌어질 것 같은 예감이 든단 말이지."

새파란 눈동자가 서늘하게 빛났다. 무척 갈증이 난다는 표정으로, 벽안귀는 오래도록 절강오마가 사라진 방향을 바라보았다.

• ◈ •

"악인곡이라고 해서 귀신이라도 나올 줄 알았더니……."
"평범한 마을이랑 다름이 없네요."
악인곡으로 들어온 절강오마, 즉 백수룡과 그의 제자들은 내부를 둘러보며 수군댔다. 정확히 말하자면 촌놈처럼 주위를 둘러보는 것은 제자들이었고, 백수룡은 유심히 주변을 관찰했다.
'천혜의 요새라는 말이 괜히 나온 게 아니군.'
악인곡은 호리병 모양으로 돼 있었다. 좁은 호리병의 입구로 들어오면, 그 안은 상당히 넓은 분지가 형성돼 있었다.
악인곡 주위를 둘러싼 절벽은 무척이나 가팔라서, 절정고수라고 해도 경공에 자신이 없는 자들은 오르내리기가 쉽지 않아 보였다.
'게다가 저 주변에 진법을 둘러 놨다고 했으니…….'
몰래 침입하는 것은 현재로서는 불가능해 보였다. 제자들도 신기한지 주위를 둘러보며 수군댔다.
"저쪽에 천도 흐르고 있고, 어라? 저쪽에선 농사도 짓나 본데?"
"사파의 마두들이 농사짓는다는 얘기는 처음 들어 본다."
"사람들 인상도 별로 안 나빠요. 다들 원강 선배처럼 생겼을 줄 알았는데……."
"뭐 인마?"
백수룡은 티격태격하는 제자들 사이로 끼어들었다.
그러곤, 힘겹게 걷고 있는 위지천에게 물었다.
"천아. 상태는 어떠냐?"
"견딜 만해요……."
위지천이 창백한 표정으로 대답했다. 헌원강이 그를 한 팔로 부축하고 있었다.

"조금만 참아라. 곧 마의란 놈을 찾을 테니까. 상웅이도 밖에서 백방으로 알아보고 있으니 걱정할 것 없다."

거상웅은 일부러 바깥에 남았다. 금룡상단의 지부를 통해 청룡학관에 연락을 취하고, 인맥을 통해서 뛰어난 의원도 불러오기 위해서였다. 백발마수는 위지천의 독을 악인곡의 마의만이 해독할 수 있다고 했지만, 백수룡은 만약의 경우에 대비하기 위해 거상웅에게 의원을 찾아달라 부탁했다.

"증상은?"

"몸 안에 열이 나고 조금 어지러워요. 하지만 괜찮아요. 내공도 쓸 수 있고, 검도 휘두를 수 있어요. 가끔씩 오싹한 기분이 들기는 하지만…… 괜찮아요."

위지천은 억지로 웃으며 대답했다. 하지만 창백한 얼굴과 새파란 입술을 볼 때 결코 상태가 좋지 않다는 것을 알 수 있었다.

'정확히 어떤 독인지를 모르니…….'

독에 대해서는 백수룡도 웬만한 의원 못지않은 지식을 가지고 있었지만, 해독약을 만드는 것은 완전히 다른 문제였다.

백수룡이 다른 제자들을 돌아보며 말했다.

"서둘러 마의부터 찾아야겠다. 근처에 있는 놈들에게 물어봐서……."

마침, 그들에게 먼저 다가온 자가 있었다.

"이보게들. 신입인가?"

말을 걸어온 자는 펑퍼짐한 흑의를 입은, 키는 작지만 몸이 전체적으로 푸짐한 중년의 사내였다.

사내가 기름진 얼굴로 사람 좋게 웃으며 말했다.

"나는 흑비돈이라고 하네. 악인곡에서 지낸 지는 올해로 오 년이 되었지. 처음 왔을 때는 참 무섭고 두려웠어. 악명 높은 악인곡이 아닌가? 사람 잡아먹는 마두들, 살인이 취미 겸 특기인 미친놈들만 있는 줄 알았지. 음식에 독은 없을까, 밤에 잠이나 제대로 잘 수 있을까, 걱정이 이만 저만이 아니었다네. 하지만 여기도 사람 사는 곳이더라고. 그런데 자네 들. 오늘 밤엔 어디서 묵을 생각인가?"

한눈에 보아도 호구 잡아서 털어먹으려고 수작을 부리는 것이 보였다.

백수룡은 혀를 찼다. 저런 사탕발림에 넘어가는 호구가 이곳에 있을 리가…… 있었다.

"하하! 우리는 절강오마라고 하오! 마침 묵을 곳이랑 이것저것 궁금하 던 참이오!"

"내 식견이 짧아서 자네들의 위명을 듣지는 못했네만, 하나같이 고강 한 무공을 익힌 것이 분명해 보이는군."

"이야. 형씨가 뭘 좀 아는군. 우리로 말하자면……."

흑비돈의 세 치 혀에 홀딱 넘어가 주절주절 떠드는 헌원강을 보며, 백 수룡은 작게 한숨을 쉬었다.

"에라이 호구 놈아."

따악!

"아악! 왜 때려요!"

헌원강이 뒤통수를 부여잡으며 뒤를 돌아봤다. 평소보다 두 배는 아파 서 눈물이 찔끔 나올 정도였다.

"더 맞기 싫으면 비켜라."

백수룡은 헌원강이 옆으로 치우고 앞으로 나섰다. 흑비돈이 빠르게 그 를 위아래로 훑었다.

"이봐. 뭣 좀 묻자."

"헤헤. 잘생긴 형씨가 절강오마의 첫째이신가 보구만. 뭐든지 물어보 시오. 내 성심성의껏……."

백수룡은 흑비돈의 멱살을 덥석 움켜쥐었다.

"지금부터 묻는 말에 거짓이 섞여 있으면, 혀를 조금씩 잘라 주지."

"어, 어허! 이러면 곤란해! 곤란하다고!"

흑비돈이 바둥거리며 목소리를 높였다.

"악인곡에선 신입은 첫날에는 안 건드려. 신입도 첫날에는 싸움을 일으켜선 안 돼. 그게 규칙이란 말이오! 어기면 큰일 나!"

내공이 담긴 흑비돈의 외침이 퍼져 나가자, 지나가던 악인들이 하나둘 모여들었다.

"어이. 흑돼지가 한 말 못 들었어?"

"오늘은 사고 치지 말고 얌전히 지내라."

"내일부터는 얌전히 지내고 싶어도 못 그럴 테니까."

살기를 드러내며 다가오는 악인들. 하지만 그중 무기를 뽑거나 싸우려는 자는 없었다. 다들 이죽거리며 경고에 그칠 뿐.

'흐음. 이 말은 진짜인가 보군.'

악인곡의 분위기를 파악하기 위해 일부러 흑비돈을 위협한 것이었다. 백수룡은 미련 없이 멱살을 놓아주었다.

"좋아. 그럼 이렇게 하지."

백수룡은 품 안에서 은전을 꺼내 좌우로 흔들었다. 흑비돈의 눈동자가 은전의 움직임을 따라 좌우로 흔들렸다. 예상대로, 물욕이 아주 많은 놈이었다.

"정보료를 제공할 테니 개수작 부리지 말고 제대로 된 정보를 제공할 것. 어때?"

세상에 공짜는 없다. 악인곡 같은 곳이라면 더더욱. 백수룡이 거래를 제안하자, 흑비돈의 입가에 다시 미소가 맺혔다.

"헤헤. 뭘 좀 아시는 분이군. 내 아는 것이라면 성심성의껏 대답해 드리겠소. 돈까지 받는데 거짓말을 할 정도로 후안무치한 놈은 아니거든."

"마의는 어디 가면 찾을 수 있냐?"

"……."

"설마 모르는 건 아니겠지?"

첫 질문부터 흑비돈은 말문이 턱 막혔다. 잠시 후 그가 조심스럽게 입을 열었다.

"알고는 있는데……. 지금 당장 찾아갈 생각이오?"

"그래."

"그 위치만 알려드리면……."

백수룡은 품에서 은전을 몇 개 더 꺼냈다.

"안내해. 내가 널 어떻게 믿고 돈을 줘? 마의의 거처까지 안내하면 이걸 다 주지."

"……."

"돈 벌기 싫어? 그럼 다른 놈한테 안내해 달라고 하면 되는 거고."

백수룡이 주변을 불러보자, 몇몇 악인들이 흥미를 느끼며 다가왔다.

"아, 아니오. 내가 안내해 드리겠소!"

"이건 선금."

은전 하나를 덥석 받아드는 흑비돈이 돌아서며 말했다.

"따라오시오. 어차피 후회하는 건 당신들 몫이니까."

· ◈ ·

마의의 거처는 악인곡에서도 구석지고 습한 곳에 있었다.

"우윽! 무슨 냄새가……."

일행은 코를 찌르는 냄새에 인상을 찌푸렸다. 몇몇은 코를 틀어막았다. 마의의 거처라는 곳에 가까이 갈수록 온갖 냄새가 진동했다. 약 냄새, 피 냄새, 동물 냄새, 오물 냄새. 그리고…….

'시체 냄새.'

그것도 약품에 처리한 시체 냄새였다. 과거 혈교의 온갖 실험을 참관한 적이 있던 백수룡은 그 냄새를 기억하고 있었다.

'마의라는 놈이 미친놈인 건 확실하군.'

잠시 후, 흑비돈을 길잡이로 한 일행은 마의의 거처인 오두막 앞에 도착했다.

똑똑 문을 두드린 흑비돈이 안에 대고 조심스럽게 물었다.

"마, 마의 어르신. 안에 계십니까?"

"누구냐?"

안에서 신경질적인 노인의 목소리가 들려왔다. 안에서 밖이 보일 리 없는데도 불구하고, 흑비돈은 몸을 숙이며 대답했다.

"어르신, 저 흑비돈입니다. 신입들이 어르신을 꼭 뵙고 싶다고 해서 데려왔습니다."

"신입? 나중에 오라고 해."

"아, 알겠습니다. 그럼 다음에…….'"

"다음에는 무슨. 저리 비켜."

백수룡은 흑비돈을 옆으로 비키게 한 후, 발로 문을 걷어찼다.

쾅! 문을 거칠게 열어 버린 백수룡과 제자들이 오두막 안으로 성큼성큼 들어갔다.

흑비돈이 뒤에서 비명을 질렀다.

"미, 미쳤군!"

오두막 안은 생각보다 넓었다. 환자에게 침을 놓고 있던 노인이 불청객들을 보더니 인상을 찌푸렸다.

"신입이라더니. 싸가지가 없는 놈들이 떼로 들어왔군."

"젊은 놈들이 다 그렇지."

마의 옆에 누워서 팔에 침을 맞고 있던 노인이 킬킬 웃으며 대답했다.

"이보시오! 이렇게 예의 없게 굴면 당신들 나중에 큰일……. 허, 허억!"

급히 일행을 따라 들어온 흑비돈이 그 노인을 보고 숨을 들이켰다. 기절하지 않는 것이 다행일 정도로, 그의 얼굴이 창백하게 질렸다.
"혀, 혈수귀옹 어르신……."
십대악인의 일인이자, 이곳 악인곡의 지배자.
혈수귀옹이 마의와 함께 일행을 맞이했다.

149화
혈수귀옹(2)

 혈수귀옹은 침상에 아주 편안한 자세로 누워 있었다. 하지만 오두막에 들어온 사람들 중 누구도, 그를 보며 편안한 기분을 느끼지 못했다.
 '저자가 혈수귀옹?'
 '하필이면 이곳에서…….'
 '어, 어떡하지? 싸워야 하나?'
 다들 당황한 표정으로 혈수귀옹을 바라보는 가운데, 그가 피식 웃으며 흑비돈에게 물었다.
 "흑비돈아. 네가 손님들을 데려온 게냐?"
 흑비돈은 저승사자라도 만난 것처럼 덜덜 떨며 대답했다.
 "그, 그게 아니라…… 이자들이 멋대로 마의님께 데려다 달라고……."
 "헌데 왜 네 주머니에서 은전이 짤랑거리는 소리가 들리는 게냐."
 "히, 히익! 죄송합니다! 죄송합니다!"
 깜짝 놀란 흑비돈이 바닥에 무릎을 꿇고 오체투지를 했다.
 혈수귀옹은 부드럽게 웃으며 그에게 말했다.
 "이 녀석아. 손님을 데려올 거였으면 그 전에 악인곡의 규칙과 예의를 가르쳤어야지. 저들이 악인곡의 나쁜 소문만 듣고, 이곳이 멋대로 굴어도 되는 마두들의 소굴이라고 생각하고 행동했다면 그게 온전히 저들만의 잘못이겠느냐?"

혈수귀옹의 목소리는 차분했고, 잔잔했으며, 그 어떤 살기도 느껴지지 않았다. 하지만 흑비돈은 시체처럼 창백해진 얼굴로 덜덜 떨며 연신 잘못을 빌었다.

"죄, 죄송합니다. 정말 죄송합니다."

그는 머리를 바닥에 마구 찧었다. 이마에서 피가 줄줄 흘렀지만 멈추지 않았다. 혈수귀옹이 그 모습을 보며 작게 한숨을 쉬었다.

"오늘은 첫날이니 저 아이들도, 너도 죽이지 않을 것이다. 충분히 반성한 것 같으니 너는 이만 가 봐도 좋겠다."

"가, 감사합니다, 어르신! 정말 감사합니다!"

몇 번이나 절을 한 흑비돈은 무릎걸음으로 오두막 밖까지 나가더니, 몸을 돌려 꽁지가 빠지게 달아났다.

"허어. 저 녀석. 지나치게 겁을 먹는군. 이보게, 마의. 예전에 내가 저 녀석 친구라도 죽인 적이 있나?"

"이놈아. 네가 기억 못 하는 걸 내가 어찌 알아?"

혈수귀옹은 마의와 잠시 대화를 나누었다. 허물없이 대화하는 모습이 오랜 친우처럼 보였다. 그때까지도, 백수룡과 그의 제자들은 아무도 입을 열지 않았다.

"어쨌거나 오랜만에 신입이로군."

혈수귀옹은 그제야 고개를 돌려 백수룡을 바라봤다. 백수룡은 제자리에서 꼼짝도 하지 않고 그의 시선을 마주했다.

'이자…… 강하다.'

백발마수 따위와는 비교도 되지 않았다. 딱히 기도도 드러내지 않고, 내공도 전혀 끌어올리지 않았음에도 불구하고, 혈수귀옹의 존재감은 거대했다. 과연 무림의 수많은 악인들 중 열 손가락 안에 꼽힐 법했다.

'역천신공을 전력으로 끌어올리고 네 사부의 무공을 더한다면 이길 수 있을까?'

백수룡은 승리를 확신할 수 없었다. 아니, 지금 싸우면 질 확률이 더 높다는 게 솔직한 판단이었다.

"그래. 너희는 어디서 온…… 으음?"

쿵쿵. 혈수귀옹은 갑자기 코를 쿵쿵대더니, 누워 있던 침상에서 반쯤 일어나 앉았다. 그리고 손가락을 까딱여 백수룡을 불렀다.

"너. 이리 와 보거라."

"……."

백수룡이 대답하지 않고 빤히 쳐다보자, 혈수귀옹은 피식 웃더니 부드럽게 말했다.

"해치지 않을 테니 이리 오너라. 한 가지 궁금한 것이 있어서 그렇다."

"궁금한 게 무엇이오?"

"네 몸에서 내 사제의 냄새가 나는데. 혹시 오는 길에 만났느냐?"

순간, 동요를 감추지 못한 제자들이 표정을 굳혔다. 다행히 혈수귀옹의 시선은 무표정한 백수룡에게 고정돼 있어, 다른 이들의 표정은 보지 못한 듯했다.

[다들 진정해라. 지금부터 내가 무슨 말을 해도 당황하지 마.]

제자들에게 전음을 보낸 백수룡은 혈수귀옹을 향해 걸어갔다. 동시에 적당히 기도를 드러냈다. 너무 강하지는 않게, 혈수귀옹이 자신을 제법이라고 여길 수 있을 정도로만.

"호오?"

예상대로 혈수귀옹의 눈에 이채가 스쳤다.

―사형은…… 자신 앞에서 당당하게 구는 무인을 좋아합니다.

 백발마수가 알려준 정보를 떠올리며, 백수룡은 일부러 조금 딱딱한 말투로 말했다.
 "당신이 혈수귀옹입니까? 악인곡의 왕이자 십대악인인 그 혈수귀옹이 맞습니까?"
 "그래. 내가 바로 혈수귀옹이다."
 조금 긴장한 듯 딱딱한 말투에, 혈수귀옹의 입가에 미소가 맺혔다. 마치 어린아이의 재롱을 보는 듯한 미소였다.
 꿀꺽. 백수룡은 일부러 마른침을 삼켰다. 자신을 향한 혈수귀옹의 시선을 의식하면서 표정 하나하나, 말투 하나하나에 신경을 쓰며 말했다.
 여기서부터가 중요했으니까.
 "그럼…… 당신이 방금 말한 사제가 백발마수가 맞습니까?"
 "사제가 자기 입으로 별호까지 알려주더냐? 흔치 않은 일인데. 보통 사제의 별호를 알게 된 녀석들은 찢겨 죽거든. 나보다 성격이 급한 녀석이라."
 혈수귀옹의 눈이 가늘어지고, 그의 몸에서 은은한 살기가 흘러나오기 시작했다. 그 모습을 본 마의가 혈수귀옹 옆에서 혀를 찼다.
 "죽일 거면 나가서 해. 네놈이 치울 것도 아니면서."
 "내가 오늘은 안 죽인다고 하지 않았나. 내가 만든 규칙인데 나부터 지켜야지."
 피식 웃으며 말한 혈수귀옹이 다시 백수룡을 바라봤다.
 "그래서, 내 사제를 만났느냐?"
 "오는 길에 만났습니다. 재수 없게 굴어서 검을 섞었지요."
 "!"
 그 대답에 혈수귀옹보다 더 놀란 것은 백수룡의 제자들이었다. 눈을 부릅뜬 그들이 백수룡의 뒤통수를 노려보았다.

'왜 도발을 해요!'

'싸우려는 거야?'

'우, 우린 어떡하지? 같이 협공이라도 해야 하나?'

반면 혈수귀옹은 낮게 웃음을 터트렸다. 그는 별로 화가 난 것 같지 않은 얼굴로 태연하게 무서운 질문을 했다.

"아주 맹랑한 놈이로구나. 그래서 어찌 되었느냐? 내 사제를 죽여서 머리라도 들고 왔느냐?"

"……이렇게 되었소."

백수룡은 한 걸음 뒤로 물러나더니, 누구도 예상치 못한 행동을 했다. 혈수귀옹을 향해 큰절을 올린 것이다.

"사백님. 절 받으십시오. 옥면음랑 백무룡이 인사드립니다."

"……사백?"

"사백?"

내내 여유롭던 혈수귀옹이 얼굴에, 처음으로 당혹스러운 감정이 비쳤다. 옆에서 시큰둥한 얼굴로 구경하던 마의도 눈을 동그랗게 떴다.

"방금 사백이라고 했느냐?"

사백이란 사부의 사형을 이르는 호칭이었다. 즉, 옥면음랑이 백발마수의 제자라는 말이 된다.

"무슨 소릴 하는 게냐? 내가 왜 네놈의 사백이지?"

어이가 없다는 표정으로 묻는 혈수귀옹에게, 백수룡은 입에 침도 바르지 않고 거짓말을 시작했다.

"보시다시피 제 실력은 스승님께 미치지 못합니다. 하지만 그분은 저와 검을 섞으신 후, 제 재능이 마음에 드셨다며 저를 제자로 삼겠다고 하셨습니다. 그리고 먼저 악인곡으로 가 있으라고 보내셨습니다."

백수룡은 백발마수에게 캐낸 정보를 통해 이야기를 꾸며 내기 시작했다. 실제로 백발마수는 재능 있는 무인들을 종종 납치해 제자로 들였던 터라, 그 말에 설득력은 충분했다.

다만 그중에 진짜 제자라고 할 만한, 그리고 이렇게 낭랑하게 세사라고 나섰던 녀석이 없었을 뿐.

혈수귀옹이 떨떠름한 표정으로 말했다.

"······일단 그렇다고 치자. 헌데 사제는 어디 가고 너만 온 게냐?"

"함께 오시던 도중에 혈옥수를 발전시킬 영감이 떠오르셨다며, 가까운 동굴을 찾아 들어가셨습니다. 언제쯤 이곳에 오실지는 저도 잘 모르겠습니다."

백수룡은 공손하게, 하지만 비굴하지 않게 대답했다.

혈수귀옹은 뚫어져라 그를 바라봤다.

'확실히 자질은 뛰어나 보이는데······. 사제가 탐을 낼 만도 해.'

재능있는 제자를 들이는 것도, 갑자기 폐관에 들어가는 것도 백발마수라면 충분히 가능한 일이었다. 하지만 혈수귀옹의 마음에는 여전히 의심이 남아 있었다.

"네가 정말 내 사제의 제자라고? 증거도 없이 그 말을 어찌 믿느냐?"

"제가 스승님을 처음 뵌 것은 남창의 적호방이라는 곳이었습니다. 스승님은 그곳에서······."

백수룡은 백발마수와의 첫 만남부터 시작해 검을 섞게 된 것, 그리고 제자가 된 사정을 실감 나게 이야기했다.

그 거짓말 속에는 사실이 상당수 섞여 있었기에, 누가 들어도 그럴듯한 이야기가 되었다.

"······스승님과 긴 시간을 함께 지낸 것은 아니지만, 사백이신 혈수귀옹 어르신에 대해서 많은 이야기를 들었습니다. 앞으로 많은 가르침을 부탁드리겠습니다."

자리에서 일어난 백수룡이 포권을 취하자, 뒤에 있던 절강오마도 황급

히 그를 따라서 포권을 취했다
"잘 부탁드리겠습니다!"
혈수귀옹이 눈썹을 꿈틀댔다.
"네 뒤에 있는 아이들도 사제의 제자들이냐?"
"저와 오랫동안 함께 다닌 형제들입니다. 사부님의 제자는 저 하나뿐이지만, 이 녀석들도 함께 악인곡에 몸을 의탁하려 합니다."
백수룡은 청산유수와 같은 말솜씨로 혈수귀옹의 혼을 쏙 빼놓았다. 논리적으로도 흠이 없었고, 백발마수와 깊은 사이가 아니면 알 수 없는 이야기까지 알고 있었다. 혈마안에 당해서 모두 실토한 것이지만, 혈수귀옹도 그것까지 예상할 수는 없었다.
'사제가 고문이나 협박에 내 얘기를 나불댈 녀석도 아니고.'
점점 백발마수의 제자가 맞는 것 같다는 쪽으로 생각이 기울었다.
그때, 지켜보고 있던 마의가 끼어들었다.
"헌데 백발마수의 제자란 놈이 나는 왜 찾아온 거냐? 아까 보니 아주 잡아먹을 기세로 쳐들어오던데."
마의는 깐깐하게 생긴 노인이었다. 그가 의심스러운 눈으로 백수룡을 바라봤다.
'망했다…….'
'저 늙은이가 다 된 밥에 재를!'
백수룡의 제자들은 잔뜩 긴장했다. 여기서 제대로 된 대답을 내놓지 못하면, 앞서 한 거짓말이 전부 들통날 수도 있기 때문이었다. 하지만 그들이 걱정할 일은 벌어지지 않았다. 백수룡은 머리를 긁적이며 능청스럽게 대답했다.
"그게…… 제가 스승님께 속은 것 같습니다."
"속다니?"
"악인곡에 도착하면 마의를 찾아가 수염을 잡고 흔들라고 하셨습니다."

그럼 쓸 만한 영약을 내놓을 거라고…….”
그 능청스러운 연기에 혈수귀옹이 폭소를 터트렸다.
"뭣? 하하하! 과연 사제가 할 만한 고약한 장난이구나!"
"뭐가 웃기다고 웃어, 이놈아! 네 망나니 같은 사제 때문에 수염이 몽땅 뽑힐 뻔했는데!"
"푸하하하! 재밌지 않으냐!"
"끄응. 백발마수 이 고얀 놈. 돌아오면 독을 잔뜩 실험해 줄 테다."
다행히 마의도 더는 의심하지 않았다.
백수룡이 두 노괴를 속여 넘기는 과정을 지켜본 네 제자들은 멍한 표정을 지었다.
'무슨 거짓말을 저렇게 잘해?'
'선생님 전직이 사기꾼 아니야?'
'이제 저 인간 말은 아무것도 안 믿을 거야…….'
'눈 뜨고 코 베인 느낌이야.'
어찌나 웃었는지, 혈수귀옹의 눈가에 눈물이 살짝 맺혀 있었다. 그의 얼굴에서는 더 이상 한 점의 의심도 찾을 수 없었다.
"클클. 잘생기고 무공도 뛰어난 사질이 생겨서 나도 좋구나!"
"과찬에 몸 둘 바를 모르겠습니다. 사백님."
흐뭇하게 웃은 혈수귀옹이 자리에서 일어났다. 그가 친근하게 백수룡의 어깨를 두드리며 말했다.
"이럴 게 아니다. 다들 내 집으로 가서 더 이야기를 나누자꾸나. 내 저녁 식사를 대접해야겠다."
"…….”
찰나의 순간, 백수룡은 머릿속으로 계산을 굴렸다.
'천이의 독을 해독해야 하는데…… 지금 마의에게 부탁해 봐?'
하지만 그러려면 백발마수가 위지천을 중독시킨 이유를 설명해야 한다. 겨우 혈수귀옹의 의심에서 벗어난 상황에서, 다시 의심을 살 만한 상황을 굳이 만들어야 할까?

"왜? 싫으냐?"

혈수귀옹의 재촉에 백수룡은 빠르게 계산을 끝냈다.

'천아. 조금만 더 참아라.'

백수룡이 부드럽게 웃으며 말했다.

"그럴 리가요. 과분한 은혜에 뭐라 말씀드려야 할지 몰라서……."

"허허. 괜찮다. 사제의 제자면 내 제자이기도 한 셈이다."

"그럼 감사히 신세 지겠습니다. 뭣들 하는 거냐! 너희도 사백께 인사 드리지 않고."

"가, 감사합니다."

"감사합니다!"

"감사합니다……."

혈수귀옹은 긴장한 표정의 절강오마를 돌아보며 흐뭇하게 웃었다.

"부담가질 것 없다. 다 함께 내 집으로 가자꾸나."

그렇게 절강오마는 마의의 거처에서 나와 혈수귀옹의 집으로 가게 되었다. 혈수귀옹과 백수룡이 앞에서 나란히 걷고, 다른 이들은 그 뒤에서 따라갔다. 뒤에서 따라가던 헌원강이 입 모양으로 다른 일행들에게 말했다.

'조심해야 하는 거 알지?'

다들 침을 삼키며 고개를 끄덕였다. 백수룡의 뛰어난 임기응변으로 당장은 위기에서 벗어났지만, 저녁 식사에 초대를 받아 버렸다.

'다들 정신 똑바로 차려. 말실수 한 번이면 끝장이야.'

제 발로 호랑이굴로 들어간다는 생각에, 다들 정신을 바짝 차려야겠다고 다짐했다.

- 4권에 계속

일타강사 백사부 3

1판 1쇄 인쇄 2025년 6월 2일
1판 1쇄 발행 2025년 6월 18일

지은이 간짜장
펴낸이 김영곤
펴낸곳 ㈜북이십일 아르테팝

편집팀 정지은 김지혜 이영애 김경애 박지석
출판마케팅팀 남정한 나은경 한경화
영업팀 한충희 장철용 강경남 황성진 김도연
제작팀 이영민 권경민
디자인 크리에이티브그룹디헌

출판등록 2000년 5월 6일 제406-2003-061호
주소 (우 10881) 경기도 파주시 회동길 201(문발동)
대표전화 031-955-2100
팩스 031-955-2151
이메일 book21@book21.co.kr

㈜북이십일 경계를 허무는 콘텐츠 리더
아프테팝 채널에서 도서 정보와 다양한 영상자료, 이벤트를 만나세요!
페이스북 facebook.com/21artepop   트위터 twitter.com/21artepop
인스타그램 instagram.com/21artepop   홈페이지 artepop.book21.com

Naver Series ⓒ2020. 간짜장 All rights reserved.

ISBN 979-11-7357-312-5 04810
      979-11-7357-309-5 04810(세트)

-책값은 뒤표지에 있습니다.
-이 책 내용의 일부 또는 전부를 재사용하려면 반드시 ㈜북이십일의 동의를 얻어야 합니다.
-잘못 만든 책은 구입하신 서점에서 교환해 드립니다.